PARANORMAL ROMANCE 1

드래곤 킨
시리즈

드래곤 조련하기 **2**

WHAT A DRAGON SHOULD KNOW

드래곤 조련하기 2

ⓒ G. A. 에이켄 2015

초판1쇄 인쇄	2015년 8월 20일
초판1쇄 발행	2015년 8월 25일

지은이	G. A. 에이켄
옮긴이	박은서

펴낸이	박대일
편집	이문영 · 임유리 · 신지연
마케팅	송재진
디자인	박현주
일러스트	실베스테르 송

펴낸곳	파란썸(파란미디어)
출판등록	2004년 9월 14일 제313-2004-00214호

주소	04072 서울시 마포구 성지1길 32-36(합정동)
전화	02.3141.5589(영업부) 070.4616.2012(편집부)
팩스	02.3141.5590
전자우편	paranbook@gmail.com
카페	http://cafe.naver.com/paranmedia
트위터	@paranmedia

ISBN	978-89-6371-194-2(04840)
	978-89-6371-192-8(전2권)

드래곤 조련하기 **2**

WHAT A DRAGON SHOULD KNOW

파란

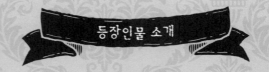

등장인물 소개

그웬바엘 ◆♥◆ 다그마 라인홀트

'미남자', '훼손자'로 불리는 골드 드래곤. 드래곤 퀸의 셋째 아들. 인간, 특히 여자 인간을 좋아하는 잘생긴 난봉꾼에다 문젯거리를 찾아다니는 말썽꾼. 지극히 가벼워 보이는 인상과 달리 사우스랜드 다크플레인의 인간 여왕이 자신의 대리인 자격으로 라인홀트 가문에 파견할 만큼 정세를 파악하는 식견과 정치 감각이 뛰어나다.

노스랜드에서 가장 용맹한 전쟁 군주 시그마 라인홀트의 열세 번째 자식이자 외동딸. 세간에는 '덩치가 곰만 하고 살쾡이 이빨을 가진 데다 교활한 전투 기술을 쓰는 무시무시하고 공포스러운, 라인홀트의 야수'로 알려져 있지만 겉보기에는 완벽하게 고귀한 신분의 아가씨 모습을 하고 있다. 영리하고 용감한 데다 음모와 협상에 능한 타고난 지략가.

피어구스 ◆♥◆ 앤닐

드래곤 퀸의 첫째 아들로 장차 사우스랜드의 드래곤 킹이 될 블랙 드래곤. 고지식하고 무뚝뚝하며 난폭해서 '파괴자'라는 이름을 얻었다. 세상 누구도, 어떤 것에도 상관하지 않는다. 앤닐을 제외하고는.

사우스랜드 다크플레인의 피의 여왕. 잘린 머리 수집가, 가반아일의 미친 계집. '피투성이 앤닐'이라 불리는 인간 여왕. 평생을 군대와 함께 야외에서 보냈고 앞길을 가로막는 자는 누구든 해치워버리는 광포하고 용맹한 전사. 피어구스의 짝으로 쌍둥이를 임신함으로써 드래곤을 비롯한 여러 세력의 표적이 된다.

리아논

사우스랜드 괄크마이 바브 과이어 왕가의 드래곤 퀸. 화이트 드래곤. 자존심 높고 도도한 성격으로 동생인 에쉴드를 제치고 여왕이 되었다.

베르세락

카드왈라드르 일족 최고의 전사로 '위대한 자'라 불리는 블랙 드래곤. 천출임에도 왕가의 반대를 물리치고 드래곤 퀸리아논의 짝이 되었다.

브리크

드래곤 퀸의 둘째 아들. 드래곤 가운데 용맹하기로 이름 높아 '막강한 자'로 불리는 실버 드래곤.

탈라이스

놀웬 마녀. 인간 남자와 결혼해서 딸 이지를 낳았으나 남편이 죽고 혼자 살다가 브리크를 만나 짝이 되었다.

모르퓌드

드래곤 퀸의 큰딸. 강력한 드래곤위치이자 치료사. 상냥하고, 수줍음에 가까운 성격에. 냉정한 어머니와 달리 다정하고 의지가 되는 누이 노릇을 한다.

브라스티아스

모르퓌드의 짝. 인간 전사. 앤뷜의 군대, 다크플레인의 전군을 총괄하는 장군.

케이타

드래곤 퀸의 막내딸. 독립적인 성격인 데다 어머니와 사이가 나빠 가족과 떨어져 혼자 살아가는 레드 드래곤. 빼어난 미모를 자랑하지만 남자들을 유혹하기로 악명이 높다.

에이브히어

드래곤 퀸의 막내아들. 전사가 되어 이름을 얻기를 열망하지만 아직 첫 전투에도 나가지 못한 어린 드래곤.

그웬바엘은 몇 시간 후 누이와 형수들이 다 가 버렸다는 것을
확인하고 다그마의 방으로 향했다. 다그마는 침대에 쭉 뻗고 엎
드려 있었다. 침대에 비하면 그녀는 너무나 작아 보였다. 이제
깨끗해져서 상쾌한 꽃향기가 풍기는 긴 머리카락은 옆으로 늘어
져 거의 바닥에 닿을 정도였다. 깨끗이 씻은 몸은 가운으로만 덮
였을 뿐이다. 작은 손은 동그랗게 주먹을 쥐어 입 옆에 두었고 다
른 손은 손바닥을 위로 한 채로 엉덩이 위에 놓여 있었다. 안경은
방 건너 작은 탁자 위에 있었다.

그리고 코를 골고 있었다. 약간이지만.

그는 침대를 돌아가 그녀의 머리맡에 웅크리고 앉았다. 손을
뻗어 얼굴에 떨어진 머리카락을 쓸어 주고 한없이 천진해 보이는
모습에 미소를 지었다. 며칠 동안 함께 여행했던 계산적인 야만

족 여자와는 딴판이었다.

"다그마."

그는 손가락으로 그녀의 **뺨**을 쓸며 그녀의 이름을 부드럽고 상냥하게 불렀다. 손가락 끝에 닿는 피부의 느낌이 좋았다.

"다그마."

다시 한 번 부드럽게 불러 보았다.

그래도 대답하지 않자 소리를 높였다.

"다그마!"

그녀가 퍼뜩 잠에서 깨어 머리와 가슴을 침대에서 번쩍 일으켰다. 눈이 즉시 커지고 경계심을 띠었다.

"거짓말 아니에요!"

"미안해, 자기."

그웬바엘은 다시 부드럽게 말했다.

"내가 당신 깨웠어?"

눈을 굴리며 그녀가 다시 침대로 풀썩 엎드렸다.

"가 버려."

"아니야. 당신이 내게 심술을 부렸으니 난 보상을 원해."

"원한다고……. 뭘 하려는 건데?"

"편안해지려고."

그는 침대로 기어 들어가 그녀를 등 뒤에서 감쌌다. 일단 그 자세가 되자, 그녀의 몸을 위에서 누르는 셈이 되었다. 그는 폐에서 갑자기 빠져나오는 공기 소리도 마음에 들었다.

"나한테서 떨어져!"

"당신이 나한테 사과하고 내 기분이 좋아질 때까지는 안 돼. 훨씬 좋아질 때까진."

그녀가 그의 몸 아래서 빠져나오려 했으나 그웬바엘은 꼼짝도 하지 않고 더 무게를 실었다.

"뭘 사과해?"

"내 사랑하는 가족들 앞에서 내게 심술궂게 군 것."

"무슨 얘길 하는지 모르겠네."

그는 중심 부분이 그녀의 엉덩이를 쿵쿵 누르도록 하체를 위아래로 튕겼다.

"그만해! 그만!"

"취소해."

한참 침묵이 흐르더니 킬킬대는 것 같기도 한 소리가 들렸다.

"싫어."

그가 다시 몸을 부딪치자 그녀는 소리를 질렀다.

마침내 그웬바엘이 몸을 일으키자, 다그마는 침대 밖으로 빠져나가 바닥 위에 굴렀다.

그녀가 몸을 돌리며 헐거워진 가운을 여몄다.

"나한테 떨어져, 미친 자식."

그웬바엘은 두 손 두 발을 짚고 침대 위를 기어갔다.

"사과해."

"절대 그럴 일 없어."

"'야수'."

"'오염자'."

침대 끝에 무릎을 기댄 그웬바엘은 손을 뻗어 다그마를 잡으려 했다. 그녀가 비명을 지르며 다시 도망가려 했다. 그웬바엘은 침대에서 뛰어내려 그녀에게 손을 뻗었다. 그녀는 놓치고 말았지만…… 가운은 손에 넣었다.

그는 가운을 들어 보였다.

"내가 뭘 가지고 있는지 봐."

다그마가 뛰다 말고 멈춰 서서 몸을 돌렸다. 그녀는 오른팔로 가슴을 가리고, 왼팔로는 아래를 가렸다.

"그거 돌려줘!"

"그러고 싶지 않은데."

그웬바엘은 가운을 팔에 걸치고 발을 굳게 디디고 섰다.

"아니, 아가씨. 내가 이걸로 뭘 할 거냐면……."

"그웬바엘."

그가 말을 멈추자 그녀는 밀고 나갔다.

"대체 왜 그래?"

그는 거친 숨을 내뱉으며 시선을 그녀의 몸에서 떼지 않았다. 손과 팔이 대부분을 가리고 있었지만, 그래도…….

"세상에! 이 여자야, 그동안 대체 뭘 숨기고 있었던 거야?"

다그마가 자기 몸을 돌아보고 내려다보았다.

"아무것도 숨기지 않았는데. 내 말은, 내가 아는 건 모르퓌드와 앤널에게 다 말했고……."

그웬바엘은 고개를 저었다.

"그게 아니라, 이거."

그가 다가가자 그녀는 재빨리 물러섰다.

"당신을 제대로 보여 줄 옷을 찾아야겠군."

"무슨 말인지 모르겠어."

"움직이지 마."

그가 딱 잘라 말하자 다그마는 즉시 뒷걸음질을 멈췄다. 그웬바엘은 그녀 주위를 천천히 돌며 눈으로 그녀를 음미했다.

"대체 뭐하는 거야?"

그는 그녀 뒤에서 천천히 무릎을 꿇었다.

"즐기는 거지."

무언가가 엉덩이를 쓰는 느낌에 그녀의 온몸이 경련했다.

"지금 막……."

다그마는 헛기침을 했다.

"지금 막…… 내…… 뒤에 키스한 거야?"

그는 대답하지 않았지만, 따뜻한 혀가 나른하게 아래에서 엉덩이로 올라오는 느낌에 그녀는 펄쩍 뛰었다.

"뭐하는 거냐고?"

그녀는 다시 물으며 재빨리 그를 향했다.

"뒤로 돌면……."

그가 가르랑거리는 소리로 속삭였다.

"곧 알게 돼."

"그럴…… 수 없어. 우린 그럴 수…… 없어. 그동안 우리가 빙빙 돌았던 건 알지만, 그래도…… 음……."

그웬바엘이 일어서자 다그마는 한 걸음 물러섰다.

"괜찮아."

그녀는 다시 스파이켄해머의 대로를 달리기라도 한 양 숨을 헐떡이고 있다는 걸 깨달았다.

"난 두려워하는 게 아니야. 그저…… 익숙지 않을 뿐……."

"쉿."

그가 다가서자 그녀는 또 한 걸음 물러섰다.

"움직이지 마."

그가 명령했다.

그래서 다그마는 그 말을 따랐다.

그웬바엘은 가운을 어깨에 둘러 주고 한 팔을 잡아 소매를 끼워 준 다음, 다른 팔도 그렇게 했다. 그리고 가운을 탄탄히 여며 주고 허리띠도 묶어 주었다.

"기분이 나아?"

그녀는 흔들리는 숨을 내뱉었다.

"그래."

"나 때문에 불편했어?"

"아니."

"내가 갔으면 좋겠어?"

다그마는 숨을 삼켰다.

"아니."

그가 그녀의 손을 잡고 침대로 데려간 다음, 그 위에 무릎을 꿇고 앉아 그녀를 끌어 올렸다.

무릎을 꿇고 서로 마주 보고 앉은 자세에서 그가 말했다.

"알겠지만, 다그마, 모든 게 그렇게 진지할 필요는 없어. 모든 순간이 분석하고 이해해야 하는 삶과 죽음의 문제가 아니라고."

그녀는 움찔했다.

"그렇게 답답하게 굴지 않도록 노력하는데."

"고맙게도 당신은 그렇게 답답하지 않아. 하지만 전체 왕국이 관련된 게임을 여기서도 해야 할 필요는 없다는 거야. 여기는 그저 우리 둘뿐이야. 그리고 우리는 뭐든 원하는 걸 할 수 있고."

그가 옳다는 생각이 다그마에게도 들었다. 지금은 아버지의 요새에 있는 것도 아니고, 오빠 중 한 명이 불시에 들이닥칠 일도 없다. 올케들이 문에 귀를 대고 엿듣거나 하인들에게 돈을 먹여 정보를 캐낼 걱정도 없었다. 가족들로부터 수천 리그 떨어진 곳, 아무도 그녀에 대해 알지 못하는 곳에 있었으니까.

다그마는 달콤하고도 사악한 전율이 몸을 쓸고 지나는 기분에 조심스레 말했다.

"난 당신만큼 자유가 없어. 내…… 명예를 생각해야 하니까. 지켜야 하고."

"당신 명예?"

그웬바엘이 어리둥절해서 한참 동안 그녀를 바라보았다. 그러다 그의 표정이 밝아졌고, 그는 천천히, 조심스럽게 그녀와 게임을 시작했다.

"아, 그래. 소중한 명예. 그걸 오늘 밤에는 지키지 못할 거야, 나하고는."

그웬바엘이 고개를 숙이며 입으로 그녀의 입을 찾았다. 다그마는 고개를 돌리며 두 손으로 그의 가슴을 밀어내려 했으나, 그 순간에도 그녀의 손은 그의 몸을 탐험하기를 갈망하고 있었다.

　그는 그녀가 고개를 돌리도록 두지 않고, 머리카락을 한 움큼 잡아 뒤로 젖혀 자기를 보게 했다. 그의 입이 다시 그녀의 입을 찾았다. 이윽고 그의 혀가 안으로 미끄러져 들어왔다. 그녀의 혀를 더듬고 애타게 하며 자기가 주인임을 선언했다. 다그마는 필사적으로 신음했고, 손가락은 셔츠에 덮인 그의 가슴을 파고들었다. 전혀 서두르지 않는 키스, 필사적인 침입이 개입되지 않은 키스였다. 그는 시간을 들여 그저 원하는 것을 취했다. 그리고 그녀는 그가 그렇게 하도록 내버려 두었다.

　그처럼 그의 키스에 빠져든 다그마는 그가 다시 가운을 풀었다는 것도 그가 손바닥을 가슴에 댈 때까지 모르고 있었다. 그 감촉에 화들짝 놀란 그녀는 본능적으로 몸을 떼려고 했지만 그가 머리카락을 꼭 쥐고 있어 꼼짝할 수 없었다. 탈출할 수 없었다.

　이 순간, 이 침대에서는 드래곤이 그녀를 전적으로 통제하고 있었다. 그녀를 훑고 가는 격렬한 떨림이 자기만의 이야기를 해 주었다. 그녀는 이 순간, 모든 책임을 벗어 던진 자유가 필요했다. 자기가 원한 것을 얻거나 사랑하는 사람을 보호하는 일과는 아무런 상관 없이, 오로지 자신의 쾌락하고만 상관있는 자유를 얼마나 갈망했던가.

　그의 입술이 그녀의 턱을 잘근잘근 씹더니 목을 타고 아래로 더 내려왔다. 따뜻한 입술이 젖꼭지를 덮고 빨기 시작했고, 어느 순간 손가락이 그녀의 몸 안으로 들어왔다.

다그마는 엉덩이를 들어 그처럼 쉽게 자기 안으로 들어왔다 빠져나가는 손가락으로부터 벗어나려 했다. 하지만 그녀의 머리카락을 붙잡은 손가락이 더 세게 잡아당겼고 그는 낮게 경고하는 신음을 냈다. 한마디 말도 하지 않았지만, 그는 자기가 끝날 때까지는 그녀를 놓아주지 않겠다는 뜻을 확실히 했다. 그녀는 저도 모르게 다리 사이의 새로운 물기로 그에게 보상하며, 두 번째 손가락이 더 들어오도록 허락해 주었다.

그녀는 잇새로 공기를 빨아들이며 약간 움찔했고, 얼마 안 되는 과거의 관계들을 기억했다. 극도로 짧았던, 그것도 몇 년 간격으로 한 번씩 일어났던 불쾌한 경험들.

하지만 지금 나오는 흐느낌은 불쾌함과는 전혀 상관없었다. 그 차이를 설명할 순 없었지만, 분명히 있었다. 그의 부드러움, 사악함 없는 지배. 그 때문에 그녀는 이전과는 다르게 그의 안으로 녹아들며 자기 자신을 완전히 놓아 버릴 수 있었다.

다시 그의 입이 다른 쪽 가슴으로 옮겨 갔고 젖꼭지가 딱딱해지도록 빨며 간절히 구했다. 그가 그녀를 자기 팔에 기대 몸을 뒤로 젖히도록 했다. 온몸이 완전히 그를 향해 열려서 그가 원하는 건 무엇이든 할 수 있도록. 그녀의 두 손이 그의 어깨를 따라 움직이다가 그가 손가락을 안으로 집어넣자 그를 꼭 붙들었다. 그녀는 자제하려고 했지만, 몸이 오래전에 그녀를 두고 떠나 버린 것만 같았다. 그녀의 몸은 자기만의 정신을 갖고 자기가 원하는 것을 정확히 아는 듯했다.

손가락이 들어오는 속도가 점점 빨라지며 거칠어졌다. 그가 손가락 끝을 구부려 이름 모를 곳을 문지르자 그녀의 다리가 떨리기 시작했다. 그녀는 더 이상 자기 몸을 지탱할 수가 없었지만 드래곤이 그녀를 지배했다. 그의 입이 그녀의 입으로 돌아오면서 그가 모든 걸 알아서 했다. 그의 혀가 다시 밀고 들어오는 동안 그는 그녀를 한 팔로 꼭 안았다. 그가 그녀의 입을 완전히 통제하는 순간, 그녀의 흐느낌은 짧고 필사적인 신음으로 바뀌었다. 그 웬바엘이 엄지를 그녀의 클리토리스에 대고 빙그르르 돌리면서 세게 눌렀다.

이 마지막 동작으로 그녀가 필요한 건 다 이루어졌다. 그녀는 처음으로 자기의 손을 직접 쓰지 않고 욕망을 배출하면서, 그가 입을 덮고 있어 신음이 밖으로 터져 나오지 않는 것에 고마워했다. 몸이 부들부들 떨리고 흔들리는 동안 그녀는 그웬바엘을 꼭 안고 있었다.

쾌락의 파도가 물러가며 다그마가 자신이 무슨 짓을 저질렀나 생각하는 순간, 그가 손가락을 약간 돌리며 엄지를 두었던 자리를 다시 조절했다. 그러자 다시 파도가 밀려와 그녀의 몸을 꼬고 뒤집어 마치 천 조각처럼 쥐어짰다. 그녀는 그만둬 달라고, 자기를 놓아 달라고 애원하려 했지만, 그녀의 입을 덮은 그의 입은 영구히 그 자리에 붙어 버린 것만 같았다. 그가 다시 엄지를 누르고, 또다시 바꾸어 누르자, 그녀의 몸은 위로 끌려갔다 넘어가 버렸다.

그녀가 더 이상 숨도 쉴 수 없고 흐느낌으로 목이 막히자, 그는 마침내 몸을 뗐다. 그의 엄지가 천천히 속도를 줄이더니 마침내 멈췄고 손가락은 놀랄 만큼 부드럽게 빠져나왔다. 입에 야만적으로 퍼붓던 공격도 아래턱을 따라가는 부드러운 키스로 바뀌었다.

그는 그녀의 가쁜 숨이 천천히, 깊게 바뀔 때까지 안아 주었다. 그러는 동안에도 그녀의 손가락은 그의 어깨에서 떨어질 줄 몰랐다. 그가 천천히 그녀를 침대에 내려놓았을 때, 문을 씩씩하게 두드리는 소리가 났다.

"레이디 다그마?"

문 건너에서 패니의 목소리가 들렸다.

그웬바엘이 그녀를 다시 일으켜 앉히고 쉰 목소리로 귀에 대고 키스했다.

"대답해. 지금 대답해."

"네?"

다그마는 분명한 소리로 대답했다.

"한 시간 후에 저녁 식사가 마련됩니다. 드레스를 가져왔는데요. 옷 입는 데 도움이 필요하신가요?"

여전히 정돈된 생각을 할 수 없었던 그녀는 그웬바엘이 대사를 일러 주는 게 고마웠다.

"그렇다고 말해. 하지만 십 분이 필요하다고."

다그마는 침을 삼키고 말했다.

"알겠어요. 하지만 아직도 잠이 깨지 않아서, 십 분만 기다려 줘요."

"알겠습니다."

"고마워요."

여자가 떠나는 소리는 들리지 않았지만, 문 아래 비치던 그림자는 사라지고 없었다.

드래곤이 마침내 그녀를 놓아주었고, 다그마는 그가 침대에서 내려가 문으로 가자마자 몸을 가운으로 덮었다. 그녀는 그가 떠난 자리에서 움직이지도 못하고 그대로 있었다.

"오늘 밤 돌아올게."

그웰바엘이 나가면서 말했다.

"누가 여기 가만히 있겠대?"

그는 문을 열기 전에 멈춰 서 그녀를 향했다.

"창문을 열어 둬. 옷은 다 벗고. 다시 돌아오면 당신에게서 원하는 것을 받을 테니까. 하고 싶은 만큼 몇 번이든."

그가 씩 웃었다. 순수한 천연 그 자체의 미소는 감탄이 나오도록 아름다웠다.

"내 말 알겠지, 레이디 다그마?"

다그마는 고개를 저었다.

"아니, 설명을 해야 알지."

"할 거야. 당신을 침대에 묶고서라도 설명을 하고, 하고 또 해주지."

그가 다시 한 번 그녀를 훑어보았다.

"내가 간 다음에 혼자 장난치지 마. 내가 써 보기도 전에 당신의 그곳이 닳아 없어지는 건 바라지 않으니까."

그웬바엘은 문손잡이를 잡고 이제껏 누구에게도 보지 못한 환한 미소로 보답했다.

"게다가 당신은 절정을 느낄 때 무척 아름답거든. 그걸 한순간도 놓치고 싶진 않으니까."

드디어 그가 나가고 문이 조용히 닫혔다.

몇 분 후 패니가 드레스를 갖고 돌아왔을 때, 다그마는 그웬바엘이 놔둔 그 자세로 있었다. 침대 위에 무릎을 꿇고, 가운을 꼭 잡고…… 숨을 헐떡이는 채로.

"그 여자는 내게 경고했어야 했어, 잭."

"예, 그웬바엘 님. 경고를 했어야 했죠."

"그 여자는 자기에 관한 진실을 말했어야 했다고."

"그 말씀 지당하십니다."

"노처녀? 노처녀라니, 망할. 그 여자는 화산이야, 잭. 가득 충만해서 터지기만을 기다리는 화산. 내 비늘까지도 다 녹여 버릴 준비가 되어 있었지. 내가 한 일이라곤 그저 약간 애를 태운 것뿐이야."

"그런 것 같군요. 이제…… 확신이 드십니까?"

"저녁까지 버틸 수 있으면 좋겠지만……. 선택의 여지가 없군. 그냥 해."

"분부대로 하겠습니다."

잭이 물러서며 자기 지시하에 있는 몇몇 남자 하인들에게 손짓을 했다. 하나씩 차례로 그들은 앤뉠이 가반아일을 차지하고 얼마 안 있어 발견한 깊은 우물에서 떠 온 얼음물을 부었다.

물이 그웬바엘의 인간 몸에 부딪치자 부글부글 튀어 오르기 시작했다. 거대한 얼음덩어리도 닿자마자 순식간에 녹아 몇 초 후에는 날아가 버렸다. 하지만 다행스럽게도 그 역할은 다했다.

그웬바엘은 욕조에 뒤로 누우며 한숨을 지었다.

"고마워, 잭."

"천만의 말씀이십니다, 그웬바엘 님. 더 필요하신 거라도?"

"내 제정신이 돌아오면 좋을 것 같아."

"그건 스스로 하셔야겠는데요. 하인의 힘으로는 너무 벅찬 일 같습니다."

그웬바엘은 침실 문을 닫고 복도를 따라 계단으로 내려갔다. 이제는 한결 마음이 진정되었다. 자제력을 찾았다. 그는 자기 꼬리를 잡고 흔들 수 있는 여자에게 익숙하지 않았다. 설상가상으로, 자기가 그걸 좋아하는지조차 몰랐다.

대전으로 내려가는 계단 가까이에 갔을 때, 하마터면 놓칠 뻔했다. 그는 콧구멍을 벌름거리면서 걸음을 멈추었다. 즉시 어떤 방에서 흘러나오는 모든 냄새가 밀려들었다. 그는 몇 걸음 물러났다가 문을 한 번 노크하고 벌컥 열어젖혔다.

사촌 여동생 브란웬이 침대에 엎드려 누워, 책을 보고 있었다. 아직도 사슬 갑옷 셔츠와 레깅스 차림이었지만, 낡은 장화는 언제라도 다시 신을 수 있게 침대 옆에 고이 세워 두었다. 자매들은 전투를 벌이지 않을 때면 드레스를 입지만, 브란웬은 제 어머니처럼 드레스보다는 전투복 차림일 때 더 편안해 보였다. 그웬바엘은 자신이 브란웬을 좋아하는 이유를 새삼 떠올렸다.

방 건너편에는 이지와 켈뤼넌이 있었다. 둘 다 그웬바엘의 선조, 카드왈라드르 쌍둥이가 개발한 전투용 창을 들고 있었다. 그 무기는 드래곤이 인간으로 변신할 경우, 혹은 그 반대의 경우에 따라 키울 수도 줄일 수도 있었다. 쌍둥이가 그의 할아버지처럼 전사로 활약하던 시기에는, 드래곤으로 지낸 시간만큼 인간의 모습으로 지낸 시간이 많았다. 그래서 그들은 무기의 쓰임이 중요하다는 것을 알았고, 오늘날까지도 여전히 이 땅에서 가장 무시무시한 존재로 알려져 있었다.

하지만 이지는 변신할 일이 없기 때문에, 그녀에게 그 무기를 쓰는 법을 알려 줘 봤자 별 소용은 없었다. 다만 켈뤼넌이 그 틈을 타서 이지의 등 뒤에서 두 팔을 두르고 두 손을 잡을 수 있다는 것 말고는.

그들은 함께 전투 자세를 취해 나갔다.

그웬바엘의 극도로 숙련된 관점으로는, 켈뤼넌의 허벅지가 조카딸의 엉덩이에 지나치게 가깝게 파고드는 듯 보였다.

그웬바엘이 방 안으로 들어서자, 이지가 고개를 바짝 쳐들었다. 전쟁이나 전투에 관한 것을 배울 때면 이지가 항상 짓는 긴장된 표정—말하기에 따라서는 찌푸린 얼굴이랄까—이 반가움을 담은 미소로 재빨리 변했다. 그웬바엘이 좋아하는 얼굴이었다. 그는 이지보다 더 귀여운 조카딸은 없을 거라고 생각했다.

"삼촌, 돌아왔네요!"

"안녕, 귀염둥이. 저녁 식사가 곧 시작될 텐데 그런 꼴로 엄마랑 만나도 괜찮겠냐?"

이지는 때 묻은 옷을 휙 훑어보았다. 어린 드래곤들과 종일 놀았는지 힘들고 엉망진창으로 보였다. 그웬바엘이 귀여워하는 조카딸은 분명 그 시간을 무척이나 즐겼을 터였다.

"삼촌 말이 맞네요. 엄마가 펄펄 뛰겠죠?"

"네가 달리고 뛰어내리기를 한 걸 본 후에? 어떨 것 같아?"

이지가 함박웃음을 지었다. 사랑스러운 들창코에 살짝 주름이 지자, 그웬바엘은 웃음을 터뜨릴 수밖에 없었다.

그는 사촌 여동생을 내려다보며 물었다.

"너는 어떻게 지냈냐, 브란웬?"

"배고파 죽겠어. 언제 밥 먹어?"

"금방. 너희 둘은 옷을 차려입는 게 좋겠다. 어머니들한테 잔소리 듣는 게 싫다면."

그는 켈뤼을 보았다.

"나랑 잠깐 얘기 좀 할까, 켈뤼?"

켈뤼은 이지에게서 떨어지면서도 의기양양한 웃음을 감추려 하지 않았다. 점찍은 여자의 남자 친척이 얘기 좀 하자고 하는 일이 처음은 아닌 것이 분명했다. 틀림없이 마지막도 아닐 것이다.

"물론이지. 저녁 식사 때 보자, 이지."

그가 의기양양한 웃음을 그대로 지은 채 이지를 향해 윙크를 날렸다.

그웬바엘은 어린 드래곤을 따라 나오며 등 뒤로 문을 닫았다.

그들이 방을 나선 뒤에 여자애들이 웃음을 까르르 터뜨리자, 그는 내심 반가웠다. 이지가 켈뤼을 진지하게 생각하지 않는다면 그웬바엘이 걱정할 일은 별로 없었다.

그래도 이 어린 자식에게 일러 놓는 게 나쁠 건 없겠지. 이지가 피로 연결되어 있진 않아도 그웬바엘과 피어구스의 조카딸이며 브리크의 금지옥엽 외동딸임을 되새겨 주는 것도.

켈뤼이 몸을 돌려 그를 마주 보았다.

"꼬마 이지는 우리 친척이니 거리를 유지하라는 말을 하려던 참이야?"

그때야 그웬바엘도 기억이 났다. 켈뤼도 카드왈라드르 일족이다. 소중한 공기를 굳이 낭비해 가며 찬찬히 설명하고 차분하게 경고할 필요 따위는 없었다.

그 사실을 명심하며, 그웬바엘은 어린 사촌의 목덜미를 잡아 돌벽에 얼굴부터 처박았다. 다시 벽에서 떼어 냈을 땐, 켈뤼의 코가 박살 난 자리에 핏자국이 근사하게 튀어 있었다. 꼬마 녀석은 거의 무릎을 꿇었지만 그웬바엘은 목덜미를 잡은 그대로 계단까지 걸어갔다. 아니, 질질 끌고 갔다.

"단순 명료하게 말해 주마, 켈뤼. 내 조카딸에게서 손 떼라. 아니면 거세 신관이 되어 웨스트랜드의 처녀 마녀들을 섬기게 될 테니까. 내 말 알아들었어?"

켈뤼이 두 손으로 부서진 코를 덮은 채 고개를 끄덕였다.

"좋아. 이젠 가 봐."

꼬마 녀석은 꽁지 빠지게 복도를 달려가 눈앞에서 사라졌다.

"좋은 밤이 되겠는데."

그웨바엘은 미소를 지으며 중얼거렸다.

다그마는 대전으로 올라가는 계단 한가운데서 멈췄다. 방은 꼭꼭 들어차 있었고, 탁자마다 웃고 떠들고 말싸움하는 이들로 넘쳐 났다. 음식 쟁반이 여기서 저기로 전해졌고, 각자 먹을 만큼 자기 접시에 담은 후 쟁반을 돌렸다. 하인들은 새 음식을 가져오고 빈 접시를 치우느라 부산하게 움직였다. 음식 나르는 하녀 몇몇은 와인을 따르고 탁자에 앉은 손님들과 함께 웃었다.

다행히도 하녀들을 불쾌하게 더듬는 손도 없었고, '손 간수 잘 하세요.'라고 말할 일도 없었다.

"레이디 다그마."

그웬바엘의 사촌 팰이 계단 위로 뛰어올라오며 그녀의 손을 잡았다.

"제가 에스코트해도 될까요, 레이디?"

"고마워요."

"이 무리에게 겁먹지 마세요. 요란스럽긴 해도 해치진 않으니까요."

"제가 적이 아니면 해치진 않겠죠."

"바로 그거예요."

둘은 마지막 계단에 다다랐다.

"제 옆에 앉으시죠. 노스랜드에 대해 알고 싶은 게 많거든요."

그녀는 차라리 나무껍질을 먹는 편이 낫겠다 싶었지만, 미처 뭐라 핑계를 대기도 전에 그웬바엘이 뒤에서 나타나 팰의 머리채를 잡았다. 그가 손을 홱 당기자, 어린 친구는 날아가 버렸다. 그웬바엘은 대신 그녀의 손을 잡았다.

"'야수' 아가씨."

"'오염자'."

그는 싱긋 웃음을 짓더니 그녀의 손을 그의 구부린 팔 위에 얹었다.

"들어가지. 볼 것도 비웃을 것도 많을 거야."

그녀는 웃음을 터뜨렸다.

"무척 재밌을 것 같네."

그웬바엘이 여왕의 식탁까지 그녀를 안내하려 했으나, 그들 앞에 거대한 벽이 나타나 막았다.

"레이디 다그마, 이쪽은 내 꼬마 동생 에이브히어."

다그마는 잘생겼지만 사나워 보이는 얼굴을 올려다보았다. 그 험악한 얼굴도 그가 미소 짓자 사라져 버렸다. 사랑스러운 웃음이 얼굴 전체에 떠올랐고, 다그마도 어쩔 수 없이 함께 미소 지을 수밖에 없었다.

"안녕하세요."

"안녕하세요."

맙소사! 머리카락이 파란색이야. 완전한 검정이 아니라 그렇게 보이는 거지만, 그래도 파랑이라니! 다그마는 그 머리카락을 손으로 만져 보면 그웬바엘이 성질을 부릴지 잠깐 생각했다.

"스파이켄해머의 대도서관에 갔었다는 게 사실이에요?"

"사실이랍니다."

"나도 늘 가 보고 싶던 곳인데. 거기 소장된 책들이 어마어마하다는 말을 들었거든요."

"그렇죠. 하지만 형님은 외설죄로 거기서 쫓겨났답니다."

에이브히어의 매력적인 미소가 스러지더니, 대신에 약간 겁먹은 듯 찌푸린 표정이 떠올랐다.

"정말 데리고 다니기 창피해서."

"내가 그런 게 아냐."

그웬바엘은 거짓말을 했다.

"서가에서 이 여자가 나를 희롱했다고. 나를 매춘부처럼 다뤘단 말이야."

"형님 말이 맞아요."

다그마가 순순히 수긍하자, 두 형제 다 놀랐다.

"형님을 동전 다섯 닢에 시장에서 팔아 버리기도 했답니다. 번 돈으로 새 드레스나 한 벌 살까 했죠."

"내 분명히 말해 두는데."

그웬바엘은 동생이 웃어 대는 소리를 누르고 말했다.

"나는 동전 다섯 닢보다는 값어치가 나간다고. 내 엉덩이를 길에서 팔아 버릴 작정이거든, 적어도 제값은 받아 달라고!"

이지와 브란웬은 오빠 팰이 그들 사이로 돌진해 오자 재빨리 떨어졌다가 다시 붙어서 계단을 내려갔다.

"저 사람 누구야?"

그웬바엘이 여왕의 식탁으로 데려가는 여자를 보고 브란웬이 물었다. 그 자리에는 그웬바엘의 형제자매와 이지의 어머니가 앉아 있었다. 이지랑 아직도 말을 하지 않는 어머니!

"노스랜더인 게 분명해."

"그웬바엘이 저 여자에게 홀딱 반했는데."

"그럼 분명히 똑똑한 사람일 거야. 그웬바엘이 진짜 좋아하는 사람은 다들 똑똑하거든."

계단에서 내려서자, 이지는 중앙 탁자 쪽을 흘끔 쳐다보았다. 거기 자기 자리가 있다는 것을 알고 있었다. 바로 어머니 옆에.

브란웬이 이지의 팔을 잡았다.

"가자, 이지. 우리랑 같이 앉으면 돼."

어린 드래곤은 이지를 어떤 탁자로 데려갔다. 거기엔 빈자리가 몇 개 있었지만, 브란웬은 어떤 여동생 머리채를 잡더니 의자에서 끌어냈다.

"아얏! 언니 미쳤어!"

다툼이 벌어지자, 이지는 두 자매가 휘두르는 팔을 피해야만 했다.

"앉아라, 이지."

글레안나가 손짓으로 이지를 불러 자리에 앉혔다.

"앉아. 쟤들은 무시해 버려. 제대로 된 예의범절을 모르는 애들이라니까."

그녀는 닭 뼈를 빨다가 어깨 너머로 던졌고, 뼈는 지나가던 하인의 이마를 때렸다.

"정말 창피해."

이지가 자기 앞으로 온 쟁반에서 맛있는 냄새가 나는 갈비 몇 점을 접시에 덜어 놓고 있는데, 켈뤤이 들어오며 여동생들을 옆으로 밀쳤다. 그가 이지 옆자리에 앉기도 전에 브란웬이 소리를 버럭 질렀다. 브란웬의 여동생은 여전히 고함을 고래고래 치고 있었다. 하지만 그들의 어머니가 불꽃을 내뿜자 모두 제자리에서 굳어 버렸다.

"브란웬, 여기. 데라, 여기. 자, 이제 둘 다 입 닥쳐!"

자매들이 얼굴에 묻은 검댕을 닦으며 자리에 앉자, 이지는 켈뤤을 돌아보았다.

"세상에나!"

이지는 켈뤤의 꼬락서니에 숨을 헉 들이쉬었다.

"얼굴 어떻게 된 거야? 괜찮아? 모르퓌드가 약을 갖고 있나 물어볼게."

그녀가 일어서려 했지만, 켈뤤이 팔을 잡고 도로 제자리에 앉혔다.

"약은 필요 없어, 이지. 그리고 이건……."

그는 부어오른 코와 눈을 가리켰다.

"그웬바엘이 주는 경고야."

"경고? 뭐 땜에?"

켈뤤은 씩 웃었다. 얼굴이 부어오르긴 했어도 켈뤤은 정말로 잘생겼다. 물론 본인도 그 사실을 잘 알고 있었다. 그래도 이지는 그를 좋아했다. 켈뤤과 함께 있으면 웃을 수 있고, 그는 드래곤들이 쓰는 재미있는 무기도 다 보여 주었으니까.

"너한테서 떨어지라고 경고한 거지."

"나한테서?"

이지는 웃음밖에 나오지 않았다.

"정말로?"

"정말로. 네 삼촌들과 아버지가 너를 엄청 보호하더라. 브리크
는 나를 나무에 던져 버렸지. 절대 꿈쩍도 하지 않는 늙은 나무에
다가. 피어구스는 나를 물었고."

이지는 켈뮌의 손 위에 자기 손을 얹었다.

"삼촌이, 물었다고?"

"그래. 바닥에 누워 있었는데⋯⋯."

"삼촌이 왜 바닥에 누워 있어?"

"나도 모르지."

"물어볼 생각도 안 했어?"

"안 했지."

켈뮌은 다리 한쪽을 가리켰다.

"종아리 근육이 떨어져 나갈 뻔했다니까."

이지는 손끝으로 접시에 놓인 갈비를 만지작거리며 물었다.

"그럼 에이브히어는?"

"에이브히어가 뭐?"

"그도 삼촌이잖아. 에이브히어가 뜬금없이 너를 덮친다거나
그러진 않았어?"

"아니. 한때 무척이나 친했던 사촌께서는 지난 사흘 동안 내게

한마디도 안 하던걸."

켈뮌은 이지의 접시에 놓인 갈비 한 점을 집었다.

"너랑 같이 날아다니는 걸 본 이후로는."

켈뮌이 몸을 가까이 기울이자, 그의 어깨가 이지의 어깨를 눌렀다.

"이런 말 해도 될지 모르겠는데, 에이브히어를 삼촌이라고 부르는 거야 네 맘이지만 에이브히어는 아주 추잡하고 못된 삼촌이 될걸. 너를 쳐다보는 눈길을 보니 말이야."

이지는 갑자기 땀이 촉촉이 밴 손바닥을 탁자 아래로 내려 치맛자락에 닦았다.

"에이브히어가 나를 쳐다보는 눈길이 어떤데?"

"내가 보는 눈길이랑 똑같지."

이지는 화들짝 놀라 켈뮌에게서 떨어졌다.

"아빠랑 삼촌들이 경고했다면서."

"그러려고 노력했다는 거지."

켈뮌은 접시에서 갈비를 하나 더 집었다. 이지가 다른 끝을 잡고 안 주려고 잡아당기자, 그는 웃음을 터뜨렸다.

"형들이 성공했다는 말은 한 적 없잖아."

브라스티아스가 몸을 숙이고 누이에게 뭔가를 속삭이자, 그 광경을 보던 그웬바엘은 저 덩치 큰 개자식을 불로 구워 버릴까 생각했다.

"그만둬."

다그마가 웅얼거렸다.

"뭘 그만둬?"

그녀는 웃었다.

"나한테는 그런 순진한 표정 짓지 마. 그거 내 특허품이니까. 그리고 내가 보기엔 저 남자 괜찮은데."

"누나에게 어울릴 만큼 괜찮진 않아. 누나는 더 나은……."

"인간보다 더 나은 존재에 어울린다?"

"내가 그런 말을 했나?"

"굳이 할 필요도 없지."

와인 잔을 손에 든 다그마는 의자에 편안히 기대앉아 있었고, 그웬바엘도 마찬가지였다. 처음 십오 분 후, 그녀는 밤새 그런 자세를 유지했다. 그들은 가까이 붙어 앉아 속닥거렸다. 그녀가 질문하면 그가 대답하고, 그가 질문하면 그녀가 대답하고…….

그웬바엘은 다그마가 모든 이를 쳐다보고 모든 것에 귀를 기울일 때 짓는 표정이 참으로 교활해서 마음에 들었다. 그녀 스스로는 아직 깨닫지 못한 듯했지만, 다그마가 어느새 경계심을 풀어 버렸다는 것도 알 수 있었다.

앤뉠의 궁정에서 괄크마이 바브 과이어 왕족들과 카드왈라드르 일족들이 서로 주고받는 위협은 인간들 사이에서 일어나는 다툼에 비하면 새 발의 피였다. 그웬바엘의 가족들은 직설적으로 일을 처리하는 편을 좋아했다. 여기서 주먹질, 저기서 불꽃질. 그렇게 함으로써 전반적인 평화가 유지되었고, 저녁을 즐겁게 보낼 수 있었다. 그 덕에 어떤 인기 있는 사촌도 목숨을 부지할 수 있었다. 하지만 인간들은 훨씬 더 위험했다.

다그마가 인정하지 않으려 들지는 모르지만, 그녀도 즐기고 있었다. 그웬바엘은 알 수 있었다. 그녀가 셔츠를 잡아당기자, 그는 다시 몸을 숙였다.

"어째서 상냥한 에이브히어가 저렇게 화난 얼굴을 하고 있어? 우리가 자리에 앉은 이후로 웃질 않네."

"조카딸 이지 때문에 질투가 나지만 그렇지 않은 척하느라고."

"아까 내게 알려 준 저 예쁜 애? 탈라이스의 딸?"

다그마가 코웃음을 쳤다.

"미련하네. 참 미련한 청년이야."

그웬바엘은 클클 웃었다.

"내 생각에도 그래."

그녀가 탁자에 둘러앉은 다른 이들을 훑어보다가 물었다.

"저 둘은 왜 계속 말다툼을 하는 거야?"

누구를 말하는 건지 쳐다보지 않아도 알 수 있었다. 하지만 오늘 밤은 뭣 때문에 다투는지 알아보고 싶었다.

탈라이스가 브리크 앞에 사과를 쳐들고 위험하게 그의 코에 가까이 가져다 댔다.

"이거 다 익은 것처럼 보이지 않는데 왜 다 익었다고 그래?"

"모든 과일과 채소를 다스리는 지배자로서 내가 반드시 제대로 처리하지."

"나한테 다 익지도 않은 과일을 먹으라고 할 수는 없어. 당신이 내 욕구를 제대로 생각해 주지 않다니 너무 실망스러워."

"당신 머리로 제대로 된 생각을 하리란 기대도 안 해. 하지만 항상 희망은 갖고 싶지. 그리고 당신 욕구라면 이따가 밤늦게 충족시켜 줄게."

그웬바엘은 자기 몫의 과일을 베어 물고 어깨를 으쓱했다.

"말다툼 아니야. 저들이 전희라고 생각하는 괴상한 짓이지."

"정말? 그럼 당신이 생각하는 전희는 뭔데?"

몇 초 전에 삼킨 과일이 목구멍에 걸려 버렸다. 그는 과일이 쏙 내려갈 때까지 켁켁거려야 했다.

"괜찮아?"

"당신 방으로 돌아가면 더 괜찮아질 것 같아."

"몇 시간 동안 그럴 순 없을 텐데."

다그마는 잔을 높이 들어 하인에게 와인을 좀 더 따라 달라는 신호를 보냈다.

"당신에게 그렇게 애태우는 기술이 있는지는 몰랐어, '야수'."

"내가 그만뒀으면 좋겠어?"

"무슨 그런 어림도 없는 말을."

둘은 몸을 약간 뒤로 빼다가 더 이상 식탁이 앞에 없다는 걸 깨달았다.

"식사가 언제 끝났지?"

다그마가 와인 잔을 의심스레 쳐다보며 물었다.

"그 정도로 취한 건 아냐. 식탁이 정말로 사라진 거지. 이제 춤출 시간인가 보네."

그웬바엘이 손을 내밀고 말을 꺼내기도 전에 그녀가 잘라 버렸다.

"싫어."

"해 볼 마음도 없어?"

"싫어. 진심이야. 차라리 다른 걸 하는 게 나아."

"가령?"

"나를 불에 던져. 물에 빠뜨려. 아니면 대들보에 매달든가. 춤추는 것보다는 그게 나아."

그웬바엘이 껄껄 웃고 있을 때 조카딸이 그의 손을 잡았다.

"오세요, 그웬바엘! 우리 춤춰요!"

이지가 건강한 힘으로 그를 자리에서 끌어냈다.

"당신 괜찮겠어?"

힘을 다해 끌어당기는 조카딸에게 붙들려 가면서도 그는 다그마에게 물었다.

"난 괜찮을 거야."

그녀가 잔을 들어 가 보라는 몸짓을 했다.

"가서 춤춰. 나는 나중에 찾아보고. 그럴 수나 있으면."

끝까지 애태우기는!

"꼭 그러지."

그가 버티던 힘을 풀어 버리자 조카딸이 비명을 지르며 바닥에 철퍼덕 넘어졌다.

"이세벨! 바닥에서 뭐하는 거야? 일어나라고, 아가씨! 자존심을 지켜야지!"

다그마는 사랑에 빠졌다. 미친 듯이, 사랑스럽게도 사랑에 빠져 버렸다.

그녀는 자기가 이렇게나 깊게 사랑에 빠지리라는 건 꿈도 꾼 적이 없었다. 하지만 누가 알았겠는가? 이렇게 달콤한 얼굴로 조곤조곤 말하는 드래곤이 이토록 가십을 좋아할 줄을. 더 중요하게는 그걸 다그마와 나누고 싶어서 좀이 쑤셔 할 줄이야 누가 알았겠는가?

그래, 이건 사랑이었다. 깊고 끝없는 사랑!

"브리크 옆에 있는 키 작은 빨강 머리 남자 보여요? 저 왕족?"

다그마는 안경 속에서 눈을 가늘게 뜨고 보려고 했다. 이날 저녁 와인을 평소보다 좀 과하게 마셨는지 저 정도 거리에 있는 사람은 흐릿하게 보였다. 하지만 대놓고 티를 내고 싶지는 않았다. 다행히도 모르퓌드의 오빠 브리크는 눈에 확 띄었다. 방 안을 가득 채울 만큼 오만한 기운이 흘러넘쳤다.

"네."

"내가 듣기론 말이죠."

모르퓌드가 몸을 가까이 기울이고 속삭였다.

"저 남자는 짝의 드레스를 입는 걸 좋아한대요. 남자가 그러면, 여자는 그 문제의 드레스를 입은 남자와 우연히 부딪친다죠."

"여자가 혼을 내나요?"

"그럼요!"

모르퓌드는 다시 목소리를 낮췄다.

"저 남자의 짝은 또 남자를 혼내는 걸 무척이나 즐기는 모양이에요. 그것도 무지무지하게 매섭도록. 사실, 둘 다 진이 빠져서 기분 좋아질 때까지 혼을 낸대요."

다그마는 한 손을 가슴에 댔다.

"그것참 멋지네요."

"그렇죠!"

모르퓌드는 자기 다리를 톡톡 쳤다.

"이 말은 꼭 하고 싶었어요, 다그마. 당신이 와 줘서 정말 기뻐요. 맛깔난 가십을 제대로 즐길 줄 아는 이는 정말 별로 없거든요. 물론 그웬바엘을 제외하면요."

"그야 그렇겠죠."

다그마도 인정했다.

"다들 어떤데요?"

"피어구스는 누구도, 어떤 것에도 상관 안 해요. 큰오빠한테는 매사가 못마땅하죠. 물론 앤널은 빼고요. 앤널이 오빠 성질을 건드릴 때도 있긴 하지만. 브리크는 자기 자신 말고 다른 일에는 별로 신경 안 써요. 탈라이스랑 말싸움할 거리가 있나 찾아다니는 정도죠."

더 알고 싶어서 다그마가 물어보려고 한 순간 모르퓌드가 한 손을 들어 막았다.

"묻지 마요. 그 둘 사이에 일어나는 일은 모두 바보 같으니까. 에이브히어는 아무짝에도 쓸모가 없어요. 걔는 남의 악한 면을 믿지 않으려 해서 항상 말을 끊죠. '그럴 리가 없어. 그럴 리가 없어.' 얼마나 짜증 나는지."

"앤닐은요?"

"앤닐이 하는 일이라고는 독서뿐이에요. 도서관에 살죠. 그래서 소중한 책에 집중하지 못할 일이 생기면 질색을 해요. 책을 읽고 있지 않으면 누군가를 죽이고 있는 거고, 누군가를 죽이고 있지 않으면 책을 읽고 있는 거랄까. 앤닐에게 중간은 없어요."

"그럼 탈라이스는?"

"나의 유일한 구원이죠. 하지만 탈라이스와는 오래 함께할 수 없어요. 금방 편집증적으로 구니까."

"편집증?"

모르퓌드가 눈알을 굴렸다.

"'다들 나에 대해 뭐라 그래요? 당신은 나에 대해 뭐라고 했어요?' 이건 또 얼마나 짜증 나는지."

다그마는 웃음을 터뜨렸다.

"이 얘기 들으면 좋아하실지도 모르겠네요. 전 중요한 문제에만 편집증적으로 굴죠."

그녀의 시선이 방 안을 훑었다.

"제가 관심 있는 건 다들 무슨 일을 하는가예요."

모르퓌드가 그녀의 손을 잡아 자기 가슴에 댔다.

"오해하지 말고 들어요, 다그마. 당신 사랑해요!"

다그마는 다른 손을 모르퓌드의 손 위에 올려놓았다.

"저도요."

두 여자는 웃음을 터뜨렸다. 다그마는 평생 웃었던 것보다 오늘 밤에 더 많이 웃는 듯한 기분이었다.

탈라이스가 별안간 다그마 건너편 의자에 쿵 주저앉았다.

"정말 재미있어!"

모르퓌드가 다그마의 귀에 대고 속삭였다.

"술이 머리꼭지까지 올랐네요."

"나 안 취했어요."

탈라이스가 항의했다.

"너, 마녀. 악녀. 악녀 마녀."

그러고는 혼자서 키득거리다가 두 손을 흔들었다.

"좋아요. 내가 술이 좀 과하긴 했는데, 그래도 오늘 해야 할 중요한 질문은 기억하고 있다고요."

"뭔데요?"

"여기 꼬마 다그마 아가씨가 우리 그웬바엘과 잤을까요?"

다그마는 다리를 문질렀다. 탈라이스가 무례한 질문을 강조하려고 찰싹 때린 자리였다. 얼굴이 예쁘게 물든 모르퓌드는 숨을 헉 내쉬었다.

"그건 우리가 상관할 바 아니죠!"

"말해 봐요. 난 그 커다랗고 멍청한 드래곤 눈에 완전히 빠지지 않은 사람에게 직접 듣고 싶다고요. 진실을 듣고 싶어! 자기 말처럼 그 남자 그렇게 잘해요?"

"조용히 해요!"

모르퓌드가 색색거렸다.

"진실은 모르겠어요."

여자들이 그를 빤히 쳐다보자 다그마는 어깨를 으쓱했다.

"몰라요."

"그럼 하지 마요."

탈라이스가 진지하게 말했다.

"이 문제만은 내 말대로 하세요."

"왜 하면 안 되죠?"

탈라이스는 한 팔로 다그마의 어깨를 감싸고 다른 팔로는 모르퓌드에게 손짓을 했다.

"귀를 닫아요, 아가씨. 당신은 이 말 듣고 싶지 않을 테니까."

"신들이여, 나를 이 곤란에서 꺼내 주시기를."

탈라이스가 몸을 더 가까이 숙였다.

"내가 분명히 말해 주는데, 마그다……."

"다그마예요."

"뭐가 됐든. 그 남자가 자기 형하고 같다면, 당신도 덫에 걸리게 될 테니까 그만두라고요. 그러다가 영원히 갇혀."

"그러면 어떻게 되는데요?"

"당신 눈이 돌아갈 때까지 계속 섹스하자고 할걸. 그럼 끝이야! 빠져나갈 길이 없다고요, 귀염둥이 아가씨. 여기 갇히는 거야. 이 지옥에."

다그마는 차분하게 주위를 둘러보았다.

"이 지옥에?"

그녀는 무미건조하게 물었다.

"말만 하면 뭐든 준비해 두는 사근사근한 하인들, 신선한 사냥감이 가득한 아름다운 구릉과 숲, 자비로운 여왕님, 당신과 딸을 보호하려고 열심인 용맹스러운 드래곤, 당신에게 홀딱 반한 멋진 은발 전사가 있는 궁전 지옥에? 그 지옥을 말하는 거예요?"

"그래! 이제 좀 알아듣네!"

"아주 잘 알겠어요. 명심해 둘게요. 제가 만에 하나 그웬바엘과…… 하게 되면요."

"그게 당신이 원하는 건지 확실히 해요. 일단 한번 들어서면 빠져나갈 수 없으니까. 무엇보다 그 남자가 당신 몸에 낙인을 찍게 놔두면 안 돼요. 그러면 영원히 갇히는 거야!"

"탈라이스!"

모르퓌드가 소리를 질렀다.

"낙인이라니요? 진짜 철 도장?"

"아니! 그런 게 아니에요."

모르퓌드가 항변했다.

"그건 '권리 주장'이라고 하는 거예요. 당신이 사랑하는 드래곤이 도구 없이 당신 몸에 남기는 낙인을 말하는 거죠. 아주 신비롭고…… 낭만적이랍니다."

"낭만과는 거리가 멀어……."

탈라이스는 중얼대다가 고개를 홱 쳐들고 소리를 지르다시피 말했다.

"하지만 그걸 하면 절정을 느끼죠!"

모르퓌드가 머리를 두 손에 묻었다.

"맙소사, 제발 술 먹고 주정 좀 하지 마요."

그녀는 인간 마녀를 쏘아보았다.

"차라리 그냥 뽑아 버리라고요!"

다그마는 그저 물어볼 수밖에 없었다.

"탈라이스, 브리크와 같이 있어 행복하지 않나요?"

"행복은 무슨!"

탈라이스는 깊이 한숨을 지었고 감정에 겨워 눈물을 쏟기 직전이었다.

"그를 정말 사랑해요."

"그럼 됐잖아요."

다그마는 옆에 있던 모르퓌드가 고개를 젓는 것을 보았다.

"난 더 이상 이런 얘기 하고 싶지 않아요. 그저 이들이 내 일족임을 받아들이고 내 할 일이나 해야겠어요."

다그마는 모르퓌드의 다리를 토닥거리며 할 수 있는 한 위로했다.

"그게 제일 좋을 것 같네요."

그웬바엘이 비틀비틀 걸어와 옆에 서자, 에이브히어는 에일 한 잔을 건네며 씩 웃었다.

"또 밴터 공작 부인에게 걸렸어?"

"겉으로 보기엔 손이 두 개인데, 실제로는 여섯 개는 되는 여자야."

"일 년 넘게 형을 자기 침대로 끌어들이려고 애썼잖아."

"너희 무리는 인정하려고 하지 않지만, 내게도 기준이라는 게 있다고."

"무척 예쁘기는 하잖아. 가슴도 크고. 게다가 내가 알기로는 뭐든지 기꺼이 해 준다며."

"저 여자 손이 나를 앞발처럼 움켜쥐더라. 그러면 내가 불안해. 나를 불안하게 하는 여자야."

"그리고 오늘 밤 형의 시선은 다른 사람에게 가 있고."

이제 그웬바엘도 웃음을 지었다.

"그렇지."

에이브히어는 입을 꼭 다물고 시선을 돌렸다.

"뭐냐?"

그웬바엘이 한숨을 지었다.

"그 표정 뭐야?"

"아무 것도 아냐."

"그냥 털어놔, 동생."

에이브히어는 어떻게 하면 그 화제를 요령 있게 풀 수 있을지 고심하면서 형을 흘깃 보았다.

"그냥……."

"그냥 뭐?"

"레이디 다그마를 약간…… 뭐라고 해야 하지, 그러니까…….."

"그 여자를 약간 뭐?"

에이브히어는 조심스럽지만 직설적으로 말하기로 했다.

"형한테 약간 벅차다고 생각하는 거야?"

"뭐?"

"책을 무척 많이 읽잖아. 잠깐 얘기해 봤는데, 무척 유식하더라고. 지나치게 유식하지."

그웬바엘은 두 손을 허리에 얹었다.

"나에 비하면 너무 똑똑하다는 거냐?"

"어쩌면 '더 상식이 있다'는 게 맞는 표현일 수도 있어."

"덩치만 큰 똥개 새끼가!"

"화내지 마. 나는 그저 형이 눈을…… 조금 낮춰야 하지 않나 싶은 거야."

"대체 넌 어떻게 돼먹은 동생이냐?"

"솔직한 동생이지. 내가 거짓말을 하는 편이 좋겠어?"

"그래!"

그웬바엘은 고함을 지르며 에일 잔을 도로 에이브히어 손에 던져 버렸다.

"정말이지, 그편이 낫겠다!"

다그마는 궁전 뒤편으로 슬금슬금 걸어가다가, 울타리에 몸을 기대고 구부린 팔에 머리를 파묻은 그녀의 모습을 보았다. 다그마는 천천히 조심스레 다가갔다.

"앤뉠?"

여왕의 고개가 벌떡 들렸다.

"아, 다그마."

"괜찮으세요?"

"괜찮아. 그저 신선한 공기가 필요해서."

앤뉠에겐 잠이 필요했다. 그녀의 몸엔 땀이 얇게 덮였고, 손은 바르르 떨렸다.

다그마는 궁정에 참석한 몇몇 인간 귀족들이 소곤거리는 소리를 저녁 내내 들었다. 앤널은 그들이 이전에 알던 앤널이 아니었다. 머리카락이 성겨졌다. 얼굴에선 윤기가 사라졌고 축 처지고 주름이 졌다. 팔다리는 너무 가늘어서 아기를 밴 사람이라고는 할 수가 없었다. 다그마는 만나기 전의 여왕에 대해서는 전혀 아는 게 없었으므로 ──물론 소문 외에는── 그런 평가가 사실인지 아닌지 판단할 수 없었다. 그러나 출산이 임박했다는 것은 알 수 있었다. 그 징조는 익히 알고 있었다.

"제가 가서 피어구스 님을……."

"그러지 마."

앤널이 억지로 미소를 띠었다.

"그가 자기만의 시간을 갖는 건 참 오랜만이니까. 게다가 가족들과 함께 즐기다니 정말 처음이지."

다그마는 쿡쿡 웃었다.

"잘 알겠어요. 하지만 제가 부축해 드릴게요. 방까지요."

"그럴 필요는 없어."

하지만 앤널의 눈은 약간의 도움을 갈구하고 있었다.

"여왕님 덕에 여길 빠져나갈 핑계가 생겼잖아요."

다그마는 그녀에게 다가가 허리라고 할 만한 부분에 한 팔을 둘렀다. 여왕의 드레스 아래로 갈비뼈가 느껴졌지만, 움찔거리지 않으려고 애썼다. 다른 손으로는 그녀의 팔을 잡았다.

"갈까요. 인간 두 명으로도 이 정도는 할 수 있지 않겠어요?"

앤닐이 웃었다.

"그랬으면 좋겠네."

두 사람은 함께 뒤쪽 계단으로 천천히 걸어갔다. 쉽진 않았고, 다그마는 평소에도 힘이 세다는 평판을 들은 적이 없었다. 하지만 마음속 바람보다는 그럭저럭 잘 해냈다. 그녀는 재미없는 올케들에 대한 흉을 섞어 가벼운 수다를 떨면서, 여왕이 옷을 벗고 몸을 씻을 수 있도록 도왔다. 그런 후에는 침대에 눕혔다. 모피 이불을 덮어 주기도 전에 앤닐이 잠에 빠진 것을 알고 다그마는 미소를 지었다.

그녀가 조용히 방을 빠져나와 문을 닫았을 때 한 여자의 목소리가 들렸다.

"아, 그웬바엘! 난 그저 당신을 사랑할 뿐인데!"

복도 아래쪽을 내려다본 다그마는 그웬바엘이 가슴이 큰 귀족 여자를 끌고 가는 것을 보았다.

스스로의 멍청함에 고개를 저으며 ──정말로 저런 것과 지옥에 갈 수도 있다는 실낱같은 희망을 품었단 말인가?── 다그마는 도로 계단을 내려가 신선한 밤공기를 마시러 나갔다.

그웬바엘은 밴터 공작 부인을 따돌릴 수 있을 것 같지가 않았다. 그녀는 그에게 덩굴처럼 달라붙었다. 저녁내 들이켠 와인으로 더욱 대담해져서 평소보다도 떼어 내기가 힘들었다. 그는 마침내 그녀를 자기 방으로 차 넣고 킥킥대는 하녀 아이의 품에 맡겼다. 공작 부인이 술 취해서 '나를 가져요, 그웬바엘. 지금 당장 가져요.'라며 지분댔을 때 그웬바엘이 사팔눈을 하자 하녀 아이는 재미있어하는 것 같았다.

그웬바엘은 클클 웃으며 이 층으로 향하는 계단을 내려갔다. 자기 방을 지나 모퉁이를 도는 순간 브리크와 정면으로 맞닥뜨리고 말았다.

"어이, 형. 지금 메고 가는 엉덩이가 꽤 멋진데."

"멋지고 술에 취한 엉덩이지."

"나 안 취했어!"

그웬바엘은 씩 웃었다.

"엉덩이가 말도 하네."

"내려놔!"

엉덩이가 요구했다.

"혼자 걸어갈 수 있다고."

"소원대로 해 주지."

브리크가 짐을 쿵 내려놓자, 탈라이스는 엉덩방아를 찧지 않으려고 자기 짝의 팔을 붙잡았다.

"봤어?"

그녀는 마침내 균형을 잡고 말했다.

"내 정신이 얼마나 말짱한지."

그 말을 시험이라도 해 보겠다는 양, 브리크가 팔을 빼 버렸다. 붙잡을 만한 지지대가 없자 탈라이스는 그웬바엘이 언젠가 훔쳤던 석상처럼 쿵 넘어지고 말았다.

그녀가 이글이글 타는 눈으로 브리크를 노려보았다.

"개자식."

"말했죠, 아름다운 탈라이스. 당신에게 어울리는 드래곤은 나라고."

그웬바엘은 옛날 일을 떠올렸다.

"하지만 당신은 저 오만한 드래곤과 가 버려야 했죠. 내가 항상 이렇게 사랑스럽고 매력적이며 근사한 모습으로 주변에 있는데도, 내 아름답고 완벽한 몸에는 오만한 구석이라고는 없는데도 말이죠."

브리크가 몇 초 동안 한쪽 눈을 파르르 떨다가 동생에게 덤벼들었지만, 그웬바엘은 두 손을 들었다.

"얼굴은 안 돼! 얼굴만은 건드리지 말라고! 오늘 저녁 계획이 있으니까 내 완벽한 모습은 망치지 말고 그대로 있어야 해!"

"멍청이."

"증명해 봐."

그웬바엘은 형의 짝을 내려다보았다.

"말이 나왔으니 말인데, 내가 마지막으로 탈라이스를 봤을 때 탈라이스는 그 영리한……."

거기서 말을 멈춘 그는 형을 향해 이를 드러내며 환히 웃었고, 브리크도 웃음을 터뜨렸다.

"다그마와 함께 있었는데."

"내가 마지막으로 봤을 때……."

탈라이스가 두 발로 일어서려 하며 말했다.

"그 여자는 밖으로 나가던데요."

그웬바엘은 두 손을 들었다.

"그 여자에게 방으로 가 있으라고 했건만. 벌거벗은 채로 나를 기다리라고요. 그런데 빈들빈들 돌아다니고 있다니."

브리크가 고개를 저으며 손을 아래로 내려 자기 짝의 어깨를 잡아 올렸다.

"다음에는 사슬을 써. 그래야 여자가 빠져나가지 못하지."

"좋은 생각이야. 어쩌면 형에게 빌려야 할지도 모르겠네."

마침내 일어선 탈라이스가 두 손으로 그웬바엘의 가슴을 팍 밀었다. 그가 밀리지 않자, 그녀는 얼굴을 찡그리며 다시 한 번 쳤다.

　"우린 그런 것 없어요. 다들 그러는 것처럼 앤널이나 피어구스에게 빌리시죠. 그리고 하나 더. 난봉꾼 님, 레이디 다그마에게서 그 더럽고 더러운 음탕한 손 떼요. 착한 여자던데."

　그웬바엘은 자기 손을 내려다보았다.

　"더럽지 않은데."

　"하지만 약간 흙탕물에 담그긴 했잖아."

　브리크가 농담했다.

　"그보다, 왜 내가 다그마를 이용할 거라고 생각하는 거죠?"

　"그 여자도 들어갈 구멍은 있지 않겠어요?"

　탈라이스가 코웃음 쳤다.

　그웬바엘의 웃음소리가 복도에 울려 퍼졌다.

　"탈라이스에게 맨날 술을 먹여야겠네!"

　브리크는 한숨을 지었다.

　"일 년에 한 번이면 충분해. 하지만 나도 이번 여자는 네가 이제껏 놀아난 다른 여자들과는 다르다고 말하고 싶다. 책을 많이 읽었던데. 입담도 좋고. 게다가 생각도 훌륭하게 논리적 순서에 따라 하는 편이고. 실제로 대화를 나누는 동안 오 분, 아니, 육 분 정도는 내 관심을 끌었지. 물론 내 마음은 좀 더 흥미로운 쪽으로 흘러가 버렸지만."

　"탈라이스의 엉덩이?"

"무례하긴."

탈라이스가 식식댔다.

"동생에게 무례하다고 말해 줘요!"

브리크는 손가락을 그웬바엘을 향해 흔들었다.

"무례하잖아! 내 짝에게 그런 식으로 말하지 마!"

그는 탈라이스를 자기 쪽으로 당겨 꼭 끌어안더니 그웬바엘을 향해 윙크하며 입만 뻐끔거렸다.

'물론 이 여자 엉덩이지.'

다그마는 언덕을 씩씩하게 오르고 바위 꼭대기로 비척비척 기어 올라갔다. 잘 고른 선택이었다. 가반아일을 다크플레인과 가르는 전체 골짜기가 한눈에 들어왔다.

"호수가 많기도 하네."

그녀는 소리 내어 말했다.

"잠재적 방어기지로 삼을 데가 많다는 거지."

여왕은 다그마에게 도움을 요청했고 다그마는 행복하게 받아들여 자기의 가치를 보여 주기로 결심했다.

……사우스랜더에게만이라도.

막 내려가려다 다그마는 키가 큰 남자가 바위 옆에 서 있는 것을 보았다. 그웬바엘은 아니었지만 또 다른 의뭉스러운 드래곤인 건 확실했다. 이제는 구분이 쉽게 되는 터라 이전에는 어떻게 놓칠 수가 있었는지 되레 궁금할 정도였다. 라그나는 달랐다. 그는 개인사도 줄줄이 늘어놓았고 늙고 부상당한 척 연기도 했다. 그 모두가 영리한 책략이었고, 그 때문에 다그마는 아직도 울화통이 터졌다.

"좋은 저녁이네요."

그녀가 먼저 인사를 건넸다.

남자가 고개를 들어 그녀를 보고, 자기 말고 다른 누구에게 말을 거는 줄 알았는지 주변을 둘러보았다.

"음…… 좋은 저녁이군요?"

"저녁 식사 자리에서 본 기억이 없는데요."

다그마는 남자에게 잡아 달라고 한 손을 내밀었다. 남자는 잠시 망설이는가 싶더니 그 손을 잡고 그녀가 바위 위에 편안히 자리 잡도록 도와주었다.

"난 거기 없었으니까요. 헤매고 다니는 내 짝을 찾는 중이라서. 어떤 날은 나를 전혀 사랑하지 않는 것 같아요."

"여행은 그 자체의 환상을 가진 법이죠. 저도 이젠 알겠더라고요. 어쩌면 떨어져서 시간을 보내고 나면 그분이 당신에게 느끼는 사랑이 더 강해질지도 몰라요."

"그녀도 그런 말을 한두 번 했던 것 같은데……. 하지만 난 그녀가 그립군요."

남자가 미소를 짓자, 다그마는 가벼운 한숨을 억눌러야 했다. 긴 검은색 머리와 보라색 눈동자를 가진 그는 감탄이 절로 나올 만큼 아름다웠다. 이런 남자를 두고 멀리 떠나 돌아다닌다는 그 여자, 드래곤이든 인간이든 만나 보고 싶었다.

"오늘 밤 여기 밖에서 누구 만나기로 한 건가요?"

그가 물었다.

"그럴 리가요."

그웬바엘이 자기 방으로 그 귀족 여자를 데리고 가는 이미지가 머릿속에서 떠나지 않았다.

"그저 신선한 공기 좀 쐬려고요."

"게다가 혼자 있을 시간도 필요했겠죠. 소란스러운 무리라."

그가 손짓으로 성 쪽을 가리키며 말했다.

"아주 소란스럽긴 했어요. 기대했던 것과도 좀 달랐고."

"모두들 드래곤에게 최악의 모습을 기대하기 마련이죠. 어쩔 수 없어요."

그가 고개를 옆으로 갸우뚱했다.

"이제 가 봐야 할 시간이네요."

다그마는 고개를 끄덕였다.

"좋으실 대로."

"이야기 나눠서……."

그가 다그마를 이상한 표정으로 바라보았다.

"즐거웠어요."

다그마는 자기가 말을 걸었다는 것만으로 남자가 그처럼 놀란 듯 보이는 이유를 알 수 없었지만, 물어볼 만큼 딱히 궁금하지도 않았다.

"저도요."

남자는 아주 정중하게 절을 하고 주변의 숲 속으로 들어가 버렸다. 다그마는 떠나는 남자의 뒷모습을 앞모습만큼이나 감탄하며 바라보았다.

"이성이 나를 지켰네."

다그마는 자기 자신에게 질렸다는 듯 중얼거렸다. 그녀가 몸을 막 돌리는 순간, 들려오는 소리에 온몸이 움찔했다.

"당신 방에서 기다리고 있으라고 한 것 같은데. 알몸으로."

다그마는 한 손을 그의 가슴에 대고 다른 손을 들었다. 골드 드래곤에게 화들짝 놀라고 만 자신에게 한층 더 질려 버렸다.

"응?"

그가 밀어붙였다.

"그만 좀 으르렁거려. 게다가 당신이 다른 여자와 나갔는데 내가 방에서 당신을 기다릴 이유가 없잖아."

"내가?"

"당신 목에 올가미처럼 매달려 있던 귀족 여자, 기억 안 나?"

"그 공작 부인 말하는 거야?"

"그래, 그 여자."

"당신이 방에서 기다리고 있다고 생각하는데, 뭐하러 그 여자랑 시간을 낭비하겠어?"

"내 아버지 표현을 빌리자면 '젖통이 더 커서'?"

"나를 너무 하찮게 보는데."

"아니. 사실이야, 안 그래."

그가 태연하게 바위를 돌아와 그녀를 마주 보았다.

"내 동생 에이브히어 말로는 당신이 내게는 아까울 정도로 너무 똑똑하다는데."

"당신 동생 에이브히어는 책과 이지를 쳐다보느라 너무 많은 시간을 쓰는 것 같던데."

"앤널 말로는 당신이 모르퓌드에게 맞서서 내 편을 들어 줬다던데."

"난 그저 상황을 해명한 것뿐인데."

"그럼 당신의 해명에 감사해야겠군. 내겐 큰 의미가 있어."

그는 다그마의 두 손을 잡더니 팔을 몸에서 치웠다.

"이 드레스 당신에게 어울리네. 패니가 감각이 있어."

"나한테 번쩍거리는 옷을 가져다주지 않을 정도는 눈치가 있더군. 그 점은 고마웠어. 당신 칭찬도 고맙고."

"뭘 그런 말을. 이제 이리로 와 봐."

그웬바엘이 물러서자, 다그마는 조심스레 땅으로 미끄러져 내려갔다.

"옷을 벗어."

다그마는 화들짝 놀라 두리번거렸다. 키스도 없이? 낭만도 없이? 그냥 명령이야?

그보다 더 언짢은 건 그 생각만으로도 젖꼭지가 딱딱해져 버린 것이었다.

"여기 바깥에서? 지금?"

"그래. 여기서, 지금."

"그웬바엘 님, 다른 사람을 훔쳐보기를 즐기는 것과 남에게 훔쳐보도록 하면서 즐기는 것 사이에는 큰 차이가 있어요."

"나도 알아. 옷 벗어."

그가 한 걸음 다가왔다.

"아니면, 내가 잡아서 찢어 버리는 편이 좋아?"

"어떤 변태 같은 환상을 품고 있는지 모르겠지만……."

"그래서 젖었다?"

다그마는 엄지와 검지를 들어 살짝 벌리며 속삭였다.

"약간."

그녀가 미처 깨닫기도 전에 둘은 웃음을 터뜨렸다. 웃어야만 했을까? 올케가 벌이는 짓을 엿들었을 땐 뭔가 필사적이고 통제할 수 없으며 야만적인 것이 있는 게 틀림없다고 생각했다. 하지만 그 모든 것들을 느끼고 있음에도, 또한…… 행복한 기분도 들었다.

그웬바엘이 이마를 그녀의 이마에 대고 목소리를 낮췄다.

"여긴 당신과 나뿐이야, '야수' 아가씨. 나무 위의 까마귀 말고는 달리 끼어드는 게 없다고. 우리 둘이 무슨 짓을 하든 그건 우리 둘만의 일이야. 그게, 아가씨, 환상의 아름다움이지."

"언제나처럼 말은 청산유수네, '오염자'."

"그렇다고 해서 진실이 아니란 뜻은 아니잖아."

그는 조심스레 다그마의 안경을 벗겨, 그녀가 입은 드레스의 숨겨진 주머니에 여유롭게 집어넣었다.

"옷을 벗어. 드레스가 어떻게 된 건지 당신이 패니에게 설명해야 하는 건 내가 싫으니까."

눈의 초점을 맞추려 애쓰며, 다그마는 드레스의 허리를 조인 끈을 잡았다.

"곰이 덮쳤다고 하면 패니가 안 믿을까?"

그녀가 킥킥거리며 물었다.

그웬바엘은 말없이 다그마가 드레스의 리본을 푸는 모습을 바라보았다. 여자들을 진정시키기 위해서 그웬바엘은 먼저 떠들곤 했다. 예쁘다, 귀엽다, 재치 있다…… 여자들이 오로지 그에게만 관심을 두게 할 수 있다면 무슨 말이든 했다. 하지만 그는 다그마의 관심을 받고 있다는 것을 이미 알았고, 말은 그들이 함께 갖고 노는 도구라는 것도 알았다. 그들은 말로써 서로를 고문했고, 말을 이용해서 원하는 것이나 필요한 것을 얻었다. 하지만 그런 말이 지금 이 순간만은 둘 사이에 끼어들기를 원치 않았다. 그는 오로지 다그마를 원했다. 살짝 큰 드레스를 풀며 대담하게 그를 보고 유혹하는 이 여자를. 그의 시선이 그녀의 얼굴에 머물렀다. 그녀가 좀 더 흥분하자 뺨에 흐르는 홍조가 보였다. 그녀의 향기가 그의 감각을 애태웠고, 그녀를 당장 땅에 눕히고 원하는 걸 취하고 싶은 욕망을 참기가 힘들어졌다.

다그마가 드레스를 어깨에서 끌어 내리고 옷에서 벗어났다. 드레스가 땅에서 떨어지고 곧이어 속옷이 뒤따랐다. 그녀가 두 손을 허리에 대고 말없이 도전하듯 눈썹을 치킨 채로 그 자리에 섰다. 그웬바엘은 집게손가락을 휙 돌려 그녀의 여성을 가리고 있는 천 조각을 치우라는 신호를 보냈다.

그녀가 언짢은 듯 작게 신음하며 중얼거렸다.

"게으름뱅이."

숨을 죽인 채로 양쪽 허리의 리본을 잡아당기자 천은 옆으로 갈라졌고, 그녀는 그 천을 발밑에 쌓인 옷 더미 위에 놓았다.

옷을 입은 그 앞에서 완전한 알몸으로 서 있었지만, 그녀의 자세는 도전적이고 용감하고 당당했다. 상상했던 것보다도 한층 더 흥분시키는 모습이었다.

그웬바엘은 팔짱을 풀고 그녀의 머리를 덮은 수건을 부드럽게 벗긴 후 땋은 머리를 앞으로 돌렸다. 끝에 묶은 리본을 풀어내고 천천히 시간을 들여 비단 같은 머리카락을 풀었다. 그 일이 다 끝나자, 손가락으로 그녀의 머리를 쓸어 머리카락이 엉덩이까지 흘러내리도록 했다.

이제 그녀를 원하는 만큼 가질 수 있게 되었다.

그웬바엘은 두 손으로 그녀의 가슴을 받치고 엄지로 젖꼭지를 희롱하기 시작했다. 그녀의 눈이 감기고 몸이 떨렸다. 그도 즐기고 있었다. 그의 남성이 바지 속에서 단단하고 무겁게 밀고 나오려 했고, 매 초가 흐를 때마다 그저 그녀 위에 올라타고 모든 걸 잊어버리고 싶은 것을 참기가 더 힘들어졌다.

하지만 그는 그녀가 이보다 더 준비가 되길 바랐다. 부드러운 압력을 주면서, 그는 그녀의 엉덩이가 바위에 닿을 때까지 뒤로 밀어붙였다. 그리고 그녀의 두 손을 잡고 키스했다.

"당신의 이 작은 손가락이 뭘 할 수 있는지 보고 싶어."

그녀가 반사적으로 그에게 손을 뻗었지만, 그는 그녀의 손을 꽉 움켜쥔 채로 몸에 꼭 붙였다.

"아니, 당신의 몸을 가지고 보여 줘."

"게으르기는."

그녀가 도발했다.

"필사적인 거야."

그가 대꾸했다.

"내 것을 취하기 전에 당신을 준비시킬 수 있을지 확실히 모르겠으니까."

그는 그녀의 엉덩이를 들어 올려 바위 위에 몸을 뻗게 했다.

"반듯이 누워서 내게 보여 줘."

그웬바엘은 침착하게 명령했다.

그녀는 즉시 움직이지 않았다. 머리를 약간 뒤로 젖히고 가늘게 뜬 눈으로 어둠 속을 탐색했다.

"여기."

그가 부드럽게 말하며 그녀의 오른손을 들어 올렸다.

"내가 도와주지."

그리고 그녀의 가운뎃손가락을 자기 입에 넣고 혀로 천천히 그 끝을 감아 돌았다. 그녀는 고통에 가까운 신음을 흘리면서도 마음으로는 몸이 그토록 절실히 원하는 것과 싸우고 있었다. 그녀의 몸이 꿈틀대기 시작하자, 그는 손가락을 놓아주고 그걸 아주 촉촉해진 그곳 위에 놓았다.

"보여 줘."

그는 속삭인 후 기다렸다.

미친 짓이었다. 이렇게 탁 트인 공간에서, 장화를 빼고는 다

벗은 몸으로. 뉘우치는 법이 없는 음탕한 난봉꾼으로 모두에게 알려진 드래곤과. 그것도 그저 벌거벗기만 한 게 아니라, 바위 위에서 두 손을 벌린 다리 사이에 넣은 채 누워 있다니.

하지만 이것은 몇 년 동안 다그마가 품어 온 환상의 본질이었다. 모든 것이 안전하고 다른 사람이 끼어들지 않은 곳에서 꿈꿨던 그녀만의 환상. 그녀는 이런 환상을 이용해서 자기 자신을 한 번, 어떤 때는 한 번 더 기쁘게 한 후 잠들곤 했다. 물론 이런 환상을 다른 사람에게 말할 생각은 없었다. 남편에게도, 여자 친구에게도. 그런 이야기를 믿고 털어놓을 만한 사람은 아무도 없었으니까. 어떻게 그럴 수 있겠는가? 다그마 자신이 다른 사람으로부터 스스로를 지키기 위해 그런 유의 정보를 여러 번 써먹었던 마당에.

하지만 그녀가 다시, 또다시 되새길 수밖에 없었던 것은 드래곤에게도 말하지 않았다는 점이었다. 다그마는 그웬바엘에게 자기 비밀을 털어놓지 않았다. 물론, 그는 그녀가 다른 사람들을 훔쳐보면서 즐거워한다는 것을 알았다. 하지만 다그마가 아는 한 남들이 몸을 섞는 걸 우연히 보고도 멈춰 서서 계속 보지 않을 자는 별로 없을 터였다.

그래도 이 미남자 그웬바엘은 그녀의 도움을 거의, 어쩌면 아예 받지 않고서도 욕망의 핵심에 가 닿았다. 그래서 그가 이런 명성을 쌓게 된 걸까? 그래서 수많은 여자들이 다시, 또다시 그에게로 돌아오는 걸까? 나도 그렇게 될까?

그의 손가락이 그녀의 손가락을 쓸었다. 상냥하게, 하지만 끈질기게. 속삭임은 부드러웠지만 강한 요구를 담고 있었다.

그는 통제의 기본을 무척 잘 이해하고 있었다. 밧줄과 사슬은 그저 하나의 요소일 뿐이었다. 비록 대화를 나누는 즐거움이 있긴 했으나, 항상 필수적인 요소는 아니었다.

더 이상 멈출 수 없게 된 다그마는 손가락 끝으로 자기 것을 쓰다듬기 시작했다. 남자가 해 주었으면 하는 대로 자기를 어루만졌다. 천천히 시간을 들여 손가락이 깊이, 더 깊이 안으로 미끄러져 들어가 몸이 달아오르도록 했다. 가끔 클리토리스를 스칠 때는 몸을 뒤틀기도 했다. 절대로 서두르지 않고 대신 몸이 아플 정도로 달콤한 시간을 즐겼다.

효과가 있었는지, 강한 손이 그녀의 손가락을 잡더니 가운뎃손가락과 집게손가락을 몸속으로 밀어 넣었다.

"당신이 직접 해."

그가 으르렁댔다. 그녀는 그대로 따랐다. 손에 맞춰 엉덩이가 앞뒤로 흔들렸고 밀어 넣을 때마다 신음이 점점 커졌다.

그의 손이 허벅지 안쪽을 누르며 다리를 벌리는 게 느껴졌다. 다음 순간 그의 입이 그녀에게 내려오며 그의 혀가 나서서 클리토리스를 지분거렸다. 그녀는 더 격렬하게 몸을 꿈틀거렸고, 강렬한 느낌이 너무 심해 참을 수가 없었다. 하지만 그의 손이 바위 위에 누운 그녀를 꼼짝 못하게 내리눌렀고, 그가 이제 교대하여 그녀의 몸에 고통을 주는 임무를 맡았다.

그가 혀끝을 놀리자 다그마의 등이 뒤로 휘었다. 비명이 터져 나왔다. 그녀의 목소리가 어두운 공터에 메아리쳤다. 이제 다른 이들에게 그들이 여기 있다는 것을 알렸을까 하는 걱정 따위는 할 겨를이 없었다. 그가 입술 사이로 작은 신경 다발을 빨았고, 그녀의 몸이 절정으로 뒤틀릴 때까지 그 부위를 부드럽게 앞뒤로 굴렸다. 그녀는 허공을 더듬던 손으로 그의 머리를 붙잡아 자기 몸에 꼭 끌어당겼고, 마지막 떨림이 지나간 후에도 그를 놓아주지 않았다.

하지만 그녀 몸 안의 긴장을 풀어 버리는 빠른 분출은 아니었다. 그녀가 진정되기 시작하자, 그의 입이 다시 위치를 바꾸었고 혀의 평평한 면으로 그녀의 클리토리스를 다시 밀고 돌렸다. 대답처럼 그녀의 등이 휘었다. 그녀가 놀라서 훅 숨을 들이켜자 허파에서 공기가 빠져나오며 머리가 뒤로 젖혀졌다. 거의 즉시 다시 시작되었다. 천천히 쾌감이 쌓이는 게 아니라, 곧바로 또 다른 절정으로 넘어갔다. 더 힘이 세고 더 강력한 절정이었기에, 그가 꼭 붙들고 있지 않았더라면 그녀의 몸은 바위를 굴러 바닥으로 떨어졌을 것이었다. 그녀는 얼마나 오래 그가 바위에 그녀를 누르고 있는지 알지 못했다. 하나의 절정에 누웠다 또 다른 절정으로 올라갔고, 다시 또 다른 절정으로 올랐다. 매번 새롭고 달랐으며 이전 것을 부수어 물러나게 했다. 마침내 그녀는 그에게 제발 그만두라고 애원했다. 하지만 힘이 다 빠져서 그 소리는 약하기 그지없었다.

"한 번 더."

그가 중얼거리자, 그녀는 고개를 저으며 유혹적인 목소리로 말했다.

"할 수 없어."

"할 거야. 한 번 더."

순간, 그가 그녀 안으로 들어왔다. 그의 남성이 아직도 요동치는 세포를 지나 밀고 들어오자 이미 몇 번의 절정을 겪었음에도 그녀의 몸은 여전히 전율했다.

그녀는 언제 그가 옷을 벗었는지 알지 못했지만, 자기의 몸에 닿은 그의 알몸보다 더 사악하면서도 달콤한 것을 느낀 적이 없었다. 그가 거칠게 안으로 밀고 들어와 그녀를 가졌다. 그의 무게가 그녀의 몸을 내리눌렀고, 그의 두 팔이 그녀의 어깨를 잡았다. 그의 긴 머리가 어깨 위로 떨어져 마치 고운 비단처럼 감쌌고, 그의 신음은 그녀 안으로 들어와 다시 한 번 그녀를 흥분시켰다. 불가능하다고 생각했던 일이 한 번 더 일어났다. 그 절정은 잔혹하리만큼 강렬하고 거셌다. 그녀는 두 손으로 그의 옆구리를 치고, 손가락으로 살을 할퀴었다. 손톱 아래 피부가 찢어지는 느낌이 들었고, 그의 고통에 찬 비명은 곧 거친 숨소리와 쾌락의 신음으로 이어졌다.

그웬바엘은 그녀 안에 세게 사정했다. 매번 분출할 때마다 그의 몸이 들썩였다. 그녀의 여성은 그를 감싸고 다시, 또다시 조여들어 마침내 남은 한 방울까지도 다 짜내고 말았다.

그는 그녀 위에 풀썩 쓰러졌다. 그녀가 숨을 쉴 수 있는지 없는지 신경 쓸 정신도 없었다. 제대로 생각을 할 수 없었다. 아예 생각을 할 수가 없었다.

얼마나 오래 그녀의 몸 위에 누워 있었는지 알지 못했지만 마침내 그가 몸을 들었을 때 그녀는 그 아래서 잠들어 있었다. 코까지 골면서.

　　그웬바엘은 씩 웃으며 어깨를 흔들었다.

　　"어이."

　　그녀의 눈이 번쩍 뜨였다.

　　"나 그런 말 안 했어요!"

　　그는 웃음을 터뜨렸다.

　　"자지 말라고, 잠꾸러기 아가씨."

　　그녀가 눈을 깜박였다. 그웬바엘이 얼굴에서 한 뼘 거리밖에 떨어져 있지 않았기에 회색 눈은 초점을 맞출 수가 있었다.

　　"피곤해."

　　그녀가 오만하게 불평했다.

　　"그래."

　　그웬바엘은 부드럽게 말하며 손가락 끝으로 그녀의 뺨과 턱을 쓸었다.

　　"그럴 것 같았지."

　　"하지만 당신은 아니잖아."

　　"조금도."

　　그는 몸을 숙여 키스했다. 그의 혀가 천천히 그녀의 혀를 맛보았다. 그녀가 신음했다. 그녀의 몸이 자동적으로 그와 그의 손길에 반응을 보이고 있었다.

　　하지만 그녀는 고개를 저으며 입을 떼고 말았다.

"안 돼, 다시 할 순 없어. 너무 과해."

"그런 건 없어."

그웬바엘은 자기 가슴을 밀며 연약하게 그를 떨쳐 내려 하는 두 손을 움켜쥐었다.

"그리고 당신은 다시 하게 될걸."

그가 그녀의 두 손을 몸 아래 바위에 대고 꼼짝 못하게 했다.

"내가 원하는 만큼 몇 번이라도."

그는 여전히 그녀 안에 있었고, 그가 손을 잡아 누르는 동작에 그녀의 그곳이 살아 요동치는 것이 느껴졌다. 그의 말에 다시 따뜻해지는 게 느껴졌다.

맙소사, 그녀는 맛있었다. 교활하고 영리한 레이디 다그마.

"내가 싫다고 하면?"

그녀가 수줍은 처녀를 연기하며 부드럽게 물었다.

"내 명예를 지키기 위해서 말이야."

그웬바엘은 그녀에게로 몸을 숙여 목에 키스하다 깨물었다. 그녀가 숨을 헉 들이쉬는 소리를 들을 때까지. 그녀의 안쪽 벽이 꽉 조여드는 바람에 딱딱해진 그의 물건이 반으로 부러지지나 않을까 걱정이 될 정도였다.

"내가 끝났을 땐 당신에게 명예란 남아 있지 않을 거야. 난 내가 원하는 걸 가질 거야, 레이디 다그마."

그는 그녀의 귀에 대고 속삭였다. 손목을 쥔 손에 힘이 더 들어갔다.

"당신이 아무리 발버둥 쳐도, 아무리 반항을 해도, 나는 원하는 걸 가질 테니까. 다시, 또다시 그리고 또다시."

　작은 반응이었다. 인간 남자라면 완전히 놓치고 말았을 것이었다. 그녀의 몸에 맞지 않는 드래곤도 역시 놓치고 말았을 것이었다.

　하지만 그웬바엘은 아니었다.

　그의 말에 다그마는 다시 절정을 느끼고 있었다. 그도 그녀와 함께 절정에 올랐다.

22

　다그마는 무시무시한 소리에 퍼뜩 놀라 깨며 자기가 침대에 돌아와 있다는 것을, 그것도 혼자가 아니라는 것을 깨달았다. 눈이 번쩍 뜨였다. 그녀는 눈을 깜박이면서 가늘게 모으고 여기가 어딘지, 어떻게 여기로 왔는지 가늠해 보려 했다. 이윽고 소리가 더 가까워지자, 다그마는 싫은 기분이 들어 코를 쳐들 수밖에 없었다. 그가 코를 골고 있었다. 위대하신 미남자 그웬바엘이 코를 골다니. 그나마 다행인 건 그녀에게 그렇게 큰 쾌락을 주었다는 것이다. 그게 아니었다면 방에서 쫓아내고 말았으리라. 아예 성 밖으로 쫓아내든가!

　하지만 그는 정말로 그녀에게 쾌락을 주었다. 그 바위에서 침대에 이르기까지, 그는 그녀를 취하고 또 취해서 마침내 그녀가 잠 좀 자게 해 달라고 빌 수밖에 없었다. 하지만 그렇게 간단할

리가 없었다. 그렇지 않은가? 세상에는 쾌락을 주는 법을 아는 이가 많았다. 하지만 그웬바엘은 뭔가 다른 점이 있었다. 다그마는 그가 정복한 수많은 여자들 모두가 일이 다 끝났을 때 그에게 똑같은 감정을 느꼈을지도 모른다고 생각했다. 하지만 그녀는 다른 여자들처럼 멍청하지 않았다. 그녀는 남자가 무릎을 꿇고 결혼해 달라고 손을 잡는 식의 사랑에 대한 대단한 환상 같은 건 갖고 있지 않았다. 처음부터 그녀는 이 모든 상황을 줄곧 명료한 관점으로 봐야 한다고 굳게 다짐하고 있었다.

다그마는 아버지의 요새로 돌아가야 한다는 것을 알았다. 그녀의 미래는 그 요새의 거대한 문 뒤에서 보낼 운명이라는 것도 알았다. 다만 운과 재주가 있으면, 십수 년 후에는 아버지의 영토 어딘가에 에쉴드의 오두막과 유사한 작은 집을 얻을 수 있으리라는 것도. 그녀의 인생에는 절대적 가치가 있었고 그웬바엘과 잠자리를 같이한 몇 날 밤이 그 무엇도 바꾸도록 할 순 없었다. 더 이상 바랄 여유는 없으니까.

하지만 그 모든 냉정하고 계산된 생각을 하면서도 심장을 뚫고 가는 작은 희망의 화살 하나를 멈출 수는 없었다.

다그마는 가까이 몸을 숙이고 옆에 누운 얼굴에 초점을 맞췄다. 잠든 그의 얼굴이 무척 천진해 보였다. 사람 속이기에 적격이었다. 그가 발산하는 열기에 또한 경탄하기도 했다. 그녀는 자기 몸을 덮은 모피를 차 버리고 천장을 빤히 바라보았다.

늦은 시간이었고 다시 잠으로 돌아가야 했지만 그가 코 고는 소리 때문에 불가능했다.

그녀는 모로 누워 한 팔을 그의 허리에 두르고 꼭 안겼다. 그리고 그의 어깨를 따라 목까지 이르는 선에 키스하다가 그가 자면서 신음하자 미소를 지었다. 혀끝으로 그의 귀를 간질이고 다리로 그의 허벅지를 감아 보았다. 그래도 그는 여전히 잠에 빠져 있었다. 그녀는 천천히 그의 몸 위에 올라타 무릎을 그의 엉덩이 양쪽에 내렸다. 똑바로 앉으며 엉덩이를 그의 사타구니 위에 대고 그를 내려다보며 웃었다.

확실히 잘생겼어.

다그마는 그렇게 생각했지만 다음 순간 베개로 그의 얼굴을 내리쳤다. 즉시 그의 두 팔이 거칠게 올라왔고 그녀는 공격에 무게를 실으며 몸을 숙였다. 그리고 그가 두 팔을 잡아 그녀를 뒤집어 눕힐 때까지 미친 듯이 깔깔거렸다.

"이 야만인! 뭐하는 짓이야?"

그가 따졌다.

"그 코 고는 소리 더 이상 못 참겠어!"

그웬바엘은 치미는 화에 숨을 삼켰다.

"난 코 안 골아!"

"발정기의 말 같은 소리를 냈다고!"

다그마는 그가 무자비하게 돌변하여 그녀 옆구리의 민감한 살을 간질일 때도 별로 놀라지 않고 그에 저항해 떼어 놓으려 했다. 하지만 그는 몸무게로 꼼짝 못하게 눌렀다. 그녀는 할 수 없었던 일이다. 그녀는 그의 팔과 가슴을 찰싹 쳤지만 그는 웃기만 할 따름이었다.

비명이 거슬렸던지 이웃 방에서 벽을 쿵 하고 내려치는 소리가 들렸다.

둘 다 다 찔리는 표정을 하고 얼어붙었다.

"당신 잘못이야."

그가 소곤거렸다.

"내 잘못? 그렇게 끔찍한 소음 앞에서 아무도 불평 안 했다는게 더 이상하네. 그 시끄러운 소리 하나만으로도 군대 몇 개는 무찌르겠던데!"

그의 손이 다시 그녀의 옆구리를 움켜쥐었고, 그녀는 다시 발길질을 하며 꺅 소리를 질렀다. 하지만 그의 입이 그녀의 입을 막았고 그의 몸이 그녀를 꼼짝 못하게 눌렀다. 그가 간질이는 동안 그의 가슴과 어깨를 치던 주먹이 스르르 풀렸고, 그녀는 손가락을 그의 머리카락에 묻고 팔로 그를 더 가까이 끌어당겼다. 그가 그녀 안으로 스르르 들어왔고 길고 굵은 그의 물건이 그녀의 틈을 늘리며 더 많은 것을 요구했다.

다그마의 몸이 활처럼 휘며 위로 솟았다. 손은 그의 머리카락을 놓아 버렸다. 두 팔이 뭔가를 찾아 버둥거렸다. 손가락이 벽에 닿자 그녀는 두 손으로 벽을 받치며 강하고 세게 안으로 들어오는 그웬바엘을 받았다. 키스하던 입을 떼고 고개를 옆으로 돌렸다. 몸 안에서 서서히 절정이 차올라 숨이 가빠지고 신음이 새어 나왔다. 마침내 절정이 온몸을 찢고 지나자 그녀는 숨을 헉 들이쉬며 땀을 흘렸다. 욕망이 분출되며 몸이 바들바들 떨렸다.

그웬바엘이 몸을 뺐지만, 그녀를 뒤집기 위해서였을 뿐이다.

그녀의 엉덩이를 위로 올리고, 이번에는 뒤에서부터 들어왔다. 다그마는 가차 없는 삽입에 음란하게 신음을 내질렀고 몸은 또 한 번의 절정을 향해 달려갔다. 그의 손이 그녀의 허벅지 사이로 스르르 미끄러져 들어오는가 싶더니, 손가락이 클리토리스를 어루만지기 시작했다. 다그마는 결국 옆방 사람들을 놀라게 할 걱정 없이 소리를 지를 수 있도록 침대에 얼굴을 묻었다.

그웬바엘의 양손이 사악하게 다시 그녀의 엉덩이를 움켜쥐었다. 그는 그녀를 흔들리지 않게 위로 쳐올리며 쿵쿵 밀고 들어왔다. 절정을 느낀 그가 고함을 질렀지만, 이를 악물고 있어 소리는 뚝뚝 끊겼다. 그는 그녀의 몸이 떨어지지 않도록 꼭 붙이고 자기 배에 그녀의 엉덩이를 누르며 안에서 다시 또다시 분출했다.

마지막 떨림이 훑고 지나자 다그마는 힘없이 침대 위로 쓰러졌다. 그가 잡고 있던 손을 놓으며 그녀에게서 빠져나갔다. 다그마는 그가 떨어져 나가는 것을 느꼈지만 그는 얼마 가지 못해 앞으로 쓰러지며 그녀의 엉덩이에 머리를 묻었다. 그의 코 고는 소리가 방 안을 채웠다.

하지만 이제 다그마는 너무 지쳐서 신경도 쓰이지 않았다.

그웬바엘은 죽음처럼 차가운 손이 어깨를 탁 치자 비명을 지르며 침대에서 일어나 앉았다.

"난 한 번밖에 손 안 댔어!"

그를 맞은 히죽 웃음은 불친절하지는 않았지만, 그의 말을 사실로 믿는 것 같지도 않았다.

그는 눈을 깜박이며 일어나려 했다.

"패니?"

하인이 허리를 살짝 굽혀 절했다.

"그웬바엘 님."

패니는 거의 어느 경우에나 믿을 수 있는 하인이었다. 항상 침착하고, 위엄이 있으며, 낄 데 안 낄 데를 정확히 구분했다. 그웬바엘은 그녀의 그런 점이 좋았다.

"좋은 아침이야, 패니."

그는 얼굴을 찡그렸다.

"하지만 네가 어째서 내 방에 있는 거지?"

"다른 궁정 분들이 아침 식사를 위해 아래층에 내려가신 틈을 타서 빨리 방을 떠나시라는 아씨의 말씀이 계셨습니다."

그는 눈을 문질렀다.

"나를 내쫓는 거야? 이번엔 내가 앤닐에게 무슨 말실수를 했는데?"

"앤닐 여왕님이 아니십니다. 앤닐 님은 저희가 '아씨'라고 부르면 무척 화를 내시지요. 저는 레이디 다그마가 노스랜드로 돌아가실 때까지 모시고 있습니다. 그분은 적절한 칭호를 맞게 사용하는 데 별로 관심이 없으신 것 같더군요."

패니가 두 손을 조신하게 모은 채, 두 눈으로 방 안을 훑어보았다.

"게다가 여기는 그웬바엘 님의 방이 아니고요. 다그마 아씨의 방입니다."

패니가 말을 마치자, 그웬바엘도 방을 둘러보았다.

"확실히 그렇군."

그는 다시 하인에게 초점을 맞췄다.

"그런데 왜 나를 쫓아내는 거지?"

"아씨는 그웬바엘 님과의 관계를 비밀에 부치고 싶어 하십니다. 가족분들 모두가 아래층에서 아침 식사를 하고 계시니만큼, 그웬바엘 님이 방으로 돌아가시기에는 가장 적당한 때라고 생각하신 거지요."

이런 경험은 처음이었다. 보통 여자들은 그에게 머물러 달라고 애원했었다. 하지만 다그마 라인홀트는 그를 내쫓으라고 했다니. 그것도 하인을 시켜서. 모욕당한 기분이어야 마땅했지만, 그웬바엘은 그보다 실망이 더 크다는 것을 깨달았다.

"그럼 그 여자가 나를 이용하고 내버린다는 건가?"

그는 패니에게 가장 귀엽게 뿌루퉁한 표정을 지어 보였다.

"그런가 봅니다. 그러실 수 있다니 저는 존경할 따름이지만 말이지요."

그가 한 손을 자기 가슴 위에 얹었다.

"패니…… 내 사랑, 내게 이런 상처를 주다니. 내가 어떻게 되든 아무 상관 없어? 우리 사이에 그렇게 많은 일이 있었는데?"

"그웬바엘 님, 저는 나리를 제 아들들만큼 아낀답니다. 하지만 전 그 애들을 애당초 열여덟 살 때 쫓아내서 마누라랑 자식, 주머니에 동전을 얻어 올 때까지는 돌아오지도 말라고 했지요."

"동전은 나도 좀……."

패니의 얼굴에 떠오른 히죽거리는 표정이 미소로 변했다. 그녀는 항상 그에게 약했고, 대놓고 약을 올릴 때도 그 따뜻한 마음은 변함이 없었다. 물론 그가 가반아일에 온 첫날 밤 패니 자신이나 그녀 아래의 하녀 아이들에게 점잖게 거리를 두라는 뜻을 똑똑히 전하기는 했지만.

"그 모양 없는 엉덩이를 우리 아씨 침대에서 떼는 데 너무 오래 시간을 끄시는 것 같네요, 그웬바엘 님."

"알았어, 갈게."

그웬바엘은 친애하는 패니의 정숙함을 지켜 주기 위해 모피를 엉덩이에 두르고 일어났다.

"하지만 내가 곧 돌아온다고 전해. 이번에는 내 명령을 따르게 될 거라고."

"그런들 다그마 아씨가 누군가의 명령을 따를까 모르겠네요, 나리."

"좋은 지적이야. 하지만······."

그웬바엘은 패니의 엉덩이를 꼬집어 그녀가 펄쩍 뛰며 그의 손을 찰싹 치는 모습을 즐겼다.

"그게 바로 도전이잖아."

오늘 아침 다그마는 과하게 따뜻한 침대를 떠나기가 어려웠다. 그래도 패니가 뜨거운 차를 한 잔 준 덕분에 좀 더 수월히 일어날 수 있었다. 둘 다 다그마가 형제들이 능글맞은 표정이나 서로 쿡쿡 찌르며 아는 척하는 것을 그냥 보고 넘길 기분이 아님을 알았다. 하녀는 또 다른 방에 목욕물을 준비해 주고 회색 드레스도 가져다주었다. 이 드레스는 소박하고 단순했으며 움직임이 편했다. 다그마가 패니를 꾀어 앤널에게서 훔칠 수 있다고 판단했다면, 단숨에 그렇게 했을 것이다.

그녀는 뜨거운 찻잔을 들고 천천히 대전 주위를 거닐면서 하나도 놓치지 않고 살폈다. 전날 밤에 보았던 많은 탁자들은 다 사라졌고, 대신에 방 한가운데에 긴 탁자 하나만 놓여 있었다. 탈라이스가 한쪽에 발을 올리고 앉아 무릎에 놓인 책에 온통 주의를 집중하고 있었다. 그녀는 앞에 놓인 죽 그릇을 보지도 않고 물리고는 마른 토스트만 뜯어 먹었다. 아침 음료는 신선한 물이었다. 탈라이스의 어린 딸은 다그마의 아버지가 언제나 그러듯이 음식을 허겁지겁 떠먹고 친척들을 만나러 달려 나갔다. 어머니가 딸의 뒷모습을 향해 소리를 질렀다.

"비행은 안 돼!"

하지만 다그마는 그 어린 소녀가 어머니의 명령을 따를까 심히 의심스러웠다.

앤널도 아래층에 내려오기는 했으나 곧장 밖으로 나가 버렸다. 걷는 게 쉬운 일이 아니었을 텐데 기어이 해내고 말았다. 그녀는 아무에게도 말을 건네지 않았고, 어젯밤보다도 상태가 더 나빠 보였다. 그럼에도 불구하고, 그런 상태에서도, 모두들 그녀로부터 건강한 거리를 두고 있었다.

그웬바엘의 평민 가족 무리는 다그마가 처음 보았던 호숫가에 진지를 펼치고 있었고, 아마 아침 식사도 그곳에서 하는 모양이었다. 하인들이 아침 일찍 신선한 빵과 죽을 배달하러 갔다.

그의 형제들과 모르퓌드가 대전을 주로 차지하고 앉아 방어 전략을 짜는 데 집중하고 있었다. 그들은 지도를 펼쳐 놓고 그 비밀결사가 가반아일에 들어올 수 있는 모든 통로를 의논했다.

딱히 다들 신경 쓰지 않는 것 같기에, 다그마는 슬금슬금 다가가 그들 뒤에 섰다. 그들이 그녀를 무시한다고 해도 놀랍지 않았다. 보통 그녀는 모든 이의 관심을 끄는 일에 대놓고 끼어들지 않는 한 항상 무시당했으니까.

지금은 그렇게 할 준비가 되어 있지 않았다. 아직도 이 게임의 참가자들을 재 보면서 그 역학 관계를 이해하려 애쓰는 중이었다. 지난 저녁은 도움이 되었지만, 여전히 알아내야 할 것들이 많았다. 이 세계에 관련된 위험과 보상을 알아낼 때까지는 거리를 두고 상황을 파악하며 적당한 때를 노려야……

"거기서 계속 어슬렁거리고 있을 거요, 아니면 우리를 정말 도와줄 거요?"

다그마가 브리크의 질문이 자기를 향한 것임을 깨닫기까지 십 초는 걸렸다. 시선을 들어 보니 그웬바엘의 형제자매 모두가 어깨 너머로 그녀를 돌아보고 있었다.

"뭐라고 하셨죠?"

언제나 지루한 듯 보이는 브리크가 눈을 치떴다.

"그웬바엘 말로는 당신이 이런 일에 상당한 지식이 있다던데, 사실이오, 아니면 그 자식이 내 꽁무니에 불을 붙인 거요?"

이 특정한 표현이 떠올리게 하는 광경은 그다지 매력적이지 않았지만, 다그마는 무시해 버리고 물었다.

"미노타우루스에 대한 지식 말씀이신가요?"

"뭐, 그것도 도움이 되겠지."

그의 어조엔 냉소가 듬뿍 묻어나 누가 봤다면 다그마가 그와 오래전부터 알고 지내면서 항상 그의 성질을 긁었다고 생각할 법했다.

"하지만 그 애 말로는 당신이 당신 아버지 요새의 방어를 돕고 있다던데. 사실이오, 아니오?"

브리크가 따지듯 물었다. 어조는 변하지 않았지만, 그는 다시 말한 이 문장이 그걸 무마해 주리라 생각하는 듯했다.

"네, 그래요. 아버지와 저는 아주 가깝게 의논해 가며 일을 처리하죠."

물론 그렇게 되기까지 요령 있게 접근해야만 했고, 결국 밤에는 아버지와 함께 일하면서 여러 의견도 내고 제안도 하며 아버지가 직접 생각을 해낼 수 있도록 돕기도 했다. 물론 아침이면 아버지는 부하들에게 다그마가 설계한 방어진지를 짓도록 지시를 내렸고, 다그마는 아버지의 부대원 중 그 누구라도 그녀가 개입되었다는 것을 알까 의심스러웠다.

"그럼 돕든가 꺼지든가 해요. 나는 어슬렁거리는 건 딱 질색이니까."

"말투가 왜 그래?"

탈라이스가 여전히 책에서 관심을 놓지 않으며 건조하게 말했다. 실버 드래곤은 자신의 짝을 향해 자주색 눈을 가늘게 뜨더니 물었다.

"배가 고픈가 봐, 내 사랑. 아침에 김이 모락모락 나는 죽 한 사발 거하게 먹었어야 하는 거 아냐? 진하고 질척질척한 노란색 죽을 막 퍼먹으면 그게 술술 내려가며 혀와 목에……."

탈라이스는 책을 놓고 한 손으로는 자기 입을 막고, 다른 손으로는 브리크에게 조용하라는 뜻으로 손을 들었다. 그녀가 켁켁거리자, 다그마는 전날 밤 탈라이스가 얼마나 와인을 많이 마셨는지 기억해 냈다.

"나쁜 자식 같으니."

탈라이스는 딱 잘라 말하더니 결국 손으로 입을 꾹 틀어막고 방에서 뛰어나갔다.

"너무 무례하잖아, 브리크."

모르퓌드가 책망했지만, 브리크의 웃음으로 봐서는 여동생이 뭐라고 생각하든 신경 쓰지 않는 티가 역력했다. 그녀가 탁자를 톡톡 두드리며 다그마에게 말했다.

"지금은 무슨 도움이라도 받을 수 있다면 받고 싶어요. 다그마가 가져온 지도와 우리 지도를 비교해 보니 약간 갈피를 못 잡겠다는 걸 인정해야겠네요."

다그마는 이런 솔직한 접근에 익숙하지 않았다. 남자의 영역인 가장 중요한 상황에서는 항상 살살 구슬리거나 억지로 끼어드는 데 익숙했다. 당당히 들어가거나 주도권을 넘겨받는 건 천성에 어울리지 않았는데, 그런 접근으로는 무엇도 해낼 수 없었기 때문이다.

하지만 드래곤들은 그녀에게 별로 선택권을 주지 않았다.

다그마는 탁자로 걸어갔고, 피어구스가 의자를 약간 치워 자리를 만들어 주었다. 그녀는 몸을 숙이고 지도에 집중했다.

그래, 이들이 도움을 바란다면야…….

"이 지도들은 다 무용지물이에요."

그녀는 단조롭게 말했다.

"미노타우루스들은 지하로 움직여요. 당신들이 만든 땅굴이나 지하 출입구를 보여 주는 지도가 필요해요. 또, 동굴을 통해 들어올 수 있는 경로나 길을 내기 쉽다고 생각하는 곳도요."

"그런 게 있었던 것 같은데."

에이브히어가 펄쩍 뛰어올라 재빨리 방을 빠져나갔다. 다그마는 그가 엄청난 덩치에도 민첩하게 움직이는 모습에 감탄했다.

"이미 여기 와 있진 않고?"

브리크가 물었다.

"그런 것 같진 않아요. 미노타우루스는 입구를 찾은 즉시 공격하거든요. 경고 같은 건 안 하죠. 그들이 다가오는 모습은 볼 수 없을 거예요. 협상도 하지 않을 거고요. 한 적이 없어요. 과업이 있으면 거침없이 완수해 버리는 거죠."

"그럼, 한 마리만 잡는다면……?"

피어구스의 말에 다그마는 고개를 저었다.

"미노타우루스에게는 아무것도 얻어 낼 수 없어요. 대부분의 솟과 동물들이 그렇듯이 그들도 믿을 수 없게 고집이 세고 무척 위험하죠. 노스랜드에서는 그런 유의 존재들이 지난 수십 년간 목격되지 않았지만, 노스랜드 군주들은 미노타우루스를 막기 위한 목적 하나만으로도 방어진지를 구축하고 있어요. 그뿐 아니라 그런 이유 때문에 아무도 지하 감옥을 짓지 않았다고 알고 있어요. 미노타우루스라면 그쪽으로 파고들기가 너무 쉬우니까요."

드래곤들이 눈짓을 교환했고 마침내 피어구스가 인정했다.

"우리는 여섯 개나 있소."

다그마는 고개를 기울이며 그들을 살폈다.

"지하 감옥이 여섯 개나 있다고요? 왜죠?"

"모두 앤벌의 아버지가 지었지. 우린 더 이상 쓰지 않지만."

"전혀요?"

"앤벌은 머리를 먼저 자르고 질문은 나중에 하는 유의 지도자니까."

"알겠어요. 그런데 혹시 그런 철학에…… 가령, 좀도둑도 포함되나요?"

피어구스와 브리크가 서로 쳐다보았다. 아마도 그 질문에 맞는 답을 고심하는 듯했다.

모르퓌드가 한숨지었다.

"모두 바보잖아."

그녀는 다그마를 바라보았다.

"아뇨, 그런 목적으로는 시내 감옥이 있어요. 앤벌이 경범죄를 다루는 판사를 임명했죠. 물론 자기가 부당한 판결을 받았다고 믿는 자는 앤벌에게 알현을 청할 수 있어요. 하지만 내 의견으로는 제대로 된 재판관을 고른 것 같아요. 물론 정치적 사건이나 사망자가 한 명 이상 연루된 중범죄일 경우에는 앤빌이 직접 나서고, 죄가 있다고 밝혀진 자는 가반아일을 떠나지 못하죠."

가혹하지만, 놀랍게도 공정했다.

에이브히어가 지도 두루마리를 겨드랑이에 끼고 돌아왔다. 그는 탁자 위에 지도를 펼쳤다.

"이런 거 말인가요?"

이제 차갑게 식어 버린 차를 탁자 위에 올려놓고 다그마는 낡아 빠진 나무를 두 손으로 짚고서 지도를 빤히 보았다.

"네, 이거면 딱 맞겠네요. 이걸 제가 가져온 땅굴 지도와 맞춰 보죠. 고마워요, 에이브히어."

에이브히어가 자기 자신에게 만족한 듯 씩 웃었다.

"천만의 말씀을."

"아부꾼 녀석."

다그마는 정신을 집중하고 지도를 찬찬히 살폈다. 여왕이 어떻게 이렇게 오랫동안 습격받지 않고 버틸 수 있었는지 알 수가 없었다. 취약한 부분이 너무 많았고, 들어올 수 있는 지점도 많았다. 이전에 습격하려고 한 자가 없었다는 사실이 놀라울 지경이었다.

"여기서 할 일이 많네요."

브리크가 엄숙하게 고개를 끄덕였다.

"당신은 혼자 해야 훨씬 잘할 것 같은데, 그렇지 않소?"

모르퓌드가 한 손으로 탁자를 쿵 내려쳤다.

"망할, 오빠!"

"뭐, 난 그냥 도와주려고 한 건데."

"그게 아니죠."

다그마는 말했다.

"힘든 일을 제게 떠넘기려 하시는 거죠."

브리크가 어깨를 으쓱했다.

"어쩌면."

"노동 윤리가 끔찍하게 부족한 분이기는 하지만……."

다그마는 한숨을 내뱉고 피어구스가 그에 따라 콧방귀를 뀌는 것은 무시해 버렸다.

"정확한 지적을 하셨어요."

그녀는 모르퓌드를 한 번 쳐다보고 지도에 다시 집중했다.

"실제로 전 혼자 일해야 더 잘해요. 그러니까 몇 시간만 주시면……."

의자들이 성급히 뒤로 밀리며 찍찍 돌바닥을 긁는 소리에 다그마는 말을 뚝 끊었다. 그녀는 뒤로 빙그르르 돌며 눈으로 방 안을 훑었다. 수 초 만에 드래곤들이 다 사라지고 없었다. 멀리서 그들이 서둘러 빠져나가며 문이 쾅 닫히는 소리가 들려왔다.

"드래곤들이란."

다그마는 식식댔다.

"생쥐보다도 나을 게 하나도 없……."

"좋은 아침, 식구들! 내가……."

그웬바엘이 계단에 우뚝 멈춰 섰다. 과도하게 명랑한 인사도 오로지 다그마와 하인들만 남아 있는 광경에 뚝 끊겼다.

"다들 어디 갔어?"

"다들 날 버렸어."

다그마는 피어구스가 서둘러 비워 준 의자를 끌어다 앉았다.

"난 여기 사람도 아닌데. 나에 대해 아는 거라고는 앤널의 왕국을 파괴하기 위해 혈안이 된 영리한 첩자일지도 모른다는 것뿐이면서. 게다가 난 그들의 방어진지를 구축하는 일을 하는 사람도 아니란 말이야."

그웬바엘이 그녀 옆에 서서 지도를 내려다보았다.

"이게 가장 최근 지도야?"

다그마는 의자 깊이 앉으며 탁자에 좀 더 가까이 끌어당겨졌다.

"에이브히어는 그렇다고 생각하는 것 같던데."

"걔가 잘 알지. 지도를 좋아하니까."

강한 손가락이 목덜미를 쓸었다. 다그마는 의자에 앉은 채로 몸을 뒤틀지 않으려고 억지로 참았다.

"오늘 아침에 나를 놔두고 갔더군."

그가 속삭였다.

"당신을 놔두고 간다는 건 내가 노스랜드로 돌아갈 때나 맞는 말일 텐데. 오늘 아침 내가 한 짓이라곤 계단을 내려와 아직 뜨끈한 아침 식사를 즐긴 것뿐이야."

"나를 깨웠어야지."

"내가 왜 그래야 하는데?"

대답으로 그는 몸을 숙여 그녀에게 키스했다. 그의 입은 상냥했고, 키스는 장난스러웠으며 혀를 간질이는 그의 혀는 정말로 천상의 느낌이었다. 다그마는 몸에서 긴장이 빠져나가는 걸 느꼈다. 목덜미에 얹힌 그의 손이 딱딱한 의자 등받이에 부딪치지 못하게 받쳐 주었다.

다그마가 기어이 강아지가 끌고 놀다가 구석에 놓아둔 헝겊 인형처럼 축 늘어져 버렸을 때, 그가 살짝 몸을 뗐다.

"다음번에는 내 침대에서 나가기 전에 나한테 먼저 확인받아 줘. 나는 종종 아침에 가장 먼저 뭘 할지 계획이 있으니까."

"그건 내 침대였어, 그웬바엘. 그리고 다음번이 있다고 누가 그래?"

그녀의 눈이 그와 얽혔다.

"내가 다시 당신을 내 침대에 넣어 준다고 누가 그러냐고?"

"당신에게 선택권이 있다고 생각하다니 재미있네. 그럼 이제 위층으로 올라갈까. 당신이 채워 줘야 할 욕구가 있으니까."

다그마는 숨을 들이켰다. 하지만 곧 자기 숨이 들락날락하는 소리가 얼마나 흔들리는지에 놀라고 말았다.

"난 할 일이 있어, '오염자'."

"한 시간만 위층에서 보내면 낮에는 내내 당신 혼자 있게 해 주지, '야수'."

놀랍도록 공정한 교환처럼 들렸다. 특히 그의 입술이 그녀의 입술을 문지르고 있을 때는.

"좋아. 하지만 딱 한 시간……."

그때, 앞에서 어떤 목소리가 들렸다.

"그래, 이 아이의 이름은 아느냐? 아니면 그것도 수수께끼의

한 부분이냐?"

다그마는 일순 빛나는 송곳니와 그웬바엘의 황금 눈에 환히 떠오르는 진정한 분노를 보았다. 하지만 그는 곧 그 모든 것을 숨기고 뒤를 돌아보았다.

확실히 그는 보통 사람이 아니었다. 덩치로 봐서는 분명치 않았지만, 피어구스의 나이 든 모습이라는 사실에서 다그마는 그가 드래곤임을 알 수 있었다.

"아버지."

그웬바엘의 얼굴에 떠오른 미소는 무척 불편해 보였다.

"오늘 아침에는 그다지 기운이 없어 보이시네요? 어머니가 다시 벽에 사슬로 묶어 두기라도 하신 겁니까?"

"내 신경 긁지 마라, 꼬마 녀석."

드래곤이 좁은 허리에 큰 손을 얹으며 은색과 회색이 군데군데 섞인 머리카락을 얼굴에서 쓸어 올렸다. 그가 다그마를 내려다보았다.

"그래, 이 아이가 실제로 글을 읽을 수 있다는 거냐? 아니면 다른 사람들처럼 그 머리에 뇌가 있는 척하는 것뿐이냐?"

그웬바엘의 미소는 흔들리지 않았지만, 다그마는 그가 무진 애를 쓰고 있다는 사실을 알았다.

"그게 여기 오신 이윱니까? 아니면 옛정이 새록새록 돌아서 자식들을 고문하고 싶은 기분이 드시기라도 한 겁니까?"

"나는 피어구스의 골칫거리를 보러 온 거다. 그 여자는 어디 있느냐?"

"벽에다 사슬로 묶어 두고 오신 줄 알았는데요. 그리고 어머니라고 불러야 하는 거 아닙니까?"

차갑고 검은 시선이 그웬바엘의 눈과 얽혔다. 다그마는 가만히 서서 한 손을 그의 팔에 얹으며 말했다.

"앤널 여왕을 말씀하시는 거라면, 어디로 가면 만나실 수 있는지 알려 드리죠."

이제 그 냉정하고 검은 시선이 그녀에게 떨어졌다.

"넌 또 뭐냐?"

"다그마라고 합니다."

그녀는 단순하게 이렇게만 말했다. 이 드래곤 어른에게 그 이상을 알려 줄 마음은 들지 않았다.

"알겠군."

그가 지루하다는 듯 한숨지었다.

"그래, 다그마. 지난밤 너의 봉사는 무척 감사하나, 저 애가 어느 사창가에서 끌고 왔든 이제 그리로 돌아가도 좋다. 중요한 할일이 있으니까, 동네 매춘부가 방해하는 건 원치 않는다."

그웬바엘은 당황스러워서 웃음을 터뜨렸다. 우연히 손가락이 부러지거나 집에 불이 붙을 수도 있다는 걸 깨달은 자나 내뱉을 만한 웃음이었다. 진짜 공포가 자리 잡기 전에 저도 모르게 나오는 당황스러운 웃음.

다그마가 그에게서 한 걸음 떨어졌다. 그가 그녀의 팔을 잡았지만, 그녀는 떨쳐 냈다. 그리고 침착하게 그의 아버지에게 걸어갔다. 두 손은 얌전히 앞으로 모은 채였고 머릿수건은 소박하게 땋은 머리 위에 완벽하게 똑바로 얹혀 있었다. 그녀는 그가 처음 본 모습처럼, 전날 깨끗하게 솔질한 듯한 회색 모직 드레스 차림이었다.

지루하고, 조용하고, 조신한 전쟁 군주의 딸.

하지만 지금 그녀 안의 화산이 부글부글 끓고 있다는 것을 '위대한 자' 베르세락은 미처 알지 못했다. 그는 앤닐이나 탈라이스 같은 존재에게 익숙했다. 전사들, 암살자들. 습관적으로 살인을 하는 자들.

무엇보다 그가 정말로 알지 못한 건, 다그마가 좀 더 치명적이라는 점이었다.

"어쩌면 제가 분명히 말씀드려야 했나 보네요. 음, 뭐라고 불러 드릴까요?"

그녀가 고개를 살짝 까닥였다.

"베르세락, '위대한 자' 베르세락."

"아하."

다그마가 말을 멈추고 조심스레 그를 재듯 바라보았다.

"그 '위대한 자' 베르세락이셨군요! 제 가정교사들이 제대로 묘사해 주지 않은 게 분명해요."

"가정교사라고?"

베르세락이 그웬바엘을 흘깃 보았다. 하지만 그에게서 도움을 받을 거라고 생각했다면……

"저를 제대로 소개해 드리지 않았다는 걸 알겠어요. 저는 다그

마 라인홀트예요. 시그마 라인홀트의 열세 번째 자식이자 외동딸
이죠."

베르세락의 찌푸린 표정이 더욱 험악해졌다.

"네가 시그마 라인홀트의 딸이라고?"

"네, 그래요."

"여기서 뭐하는 거지?"

"앤닐 여왕을 알현하러 왔죠."

"그렇겠지. 다만 내가 보기엔 내 아들과 노닥대는 것 같은데."

"제가 앤닐과 노닥대면 피어구스가 좋아하지 않을 테니까요."

그웬바엘은 또 한 번 코로 웃는 소리를 내고 말았지만, 아버지
의 눈총만 받았을 뿐이다.

"인정은 해야겠군요."

다그마가 여유 있게 베르세락 주변을 돌며 말을 이었다.

"제 기대와는 전혀 다르시네요."

"그래?"

"제가 들은 소문보다는 훨씬 용감하세요."

베르세락은 어안이 벙벙해서 다그마를 내려다보았다. 그녀가
그 주변을 돌자 눈이 따라갔다.

"뭐라고?"

"아시잖아요, 그 '외드펜 전투'에서 도망가신 거⋯⋯."

이 작은 야만인 여자는 정말로 사악했다. 베르세락에 대한 그
얘기를 들려준 것은 그웬바엘로, 둘이 다크플레인을 한참 날아가
던 때였다. 그는 들은 바를 얘기한 것뿐이었고, 베르세락이 무시

무시한 살인자이니 만약 만나게 되면 거리를 두라는 경고의 의미로 들려준 얘기였다.

하지만 다그마는 그 모든 이야기를 복수의 목적을 달성하기 위해 쓰고 있었다. 그웬바엘은 그 점이 존경스러웠다.

"그런 짓은 하지 않았다!"

베르세락이 충격을 받아 호통을 쳤다.

"아니면, 우르파 산맥 근처에서 징징거리며 혼자 울고 계셨다던가……?"

"그건 망할 거짓말이야!"

"의심스럽네요. 제 고향 사람들 사이에서는 꽤 널리 알려진 이야기거든요. 그럼 말씀해 주세요."

그녀가 태연하게 말을 이었다.

"무정한 자 핀뵈른과의 전투에서 살려 달라고 싹싹 빌어서 살아났다는 건 사실인가요?"

베르세락의 콧구멍에서 검은 연기가 피어올랐다.

"핀뵈른이 내게서 목숨을 부지할 수 있었던 건, 그자가 내 누이를 돌려주었기 때문이지!"

다그마는 눈을 깜박거렸다. 얼굴은 아름답도록 멍해졌다.

"고함을 치실 필요까진 없잖아요."

"이 조그만 게 어디서 못된……."

"아버지."

그웬바엘이 경고하듯 나섰다.

"그래, 네가 이 여자를 여기 데려왔지!"

베르세락의 고함에, 그는 어깨를 으쓱했다.

"노스랜드에서 이 여자에게 결혼해 달라고 매달렸는데, 먼저 저를 잘 알고 싶다고 그러더군요."

그리고 공모하는 듯한 속삭임으로 말을 맺었다.

"여자들이 어떤지 아시잖아요."

"대체 무슨 말을 하는 거냐?"

다그마가 편안하게 ―그웬바엘이 보기엔 다소 용감하게― 부자 사이로 끼어들었다.

"그웬바엘, 피어구스를 데려오는 게 어때?"

"아버지가 연기를 피우고 있는데, 당신 혼자 여기 놔두고 갈 순 없지."

"난 괜찮아. 가서 피어구스를 데려와."

"여기서 부를 수도 있어. 굳이 이 자리를 뜰 필요는 없다고."

"아니, 가서 데려와."

그녀가 어깨 너머로 그웬바엘을 돌아보았다.

"당신 아버지가 직접 앤벌을 찾으러 가시는 게 좋겠어?"

아니, 그것도 좋을 것 같지 않았다. 하지만 그웬바엘은 어째서 그녀가 아버지와 단둘이 있기를 바라는지 알 수 없었다. 이 노친네는 아직도 아무런 거리낌 없이 기분 내키는 대로 인간을 먹어치웠으며, 가끔은 간식이라며 어머니에게 가져다주기도 했다.

"다그마……."

"난 괜찮을 거야. 가."

그는 내키지 않는 것 같았다. 그것만은 분명했다. 하지만 결국 그녀의 부탁대로 했다.

"이 분 후에 돌아오죠."

그가 아버지를 노려보며 말했다.

"불꽃은 안 됩니다."

다그마는 그웬바엘이 복도 아래로 사라지는 걸 보고 몸을 돌려 그의 아버지를 마주했다.

살아오는 동안, 이렇게 험악한 얼굴은 본 적이 없었다. 이 드래곤은 증오와 분노로 가득 차 있는 것 같았다. 그녀는 피어구스의 찌푸린 얼굴이 나쁘다고 생각했지만, 그건 여기 대면 새 발의 피였다.

그를 약 올리는 건 즐거웠다. 그가 자기 아들에게 말하는 태도가 마음에 들지 않았으므로. 그웬바엘이 자기 윗세대의 드래곤들을 일종의 살인 도마뱀처럼 묘사하기는 했지만, 다그마는 본능적으로 다른 게 있다는 것을 직감했다. 하지만 그게 뭔지 아직 확실히 알 수는 없었다. '위대한 자' 베르세락은 누구일까? 그리고 어째서, 대체 어째서, 다그마는 그를 자기 아버지처럼 약 올려 주고 싶은 마음이 드는 걸까?

"진짜로 어째서 여기 있는 거지, 노스랜더?"

그가 따져 물었다.

다그마는 미소를 띠었다. 그렇게 하면 그가 더 언짢아하리라는 걸 알았기 때문이다. 그는 그녀가 겁에 질려 허둥지둥 도망치기를 바라는 것이다. 어림도 없는 일이었다.

"제가 어째서 여기 있는지는 제 일이고, 그에 대해서는 앤널 여왕님이 알아서 할 일이죠. 그저 본인 일이나 신경 쓰셨으면 합니다, 베르세락 님."

그가 한 걸음 다가섰다.

"정말 내게 도전하겠다는 거냐, 인간?"

"잘 모르겠네요. 제가 그런가요?"

"내가 내 아들과 비슷한 것 같으냐? 네가 여자라서 내 아들이 휙 넘어갔듯이 나도 그렇게 흔들어 놓을 수 있을 줄 아느냐?"

그가 몸을 아래로 숙였다. 그의 얼굴이 필요 이상으로 가까워졌다.

"나한텐 친절이란 없다. 부드러움도 없지. 배려도 없고. 내 일족을 지키기 위해서라면 거칠 게 없다."

"그럼 저랑 베르세락 님은 공통점이 많네요."

"어째서 여기 있는지 말해라, 꼬마 인간. 말하지 않으면 찢어 놓을 테니."

다그마는 그를 믿어야 할지 갈등했다. 이자는 사악한가, 아니면 순수하고 단순한가? 이렇게 증오와 분노로 가득 차 있는 자와 논리로 따져 봐야 아무 소용이 없지 않을까? 부드러움이라고는 없는 자와?

하지만 다그마는 언제나처럼 본능을 따라 도전했다.

"할 테면 해 보시죠."

그가 콧구멍을 벌름거리자, 검은 연기가 뭉게뭉게 피어올랐다. 다그마는 그의 송곳니를 보았다. 이건 좀 새롭네.

"할아버지!"

그때, 이지가 궁전 뜰에서부터 대전 안으로 뛰어 들어왔다. 다그마와 베르세락 둘 다 펄쩍 뛰었다. 이지는 탁자를 넘어와서 드래곤의 몸을 들이받다시피 안겼다.

"사람들 말로는 제가 막 호숫가에서 할아버지를 놓쳤대요."

이지는 기쁨에 젖어 꺅꺅 소리쳤다. 두 팔로 베르세락의 목을 꼭 끌어안고 다리를 허리에 감은 채 뺨에 입을 맞추었다.

"정말 오랜만에 뵙네요! 그간 어디 계셨어요?"

"음…… 이지……."

베르세락은 가슴 위로 팔짱을 끼고 필사적으로 얼굴에 떠오른 험악한 표정을 유지하려 애썼다.

"내려와라."

그가 호통쳤다.

엄한 말투를 눈치채는 기색도 없이 이지는 순순히 그렇게 했다. 그리고 명랑하게 인사했다.

"안녕하세요, 레이디 다그마."

"안녕, 이지."

어린 전사는 옅은 갈색 눈을 반짝거리며 베르세락 앞에 섰다.

"자, 제 선물로 뭘 가지고 오셨어요?"

그녀가 당연한 요구처럼 물었다.

"뭐?"

베르세락이 고개를 저었다.

"아무것도."

이지는 온몸을 다그마의 강아지들처럼 흔들어 댔다. 특히 다그마가 개들이 가장 좋아하는 장난감을 들고 있을 때처럼.

"항상 뭔가 갖다 주셨잖아요! 이번엔 뭘 갖고 오셨어요?"

"이 얘기는 나중에 하면 안 되겠느냐?"

베르세락이 무시무시하게 으르렁댔다. 다그마도 도망가고 싶은 생각이 들 정도였다.

하지만 이지는 발을 구르면서 같이 으르렁댔다.

"주세요!"

그가 이를 악물고 말했다.

"뒤에."

이제 이지는 얼굴을 찡그렸다.

"뭐라고요?"

"뒤에 있다고."

그는 얼른 말하더니 머리로 휙 가리켜 보였다.

이지가 드래곤 뒤로 돌아갔다가 다시 소리를 지르는 바람에 다그마는 움찔했다. 소녀는 다시 뛰어왔다. 손에 보석 박힌 금단도를 들고.

"정말 예뻐요!"

그녀는 드래곤 앞에서 한 발로 뛰며 춤을 추더니 말을 쉼 없이 쏟아 냈다.

"평생 이렇게 아름다운 건 처음 봐요. 할아버지 너무 사랑해요. 브란웬에게 보여 줘야지. 무척 질투할 거예요. 할아버지 너무 멋져요! 사랑해요, 사랑해요, 사랑해요!"

그러고는 그의 품 안으로 뛰어들어 얼굴에 뽀뽀를 퍼부었다. 드래곤은 이제 더 이상 미소를 억누르지 못했다.

"그만두지 못해!"

하지만 진짜로는 싫지 않은 투였다.

"세상에서 가장 훌륭한 할아버지세요!"

이지가 그의 이마에 입을 맞추고 다시 뛰어내렸다.

"브란웬에게 보여 주러 가야지!"

그녀는 다시 환호성을 지르더니 대전 입구로 뛰어나갔다.

"켈뤼에게도!"

베르세락은 다시 화난 눈초리로 다그마를 노려보려고 애쓰다가, 이지의 말에 질겁하고 말았다.

"켈뤼 근처에도 가지 마!"

하지만 이지는 웃어넘길 뿐이었다.

"아빠처럼 말씀하시기는!"

그대로 사라져 가고 말았다.

다시 몸을 돌린 베르세락은 다그마가 계속 킬킬 웃는 모습이 마음에 들지 않는 듯했다.

"그 표정을 당장 지우지 못해, 꼬마 아가씨. 이지는 달라. 그 애는 하나뿐이니까. 그 애를 빼면 내 영혼은 텅 비어 있다. 다른 인간이 들어설 자리는 없어."

"이제 됐어!"

이번에는 탈라이스가 계단을 씩씩하게 내려왔다.

"다시는 와인 안 마셔."

마지막 계단에 내려선 순간, 그녀는 멈춰 서서 미소를 띠었다.

"아버님, 오셨는지 몰랐어요."

갓 목욕을 하고 훨씬 안정이 된 탈라이스는 그들에게 다가와 드래곤을 포옹했다.

"이렇게 오셔서 기뻐요. 어떻게 지내셨어요?

"좋다, 좋아."

베르세락은 퉁명스럽게 대답했다.

탈라이스가 그의 손을 잡은 채 옆으로 나란히 섰다.

"그런데 어인 일로 여기까지 행차하신 거예요?"

"앤닐을 만나러 오셨대요."

다그마가 대신 대답했다.

"제가 직접 모셔다 드리려던 참이었죠."

그러고는 씩 웃었다. 그웬바엘처럼 눈웃음을 치면서. 그의 눈웃음은 그녀의 신경에 거슬렸었다. 그렇다면 그 아버지의 신경도 거슬리지 않을까?

"이분과 좀 더 친해지고 싶어서요."

다그마는 한 손을 심장 위에 얹었다.

"이분을 보니 제 아버지가 생각나네요."

"마구간으로 가 봐요."

탈라이스는 베르세락이 다그마를 불태워 버릴 듯한 눈빛으로 노려보는 것을 전혀 알아채지 못했다.

"요샌 거기 숨어 있더라고요. 대담하게도 군마라고 이름 붙였던 그 전쟁용 황소가 그리운가 봐요."

그녀가 베르세락을 보고 환히 웃었다.

"여기 계속 계실 거죠. 마지막으로 얘기 나눈 지도 너무 오래 됐어요."

"음…… 그래, 그게……."

탈라이스가 그의 손을 놓으며 물러섰다.

"아…… 음……."

베르세락이 다그마를 흘끔 보더니 중얼거렸다.

"여왕이 이걸 주라고 하더라."

그는 허리띠에서 쌈지를 잡아 빼 탈라이스에게 건넸다.

탈라이스가 쌈지를 열어 보았다.

"피아나이트 뿌리!"

그녀의 얼굴이 급격히 어두워졌다.

"그게 맞는 거 아니냐?"

베르세락이 근심이 역력한 말투로 물었다.

"그런 게 아니에요."

탈라이스는 숨을 내뱉었다.

"그저 너무 좌절해서요. 전 이 주문을 만들고 있고, 제가 원하는 것도 보여요. 하지만 망할, 그걸 한데 합칠 수가 없답니다. 힘은 저기 있어요. 에너지도요. 하지만 그걸 통제할 수가 없잖아요. 그래서 갈수록 좌절스럽기만 해요."

"자기 안의 힘을 연마하려면 시간이 걸린다."

그가 인내심 있게 설명했다.

"넌 자신에게 너무 엄격해. 너무 참을성이 없구나."

탈라이스는 눈알을 위로 치켰다가 해죽 웃었다.

"알아요. 그런 말씀까지 굳이 안 하셔도. 아드님한테 귀에 못이 박이도록 들어서."

"너는 분명 귀를 기울이지 않은 게지. 여왕이 이미 너를 도와주겠다고 나섰지 않느냐. 그저 그녀를 이용하기만 하면 된다."

"하지만 무척 바쁘실 텐데."

"아무리 바빠도 널 위한 시간은 낼 거다. 게다가 그녀에게도 휴식이 필요해. 장로들 때문에 미칠 지경인 데다 앤닐에 대한 걱정은……."

그의 눈길이 헤매다 다그마에게 머물렀고 그는 중얼거림으로 끝을 맺었다.

"브리크에게 너를 데리러 오라고 해라. 아니면 내가 너를 데려다 줄 테니."

"정말 자상하세요!"

베르세락은 다시 한 번 포옹을 받았다. 하지만 탈라이스의 등 너머로 다그마를 노려보았고, 다그마는 이를 있는 대로 다 드러내고 생긋 웃어 보였다.

"전 그저 이해가 안 돼요."

탈라이스가 그에게서 떨어지며 말했다.

"어째서 아버님 같은 분이 '오만한 자' 브리크의 아버지이실 수가 있죠? 아버님은 이처럼 자상하시고 그이는 그렇지 않은데. 정말 놀랍다니까요."

그녀가 살짝 윙크했다.

"오늘 저녁은 같이하고 가세요."

탈라이스는 그렇게 말하고 가 버렸다.

다그마는 그녀가 떠나간 후 이어진 침묵이 무척 마음에 들었다. 으르렁대고 으름장 놓기만 하던 드래곤이 무척 불편하게 여긴다는 것을 알았으니까.

"그래 봤자 아무것도 변하지 않는다."

마침내 그가 말했다.

"아, 알아요. 크고 무서운…… 분이신데."

그녀는 짐짓 그를 손으로 가르는 흉내를 내고 가벼운 으르렁거림을 곁들였다.

"이젠 그저 내 부아만 지르겠다는 거냐."

"글쎄 말이에요."

다그마는 그의 한 팔을 잡았다.

"그럼 앤닐을 찾으러 갈까요? 앤닐도 베르세락 님을 싫어하는 게 분명하고 그 무엇으로도 그 사실은 바뀌지 않을 테니까요."

"그건 그렇지."

베르세락이 투덜거렸다.

23

모르퓌드는 두 손을 들고 몸으로 문을 막았다.

"다들 진정할 때까진 아무도 대전으로 돌아갈 수 없어. 가족 난투극은 없을 거야."

"모두의 난투극이겠지!"

그웬바엘이 환호했다.

"너 입 좀 안 닥칠래?"

정말로, 모르퓌드는 가족을 이해할 수가 없었다. 그들 모두 아버지가 멍청하게 굴 때가 있다는 건 알았다. 하지만 남자 형제들이 어째서 항상 아버지와 다투려고 하는지는 알 수 없었다. 그래봤자 소용도 없는데. 특히 그웬바엘은 한껏 기분이 고조되어 있었다. 머리가 잘 돌아가는 레이디 다그마와 동맹 관계를 완성한 모양이니 놀랄 일도 아니지만.

그웬바엘이 레이디 다그마의 방에 있었다는 소문은 오늘 아침 성안에 고작 몇 초만에 퍼져 나갔다.

"우리 모두 침착하게 아버지에게 가서 이야기를 나누며 무엇을 원하시는지 알아봐야 할 것 같아."

"좋아, 그렇게 하지. 이제 움직여."

브리크가 모르퓌드의 팔을 잡고 문에서 끌어냈고 피어구스는 문을 벌컥 열고 쿵쿵거리며 나갔다. 나머지 두 형제도 그들 뒤를 따랐다.

"젠장!"

모르퓌드 역시 그들을 뒤따라 나갔지만, 그들이 당황한 얼굴로 대전을 어슬렁거리는 광경을 보았을 뿐이다.

"어디로 가셨지?"

피어구스가 물었다. 모르퓌드는 오빠가 싸울 태세를 갖추고 나갔는데 맞서 싸울 상대가 없는 상황을 얼마나 싫어하는지 잘 알고 있었다.

하지만 그웬바엘이 가장 질겁한 듯 보였다.

"다그마는 어디 갔어?"

브리크가 동생을 쳐다보았다.

"드래곤 소화액이 어떤지 알아보러?"

탈라이스가 말해 준 대로, '피의 여왕'은 마구간에 있었다. 가반아일의 군 지휘관들이 군마를 두는 중앙 마구간은 아니었다. 앤빌은 여왕의 군마 바이올런스Violence를 위해 특별히 지어진 개별 마구간에 있었다. 멋진 이름이었다. 게다가 얼마나 운이 좋은 말인지. 말은 혼자가 아니었고, 자기만의 마구간 개도 있었다. 이십 킬로그램쯤 나가는 잡종개가 다그마에게 명랑하게 뛰어오르며 장화를 핥았다. 게다가 훌륭한 암말 한 무리도. 가장 가까운 칸에 있는 암말이 바이올런스의 옆구리에 코를 묻고 비비는 동안 앤널은 그의 입을 토닥였다.

무척 평온하고 약간 구슬픈 광경처럼 보였으나 뭔가 어색했다. 다그마는 느낄 수 있었다. 다그마는 한 손을 들어, '위대한 자' 베르세락에게 문간에서 자리를 지키고 있으라는 뜻을 말없이 전했다. 사우스랜드 드래곤 중에서도 가장 위대한 전사였던 자가 그녀의 명령대로 따랐다.

다그마는 여왕을 놀라게 하고 싶지 않아 조심스럽게 다가갔지만, 가까이 가자 뭔가 잘못되었다는 느낌이 점점 자라나 목을 조를 지경이었다.

"여왕 전하?"

"뭐지?"

다그마가 옳았다는 첫 번째 신호였다. 여기 온 지 이틀도 안 되었지만, 그녀가 '전하'라는 칭호를 붙여서 부르는 멍청한 사람을 가만 보고 넘길 리가 없다는 것은 알았다.

다그마는 눈으로 낌새를 살피면서 다가갔다.

"방해해서 죄송해요, 여왕님. 손님이 오셨거든요."

여왕은 다그마를 보지 않았다. 시선이 한 손으로 토닥이고 있는 말에 쏠려 있었다. 다른 손은 다그마가 만난 후로 항상 그랬듯이 배 위에 올려놓은 게 아니라 대신 말을 가두어 놓은 마구간 문을 잡고 있었다. 다그마는 안경을 살짝 고쳐 쓰며, 여왕의 길고 강한 손가락이 벗겨지는 나무속으로 파고드는 것을 보았다.

이제 다그마는 알 수 있었다.

"진통을 느낀 지 얼마나 되었죠, 앤널?"

앤널이 그저 현재 지고 있는 짐 때문에 숨을 몰아쉬고 있는 거라 생각했었다. 이제 다그마는 앤널이 헐떡이고 있다는 것을 알았다. 극적이진 않지만 고통을 조절하는 방식으로. 다그마의 일족 남자들이 그러듯이 전사라면 훈련 초기에 배우는 부분이었다.

앤널은 침을 삼켰지만 여전히 다그마를 보려 하진 않았다.

"며칠 됐어."

며칠? 며칠 동안이나 진통을 느꼈는데도 아무 말 하지 않았다는 거야?

다그마는 숨을 내쉬었다. 멍청한 사람에게 고함을 질러 봤자 아무런 도움이 되지 않는다. 지금은 여왕을 진정시켜 고분고분 말을 따르게 해야 했다.

"하지만 지난 몇 시간 동안 더 심해지지 않았나요?"

다그마는 목소리를 태연하게 아무렇지 않은 듯 유지했다.

앤널이 고개를 끄덕였다.

"하지만 너무 일러, 다그마. 아직 나올 때가 안 됐는데."

"더 이상은 선택의 문제가 아닌 것 같아요."

"그래, 하지만 이제는……."

고통이 너무 심하고 빠른지, 여왕의 말이 끊겼다. 그녀는 두 손을 써서 문을 잡고 쓰러지지 않도록 몸을 지탱했다.

"앤닐……."

"너무 일러."

그녀는 말을 할 수 있게 되자 재차 반복했다.

"어쩌면 아닐지도 모르지."

어느새 다그마 뒤에 서 있던 베르세락이 부드럽게 말했다.

"당신은……."

여왕은 으르렁거리다시피 물었다.

"대체 여기서 뭐하시는 거죠?"

베르세락이 그녀의 질문을 무시하고 말을 이었다.

"내 자식 대부분이 모두 여섯 달 이후에 나왔다. 내 손자라고 해서 다를 게 뭐냐?"

그의 말에 충격을 받은 앤닐은 베르세락을 한참 바라보다가 물었다.

"대부분이라고요?"

"그웬바엘은 여덟 달까지 끌었지. 하지만 그건 그 자식이 항상 게을렀고 앞으로도 게으를 놈이기 때문일 테고. 알에서 몇 달 동안 어정거리다가 아마 잠이 들었던 거겠지. 알이 우연히 뒤집히는 바람에 껍질을 깨고 나왔던 거야. 말한 대로, 게으른 자식이니까."

여왕이 미소를 띠었다. 약간 숨찬 웃음이었다.

"그러면 생각하시기에 이건……."

"때가 잘못되지 않았느냐고?"

베르세락은 고개를 저었다.

"아니, 전혀 아니다. 하지만 너를 안으로 데려가야겠구나, 앤
닐. 침대로. 나처럼 '위대한 자'의 손자인데, 호화스럽고 편안하
게 태어나야 하지 않겠느냐."

앤닐의 미소가 강렬한 불신의 표정으로 바뀌었다.

"어째서 제게 잘해 주시는 거죠?"

"그럴 기분이 들었으니까. 질문 따윈 하지 마라!"

그가 호통을 쳤다.

"고함치지 마세요!"

앤닐도 맞받아쳤다.

다그마는 두 손을 들었다.

"소리 지르고 놀면 재미있겠지만 그건 나중에 하죠."

그리고 몸을 숙이며 앤닐에게 속삭였다.

"게다가 저분께 안겨서 가는 기회가 몇 번이나 있겠어요?"

"정곡을 찔렀네."

앤닐은 대답했지만 곧이어 또 다른 진통이 몸을 찢고 지나가
는 듯했다. 그녀의 손가락이 문의 나무판을 움켜쥐는 바람에 나
뭇조각이 부서졌다. 평범한 고통이 아니라는 것을 다그마도 이제
깨닫게 되었다. 시간이 점점 빠르게 사라지고 있다는 것도.

그녀가 베르세락에게 매서운 눈초리를 보내자, 그도 고개를
끄덕였다.

진통이 잦아들자, 베르세락이 나섰다.

"내가 안으로 데려가마. 집 없는 농민처럼 말과 건초 더미 사

이에서 아이를 낳고 싶은 건 아니겠지?"

"그런 말을 하시려거든 좀 더 부드럽게 하실 순 없나요?"

베르세락이 앤빌을 안아 올리자, 증오하는 두 적수는 서로의 눈을 응시했다.

"그럴 수도 있지만 그런 말투는 안 쓰기로 한 거다."

"물론 그러시겠죠."

다그마를 옆에 달고 베르세락은 밖으로 나갔다. 하지만 대전으로 향하는 길의 반쯤 이르렀을 때 앤빌이 그를 멈추게 했다.

"안으로 들어가기 전에……."

그녀가 숨을 헐떡였다. 이제 온몸이 땀범벅이었다.

"둘 다…… 내게 약속……해 줄 게 있어요."

그웬바엘은 대전 한가운데 서서 겁을 내지 않으려고 애썼다.

"아버지가 그 여자를 죽여 버린 게 아닌가 싶어."

모르퓌드가 그의 어깨를 후려쳤다.

"아야."

"바보 같은 소리. 물론 그럴 리가 없잖아."

"내가 아는 거라곤 둘을 같이 두고 나갔는데 돌아와 보니 없다는 것뿐이야. 우리가 처음 아버지를 앤빌과 단둘이 두고 나갔을 때 무슨 일이 있었는지 기억나?"

"아버지를 앤빌과 단둘이 두고 간 건 그때뿐이었지."

피어구스가 동생들 가장 가까이 있는 탁자에 앉더니 태연하게 물었다.

"그래, 지난밤은 어땠냐?"

그웬바엘은 형제들에게 그 순간에 대한 얘기는 뭐든 할 기분이 아니었기 때문에 어깨만 으쓱했다.

"지난밤은 괜찮았어. 왜?"

피어구스가 눈을 가늘게 뜨더니 못마땅한 듯 툴툴거렸다.

"젠장!"

그리고 허리띠에서 작은 가죽 주머니를 잡아 빼 브리크에게 던졌다.

은발의 작은형이 싱긋 웃으며 말했다.

"쟤가 그 여자랑 했을 거라고 말했잖아."

"시도를 할 줄은 알았지. 하지만 그 여자는 그보다 똑똑할 거라고 생각했는데."

그웬바엘은 가슴 위에서 팔짱을 꼈다.

"대체 그게 무슨 뜻이야?"

형들이 그를 힐끔 쳐다보더니 다시 서로 마주 보았다.

"여자도 욕구가 있다니까."

브리크가 형에게 설명했다.

"노스랜드 여자인들 안 그렇겠어?"

"그래도 그 여자는 자신을 좀 더 소중히 생각할 줄 알았지."

이제 그웬바엘은 정말로 부아가 치밀었다.

"대체 무슨 개소리를 하는 거냐니까?"

누가 대답하기도 전에 이지가 대전으로 뛰어들어 계단을 올라갔다.

"봐라, 동생아. 너도 상황을 직시해야 해."

브리크가 말했다.

"넌 그 여자 급이 아니야."

그웬바엘은 어이가 없어서 입을 떡 벌리며 에이브히어를 째려보았다. 동생은 다른 형제들보다 몇 초 뒤에 들어와 있었다.

"난 아무 말도 안 했어!"

동생이 필사적으로 변명했다.

"내가 그 여자 급이 아니라고?"

그웬바엘이 으르렁댔다.

"난 왕가의 피를 타고난 드래곤이야. 그런데도 그 여자 급이 아냐?

"그 여자는 똑똑하잖아."

피어구스는 간단히 말했다.

"나는 아니고?"

모르퓌드가 동생의 어깨를 토닥였다.

"너도 나름대로 특별한 재능이 있지."

"그래."

브리크도 간단히 대답했다.

"여자 따먹기에."

"오빠."

모르퓌드가 책망했다. 어떤 면에서는. 딱히 그 비난에 진짜 악의는 없었다.

"모두 다 개새끼들이야, 알아?"

이지가 아래층으로 다시 뛰어 내려오더니 그들 앞에 멈춰 섰다. 그리고 발꿈치를 든 채 앞뒤로 춤을 추었다. 그러다가 못마땅한 듯 한숨을 짓고 다시 가까운 복도로 달려갔다.

"엄마, 빨리 와!"

그웬바엘은 서성이기 시작했다.

"내가 이 가족에게 해 준 게 얼만데, 뻔뻔스럽게 다들……."

모두들 웃음을 터뜨리는 통에 그의 연설은 끊기고 말았다. 브리크와 피어구스는 탁자 위에 벌러덩 누워 박장대소했다. 모르퓌드는 허리를 굽혔다. 에이브히어만 웃지 않고 찔리는 표정으로 보고 있었다.

그웬바엘은 뭔가 있다고 느꼈다.

비이성적일 정도로 상처를 받은 그는 이지와 탈라이스가 대전을 지나 커다란 현관으로 나가는 것을 보며 말했다.

"다들 알아?"

그는 다시 형제들 쪽으로 몸을 돌렸다.

"다들 가장 깊은 불지옥에서도 활활 타오를 거야. 망할 형이나 누나 중 누구도……."

그는 무심코 대전으로 시선을 돌렸고, 말이 목구멍에 걸렸다.

"피어구스."

형은 웃음 때문에 터진 눈물을 닦으며 일어나 앉았지만, 그도 그웬바엘이 본 광경을 보고 말았다.

탈라이스가 딸의 어깨를 두드렸다.

"위층에 우리가 준비한 방으로 가서 모피를 뒤집어 놔."

이지는 곧장 뛰어갔다.

"그리고 가서 브라스티아스를 찾아와!"

그웬바엘이 이 세상에서 볼 수 있다고 기대하지 못한 광경이 몇 가지 있었다. 머리가 둘 달린 드래곤——비록 인간들은 그런 용이 있기라도 한 듯 이야기를 지어내기 좋아하지만——과 인간들을 좋아하게 된 이후에 인신 공양을 거행하는 누나. 그리고 섬세한 유리로 만들어진 듯 '피투성이' 앤널을 조심스레 안은 아버지, '위대한 자' 베르세락.

앤널의 어깨에 손을 얹고 들어오던 탈라이스와 모르퓌드의 시선이 얽혔다.

"때가 됐어요."

모르퓌드가 고개를 끄덕이고 에이브히어를 향해 손가락을 튀겼다. 그의 얼굴에 떠오른 표정만 보고도 알 수 있다는 듯이, 막 공포 발작을 일으키려는 그를 정신 차리게 하려는 것이었다.

"에이브히어, 하인들에게 가서 때가 됐다고 말해. 하인들은 어떻게 해야 할지 알고 있으니까. 그리고 호숫가로 가서 가족들에게 전해. 모두에게. 난 모두라고 말했어. 전투태세를 갖추라고. 만약의 경우를 대비해서."

에이브히어가 고개를 끄덕이고 뛰어갔다.

베르세락이 피어구스에게로 다가왔다.

"네가 얘를 맡는 게 좋겠다. 내 목을 찢어 놓고 싶은 마음이 점점 강해져 가는 것 같으니까."

"벌써 시도는 해 봤죠."

앤닐이 속삭였다.

"하지만 절 떨어뜨리실 것 같아서."

베르세락은 씩 웃고는 그녀를 피어구스의 팔에 안겨 주었다.

"앤닐을 위로 데려가요, 피어구스."

모르퓌드가 명령했다. 탈라이스는 이미 계단을 뛰어 올라가고 있었고, 이지는 다시 달려 내려왔다가 브라스티아스를 데리러 밖으로 나갔다.

피어구스가 자기 짝을 가슴에 꼭 안고 아버지를 향해 고개를 숙였다.

"감사합니다."

베르세락은 툴툴거리면서 아들이 계단을 올라가 복도 쪽으로 사라지는 모습을 지켜보았다. 일단 피어구스가 사라지자, 그는 말없이 몸을 돌려 다시 문으로 향했다.

"어디 가세요?"

모르퓌드가 물었다.

"너희 어머니 데리러."

그는 잠깐 멈춰 서서 자식들을 어깨 너머로 보았다.

"너희 어머니가 여기 있어야 한다는 걸 우리 모두 아는 것 같은데."

모르퓌드는 아버지의 얼굴에서 눈을 떼지 않고, 침을 삼켰다.

"네, 알아요."

더 말을 보태지 않고 아버지는 나갔고, 모르퓌드도 계단으로 향했다.

브리크가 일어섰다.

"모르퓌드?"

그녀는 난간을 꼭 붙잡고 계단 첫 단에 멈춰 섰다.

"둘 다 준비를 해야 할 거예요."

"준비?"

브리크가 물었다.

모르퓌드의 숨결이 떨리고 있었고, 그웬바엘은 누나가 힘을 그러모으려 애쓴다는 것을 알았다.

"에이브히어를 잘 지켜봐야 해요."

그녀는 두 남자를 쳐다보았다. 그녀의 푸른 눈은 그 속뜻처럼 맑았다.

"그 애가 앤뉠과 얼마나 가까웠는지 알잖아요."

그 말을 남기고 모르퓌드는 마녀 로브를 발에 걸리지 않게 든 채 계단을 총총히 올라갔다.

브리크와 그웬바엘은 한참 서로를 쳐다보다가 마침내 브리크가 입을 열었다.

"브라스티아스에게 가서 모두 다 단단히 단속했는지 확인하고 올게."

다그마가 브리크의 팔에 손을 얹었다.

"당신들이 이 일을 처리하는 동안 방어 전략은 제가 처리할 수 있어요. 앤뉠의 부대원 중에서 같이 일할 수 있는 사람과 일꾼 몇 명이 필요할 거예요. 그 밖의 모든 일을 맡아서 할게요. 걱정할 필요 없어요."

브리크는 고개를 끄덕였다.

"그렇게 준비해 두지."

그리고 그도 사라져 버렸다.

그웬바엘은 탁자 위에 쿵 주저앉아 바닥만 뚫어져라 보았다. 모든 이가 날이면 날마다 밟아 대서 닳아 버린 돌을 보는 게 아니었다. 아무것도 보이지 않았다. 아무것도 느껴지지 않았다. 길을 잃은 느낌 말고는. 인생 처음으로 어찌할 도리 없이 길을 잃은 느낌이었다.

다그마가 옆에 앉는지도 알아차리지 못했지만 그녀가 손을 잡고 깍지를 끼는 감촉이 느껴졌다.

"나한테는 거짓말 안 할 거지? 내가 하라고 해도. 그렇지?"

그의 물음에 다그마가 고개를 끄덕였다.

"안 해, 그웬바엘. 이런 일에는 하지 않아."

"그래."

"하지만 여기 있을게. 당신이 나를 필요로 하는 한, 그게 도움이 된다면."

"도움이 되지."

그녀가 고개를 끄덕이고 그의 손을 꼭 쥐었다. 그리고 비명이 시작되자, 한층 더 꼭 쥐었다.

두 개의 태양이 밤을 향해 지는 오후, 다그마는 궁정 뜰 한가운데 서서 경비대장에게 자기가 바라는 바가 뭔지 지시를 내리고 그를 보냈다. 그녀는 자기 계획을 꺼내 연구했다. 걷잡을 수 없이 강한 공포심 때문에 선택이 혼란스러웠다. 보통 그녀는 무엇을 해야 할지, 언제 해야 할지를 거의 즉각 파악하는 편이었다. 빠른 결단력에 항상 자부심을 느끼기도 했다. 하지만 그렇게 믿고 따르던 본능이 지금은 가반아일에 내려앉은 공포심으로 짙게 가려졌다. 지난 한 시간 동안 공포심은 더욱 커져만 갔다. 한 시간 전에 비명이 멈추었기 때문이다.

다그마는 몇 년 동안 수없이 출산을 도왔다. 선택해서 그랬다기보다는 그런 역할이 맡겨졌기 때문이다. 그 오랜 시간의 경험으로 알아낸 한 가지는 출산은 결코 조용한 사건이 아니라는 것이었다. 산모는 언제나 비명을 지르고 울었으며, 간혹 웃어 대는 이도 있었다. 올케들의 경우에는 욕설을 퍼붓고 잔인하게 복수하겠다는 약속을 외치기도 했다.

앤뉠은 딱 보기에도 욕설 쪽이었다. 그런 여왕이 지금은 닫힌 문 뒤에서 조용히 누워 있었다. 오로지 모르퓌드와 탈라이스, 몇몇 치료사만이 안으로 들어갈 수 있도록 허락을 받았다. 침실 문 밖에는 그웬바엘의 식구들이 기다리고 있었다.

갑자기 다그마는 비명을 들었지만 앤뉠의 소리가 아니었다. 마당에 모여 있던 인간들이 지른 소리였다. 그들은 비명을 지르며 도망쳐 버렸다. 그녀가 왜 그런가 궁금해할 겨를도 없이 주위에 바람이 일어 위로 솟구쳤다. 다그마는 고개를 들고 거대한 화이트 드래곤이 땅에 발을 딛는 광경을 경외에 차서 바라보았다. 날개가 근처 건물에 쓸렸다. 블랙 드래곤이 그 뒤를 따라 착륙했으며, 둘은 거의 즉시 인간으로 변신했다.

다그마는 빠히 쳐다보고 싶은 충동과 싸워야 했다. 여자는 아름다웠다. 발가락까지 흘러내리는 흰색 머리에 길고 강한 몸을 한 그녀는 감탄할 만큼 아름다웠다. 하지만 다그마가 가까이 다가가서 자세히 보고 싶었던 것은 그 표지였다. 드래곤의 몸에는 발끝부터 올라가 다리를 휘감고 윗몸과 등, 가슴을 타고 목에 이르는 드래곤의 형상이 찍혀 있었다. 포로로 잡혀 있는 동안에 찍혔을 법한 흉한 낙인이 아니었다. 드래곤의 아름다운 낙인이었다. 하얀 피부에 진한 검은색의 그 표시는 무척이나 우아한 솜씨였다. 아름다움을 훼손할 수도 있는 낙인이건만 전혀 그렇지 않았다. 그녀 역시 분명 자긍심을 지닌 듯했다.

모르퓌드와 탈라이스가 '권리 주장'에 대해 이야기를 해 주었다. 낭만적일까? 정말로? 낭만적이라기보다는 고통스러울 것 같았다.

차가운 푸른 눈이 즉시 다그마에게 꽂혔다.

"너, 하녀로군. 여왕은 어디 있느냐?"

베르세락이 여자의 어깨에 손을 얹더니 낮은 목소리로 이야기할 수 있도록 몸을 돌렸다. 그때야 다그마는 베르세락도 자기만의 낙인을 가지고 있다는 것을 알았다. 그의 낙인은 등을 다 덮고 엉덩이가 허벅지와 만나는 부분까지 이어졌다.

"이쪽은 다그마 라인홀트야, 내 사랑. 노스랜드에서 왔지."

그가 여자에게 손짓을 하며 다그마에게 미소와 비슷한 걸 지어 보였다.

"다그마, 여긴 다크플레인의 드래곤 퀸이다."

한눈에 이 제왕을 가늠해 보면서 다그마는 한 무릎을 꿇고 고개를 숙였다.

"여왕 전하, 알현하게 되어 영광입니다."

"흠. 적절한 예를 갖출 줄 아는 인간이구나."

드래곤 퀸이 말했다. 한쪽에 낙인이 찍힌 긴 다리가 다그마 앞에 섰다.

"일어서라, 노스랜더."

다그마는 그 말을 따랐다.

"분부가 있으십니까, 전하?"

"그렇다."

여왕이 말했다.

"이 아이는 교육을 잘 받았는데."

그녀가 성 쪽을 가리키며 명령했다.

"나를 앤닐에게로 안내해라."

다그마는 성으로 향했고, 두 드래곤이 그녀 뒤를 따랐다.

"옷을 입어야지."

베르세락이 드래곤 퀸에게 말했다.

"그럴 시간이 없어."

다그마는 대전으로 향하는 문간 안쪽에 멈춰 섰다.

"따님이 전하께서 언제든지 입으실 수 있는 의복을 준비해 두었습니다."

"거참, 약하디약한 인간들이란!"

"지당하신 말씀입니다, 전하."

여왕은 콧방귀를 뀌더니 한 손을 내밀었다.

"그 망할 것을 다오."

여왕이 몸에 달라붙는 소박한 드레스를 머리부터 뒤집어쓰고 베르세락이 검은 바지와 장화를 신자, 다그마는 그들을 계단 위로 데려가 복도 뒤로 안내했다. 특별히 앤닐의 출산 준비를 위해 꾸민 방이었다. 필요한 물품들을 다 준비해 두었고, 침대는 앤닐의 것보다도 훨씬 작아서 치료사와 모르퓌드가 쉽게 옮길 수 있었다.

부모가 복도에 들어서자마자, 드래곤 퀸의 자손들이 바닥에서 몸을 일으켰다.

여왕의 푸른 눈이 그 무리를 훑더니 브리크에게서 멈추었다. 그녀는 부드럽게 질문했다.

"케이타는 어디 있지?"

은발의 드래곤이 어깨를 으쓱하며 눈썹을 치켰다.

"모르겠는데요."

여왕은 한숨을 내쉬었다.

"멍청한 것. 이럴 줄 알았어야 했는데……. 됐다. 그 애는 나중에 처리하지."

그녀가 몸을 숙이고 아들의 뺨에 키스했다.

"브리크, 그럼."

"예, 어머니."

여왕은 복도로 내려가 자식들 하나하나와 인사를 나누었다. 에이브히어에게는 미소를 지어 보이며 아들의 걱정스러운 얼굴에서 머리카락을 쓸어 올렸다.

"우리 아기."

"안녕하세요, 엄마."

여왕이 발꿈치를 들자, 아들은 살짝 고개를 숙여 이마에 어머니의 뽀뽀를 받았다. 그녀는 다음으로 그웬바엘에게 인사하며 뺨에 입 맞췄다.

"우리 난봉꾼."

"어머니."

여왕이 이지 앞에 멈춰 서더니 한 손을 소녀의 뺨에 대고 엄지로 눈물을 닦았다.

"안녕, 우리 꼬마 이지."

이지는 흐느낌으로 목이 막혔다.

"할머니."

여왕은 몸을 숙이고 뺨에 입을 맞추더니 소녀의 귀에 무언가 속삭였다. 이지가 숨을 내쉬며 고개를 끄덕였다.

여왕이 몇 발짝 더 내디뎌 앤닐이 누워 있는 방 앞에 섰다. 장남 앞에.

"아들."

"어머니."

여왕이 아들의 뺨을 토닥였고, 다그마는 이 단순한 동작에서 이제까지 보았던 그 무엇보다도 깊은 애정을 보았다. 여왕은 아들에게서 몸을 돌리더니 문손잡이를 잡고 손가락을 튀겼다.

"노스랜더, 나를 따라와라."

그웬바엘이 눈을 휘둥그레 뜨며 다그마를 잡으려 손을 뻗었다. 다그마는 고개를 흔들었다.

"괜찮아."

그녀는 그를 지나치면서 속삭이고 여왕의 뒤를 따랐다.

문이 뒤로 닫힌 후, 다그마는 어머니를 본 모르퓌드의 얼굴에 안도의 빛이 스치는 것을 알 수 있었다. 그녀가 침대 옆에서 일어나 어머니에게 더 가까이 오라고 손짓을 했다. 둘이 부드럽게 수군거리는 동안, 탈라이스는 앤닐의 한 손을 잡고 이마를 쓸어 주고 있었다. 다른 치료사 셋은 약초와 뿌리를 달이며 도움이 될 만한 이런저런 약을 조제하는 중이었다.

다그마는 앤닐을 내려다보았다. 갑작스레 한기가 엄습해 오는 기분이 들었다. 어제 도서관에서 만났던 강한 —하지만 잘 울던 — 여자는 사라지고 없었다. 남은 것이라고는 땀으로 흠뻑 젖은 모피 위에 누운 창백한 육신뿐이었다. 살아 있다는 흔적은 오직 고통이 뚫고 지날 때마다 굳어지는 몸이었다. 진통은 이십 초가량 지속되다 다시 잠잠해졌다.

몇 년 만에 처음으로 다그마는 자신의 어머니를 생각했다. 그녀가 울음을 터뜨리며 이 세상에 태어나기 전에 어머니의 모습도 이랬을까? 시그마에게는 이처럼 연약하고 죽음에 가깝게 보였을까? 이제 태어날 아기들은 다그마가 비밀스레 그러했듯이 어머니의 죽음이 자기 탓이라고 자책하면서 살게 될까?

아기들은 온전할까?

드래곤 퀸이 딸에게서 떨어지더니 탈라이스 쪽으로 다가갔다. 그녀는 브리크의 짝에게서 앤닐의 손을 넘겨받고 눈을 감았다. 다그마는 여왕이 얼마나 오래 그렇게 서 있었는지 알 수 없었다. 몇 초, 몇 분, 몇 날? 짐작도 할 수 없었다. 모두들 침대 주위에 모여들어 여왕이 무슨 말을 할지 기다렸다. 그 어떤 말이라도.

하지만 여왕은 한마디도 할 필요가 없었다. 일단 눈을 뜬 후에는 그럴 필요가 없었다. 몇 분 전만 해도 그처럼 차가웠던 푸른 눈이 다그마를 보았을 때…… 낙담한 느낌이었다. 여왕은 낙담하고 있었다. 자기가 할 수 있는 일이 아무것도 없기에 낙담할 수

밖에 없었다.

다그마는 탈라이스가 몸을 돌려 창문으로 가까이 가기 전부터 이 사실을 깨닫고 있었다. 모르퓌드가 고개를 저으며 말하기 전에도.

"아니에요, 어머니. 뭔가 하셔야만 해요. 뭔가 할 수 있는 일이 있을 거예요."

여왕이 앤널의 팔을 부드럽게 다시 내려 조심스럽게 놓았다.

"내가 할 수 있는 일이 없다는 것을 알잖니. 네가 할 수 있는 일도. 딱 한 가지 빼고는 없다."

"안 돼."

침대와 어머니로부터 멀어지려는 듯 움직이는 모르퓌드의 뺨에서 눈물이 줄줄 흘렀다.

"안 돼요, 전 할 수 없어요."

"쟤가 했던 말을 들려줘라, 노스랜더."

다그마는 고개를 번쩍 들었고, 탈라이스와 모르퓌드 둘 다 몸을 돌려 그녀를 응시했다.

"전하, 저는……."

"장난칠 시간 없다, 꼬마 아가씨. 시간이 빨리 줄어들어 가고 있어. 그러니 말해라. 저 여자가 마구간에서 이리로 안겨 올 때 너와 베르세락에게 한 말이 뭔지 들려줘. 어떤 약속을 하라고 했는지 말해 줘라."

다그마는 앤널이 한 말을 전할 계획이 전혀 없었기 때문에, 그저 초산에 겁먹은 임신부의 말로 치부해 버렸다. 베르세락도 앤녈의 말에 투덜거렸을 뿐이므로, 그도 아무 말 하지 않았으리라고 짐작했다. 말은 하지 않았을지도 모르지. 하지만 그의 짝은 그를 무척이나 잘 알아서 굳이 진실을 알기 위해 말 한마디라도 옮길 필요가 없었는지도 모른다.

다그마는 헛기침을 했다. 며칠 만에 처음으로 집으로 돌아가 백치 올케들과 위험하도록 멍청한 오빠들 곁에 있고 싶다는 생각이 들었다.

"앤녈은…… 음……. 앤녈은 무슨 일이 있어도 아기들을 구해야 한다고 말했어요. 아기들을 살리기 위해 자기 목숨을 내놓아야 한다 해도."

모르퓌드는 그녀의 말에 고개를 숙였고, 탈라이스의 시선은 천장을 향했다.

"저 아이는 대가를 아는 거야."

드래곤 퀸이 설명했다.

"저 아이는 알았고, 선택을 했다. 우리는 무시할 수 없어."

"하지만 피어구스는……."

"시작하기 전에 알려야지."

여왕이 고개를 끄덕였다.

"내가 말하마."

"아니요."

모르퓌드가 두 손으로 얼굴을 닦았다.

"제가 할게요."

그녀는 문으로 향하다가 발길을 멈추고 치료사들에게 명령을 내렸다.

"필요한 걸 모두 준비해라."

문이 천천히 삐걱 열리고 모르퓌드가 걸어 나오자 그웬바엘은 바닥에 앉은 채로 고개를 들었다. 누나가 시선을 아래로 내리깔고 즉시 피어구스에게 손을 뻗었다. 모르퓌드는 그의 손을 잡고 복도 아래로 데려가더니 맨 끝에 있는 빈 방 쪽으로 밀어 넣었다.

나머지 형제들은 바닥에서 몸을 떼고 일어서서 모르퓌드가 한 손을 오빠의 어깨에 대고 가까이 다가서는 모습을 바라보았다. 그녀는 목소리를 낮췄지만, 뭐라고 말했든 피어구스는 바닥에 털썩 주저앉았다. 그가 쓰러지듯 등을 기대자 문이 벽에 쾅 부딪쳤다. 모르퓌드는 오빠 앞에 주저앉아 두 손을 오빠의 어깨 위에 올려놓고 뭔가를 속삭였다. 그가 고개를 저으며 손바닥으로 두 눈을 꼭 눌렀다.

그웬바엘은 즉시 브리크를 보았고, 형의 얼굴에서도 자기와 같은 충격과 고통을 보았다. 에이브히어는 그저 연신 고개를 저으며 진실이라는 것을 알면서도 믿지 않으려 하는 듯했다.

문제는 이지였다. 어떤 숙모보다도 앤윌을 좋아하는 이지가 발작적인 울음을 터뜨렸다. 그녀는 벽에서 몸을 떼고 뛰어가려 했다. 하지만 베르세락이 그 애를 잡아 팔 안에 쓸어안았다.

"괜찮다, 이지. 다 괜찮아."

그는 이지의 등을 쓸어 주며, 그녀가 자신의 목에 대고 어찌할 수 없이 흐느끼도록 내버려 두었다. 이지는 두 팔로 베르세락의 어깨를 안고 다리를 그의 허리에 감은 채 울음을 터뜨렸다.

그웬바엘은 다시 피어구스와 모르퓌드를 돌아보았다. 형이 마침내 여동생이 한 무슨 말인가에 고개를 끄덕였다. 모르퓌드는 오빠의 이마에 입을 맞추고 일어나 그들에게 돌아왔다. 그녀가 손을 뻗어 문손잡이를 잡았다. 문을 열기 전에, 모르퓌드는 그들 모두에게 말했다.

"일이 끝나면 말해 줄게요."

그녀가 천천히 안으로 들어갔고, 문이 닫혔다.

피어구스는 성의 지붕 위에 앉아 다크플레인을 내려다보았다. 그는 인간의 형태를 하고 있었다. 언제든 다시 안으로 돌아가야 한다는 것을 알기 때문이었다. 그는 이미 오래전에 인간 형태로든 드래곤 형태로든 쉽게 오를 수 있는 이 특별 장소를 찾아 놓았다. 그리고 이제 장화를 신은 발로 미끄러지지 않도록 지붕널을 꾹 디딘 채 그렇게 앉아 있었다.

앤널이 언제든 전투에 출정해서 돌아오지 못할 수도 있다는 것은 알고 있었다. 부하들의 방패 위에 실려 돌아오는 게 아니라면. 둘 다 항상 위험이 있다는 것을 알았다. 전쟁이 끝나기를 기다리며 요새 문 뒤에서 숨어 있는 군주가 아니었기 때문이다. 그들은 일족과 함께 싸웠다. 그런 선택을 했기에 죽음을 무릅쓰고 싸웠다.

하지만 이것은 그들의 선택이 아니었다. 그들은 자리에 앉아 아이를 가질지 말지, 가진다면 언제 가질지 의논한 적이 없었다.

신들이 그들의 선택권을 가져가 버렸다.

그리고 그 신들 때문에, 피어구스는 이제 짝을 잃게 되었다. 그가 진실로 사랑한 유일한 여성을. 서로 수천 리그 떨어져 있을 때도 피어구스는 언제나 앤닐이 자기 세상의 일부, 자기 삶의 일부임을 알았다.

이제 그는 더 이상 그런 위안, 그런 확신을 가질 수 없었다.

성에서 두 개의 울음소리가 비통하게 울려 퍼지자, 그는 눈을 꼭 감았다. 이 모든 일에서 그와 앤닐만큼의 선택권도 없었던 순진한 존재들에 적개심을 품지 않으려 무던히도 애를 썼다. 쌍둥이를 보러 내려가야 한다는 것을 알았지만, 그럴 용기가 나지 않았다. 고통이 칼처럼 그를 찢었다.

울음이 마침내 그치고 그 사실에 안도하고 있을 때 옆에 와서 앉는 어머니의 존재가 느껴졌다. 어머니가 따라온 것은 놀랍지 않았다. 어머니 외에 따라올 수 있는 것은 오직 앤닐뿐이었다.

"아들과 딸이다."

어머니가 말했다.

"예쁘구나. 건강하고."

그녀는 어깨를 으쓱했다.

"인간 같아."

"그리고 앤닐은 죽었고요."

"아니, 아직 아니야."

피어구스는 어머니를 돌아보았다.

"하지만 앤닐을 살릴 수 있는 존재는 어머니뿐이잖아요."

"내가 할 수 있는 한은 그렇지."

"얼마나 오래 할 수 있으신 거죠?"

어머니가 숨을 들이쉬었다.

"사흘. 어쩌면 나흘."

"사흘이라."

앞으로 살아갈 적어도 사오백 년 중에서 사흘.

"정신은 있어요?"

피어구스는 어머니가 대답을 할 때마다 괴롭다는 것을 알았지만, 알아내야만 했다.

"아니."

"그럼 다시 정신이 들진 않겠군요?"

"그래."

그는 웃음처럼 들리지는 않는 콧소리를 냈다.

"그럼 힘들게 뭐하러 살려 놓은 거죠?"

"네가 작별 인사를 해야 할 테니까. 너희 모두가."

어머니가 헛기침을 했다.

"이제 나는…… 너희가 나를 필요로 하는 한 머물겠다. 내가 할 수 있는 일을 해야지."

그 순간은 아무 필요도 없는 일이었지만, 피어구스는 그렇게 말하는 대신 고개를 숙였다.

"고맙습니다."

브리크는 조카들이 누워 있는 요람을 들여다보았다. 주위에서 치료사와 산파 들이 수선을 떨며 돌아다니고 있었다.

둘 다 무척 ―그는 얼굴을 찡그렸다― 우량아였다. 갓 태어난 아기 같지가 않았다. 더 나이가 들어 보였다. 사실 여러 면에서 드래곤 아기와 비슷했다. 둘 다 머리숱이 풍성했는데, 남자 아기는 어머니를 닮아 연갈색이 군데군데 섞인 갈색 머리였고, 여자 아기는 아버지처럼 칠흑 같은 검은 머리였다. 둘 다 눈 크게 뜨고 초점을 맞추려 하고 있었다. 벌써부터 갖고 싶은 건 손을 뻗었고 작은 손으로 뭐든 쥐려 했다.

브리크가 잘 모르긴 해도, 솔직히 한 시간 전에 태어난 아기라기보다는 삼 개월은 된 아기 같았다.

앤널은 죽어 가고 있었다. 여동생이 몇 분 전에 말한 대로였다. 모르퓌드는 인간 여왕의 배를 갈라 아기들을 꺼내고 다시 봉합했다. 그런 수술로 앤널이 죽는 것은 아니었다. 드물기는 했지만 훈련을 잘 받은 치료사와 마녀 들이 수술을 담당했다. 근처 마을에서 순산과 난산을 겪는 여자들을 도왔던 모르퓌드도 그중 하나였다.

아니, 그건 수술 때문이 아니었다. 아기들 때문이었다. 아기들이 말 그대로 어머니에게서 생명을 빨아들여 지나치게 커 버렸고 어머니의 인간 육체가 담기에는 버거울 만큼 너무 강해져 버렸다. 침대에 누운 앤널은 이제 앙상한 뼈뿐이었다. 언제나 강한 근육을 팽팽히 감싸던 피부도 축 늘어졌다. 의도는 없었지만 아기들은 어머니에게서 삶의 활력을 빼앗아 버렸다.

이제 앤널의 심장이 뛰고 허파가 숨 쉴 수 있도록 해 주는 것은 드래곤 퀸뿐이었다. 브리크가 아는 가장 강력한 드래곤위치.

그는 마침내 자는 아기들에게서 시선을 떼고 산파를 쳐다보며 물었다.

"탈라이스는?"

"쌍둥이에게 젖을 먹일 유모를 데리러 갔습니다, 나리."

그는 고개를 끄덕였지만 유모가 방 밖에서 다른 치료사와 이야기를 나누고 있는 모습을 이미 보았다.

조카들을 마지막으로 한 번 더 보고 그는 방을 나왔다. 방 밖에 경비병들이 배치되어 있어서 흡족했다. 그는 방과 부엌, 대전, 도서관을 확인했다. 밖으로 나간 후에야 마침내 그녀의 향기를 잡아낼 수 있었다. 그는 향기를 따라 숲 속으로 들어가, 나무와 커다란 돌에 가려져 별로 아는 이 없는 작은 호수에 이르렀다. 여러 날 밤 그들은 여기 왔었고, 여기서 몇 시간이고 보내는 동안 탈라이스는 그의 이름을 외치며 흐느끼곤 했다.

하지만 오늘, 그의 탈라이스는 다른 이유로 흐느끼고 있었다.

그녀는 호숫가에 무릎을 꿇은 채, 윗몸을 다리 위로 숙이고 두 팔로 허리를 감싸 안고서 통곡했다. 이전에 들어 본 적 없는 통곡이었다. 산전수전을 다 겪은 그녀가 자매처럼 사랑하는 친구와 자신의 것으로 받아들인 가족의 슬픔 때문에 울고 있었다.

브리크는 뒤로 가서 무릎을 꿇고 다리를 벌려 그녀를 자기 몸으로 끌어당겼다. 품 안에 그녀를 꼭 안고 몸을 숙였다. 탈라이스가 그녀를 감싼 자신의 몸을 느낄 수 있도록. 이 일을 그녀 혼자 겪지 않아도 된다는 사실을 알 수 있도록.

그녀의 손이 그의 팔을 꽉 잡았다. 작은 손가락이 그를 덮은 사슬 갑옷 셔츠를 파고들었다.

그렇게 그는 그녀가 통곡하도록 놔두었다. 단지 그녀 자신뿐 아니라 그들 모두를 위해서 울도록 놔두었다. 탈라이스는 자기 본연의 모습을 숨길 필요가 없었기 때문이다. 그녀는 군주가 아니었다. 다스릴 왕국도 없었다. 걱정해야 할 정치도 없었다.

그녀는 오로지 마음이 아픈 여자일 뿐이었다. 브리크는 적어도 그들 중 하나는 그런 아픔을 표현해도 괜찮다는 사실이 고마웠다.

다그마는 동물들이 인간의 생각보다 훨씬 감정과 이해력이 뛰어나다는 것을 이미 어렸을 때 깨달았다. 그래서 그녀는 앤닐의 말을 두는 마구간으로 갔다. 강한 말을 보자마자, 다그마는 말도 알고 있다는 것을 알았다. 말은 뒷벽에 붙어 있었고, 옆 칸의 암말은 머리를 그의 목에 비비고 있었다.

다그마는 조심스럽게 마구간의 문을 열고 안으로 들어갔다. 문은 확실히 잠가 두었다. 아버지가 알면 머리끄덩이를 잡아당기며 멍청한 짓 말라고 할 상황이 확실했지만, 동물에 관한 한 그녀는 언제나 자기 본능을 따랐다. 그들은 결코 실망시키지 않았다.

그녀는 그 거대한 짐승을 올려다보았다. 앤닐이 이런 동물 위에서 싸우는 건 고사하고 어떻게 올라탈 수 있는지 자체가 의아했다. 다그마는 말을 놀래지 않으려 최선을 다하며 조심스레 다가갔다. 옆 칸의 암말이 그녀가 뭘 하는지 알아내려는 듯 빤히 보고 있었다.

다그마는 일단 말 옆에 서자, 한 손을 뻗어 옆구리를 끌었다. 말이 불안하게 움직이긴 했지만 발로 차지는 않았다. 그녀는 팔에 안고 온 모피 담요를 들어 옆의 암말에게 보여 주었다. 부드러운 갈색 눈이 깜박거리며 그녀를 바라보았지만, 그 외 다른 반응은 없었다.

다그마는 정말이지 말이 아니라 개였으면 싶었다. 개들은 쉽게 이해했다. 하지만 말은 다그마가 아는 것과는 달랐다. 다만 그녀는 말들이 다음 며칠이면 잊어버리기는 해도 앤닐을 그 누구보다도 사랑한다는 것을 알고 있었다. 말과 기수의 관계는 개와 조련사의 관계와 같았다. 단순한 애완동물 이상이었다. 서로 신뢰할 때만 맺어질 수 있는 파트너 관계. 그녀가 아는 모든 관계 중에서도 가장 끊기 어렵고 가장 감사를 못 받는 관계였다.

다그마는 심호흡을 하고 앤닐의 방에서 집어 온 모피 담요를 군마의 등 위에 천천히 올려놓았다. 그리고 담요가 말의 어깨 높이 얹히도록 잘 맞추었다. 말이 앤닐의 냄새를 맡을 수 있도록.

수말이 암말의 머리 위로 머리를 들었다. 검은 눈이 다그마를 내려다보았다. 잠시 후 수말은 머리를 숙이고 코를 가까이 가져다 댔다. 다그마는 손을 들어 말을 쓰다듬었다.

"정말 미안해."

그녀가 부드럽게 말하자 말이 눈을 감았다.

다그마는 문이 잘 잠겼는지 확인하고 돌아섰다. 바깥에 나오자 주위를 둘러보았다. 늦은 시각이었고 아직 아무것도 먹지 않앉지만, 솔직히 별로 배가 고프지 않았다. 피곤하지도 않았다.

한숨을 쉬며 다시 성으로 걸음을 떼려던 다그마는 훌쩍이는 소리에 멈춰 섰다. 소리를 따라 마구간을 돌아갔다가 항상 고통스러울 만큼 딱딱하다고 생각했던 자신의 심장이 가슴속에서 녹아 버릴 만한 광경을 보았다.

다그마는 그의 옆에 쭈그리고 앉았지만 왜인지는 몰랐다. 그는 그렇게도 컸고, 그녀가 일어선다 해도 어차피 그보다 크지 않을 텐데도.

그녀는 한 손을 그의 무릎 위에 얹고 미소를 지으며 눈물 어린 은색 눈을 보았다. 그 눈이 길고 진한 푸른색 속눈썹 아래에서 그녀를 올려다보았다.

"정말 안됐어요."

다그마는 이렇게 말했지만, 이 순간에는 아무런 소용이 없다는 것도 알고 있었다.

"앤널이 그리울 거예요. 죽도록 그리울 거예요."

에이브히어는 눈물을 닦으려 했다.

"알아요. 난 앤널과 잘 아는 사이는 아니었지만 그래도 그리울 테니까."

그가 소심하게 어깨를 으쓱했다.

"하지만 당신네 일족은 질질 짜지는 않겠죠."

"내 아버지도 한 번 우신 적 있어요. 내가 안다는 건 모르시지만, 옛날 유모가 죽기 전에 말해 줬죠."

"어째서 우셨는데요?"

"어머니가 나를 낳다가 돌아가셨거든요. 어머니도 나를 구하겠다는 결정을 하셨죠. 앤닐이 아기들에 대해 똑같은 결정을 내렸듯이."

에이브히어가 고개를 끄덕였다.

"앤닐의 결정이라는 건 알아요. 그 외 다른 결정을 하지는 않을 거라는 것도. 앤닐이라면 그렇죠. 사랑하는 이들을 위해선 뭐든 내놓을 여자니까."

인간 형태를 한 커다란 블루 드래곤이 등 뒤의 벽에 머리를 기댔다.

"하지만 피어구스는…… 절대로 회복되지 못할 거예요. 진정으로는."

"당신들이 할 수 있는 일은 그 옆에서 힘이 되어 주는 거예요. 이 일을 혼자서 겪고 있지 않다는 것을 알려 주세요."

"그러죠."

에이브히어가 얼굴을 닦으려 했다. 다그마는 드레스 주머니에서 깨끗한 천을 꺼내 그의 눈물을 대신 닦아 주었다.

"말하지 않을 거예요?"

그가 물었다.

"……내가 우는 모습을 봤다고."

다그마는 다리를 접고 앉으며 말했다.

"나는 당신 비밀을 지켜요, 에이브히어."

그웬바엘은 몸을 숙이고 요람 안을 들여다보았다. 여자 아기가 제 아버지처럼 얼굴을 찡그렸다. 아니, 그 말은 맞지 않았다. 여자 아기는 그의 아버지처럼 얼굴을 찡그렸다. 그 표정에 그웬바엘은 어쩐지 초조해졌다. 특히 그의 목을 자를지 말지 갈등하는 양 환한 녹색 눈으로 그를 빤히 쳐다보고 있으니. 하지만 다행히도 남자 아기는 쳐다보는 게 지루해졌는지 어느새 쌕쌕 잠들어 있었다.

고맙게도 조카들은 인간처럼 보였다. 그의 기대보다도 더 인간다웠다. 비늘도, 날개도 없었다. 꼬리도 없었다. 있었다면 아무리 상황이 좋아 봤자 무척 어색했으리라. 그들은 이제껏 그가 본 다른 인간 아기와 똑같았다.

다만 신체적으로 서너 달은 되어 보였고 그보다도 더 나이가 든 양 움직이고 있었다. 며칠만 지나면 아기들은 대부분의 드래곤 아기들처럼 몸을 뒤집고 길 것만 같았다.

맙소사, 그들의 미래에 그것 말고도 또 무슨 사건이 일어날까? 그웬바엘은 그들을 감싼 마법을 느낄 수 있었다. 아니, 그 말은 틀렸다. 마법이 그들을 감싼 것이 아니었다. 그들에게서 쏟아져 나오고 있었다. 모공 하나하나에서. 아직은 힘도 약하고 무척이나 연약한 존재지만, 언젠가는…… 언젠가는 그들의 힘이 거대해지리라.

"애들은 어때?"

그웬바엘은 어깨 너머를 돌아보았다. 피어구스가 차마 들어오지 못하고 문간에서 머뭇거리고 있었다.

"잘 지내고 있어. 건강해. 중요한 부위도 다 멀쩡하고 우리 격

정처럼 붙어 있는 것도 없어."

적어도 아직은.

"한번 볼래?"

"아니, 앤뉠에게 돌아가 봐야지."

"알겠어."

그웬바엘은 손을 내려 여자 아기를 들어 올렸다. 이전에도 그렇게 해 보았지만 즉시 내려놓았었다. 아기는 분명히 자기를 좀 가만히 놔두라는 것 같았지만, 그는 처음 그랬을 때와 같은 반응이 필요했다. 그리고 성공했다. 아기의 얼굴이 빨개지더니 울음소리가 터져 나왔다.

"뭐하는 거야?"

피어구스가 따져 물었다.

"너 여자애를…… 남자애인가, 짜증 나게 했잖아."

"여자애야. 좀 있으면 그칠 텐데, 뭘."

하지만 그렇지 않으리라는 걸 그웬바엘은 알고 있었다. 그의 팔은 아이가 그 순간 안아 주길 바라는 팔이 아니었다.

그래, 갓 깨어난 드래곤 아기들의 행동과 아주 유사하군.

남자 아기도 눈을 번쩍 떴다. 아버지와 할아버지처럼 새카만 눈이었고 그 순간에는 무척 화가 나 있었다. 남자 아기도 소리를 지르기 시작했다. 누이가 소리를 지르고 있다는 게 마음에 들지 않은 것 같았다.

"대체 뭐하냐는 거냐니까?"

피어구스가 손을 뻗어 그웬바엘의 팔에 안긴 딸아이를 넘겨받았다.

"가만히 놔두라잖아!"

"난 그저 도와주려고 한 건데."

"그게 무슨 도움이 되냐, 멍청한 자식. 무슨 바보짓이야."

"이젠 울지 않잖아."

피어구스는 눈을 깜박이며 즉시 딸을 내려다보았다.

"앤닐의 눈을 닮았네."

"그래."

그웬바엘은 형을 요람 옆 의자에 앉혔다.

"하지만 아들은 형의 눈을 닮았어."

그는 아버지의 왼팔에 안긴 여자 아기를 다시 고쳐 안겨 주고 남자 아기를 다른 팔에 올려놓았다.

"보여? 형의 눈이잖아."

"하지만 앤닐의 머리카락이야."

"그래, 그 눈의 표정을 보니 알겠다. 이 녀석도 자기가 말썽쟁이가 될 거라는 걸 벌써 알고 있어."

"그건 네가 알아서 도와주리라 믿는다."

"내가? 물론 아니지. 경쟁자가 필요하진 않거든."

그웬바엘은 부산을 떨며 방 안을 돌아다니면서 피어구스가 아기들을 편안하게 안고 있는지 확인했다. 그런 다음 형 앞에 웅크리고 앉았다.

"알지, 피어구스. 아기들도 엄마를 보고 싶을 거야."

피어구스가 움찔하며 빠르게 눈을 깜박였다. 그는 당황과 분노 사이에서 갈등하며 물었다.

"뭐?"

"몇 분이라도."

그는 그웬바엘의 말을 이해하고 진정한 후 고개를 끄덕였다.

"그래, 네 말이 옳아."

그웬바엘은 형을 도와 앤널의 방으로 따라갔다. 방 안은 참을 수 없이 고요했고 앤널의 힘겨운 숨소리만 들릴 뿐이었다. 두 형제는 함께 아기들을 침대 위 엄마 옆에 놓았다. 즉시, 조그만 아기들이 엄마에게 달라붙었다. 작은 주먹은 벌써부터 원하는 걸 잡을 수 있었다.

피어구스는 침대 옆에 무릎을 꿇고 앤널의 힘없이 늘어진 손을 훨씬 더 큰 자신의 두 손으로 들어 올려 꼭 쥐었다.

그웬바엘은 잠깐 형의 어깨를 꽉 잡았다가 문으로 향했다. 순간이었지만, 스쳐 가는 하얀 망토 옷자락이 보였다. 그는 문을 뒤로 닫으며 뛰어갔다.

"모르퓌드, 잠깐."

모르퓌드가 손짓으로 동생을 물리쳤다.

"나를 가만히 놔둬, 그웬바엘. 제발."

그웬바엘은 그녀가 뛰어가는 모습을 바라보기만 했다. 처음으로 다음에 어떻게 해야 할지 알 수가 없었다.

몇 분 후, 브라스티아스가 모퉁이를 돌아 나오더니 그웬바엘이 서 있는 것을 보고 우뚝 멈춰 섰다.

"어떻습니까?"

그웬바엘은 무언가 말하려 했지만, 정말로 할 말이 없었다. 그 저 고개만 저었을 뿐이다.

"여왕님은……?"

"아직은. 곧 그렇게 되겠지만."

브리스티아스가 먼 곳을 보며 벽에 등을 기댔다. 그와 앤닐은 항상 가까웠다. 산전수전을 함께 겪은 남매 같았다. 장군이 복도 를 훑어보다가 갑자기 꼿꼿이 일어섰다.

"모르퓌드는 어디 있죠?"

그웬바엘은 인간 남자를 한동안 바라보다 손으로 복도 아래를 가리켰다.

"자기 방에 있지 않을까?"

브라스티아스는 그쪽으로 사라졌고, 그웬바엘은 가족을 돕기 위해 아무것도 할 수 없다는 생각에 심장이 부서져 나가는 기분 이었다.

모르퓌드는 방으로 뛰어 들어가 문을 쾅 닫았다. 이마를 문에 대자 그동안 참았던 눈물이 마침내 폭발했다. 실패하고 말았다. 모든 이를 실망시켰다. 오빠. 친구. 이제 조카들까지도.

앤닐의 배를 가른 칼을 쥔 것은 그녀였다. 어머니도 이전에 해 본 적 없는 일이었지만, 모르퓌드는 해 본 적 있었다. 그녀가 이 런 식으로 도왔던 임부 열 명 중에서 두 명만 살아남지 못했다. 그들은 처음부터 임신에 문제가 있었던 경우였다. 하지만 앤닐은 너무 약해져 있었다. 몸에서 생기가 다 빠져나가고 없었다. 선택의 여지 없이 배를 갈라 쌍둥이를 꺼내야 했고, 그러지 않는다면 산모와 아기들의 목숨 다를 잃을 위험이 있었다.

모르퓌드는 앤닐이 선택을 했다는 것을 알았다. 다그마가 그들에게 전해 준 말을 믿었다. 그렇다고 해도 그녀의 실패가 더 나아지는 것은 아니었다.

조금 전 방 안에 들어갔을 때, 피어구스와 그웬바엘이 아기들을 엄마에게 올려놓는 광경을 보았다. 모든 아기들이 그러하듯이 아기들은 엄마의 관심을 원했고 받지 못하자 화를 냈다. 아직 그 이유를 이해할 수 있는 나이가 아니었다. 하지만 피어구스는 이유를 알았다. 그 고통이 얼굴에 드러났다. 모든 가족 중에서 모르퓌드는 피어구스와 제일 가까웠다. 오빠를 실망시켰다고, 무척이나 중요한 오빠의 일을 망쳤다고 생각하니 상상 이상으로 괴로웠다. 몸이 갈기갈기 찢겨 나가는 것 같았다.

"모르퓌드?"

문 건너편에서 들려온 목소리에 화들짝 놀라 그녀는 비틀 물러섰다.

"모르퓌드, 문 열어."

"나…… 난 시간이 좀…….."

"문을 열어."

얼굴을 미처 닦지 못한 모르퓌드는 문을 열고 재빨리 등을 돌리며 물러섰다.

난 브라스티아스도 실망시켰어.

모르퓌드는 그가 여왕이자 동지에 대해 어떤 감정인지를 잘 알았다. 그들은 여러 번 죽을 고비를 함께 넘겼다. 앤닐과 브라스티아스는. 그 역시 상처를 받았다.

"너무 미안해, 브라스티아스."

모르퓌드는 다시 흐느끼기 시작했다.

"난 정말……."

브라스티아스는 거기 앞에 서서 그녀를 끌어당겨 두 팔로 꼭 안아 주었다.

"그런 말 다시는 하지 마."

그가 퉁명스럽게 말했다.

"할 수 있는 일은 다 했잖아. 이제 흘러가도록 놔주었으면 좋겠어, 내 사랑."

모르퓌드는 그렇게 했다. 몇 시간 동안. 불쌍한 남자의 외투에 대고 흐느껴 울다가 결국 피곤에 지쳐 그의 팔에서 거의 기절하다시피 쓰러졌다.

이지는 다크플레인에서 삼 리그 반경 안에 있는 가장 높은 언덕으로 뛰어 올라가 밤하늘을 향해 소리 질렀다.

"이게 무슨 짓이죠?"

즉각적인 대답이 없자, 그녀는 한껏 고함을 쳤다.

"어떻게 이럴 수가 있어! 날 무시하지 마요!"

불꽃이 섞인 번개가 번쩍 내려치자 이지는 발에 맞기 전에 간신히 피했다.

"나한테 명령하는 거냐?"

어머니의 목소리만큼이나 익숙한 목소리가 윙윙 울렸다.

"감히 네가 나한테?"

"앤널을 보호했어야죠! 나는 당신을 신뢰해도 된다고 앤널에게 말했단 말이에요!"

뤼데르크 하일, 모든 드래곤의 아버지 신이 나타났다. 그는 어둠 속에서 나타났다기보다 그 어둠의 광활한 일부였다. 그의 드래곤 육체는 몇 리그씩이나 뻗어 있었고, 머리카락은 달빛 속에서 빛났다. 그를 만나는 것은 이번이 세 번째였다.

칠 개월 전 어머니가 자기를 희생해서 이지를 구하려고 하기 전에는 뤼데르크 하일을 오로지 꿈에서만 보았다. 긴급한 상황에서 머릿속에 그의 목소리가 들리기도 했다. 하지만 최근에 상황이 바뀌었다. 그는 이지가 호숫가에서 창술 연습을 하다가 쉬고 있을 때 처음 나타났다. 이지는 그를 안으려 했지만, 그에게 팔을 두를 엄두도 낼 수가 없어서 거대한 드래곤의 목을 꼭 안아 주었을 뿐이다. 그들은 몇 시간 동안 이야기를 나누었고, 이지는 그가 물리적 형태를 갖추고 왔다는 말을 남에게는 절대로 하지 않겠다고 약속했다. 하지만 그의 목소리는 아직도 이지의 머릿속에서 제멋대로 울렸다. 앤널의 아기가 태어날 때가 되었다고 말해 주었던 그날 아침처럼.

이지는 오래전에 어린 시절의 심장을 뤼데르크 하일에게 주었다. 또 나중에는 어머니를 구하기 위해 그녀의 영혼을 주었다.

"우리 모두 희생을 하는 거다, 꼬마 이지."

"나쁜 놈."

이지는 퉁명스럽게 따졌다.

"진짜 나쁜 놈."

진한 보라색 눈이 번득이더니 열두 개의 뿔이 달린 머리가 약간 내려왔다.

"나는 아직도 네가 삶을 바친 신이다. 넌 내게 충성해야 해."

"난 내 일족에게 충성해요. 그리고 그들이 내 일족이고요. 당신은 아니죠."

"위험한 말을 하는군, 꼬마 이지."

"그래도 상관없어요. 내 여왕님이 죽어 가고 있는데 상관할 바 아니죠. 이게 다 당신 탓이에요."

이지는 얼굴을 닦으려다가 그제야 자기가 울고 있었다는 것을 깨달았다.

"당신이 신이라는 거 알아요. 우린 당신에게 하찮은 존재라는 것도. 하지만 기억해요. 그 아기들도 당신이 창조한 존재라는 걸. 그 애들 어머니만큼 그 아기들을 잘 보호할 수 있는 사람은 없어요. 앤윌처럼 말이죠. 아무도 못해요."

뤼데르크 하일은 하품을 하더니 앞발로 저리 꺼지라는 몸짓을 해 보였다.

"집에 가라, 꼬마 이지."

검은 드래곤의 육체가 번들거리는가 싶더니 사라져 버렸다. 이지는 뼛속 깊숙이 배신감을 느꼈다.

다그마는 그웬바엘의 방 밖에 서 있었다. 세 번이나 노크를 하려다 머뭇거렸다. 그녀답지 않았다. 어떻게도 처리할 수 없는 일이 있다니. 다그마는 모든 일을 처리해 왔다. 하지만 지금은 알수 없었다. 이렇게 들르는 게…… 부적절—이게 가장 잘 어울리는 말 같았다—한 건 아닐까.

둘이 함께한 밤은 그 이상도 그 이하도 아니었다.

하지만 그녀는 그가 걱정되었다. 모두들 이 일을 너무 힘들게 받아들이고 있었다. 하인들과 군인들조차도. 들어오는 길에 뛰어 나가는 불쌍한 이지와 스쳤다. 굳이 잡으려 하지 않았다. 그 아이도 이 일을 받아들일 자기만의 시간이 필요하다는 것을 알았으므로.

다그마는 그웬바엘이 앤널을 사랑한다는 것을 알고 있었다. 그래서 그를 돌봐 주고 싶다는 엄청난 충동이 밀려왔지만, 이 감정 자체가 너무 우스꽝스럽게 여겨졌다.

그웬바엘이 그런 위안을 원하기나 할까? 적어도 그녀에게서?

다그마는 이런 기분이 싫었다. 불안정하고 혼란스러웠다. 그녀답지 않았다. 하지만 모두들 이런 순간이 있으리라 생각했다.

그때 문이 휙 열렸고, 다그마는 그웬바엘의 얼굴을 올려다보고 있었다.

"얼마나 오래 여기서 서성대고 있었던 거야?"

"방해하고 싶지 않아서. 난 그저……."

그웬바엘이 그녀의 손을 잡고 방으로 끌어들인 후 문을 쾅 닫았다. 그는 그녀를 침대로 끌고 가 그 위에 밀어 눕혔다.

"옆으로 돌아누워."

그가 명령했다.

"창문을 보고."

"알았어."

다그마는 시키는 대로 했다. 뒤에서 침대가 약간 출렁이는가 싶더니 옷을 입은 그대로 그웬바엘이 기어 들어왔다. 그의 팔이 그녀의 허리를 감았고 그가 좀 더 가까이 등 뒤로 몸을 붙이고 턱을 그녀의 머리에 얹었다. 둘은 창문을 바라보며 그렇게 누워 있었다.

누구도 말하지 않았고, 움직이지 않았다.

그들은 다음 날 두 개의 태양이 떠오를 때까지 그렇게 있었다.

25

　'정결한 자' 케이타는 노스랜드의 차갑고 단단한 땅을 내다보았다. 최근에 그 이름을 얻었으나, 오빠 그웬바엘은 그 이름을 듣자 바닥을 데굴데굴 구르며 꼬마 드래곤처럼 웃어 댔다. 케이타는 번개 드래곤의 영토에 들어와 올게어 일족의 소굴이 있는 산의 평평한 봉우리에 서 있었다. 어느 방향을 보아도 눈 덮인 산봉우리가 수 리그씩 펼쳐져 있을 뿐이다.

　하지만 이제 이 주 가까이 되는 기간 동안, 케이타는 여기 갇혀 있었다. ……이 드래곤들과.

　그녀는 아직 야만족이 아닌 번개 드래곤을 만난 적이 없었다. 소름 끼치는 예의범절, 역겨운 습관, 익힌 콩 크기의 두뇌까지. 그런 백치들을 상대하다 보니 매일이 새로운 경험이었다.

　그래도 대부분의 백치들처럼 그들은 충분히 간교했다.

케이타는 발로 목에 걸린 강철 목걸이를 쓸었다. 긴 사슬이 땅에 박혀 몇 걸음 깊이의 대리석에 둘러싸인 못까지 연결되어 있었다.

아, 간교한 멍청이들. 한 명도 빼지 않고 깡그리. 그들은 케이타보다 영리하진 않았지만, 사납게 굴어 봤자 더욱 깊은 곤경에 빠져들 뿐이라는 것을 재빨리 깨달았다. 그들은 케이타의 어머니 리아논 여왕 같은 사우스랜드 여자들에게 익숙했다. 상황이 어떻든 리아논은 호전적이고 폭력적으로 반응했다. 모르퓌드는 언제나 더 약했지만, 적과 싸울 때는 마법을 쓰는 것 이상이었다.

불운하게도, 케이타의 마법 기술은 기초 수준이었다. 드래곤이었으므로 자동적으로 마법을 타고난 존재기는 했으나 산을 움직인다거나 드래곤 핏방울을 금속 대못으로 바꾼다거나 하는 마법은 쓸 수 없었다. 화염을 쏘면 곧장 직선으로 나갔다. 어머니의 화염은 구불구불 모퉁이도 돌고 틈 사이로 들어가기도 했다. 어머니는 채찍처럼 화염을 쓸 수가 있었다. 오빠 브리크도 대부분의 드래곤보다도 훨씬 우월한 기술을 가지고 있었고, 피어구스는 약간 덜한 정도였다. 하지만 케이타와 그웬바엘은 오로지 드래곤의 기초 기술만을 가졌다. 즉, 이 말은 케이타가 이 지옥을 빠져나가려면 다른 방법을 찾아야 한다는 뜻이었다.

그나마 케이타에게 유리한 점은 주변에 남자밖에 없다는 사실이었다. 짝을 찾고 아이를 낳아 정착할 준비가 된 크고 외로운 수컷들. 여자는 무척 드물었기 때문에, 그들은 '명예'라고 하는 결투에서 그녀를 차지하기 위해 싸워야 했다. 형제 대 형제, 일족

대 일족. 모두 다 케이타에게 '권리 주장'을 할 자가 되고 싶어 했다. 그녀가 무슨 암소라도 되는 양 자기 낙인을 그녀에게 찍고 싶어 했다.

그건 어쩌면 어머니의 방식일 수도 있었지만, 케이타가 원한 건 아니었다. 절대 그럴 수가 없었다. 케이타는 있는 그대로의 자기 삶을 원했다. 쉽게 달아올라 부탁만 하면 넘어올 인간 남자들, 아름다운 드레스, 원하면 언제든 어디든 갈 수 있는 자유. 그녀는 무엇에도 반응하지 않았다. 어머니는 물론이고 그녀를 소유할 수 있다고 믿는 남자들에게도 마찬가지였다.

이 주 동안, 케이타는 부모와 형제들에게는 행선지를 알리지 않고 '건달' 올게어의 명청한 일족과 유쾌하게 지냈다. 오빠들을 잘 알고 있는 터라, 오빠들이 자기를 구하러 올 것 정도는 알았다. 하지만 올게어 일족과 하룻밤을 보낸 후에는 오빠들이 그런 위험을 무릅쓸 필요까지 없겠다는 것을 깨달았다.

훨씬 더 중요하게는 자신이 이런 꼴이 되었다는 것을 어머니에게 알릴 필요는 없었다. 아, 리아논이 이런 사정을 알면 얼마나 좋아할지. 세상에 케이타가 두려워하는 것은 몇 안 되었지만, 어머니의 비웃는 웃음소리가 그중 첫 번째였다. 위대한 드래곤 퀸은 자식들 중에서도 케이타가 가장 천덕꾸러기임을 명확히 밝혔다. 언니만큼 위대한 마법도 없고, 오빠들만큼 전투용으로 연마한 기술도 없었다.

리아논은 종종 이렇게 말하곤 했다.

'재야 주먹다짐에나 적합하지. 하지만 재 손에 전투용 창을 끼

울 순 없을 거야.'

결국, 자기가 번개 드래곤에게 잡혔다는 것을 어머니에게 알리는 건 절대 받아들일 수 없었다. 아니, 그보다 불필요했다. 시간이 걸리긴 해도 손끝 하나 다치지 않고 여기서 빠져나갈 수 있다는 것을 알기 때문이었다.

그래서 케이타는 매일 꾸준히 그 목적에 접근했다. 지난밤까지. 이전에 느껴 본 적 없는 고통을 느꼈을 때까지. 일주일 전 그 웬바엘에게서 짧게나마 느꼈던 신체적 고통이 아니었다. 다른 것이었다. 피어구스에게서 뭔가 나와 그녀를 창처럼 찢었다. 케이타는 오빠의 상실감을 느꼈다. 마치 자기 자신의 느낌인 양. 이제 집에 가야만 했다. 이 바보들과 오래 노느라 시간이 모자랐다. 분명히 앤뷜도 그럴 것이다.

"케이타 공주?"

그녀는 잠시 머뭇거리며 저 먼 곳을 쳐다본 후에야 몸을 돌려 뒤에 서 있는 번개 드래곤을 마주 보았다.

"당신 거야."

그가 반만 먹은 시체를 발치에 던져 주며 툴툴거렸다.

케이타는 한숨을 억누르고 눈을 굴리지 않으려 갖은 애를 다 써야 했지만, 어금니가 횃불 빛에 반짝 빛나도록 애교가 넘치는 웃음을 억지로 붙였다. 그리고 다정하게 말했다.

"정말 친절하네요. 약간 출출하다 싶던 참이었는데."

번개 드래곤이 한 걸음 다가왔다.

"'명예' 결투가 사흘 후에 열릴 거야. 그때가 되면 내가 당신을 내 것으로 만들어 드리지."

케이타는 눈을 깔고 그에게로 살랑살랑 걸어갔다.

"약속한 거예요."

그녀는 옆으로 지나치며 그의 귀에 대고 속삭였고, 꼬리로는
그의 가슴을 쓰다듬었다.

"나를 흥분시켜 줘요, 나의 기사님."

케이타는 그가 헐떡이는 소리를 듣고 자기를 원한다는 것을
알 수 있었다. 그래서 갑자기 그가 몸을 돌려 서로 비늘이 닿도록
끌어당겼을 때도 별로 놀라지 않았다. 그는 케이타보다 훨씬 더
컸다. 그를 잘 올려다보려면 머리를 뒤로 젖혀야 했다.

"널 내 걸로 만들 거야."

그가 으르렁댔다.

"케이타 공주, 내가……."

어느새 나타난 더 어린 번개 드래곤이 우뚝 서자 케이타는 안
겨 있던 드래곤의 팔에서 빠져나왔다. 그녀는 잊지 않고 놀란 표
정을 지었다. 당황한──그리고 연약한── 표정을.

나중에 온 번개 드래곤이 저보다 나이 많은 드래곤의 선물 위
에 자기 선물을 쿵 올려놓았다. 케이타는 눈을 깜박였다. 맙소
사! 저거 나무야? 누가 나무를 선물한대? 그녀는 이 얘기를 그웬
바엘에게 해 줄 수 있는 날을 그려 보았다.

"사기꾼 새끼."

"물러서, 꼬마 뱀 녀석. 절대로 손에 넣을 수 없는 걸 두고 머
리통이 날아가고 싶진 않겠지."

더 어린 쪽—사랑이든 증오든 주체하는 법을 아직 배우지 못한 녀석—이 형에게 덤벼들었다.

케이타는 사슬이 허락하는 한 멀찍이 떨어졌다. 예상대로 곧, 그들이 다투는 소리를 들은 다른 드래곤들이 몰려왔다.

"무슨 일이야?"

연장자들이 물었다.

"이 자식이 저 여자를 범하려고 하잖아! 내가 잡았다고!"

케이타는 하마터면 대놓고 웃어 버릴 뻔했다. 멍청하고 오만한 녀석들 같으니!

하지만 올게어 일족이 더 합세하자 싸움이 더 흉악해지고 경비병들이 소집되었다. 케이타는 드래곤 경비병 둘이 뛰어 들어오는 문 쪽으로 움직였다.

"좀 말려 봐요!"

그녀가 애원하듯 소리쳤다. 케이타는 오직 올게어 일족이 다 잘되기만 바라고 있다는 인상을 확실히 주고 싶었다. 진짜로 신경 쓰는 척. 그들이 앞으로 밀려들었다. 한 놈, 또 한 놈. 케이타는 꼬리로 두 번째 경비병의 목을 후려치며 목이 깨끗이 꺾일 만한 각도로 홱 잡아당겼다. 아버지가 가르쳐 준 아름다운 기술이었다.

아버지는 언제나 말했다.

'넌 남자보다 더 작을지 모르지만, 그들의 무게와 어리석음을 도리어 이용할 수도 있다. 그 사실을 잊지 마라.'

케이타는 잊지 않았다.

그녀는 그자의 가슴팍에 걸린 열쇠고리를 낚아채 목에 걸린 목걸이를 풀었다. 그리고 그늘 속으로 물러나며 번개 드래곤들이 방 안으로 더 쏟아져 들어와 싸움에 합세하기를 기다렸다. 그러면서 슬금슬금 평평한 산봉우리의 가장자리로 움직였다. 사방에 피가 튀어 바닥을 덮는 광경을 구경하며 잠시 여유를 부렸지만, 케이타는 결국 계단 위에서 뒤로 뛰어내렸다.

일단 땅에 눕자 그녀는 아무 소리를 내지 않고 막 탈출한 곳에 시선을 집중했다. 싸움은 계속되었지만, 그녀가 사라졌다는 외침은 들려오지 않았다.

케이타는 씩 웃고 몸을 뒤집으며 날개를 펼쳤다. 등에서 강력한 바람이 일었고 그녀는 남쪽으로 향했다.

그 무엇도 거칠 것이 없었고, 케이타는 계속 나무 우듬지 위를 스치며 날았다. 결국에는 그들도 케이타가 사라졌다는 사실을 알게 될 것이고 그러면 척후병을 보내 추적할 터였다. 그들의 손아귀에서 벗어나려면 잔꾀를 부리면서 빨리 움직여야만 했다. 하지만 오빠들이 그녀를 필요로 하는 만큼, 그 무엇도 앞길을 막게 놔둘 수 없었다.

'고문의 강'을 넘어가는 그때, 두 수컷이 미행하고 있다는 것을 알았다. 케이타는 나무와 바위를 이용해 가며 있는 힘을 다해 날았고, 그들을 떨어뜨리기 위해 새까지도 이용했다.

하지만 그들은 끈질겼다. 결연했다. 마침내 케이타의 몸 위로 그물이 내려왔다. 케이타는 코웃음을 치며 부드러운 물질을 앞발로 그어 버렸다. 하지만 아무 일도 일어나지 않자, 내려다보았다. 앞발이 아니라…… 손이었다.

"망할! 이게 무슨……."

그물이 그녀의 인간 육체를 완전히 감싸자, 케이타는 돌처럼 떨어졌다. 땅이 돌진해 오는 걸 보고 비명을 질렀지만, 강한 드래곤의 팔이 그녀를 잡는 순간 뚝 그쳤다. 그 팔은 케이타를 조심스레 땅으로 데려갔다.

"다 왔어, 케이타 공주."

그녀를 땅에 내려놓기 전, 번개 드래곤이 인간으로 변신하면서 번개가 잠깐 번쩍였다.

"가뿐하고 안전하게."

그녀는 그물이 서서히 걷히는 동안 틈을 엿보며 기다렸다. 모로 누워 웅크린 채로 헐떡이면서.

"다쳤어?"

다른 목소리가 물었다.

"아니. 하지만 다친 척하려는 것 같은데. 그렇지?"

더 이상 머뭇거릴 시간이 없다는 걸 깨닫고, 케이타는 벌떡 일어섰다. 두 주먹을 불끈 쥐고 펀치를 두 번 날리며 그녀를 납치한 자를 몇 발짝 뒤로 나가떨어지게 했다. 그리고 저주받은 그물에서부터 멀어지도록 달려 나갔다. 하지만 얼마 가지 못했다. 유괴범은 한 팔을 휙 휘두르더니 그녀의 몸에 손도 대지 않고 뒤로 날아오게 했다. 마법의 잔인한 힘에 케이타는 놀라고 분노해서 비명을 질렀지만, 인간의 몸으로 땅바닥에 쿵 떨어지자 더 이상 비명도 나오지 않았다.

이제는 더 이상 꾸며 댈 수 없었다. 움직일 수도, 말을 할 수도 없었다. 너무 지쳐서, 번개 드래곤이 자기 옆에 웅크리고 인간 크기의 작은 개목걸이를 목에 채우는데 싸울 수도 없었다. 마법 아이템의 힘이 몸을 타고 흐르자 케이타는 그의 발치에 쓰러져서 부르르 떠는 인간 살덩이일 뿐이었다.

커다란 손가락이 케이타의 얼굴에 떨어진 머리카락을 쓸었다.

"빨강이군."

다른 목소리가 그녀의 머리카락을 두고 말했다.

"예뻐."

또 다른 목소리가 말했다.

"교묘하네."

그녀를 내려다보고 있는 자가 말했다. 그는 케이타가 이글이글 타는 눈으로 올려다보자 씩 웃었다.

"안녕하신가, 케이타 공주. 난 라그나라고 해. 당신 오빠와 그의 죽어 가는 애완동물에게 돌아가는 여행을 이런 식으로 끝내게 해서 미안한데, 당신이 필요해서 말이지. 내가 다른 말을 할 때까지 당신은 내 것이야."

다그마는 바이올런스의 마구간 문을 닫았다. 그녀는 사과 한 바구니를 가지고 와서, 바이올런스가 끝끝내 먹을 때까지 같이 있었다. 마구간 개가 문 다른 쪽에서 낑낑거리며 다그마를 따라 방으로 가고 싶어서 안달이 났다. 아주 정이 많은 녀석이긴 했지만, 개에겐 다른 할 일이 있었다.

"지금은 조용히 해."

다그마는 두꺼운 나무 사이로 말했다.

"가서 누워 있어."

나무 틈새로 개가 코를 킁킁거렸지만, 결국 따뜻한 잠자리와 차가운 먹이 그릇 옆으로 돌아갔다.

다그마는 다시 성으로 가려고 몸을 돌리다가 리아논 여왕이 자기 뒤에 서 있자 그대로 멈췄다. 여왕은 그녀를 빤히 쳐다보고 있었다.

"동물 다루는 법을 아는구나."

"네, 전하. 저는 아버지의 군대를 위해서 개를 기릅니다."

"그래?"

여왕은 못마땅한 듯 얼굴을 찡그렸다.

"그게 노스랜드의 딸에게 적합한 책무냐?"

"아니요. 하지만 아버지께서도 저의 재능을 거부할 수는 없으셨지요."

여왕이 다그마에게 다가왔다. 미끄러지는 듯한 움직임이었다.

"내 아들 말로는 네게 다른 재능도 있다던데."

어쩔 수 없었다. 다그마는 충격을 받아 눈이 휘둥그레졌고, 완전히 벌거벗은 채로 대전을 헤매는 기분이었다.

여왕이 다시 얼굴을 찡그렸다가 숨을 들이켰다.

"오, 세상에! 아니, 아니야. 그런 게 아니다."

둘은 동시에 웃음을 터뜨렸다가, 지금과 같은 때 웃음은 참으로 부적절하게 보이리라는 것을 깨닫고 뚝 그쳤다. 하지만 둘 다 놀라기는 했다.

"그웬바엘이 제 형제들과 같지 않다는 것을 가끔 잊는구나. 네가 달변이고 협상에 능하다고 그 애가 말했다는 뜻이었다."

다그마는 다시 한 번 놀랐지만 이번에는 기분이 좋았다. 그웬바엘이 자기 어머니에게 그녀를 칭찬했으리라고는 생각하지 못했다.

"저는…… 아버지를 도와서……."

여왕이 한 손을 들더니 허공을 쓸었다.

"그럴 것 없다, 레이디 다그마. 난 가식적 겸손을 받아들일 기분이 아니니까."

다그마는 팔짱을 꼈다.

"라그나 말씀이세요?"

리아논이 코웃음을 쳤다.

"그 번개 드래곤 새끼 정도야 내가 처리할 수 있지. 그 애는 마법사더구나. 너도 알았느냐? 게다가 실력도 나쁘지 않아. 마법의 연장선에서 그의 힘을 느낄 수가 있다. 하지만 아오이벨을 추종하는 너에게는 이 모든 게 아무 뜻도 없겠지."

"추종하는 건 아니에요. 그분의 가르침에 동의하는 거지요."

리아논은 살짝 일그러진 웃음을 띠었다.

"아오이벨을 숭배한다는 말만으로도 그 여자의 말을 믿는 자들에겐 모욕이 되는 모양이구나."

"아오이벨을 신격화하는 것은 그분이 믿는 모든 것에 위배되지요."

다그마는 땅을 힐끔 내려다보았다.

"제게 무엇을 원하세요, 전하?"

"난 돌려 말하는 데 익숙하지 않으니 단도직입적으로 얘기하지. 문제가 있다. 앤뉠의 쌍둥이에 관련된 것이야. 도움이 필요하다. 일탈된 정신에 더불어……."

"야만적인 의지를 가진 자의 도움 말씀이세요?"

드래곤 퀸이 곁눈질로 그녀를 보았다.

"정확히 맞구나."

"제가 도와 드릴 수 있어요."

앤뉠에게 약속한 대로. 그리고 그 인간 여왕이 숨 쉬고 있는 한, 다그마는 약속을 지킬 작정이었다.

마구간에서 비키라는 뜻으로 그녀는 한 손을 흔들었다.

"제게 다 털어놓으시지요, 여왕 전하. 거기서부터 해결 방안을 찾아볼 수 있을 거예요."

올게어는 케이타 공주가 탈출했다고 짐작되는 낭떠러지 너머를 내려다보았다. 그의 발치에는 가장 아끼는 근위병 중 한 명이 전문가적인 솜씨로 목이 부러져 죽어 있고, 그 뒤에는 아들이라고 부르는 백치들이 늘어서 있었다.

"그 여자를 쫓아갈 겁니다. 찾아낼 수 있습니다."

장남이 말했다.

"너무 늦었어!"

올게어가 몸을 돌리자, 아들들이 물러섰다. 그는 늙었지만, 드래곤은 나이가 들수록 더 죽이기 힘들어졌다.

"냄새가 나지 않느냐, 공기 중에서? 벌써 놈이 그 여자를 차지 했어."

"누구요? 누가 차지했다는 거죠?"

"그 애가, 역모를 꾸미는 새끼."

어린 아들 중 한 명이 눈썹을 치켰다.

"라그나가 여기 다시 올 만큼 멍청하진 않을 텐데요."

하지만 올게어는 라그나가 드래곤 공주를 데려갔다는 것을 알았다. 그의 아들은 올게어 일족의 군주가 되기 위해서라면 어떤 위험도 무릅쓸 수 있었다.

"그럼 그를 찾아내겠습니다, 아버지."

장남이 말하자 다른 아들들이 뒤에서 포효했다.

"그를 찾아서 죽이겠습니다. 그의 머리를 바치겠습니다."

"아니."

올게어가 비웃듯 말했다.

"여기 가만있어라. 그 애는 내가 처리한다. 언제나 그랬듯이."

그는 가장 훌륭한 근위병 셋에게 따라오라는 신호를 보내며 쿵쿵 걸어 나갔다.

올게어는 직접 라그나의 머리를 가져와 자기 보물들 위에 올려놓을 작정이었다. 멍청한 자식을 낳은 그놈 어머니가 불평하겠지만, 그 여자도 그 정도는 극복할 것이다.

26

사흘 동안 다크플레인의 '피의 여왕'은 버텼다. 사흘 동안 전체 왕국은 애도의 기운에 잠겼다.

앤닐을 가족으로 여기던 드래곤들이 느끼는 고통은 뚜렷해서 물결처럼 퍼져 나갔다. 매일 다그마는 성의 하인들이 드래곤들이 지금보다 더 심란해하지 않도록 뛰어나와 흐느끼는 것을 보았다. 앤닐을 출산 전에 만날 기회가 없었던 사촌, 고모, 삼촌 들도 그들의 일족이 겪는 상실을 애도했다.

무뚝뚝하게 말하자면, 다그마는 그런 일에 익숙하지 않았다. 노스랜더는 고통을 드러내지 않았다. 그들은 그저 죽은 자에게 불을 붙여 장작더미 위에서 화장을 하거나, 바다로 띄워 보냈다. 유해가 일단 재로 화하면 사흘부터 닷새까지 술자리가 이어졌다. 이웃 적국도 이때는 공격하지 않았으며, 심지어 전쟁 중인 요쿨

도 이 선만은 넘지 않았다. 술에 취해 눈물을 짜고 흐느끼는 정도
는 용납되었지만, 그런 행동은 보고 넘길 수 있기 때문이었다.

'술 때문이야. 에일을 여섯 잔 이상 마시면 울보가 되지.'

다그마는 일족 남자들이 이렇게 둘러대는 소리를 여러 번 들
었다.

하지만 다크플레인에 술자리는 없었다. 오로지 우울하게 전투
와 방어 준비만을 했고, 앤닐 여왕을 잃고 상실감에 빠진 이들이
고통스러운 표정을 지을 뿐이었다.

이 모든 것과 싸우기 위해, 다그마는 할 수 있는 한 최선을 다
해 바쁘게 움직였다. 계획, 계략, 실행.

방어진지의 상당 부분은 이미 만들어져 있었다. 일부는 깊숙
한 땅에 묻혀서 적어도 미노타우루스들이 가반아일의 지하 감옥
을 통해 침투하기는 힘들 것이 확실했다. 다른 방어진지는 땅 위
에 준비했다. 몇몇은 다그마가 주장한 대로 시험이었다.

다그마는 이 시험을 두고 브라스티아스와 말싸움을 했다. 그
는 달리 집중할 데가 생겨 고마워하는 듯했다. 그는 이 전략이 너
무 제한적이고 구체적이라고 했고 그 말이 맞을 수도 있었지만,
다그마는 할 수 있을 때 자신의 착상을 시험해 보고 싶었다.

방어진지를 구축하는 동안, 상인과 매춘부 들을 정문에서부터
가반아일 가장자리에서 몇 리그 떨어진 시내로 이동시켰다. 이렇
게 하면 하인들이 일상 용품을 구하기 위해 멀리 다닐 필요 없이,
정문을 지킬 강한 방어진지를 세울 수 있었다.

다그마는 이 모든 일들을 즐겁게 도왔다. 이런 시기에 도움이

될 수 있다는 게 기뻤다. 그래도 여전히 할 일은 많았고, 그녀는 집에 돌아가기 전에 끝낼 수 있는 일은 모두 끝낼 작정이었다.

다그마가 목록을 세심하게 살피면서 거대한 뜰을 지날 때 바람이 그녀 주위에 휘몰아치며 치맛자락과 머리카락을 날렸다. 그 순간 머리카락을 땋고 머릿수건을 쓰는 것을 깜박 잊었다는 게 떠올랐다. 다그마는 시선을 들어 하늘을 보았다. 머리 위에서 타오르는 두 개의 태양에 눈이 부셨다. 마지막 순간, 옆으로 돌진하는 드래곤들이 보였고, 그중 다섯이 착륙했다.

다그마는 그들이 그웬바엘의 일족인지 아닌지 알 수 없었지만, 나이가 들었다는 것만은 알 수 있었다. 비늘의 색깔이 무엇이든, 나이 들어 갈기가 반백으로 변해 있었다. 그들은 착륙하자마자 주위를 둘러보았다. 맨 앞에 선 늙은 골드 드래곤이 다그마를 내려다보았고, 다그마는 즉시 그자가 문젯거리임을 파악했다. 위로를 전하거나 도우러 온 자들이 아니었다.

사실, 다그마는 그들이 여기 온 이유를 정확히 알 것 같았다. 상황이 급격히 흉악하게 돌아가리라는 것을 알고, 그녀는 자신의 계획을 실천에 옮겼다.

그웬바엘은 대전 계단 한가운데에서 아버지 앞을 가로막고 서서 두 손으로 늙은 드래곤의 어깨를 밀었다.

"아버지, 안 돼요."

"당신들이 감히 여길 와?"

베르세락이 궁정 뜰에 선 드래곤들을 향해 무시무시한 분노를 발산하며 으르렁댔다. 그웬바엘은 아버지의 관자놀이에서 쿵쿵 뛰는 혈관이 터지지 않을까 두려웠다.

장로들이 인간으로 변신하더니 가지고 온 지루한 갈색 로브를 입었다. 그중 넷은 베르세락의 분노에 찬 말에 놀라 허둥지둥 물러섰지만, 에안뤼그 장로만큼은 따분하다는 얼굴을 할 용기가 있었다.

"무례를 저지를 작정은 아니었습니다, 베르세락 님."

에안뤼그가 한숨을 지었다.

"하지만 여왕 전하께 아기들이 태어나면 우리가 데리러 올 거라고 미리 분명히 말씀드렸습니다만."

그웬바엘은 아버지와 시선을 교환하고, 몸을 돌려 물었다.

"지금 뭐라고 하셨죠?"

"우리는 아기들을 데리러 왔습니다. 아기들은 우리와 함께 떠나 가장 최선이라고 선택한 장소에서 길러지게 될 것입니다."

"아기들은 못 데려가요."

"장로들이 결정한 사항입니다. 그웬바엘 님이 어쩔 수 있는 일이 아니지요."

"그런 건 신경 안 씁니다. 하지만 당신들은 아기들을 데려갈 수 없어요. 아기들이 어디 살지, 어떻게 길러질지는 피어구스가 결정할 겁니다. 당신들이 아니라. 망할 장로회도 아니고."

브리크가 대전으로부터 계단을 내려와 그웬바엘 옆에 섰다.

"무슨 일이지?"

아버지는 대답도 하지 않았다. 그저 고개를 저으며 허리에 손을 얹은 채로 긴 계단을 서성거렸다.

그웬바엘은 형을 보았다. 분노 때문에 목이 막혔다.

"아기들을 데리러 왔대."

브리크가 에안뤼그에게 집중했다.

"누구의 권위로? 우리 어머니는 확실히 아닐 테고."

장로는 피식 웃었다. 순간, 브리크가 머릿속으로 고함을 버럭 지르는 바람에 그웬바엘은 움찔했다.

— 저자를 죽이자! 우리가 지금 당장 저자를 죽이자고!

그웬바엘은 한 손을 브리크의 어깨에 얹었다.

— 그럴 순 없어. 침착해.

— 침착은 개뿔!

"장로회가 결정을 내렸습니다, 베르세……."

"당신이 결정을 내렸겠지."

베르세락이 말을 잘랐다.

"이것 당신이 한 짓이잖아!"

"우리가 행하러 온 일을 당신들이 막아서는 안 된다는 말씀을 드리고 싶습니다만……."

그때, 다그마가 성 모퉁이를 돌아왔다. 그녀는 그웬바엘에게 살짝 윙크를 하고, 뒤에서 따라오는 아돌가와 글레안나에게 손짓 했다.

"그웬바엘 님."

다그마가 부드럽게 미소 지으며 물었다.

"여기 오신 손님은 누구신가요?"

그웬바엘은 브리크와 재빨리 눈길을 교환했다.

— 대체 저 여자가 뭘 하는 거야?

브리크가 따졌다.

— 그녀를 믿어, 형.

그웬바엘은 확실히 믿고 있었다. 그는 계단을 내려가 다그마의 쭉 뻗은 손을 잡고 말했다.

"레이디 다그마, 여긴 우리 장로회의 에안뤼그 장로님입니다. 에안뤼그 장로님, 이쪽은 노스랜드의 다그마 라인홀트, 라인홀트 가문의 외동딸입니다."

에안뤼그는 다그마가 전쟁 군주들이 있는 노스랜드에서는 왕족에 가깝다는 것을 깨닫고 약간 뻐끔거렸다.

"레이디 다그마, 명예로군요."

다그마도 살짝 고개인사를 했다.

"사우스랜드의 위대한 드래곤 장로님들에 대해서는 많은 책을 읽었지요. 만나 뵙게 되어 무척 영광입니다."

그녀는 무척 순수한 미소를 지어 보였다.

"그런데 어인 일로 여기 오셨나요?"

에안뤼그가 슬프게 한숨지었다. 그웬바엘은 그 모습을 보고 그 자식의 허파를 코로 뽑아 버리고 싶을 지경이었다.

"가련한 앤닐 여왕에 대한 소식을 듣고 아기들의 안전을 확보하기로 했지요. 그래서 아기들을 우리 장로회의 보호하에 두기로 결정했답니다."

다그마는 고개를 끄덕였다.

"아하, 그렇군요."

"이게 무슨 일이지?"

글레안나가 앞으로 쿵쿵 나섰다.

"이해가 안 되는데. 저자들이 무슨 말을 하는 거냐, 다그마?"

"아주 간단합니다."

다그마는 명랑하게 설명했다.

"쌍둥이의 안전을 위해 장로회가 그 애들을 피어구스에게서 떼어 놓기로 했다는 거지요. 굳이 말하자면, 우리가 앤널이 결국 세상을 뜰 경우를 대비해서 장례식 장작을 준비하는 동안에 말이에요."

에안뤼그가 득의만면한 웃음을 지었다.

"그렇게 간단하지 않습니다, 레이디 다그마."

"아니, 간단합니다."

다그마는 여전히 명랑하게 말을 이었다.

"아시겠지요, 글레안나 님. 에안뤼그 장로님이 쌍둥이를 데려가면, 여왕님에 대한 통제권을 행사할 수 있게 됩니다. 여왕님은 손주들의 생명이 위험해질 만한 일은 하실 수 없을 테니까요."

이제 에안뤼그가 얼굴을 찡그렸다.

"그렇지 않소이다."

"뭘 그리 빼고 그러시나요."

다그마는 장로의 팔짱을 끼며 환한 웃음을 지었다.

"정치적으로 무척 탁월한 착상인걸요. 생각해 보세요. 쌍둥이를 통제하는 자가 여왕을 통제한다. 설사 여왕님이 에안뤼그 장로님을 거부한다 해도, 그때는 여왕님을 그다지 좋아하지 않는 이들을 어떻게든 자기편으로 끌어들여 내전을 일으킬 수 있게 되거든요."

글레안나가 가슴 위로 팔짱을 꼈다.

"그럼 우리는 이자가 그런 짓을 벌이고도 무사히 빠져나가도록 내버려 두고?"

에안뤼그는 다그마가 낀 팔을 뿌리치며 조소했다.

"빠져나가고 말고 할 것도 없다, 천한 것. 장로회가 결정을 내린 사안은 카드왈라드르 일족의 일과는 상관없으니."

"이분 말씀이 맞아요."

다그마가 다시 끼어들었다.

"이건 왕족의 혈통과 그에 직접적으로 연결된 베르세락 님 같은 분께만 관련이 있지요. 안됐지만……."

그녀는 에안뤼그에게 윙크하며 글레안나를 비웃는 척했다.

"그러니 글레안나 님이나 아돌가 님하고는 관련 없는 거예요."

"베르세락은 우리 형제야."

글레안나의 말에, 다그마는 그녀의 팔을 토닥였다.

"이건 혈통에 관한 거랍니다. 제 말이 맞지 않나요, 에안뤼그 장로님?"

"물론이지."

장로가 가식적으로 동의했다.

"글레안나 님은 낮은 계급 출신이시니까 드래곤 퀸과는 실질적으로 관련이 없고, 이 결정에 대해 아무 말씀도 하실 수가 없는 거랍니다. 자, 그럼 제가 아기들을 데려올까요?"

다그마는 에안뤼그를 보며 미소를 지었다.

"친절한 말씀 고맙구려, 레이디 다그마."

다그마가 계단을 오르자, 글레안나는 험악한 표정으로 베르세락을 보았다.

"저자가 빠져나가도록 가만히 손 놓고 있을 거야, 동생?"

연극적으로 한숨을 지으며 다그마가 베르세락의 팔을 잡았다.

"동생분께 무슨 선택이 있으시겠어요?"

"저 자식을 때려눕힐 수 있지."

"아니, 그러실 수 없어요. 브리크나 그웬바엘도 할 수 없는걸요. 그들은 리아논 여왕님과 연결되어 있으니, 무장하지 않은 장로를 때려눕힐 순 없지요. 아무리 공공연하게 도전을 받았다고 해도…… 어떤 이들은 이 상황을 그렇게 여기겠지만요."

글레안나가 눈을 깜박이며 험악한 표정을 좀 풀었다.

"그 애들이 직접적으로 리아논에게 연결되어 있으니까 그렇단 말이지?"

"맞아요."

"하지만 우리는 아니잖아?"

"불행하게도, 당신들은 그저 하찮은 천출이니 이런 상황을 쌍둥이에 대한 위협으로 여기고 그에 따라 행동할 수도 있겠지요."

에안뤼그가 얼굴을 찡그렸다.

"잠깐…… 뭐지?"

"뭐, 그들은 천출 맞잖아요, 장로님."

다그마는 무미건조하게 말했지만, 모두들 장로가 뒷걸음치는 모습을 볼 수 있었다.

"대체 뭘 기대하겠어요?"

에안뤼그가 수백 살 더 젊었다고 해도, 더 빨리 움직일 수는 없었으리라. 그는 다그마처럼 정치가일 뿐, 훈련받은 전사는 아니었다. 속도도 기술도 없었으며 화가 머리끝까지 솟은 전투 드래곤들을 따돌릴 만큼 빨리 달릴 가능성은 전혀 없었다.

글레안나는 에안뤼그의 인간 육체를 오른쪽 어깨부터 왼쪽 엉덩이에 이르기까지 베어 버렸다. 그녀가 그의 몸에서 칼을 뺐을 때는 그가 내지른 비명에 주위에서 보고 있던 인간들이 나 살려라 도망을 갔고, 아돌가의 칼날이 공기를 가르며 그의 두개골에 내리꽂혔을 때는 나머지 장로들이 공포에 질려 흩어졌다. 칼은 몸을 반으로 가르기까지 멈추지 않았다.

물론 에안뤼그의 비명은 멈추었다. 화염이 짧게 터지면서 그의 인간 시체가 타고난 형태로 돌아갔다. 다그마는 에안뤼그 장로의 잔해를 내려다보면서도 아무런 느낌을 받을 수 없었다. 그가 겨냥할 건 다른 아기들이었어야 했을 것이다. 하지만 그는 앤닐의 아기를 찾아왔다. 그랬기에 드래곤 퀸은 자기 일족의 법이 글레안나와 아돌가를 보호한다는 역설을 확인하면서 즐겁기까지 했다. 그들은 미리 아무런 언질도 받지 못했지만, 리아논의 예상대로 행동했다.

글레안나는 피에 젖은 칼을 들어, 우왕좌왕하다 겹쳐 넘어진 나머지 장로들을 가리켰다.

"잘 들어라, 늙은이들. 이 순간부터, '파괴자' 피어구스의 쌍둥이 아기들은 카드왈라드르 일족의 보호하에 들어간다. 우리나 여왕의 허가 없이 이 아기들에게 다가왔다간 카드왈라드르 일족이 상처 입은 사슴을 노리는 늑대처럼 너희를 덮칠 것이다. 너희를 감싸고 있는 데벤알트의 성벽을 무너뜨리고 내전의 진정한 의미를 보여 주리라."

그녀가 한 걸음 더 다가갔다.

"내 일족을 엿 먹일 생각은 하지도 마라. 그랬다간 마지막 남은 한 놈까지 다 죽여서 썩어 가는 뼈를 너희 자식들 동굴 앞에 던져 줄 테니."

글레안나는 칼을 위로 휘둘러, 에안뤼그의 피를 장로들에게 흩뿌린 후 등에 멘 칼집에 도로 넣었다.

"이제 내 앞에서 꺼져라. 그리고 다시는 초대장 없이 여기 돌아오지 마."

장로들은 꿀 먹은 벙어리처럼 겁에 질려 글레안나를 쳐다보기만 할 따름이었다.

"꺼지라고!"

나이 든 드래곤들이 즉시 변신해서 서로 부딪치며 앞다투어 빠져나갔다.

글레안나는 한 손으로 다른 손을 쓸며 훈련장으로 향했다. 다그마가 좀 전에 훈련장으로 찾아가서 글레안나와 아돌가를 데리고 왔던 것이다. 아돌가도 윙크를 하며 미소를 띠더니 여동생을 따라갔다.

다그마는 자신이 그웬바엘, 브리크, 베르세락의 관심을 받고 있다는 사실을 깨달았다.

"하실 말씀이라도?"

"괜찮은 여자로군."

브리크가 웅얼거렸다.

"정말 그렇지."

그웬바엘은 한 팔로 다그마의 어깨를 안으며 입술로 그녀의 관자놀이를 쓸었다.

"흠잡을 데 없이 완벽한 타이밍에다, 우리 혈통에 대한 지식까지 갖춘 여자지."

"괜히 끼어들어 아는 척 마라."

"간교하고, 간교하고, 간교하지!"

"레이디 다그마!"

어린 병사 한 명이 뛰어오며 소리쳤다.

"레이디 다그마!"

그는 계단 바닥에 미끄러지듯 멈췄다.

"먼저 숨부터 돌려요. 그런 다음 내게 할 말을 해 봐요."

병사가 허리를 굽히고 무릎을 두 손으로 짚었다. 숨이 헐떡거렸지만, 마침내 말을 내뱉을 수 있었다.

"무슨 소리라도 들으면 보고하라고 하셨는데……."

"그래요, 맞아. 무슨 일이죠?"

"삼백 리그쯤 떨어진 곳에 발굽 자국이 있어요."

"그보다는 좀 더 흥미로운 사건을 보고하라는 의미였는데요."

"두 개예요. 제 말은, 둘로 갈라진 발굽 한 쌍이 찍혀 있었다는 거예요. 나란히 행진하고 있었어요. 그러더니 갑자기 사라졌죠. 어디로 갔는지는 찾을 수 없었는데, 마치 바위 속으로 사라진 것 같았어요."

바위 속으로 사라진 게 아니겠지. 다그마는 장담할 수 있었다. 하지만 그 아래로는 사라질 수 있었다. 아이스랜드의 미노타우루스가 흔히 쓰는 수법이었다. 그들은 지하로 들어가는 길을 쉽사리 찾아낼 뿐 아니라 자신들의 자취를 무척 잘 숨겼다. 하지만 다그마를 속이지는 못했다. 그들은 이미 자취가 발견된 곳으로부터 몇십 리그 아래 지하로 사라진 게 분명했다. 앤널의 군대가 그들이 온다는 경고를 받았다는 사실을 알아냈을 가능성이 높았다.

다그마는 어린 병사에게 가도 좋다고 손짓했다.

"잘했어요. 브라스티아스 장군이 아직 이 보고를 받지 못했다면 가서 알려 드려요."

"알겠습니다, 레이디 다그마."

어린 병사는 약속하고 다시 뛰어갔다.

그녀는 기대하는 눈빛으로 자기를 바라보는 드래곤들을 향해 고개를 끄덕였다.

"그들이 왔어요."

그웬바엘은 형이 지난 사흘간 처박혀 있던 곳에서 또다시 그를 찾았다. 방해하고 싶지는 않았지만, 사흘 전에 피어구스 본인에게서 받은 명령이 있었다.

"형."

피어구스가 머리를 들었다.

"응?"

"미노타우루스가 가까이 왔다는 전언을 다그마가 받았어. 우리는 아버지, 글레안나 고모, 아돌가 삼촌과 다음 단계를 의논하기 위해 전략 회의실에서 만나기로 했어."

"잘됐군. 곧 가지."

그의 목소리는 무척 피곤하게 들렸다.

"그럴 필요는 없어. 우리끼리 알아서……."

"우리가 논의하려는 건 내 자식들의 삶이야."

그가 말을 잘랐다.

"나도 거기 있어야지."

피어구스는 목소리를 높이지 않았다. 보통 때에는 딱딱거리는 말투로 유명했지만 지금은 그러지도 않았다. 대신에 더 이상 감정을 내비치지 않았다.

"기다릴게."

그웬바엘은 그렇게 말하고 떠났다.

고함이 한 번 더 나는가 싶더니, 닫힌 문 뒤에서 쿵쿵대는 소리가 더 이어졌다. 하지만 그 소리에 또 한 번 펄쩍 뛴 것은 탈라이스였다.

"다들 저러면 집중할 수가 없잖아!"

그녀가 다그마를 바라보았다.

"당신은 어떻게 무시할 수가 있어요?"

"제 식구들을 못 만나 보셨죠?"

탈라이스는 한숨을 내쉬며 앞에 놓인 책으로 돌아갔다.

다그마는 그녀를 흘끔 넘겨다보았다. 탈라이스는 며칠째 잠을 자지 않았는지 눈 밑에 그늘이 짙었다. 그녀는 앤널이 목숨을 걸고 벌이는 사투에서 살아남으려고 마지막 힘을 다해 노력하는 동안 일 분도 곁에서 떠나지 않으며 도우려 했다. 이따금 다그마를 돕기도 했다.

"탈라이스, 좀 쉬는 게 좋지 않겠어요?"

"앤닐이 죽으면 쉴 수 있겠죠."

탈라이스가 퉁명스럽게 대답했다. 하지만 자기 말에 스스로 질겁한 듯 책을 치우고 한 손으로 입을 가렸다.

"맙소사."

다그마는 한 손을 그녀의 어깨에 얹었다.

"할 수 있는 일은 그 정도니까요."

"알아요. 하지만 모르퓌드나 내가 앤닐을 데려올 방법을 찾아 낼 수 있을 거라는 희망을 버릴 수가 없네요. 이제 어머니의 힘도 더 오래는 못 버틸 거고……."

다그마는 앞에 지도와 노트를 펼쳐 둔 채로 의자에 기댔다.

"내일일까요?"

탈라이스는 그녀가 진정으로 묻고 싶었던 질문이 뭔지 즉시 이해하고 고개를 끄덕였다.

"아마도 오늘 밤에 더 가깝겠죠."

"피어구스는 알아요?"

"누가 얘기를 했냐고요? 아뇨. 하지만 피어구스가 아냐고요? 그럴 거라는 생각이 강하게 들어요."

다그마는 숨을 내쉬며 몸을 세우고 앉았다.

다시 지도 위로 몸을 숙였을 때 어떤 남자의 모습이 보였다. 그는 문 안으로 성큼성큼 들어왔지만, 그 누구도 신경을 쓰지 않았다. 그웬바엘의 확고한 지시에 따라 보안 수준이 우스꽝스러울 정도로 강화되었다는 걸 생각하면, 아무도 그에게 주의를 기울이지 않았다는 것에 몸서리가 쳐졌다.

다그마는 인간 형태의 드래곤들이라고 할지라도 검문을 하거나 그웬바엘의 일족에게 미리 알려야 한다는 규율을 특별히 덧붙여 놓았다.

"저자는 누구죠?"

그녀가 턱으로 그를 가리키자 탈라이스는 곧장 그 드래곤 쪽을 바라보았다.

"누구요? 청소부 아이 사무엘?"

다그마는 얼굴을 찡그리고 자세히 보다가, 탈라이스가 말한 것이 무릎을 꿇고 바닥을 닦는 소년이었음을 깨달았다.

"쟤 말고요."

다그마는 그를 다시 찾아보았다. 남자는 무심하게 계단을 올라가고 있었다.

"저 남자요."

탈라이스가 멍하니 계단을 보았다.

"누구?"

"안 보여요?"

"내가 뭘 봐야 하나요?"

탈라이스는 마치 다그마가 정신 나간 사람이라도 되는 양 말했다. 다그마는 탈라이스나 모르퓌드 같은 마녀들이 남들이 볼 수 없는 대상도 볼 수 있다는 것을 알았지만, 그녀 역시 안경을 쓰고 있는 한 장님은 아니었다. 자기가 무엇을 봤는지 알았다. 그런데 어째서 탈라이스는 보지 못하는 걸까?

다그마는 의자를 뒤로 밀며 일어섰다.

"금방 돌아올게요."

그녀는 치맛자락을 들고 그를 쫓아 계단을 올라갔다.

그런데 복도로 들어서자, 남자는 사라져 버리고 없었다. 어쩌면 누군가의 연인으로 잠깐 들른 걸지도 몰랐다. 하지만 문이 열리거나 닫히는 소리는 들리지 않았다. 누군가 방으로 들어갔다면 빛이 순간적으로 복도에 새어 나왔을 텐데, 그런 흔적도 보지 못했다.

다그마는 복도를 따라 걷다가 돌아 나와 다시 아래로 내려갔다. 그리고 앤닐이 누워 있는 방 쪽으로 걸어가다가, 그 남자가 쌍둥이 아기들의 방 앞에 다시 나타났을 때 우뚝 멈춰 섰다. 남자는 두 팔에 앤닐의 쌍둥이를 안고 있었다. 그것도 아기들과 유모들을 보호하기로 되어 있는 경비병들 앞에 대담하게 서 있었다. 하지만 경비병들은 움직이지 않았다. 그의 존재조차 인지하지 못하는 것 같았다.

그때야 다그마는 이해했다. 그들은 그가 보이지 않는 것이다. 탈라이스에게도 그가 보이지 않았다. 아무도 보지 못했다. 다그마 외에는 아무도.

라그나가 다그마에게 준 편지에서 아오이벨 본인이 불평하곤 했던 내용이 있었다. 아오이벨은 성실하게도 친구에게 보내는 편지에 자신의 신앙 혹은 신앙의 부족함을 강조하곤 했다. 하지만 이따금, 아오이벨이 한 말은 다그마에게 잘 와 닿지 않았다. 지금까지는.

처음에는 내가 보인다고 하면 그들은 언제나 깜짝 놀랐어, 앤.

하지만 이젠 수다를 떨러 들르기도 해. 차도 마시고. 나는 그들을 따돌릴 수가 없는 것 같아. 진정으로 신을 따르지 않는 자에게만 일어나는 현상 같아. 가족의 화를 돋우거나 가까운 사람이 죽을 때 배신감을 느끼는 자들에게는 일어나지 않아. 하지만 신들이 다른 누구보다도 딱히 나을 게 없다는 사실을 진정으로 이해하는 자들에게만 일어나는 일 말이야.

다그마는 앤널의 아기들을 안은 남자를 찬찬히 살폈다. 남자는 뭔가 갈등하는 듯 입을 약간 뒤틀더니 살짝 어깨를 으쓱한 후 앞으로 나아가 앤널의 방으로 향했다.

다그마는 바로 그의 뒤를 쫓았다. 경비병들이 그녀의 존재를 금방 알아챘다. 다그마는 잠시 기다리다가 숨을 들이마시고 여왕이 죽어 가는 방으로 들어갔다.

남자는 침대 옆에 서서 앤널을 내려다보고 있었다.

"그들에게 작별 인사를 할 기회를 주고 싶은가요?"

다그마는 차갑게 물었다.

남자가 놀란 얼굴로 미소를 지었다.

"대단한데. 나를 볼 수 있다니 말이야."

다그마가 아무런 대꾸를 않자, 그는 흥미를 잃은 듯했다.

"아기들을 어머니에게 데려다 주는 게 공정해 보여서. 그렇게 생각하지 않나?"

그는 아기들을 어머니의 가슴과 배 위에 올려놓았다. 그의 미소는 자기 아이들이 좋아하게 되었지만 더 이상은 옆에 둘 수 없는 강아지를 보는 아버지처럼 너그러웠다.

"자, 이제 '안녕!' 하렴."

그가 약 올리는 목소리로 아기들에게 말했다.

"'안녕!'이라고 해 봐."

다그마는 눈을 가늘게 뜨며 윗입술을 비틀었다. 두 손은 주먹을 꽉 쥐었다.

신이든 아니든, 저 자식이 쉽게 빠져나가도록 둘 순 없었다.

브리크는 자신의 일족에게 신물이 나서 눈을 치떴다. 형제의 짝이 위층 방에 누워 죽어 가고 있는데, 이 모든 얼간이들은 미노타우루스를 추적해서 죽여 버리는 방법 따위로 말싸움이나 하고 있었다. 그의 생각에는 힘의 낭비였다.

하지만 카드왈라드르 일족이 이런 식으로 일 처리를 하는 건 전형적이었다. 그들은 앤빌을 도울 수 없었지만, 아버지의 일족은 정말로 돕고 싶어 했다. 그래서 자신들이 제일 잘하는 것을 하기로 했다. 죽이고 부수기.

하지만 그 조그만 야만인 여자가 한 말이 사실이라면 그것도 불가능할 터였다. 미노타우루스의 흔적을 어떤 장소에서 찾을 수 있을지도 모르지만, 그건 오로지 그놈이 다른 곳에 있다는 뜻이었다. 그래서 다들 지도를 앞에 두고 서서 서로 다른 의견을 내며 말다툼을 하고 있는 것이다.

그동안 내내 피어구스는 의자에 앉아 지도가 놓인 탁자를 바라보고 있었다. 브리크는 형이 앞에 놓인 지도를 보고 있지 않다는 걸 알았다. 형은 짝을 잃은 상실감 외에는 아무것도 느끼지 못하는 것 같았다.

매일 밤늦게 브리크는 지친 탈라이스를 찾아다니며 책에서 떼어 놓아야만 했다. 그래야 몇 시간이라도 잠을 잘 수 있으니까. 하지만 탈라이스는 자지 않았다. 주로 울기만 했다. 매정하고 잔인하다는 건 알지만, 브리크는 차라리 방 건너편에 가만히 앉아 피어구스를 쳐다보고 있는 어머니가 앤닐을 놔주었으면 좋겠다는 생각도 했다. 앤닐을 놔주고 나면 그녀의 재를 바람에 날려 버린 다음 그녀가 원하는 대로 자손을 기르는 일에 전념할 수 있으리라.

그렇다고 브리크가 앤닐이 죽기를 바라는 것은 아니었다. 앤닐을 그럴 만큼 싫어하는 건 아니었다. 하지만 피어구스에게 아직도 숨을 쉬는 시체를 밤낮으로 쳐다보게 하는 것 말고는 아무런 이유도 없이 앤닐을 살려 두는 것이 더 좋은 생각이라고 할 순 없었다.

물론, 그 역시 언제든 비슷한 일을 겪을 수 있다고 생각하면 —탈라이스도 이런 식으로 잃을 수 있으니— 그 고통이 물리적으로 여겨졌다.

전에는 뭔가 하고 싶다는 느낌을 이처럼 절실히 받은 적이 없었다. 형을 도울 수 있다면 뭐라도. 피어구스는 결코 그웬바엘처럼 운명에 순순히 따르는 태평한 드래곤이 아니었지만, 그렇다고 이렇지도 않았다.

산산이 부서졌다. 형은 산산이 부서졌다.

만약 앤널이 전투에서 쓰러졌다면 피어구스의 절망이 더 컸을 수는 있지만, 적은 명확했을 것이었다. 그의 임무도 더 명확했으리라. 앤널의 죽음에 원인이 된 자들을 죽이고 파괴하는 것.

하지만 신을 어떻게 죽인단 말인가?

브리크가 방법을 알았다면, 이미 오래전에 자기 손으로 해치웠을 것이다.

아버지 베르세락의 괄괄한 성미가 당신의 형을 겨냥하고, 만만치 않게 성격이 괄괄한 아돌가 삼촌이 도로 반격하려는 참에, 브리크는 방 안을 둘러보았다.

뭔가…… 있다.

뭔가가 느껴졌다.

그는 즉시 여동생을 쳐다보았다. 그녀의 표정은 변하지 않았고 언짢은 기색도 잦아들지 않았다. 모르퓌드가 아무것도 느끼지 못한다면 아마도 느낄 만한 것이 없기 때문이리라.

브리크는 이상한 기분을 떨쳐 버리고 아버지에게 집중했다. 대체 누가 먼저 주먹을 날릴지 궁금했다.

오, 아버지!

물론 베르세락이었다. 놀랄 일도 아니었다.

인간 모습을 한 신이 우뚝 서서 그녀를 내려다보았다. 거친 머리카락은 길고 일부분은 바닥을 따라 끌리기도 했다. 전체적으로 검은 머리카락 속에 다양한 색깔이 줄줄이 섞인 듯 보였다. 처음 그를 봤을 때는 머리카락이 너무 짙은 색이라 미묘한 섞임을 알아차리지 못했지만 이제는 선명히 볼 수 있었다. 심지어 눈도 기이한 색깔이었다. 아마도 보랏빛? 브리크의 눈과 무척 비슷했지만, 훨씬 더 활기가 넘치고 놀랄 만큼 더 따뜻했다. 더 친근했다. 그의 잘생긴 얼굴처럼.

그의 모든 면이 근사하고 매력적이고 다정했다. 하지만 다그마는 일 초라도 그중 어느 것도 믿지 않았다.

"그래, 너는 신들을 믿지 않는군."

다그마는 방 안으로 더 들어갔다.

"이성과 논리면 충분하니까요."

"하지만 그 대단한 이성과 논리는 참으로 냉담하고 무정하지."

"나한테는 그게 잘 맞았어요. 우리 백성들이 당신과 같은 신들의 제단 앞에서 경배하는 걸 봤지만 아무런 이득도 없더군요. 남자들은 한창때에 전장에서 죽고 아내와 아기만 남게 되죠. 그런데도 아내들은 신에게 기도해요. '제발, 신이시여. 저를 도와주세요. 남편도 이제 떠나고 없답니다.'"

다그마는 어깨를 으쓱했다.

"한두 달 안에, 여자는 군대에서 준 알량한 연금으로 살아가려 할 거예요. 난 그런 여자를 시장에서 보게 되겠죠. 거리에서 가장 값을 많이 쳐주는 남자에게 몸을 파는 여자의 모습을요. 여자는 아기들에게 밥이라도 먹일 돈을 벌려고 하지만, 그 애들은 결국 도둑과 살인자로 자랄 거예요. 어쩌면 군인이 될지도 모르겠네요. 그들 아버지가 군인이었으니까. 그리고 모든 게 다시 시작되겠죠. 아니요, 미안하지만 난 그런 신은 믿지 않아요."

"하지만 네 친구를 구하기 위해서라면 내게 거짓말을 하지 않겠나? 내가 듣고 싶어 하는 말을 하지 않을까? 다른 사람들과 했던 똑같은 게임을 하지 않겠어?"

"드래곤 신에 대해 많은 책을 읽었지만, 내게는 아무 소용이 없을 것 같더군요. 칭찬을 하고 아첨도 할 순 있겠지만, 그래 봤자 내게 무슨 이득이 되죠?"

"그럼 왜 여기 있는 거지, 친애하는 레이디 다그마?"

"왜인지 이해하고 싶으니까요."

"뭐가 왜라는 건가?"

"왜 저들에게 이런 짓을 하는지요. 내 어머니나 나를 보호해 주는 신은 없었어요. 그래서 어머니의 죽음은 불가피했죠. 하지만 저 아기들은……."

다그마는 쌍둥이를 가리켰다. 아기들은 관심을 끌려고 어머니를 잡아당기고 있었다.

"당신의 창조물이 아닌가요? 왜 저 아기들에게 이런 짓을 하려 하죠?"

"난 아기들에게 아무것도 하지 않았는데."

"어머니를 데려가 버리는데요? 아기들이 용서할 것 같아요?"

"아기들도 이해할 거야. 이 여자는 그들을 보호하기엔 너무 약하니까."

"네, 지금은요. 지금은 그렇죠. 하지만 임신하기 전에는 그렇지 않았어요. 당신은 신이에요. 그 힘을 돌려줄 수도 있잖아요?"

"이 여인이 그럴 가치가 있다고 여겼다면 그랬겠지. 하지만 그렇지 않았거든. 그래도 두려워 마, 귀여운 다그마. 아기들을 여기서 데려가면, 내가 잘 보호하고 적절하게 자랄 수 있도록 보살필 테니까. 이지 때도 잘 해냈잖아."

"아기들의 아버지는 잘 해낼 수 없으리라 생각하는 건가요?"

"그는 무척 화가 났어. 아기들을 비난하고 싶진 않겠지만, 실상은 그러고 있지."

"당신이 그의 짝을 돌려주면 그러지 않을 거예요. 오로지 그녀만이 저 아기들을 보호할 수 있어요."

"내 생각도 그래."

그는 앤닐을 내려다보며 모욕적으로 입술을 내밀었다. 모욕적이라고 한 건 그가 비록 슬픈 척하고 있으나 전혀 그렇지 않았기 때문이다.

"그들은 절대로 당신을 용서하지 않을 거예요."

다그마는 예언했다.

"그들이 굳이 알 필요는 없지."

"아하, 알겠네요. 아기들을 일족에게서 빼앗아 데려가 버리면 당신이 어떻게 어머니를 죽였는지 하는 내막은 전혀 듣지 못할 테니까 말이죠."

"내가 이 여자를 죽이는 게 아니야."

"아니, 당신이에요. 이건 결국 다 당신에게로 모아지는 일이에요. 오직 당신만이……."

"뭐, 이제는 너무 늦었고."

그는 말이 통하지 않는다는 듯 손을 흔들어 다그마를 떨쳐 버리려 했다.

"오늘 밤, 이 여자는 자신의 조상들을 만나게 될 거야. 자, 이제 나를 놔준다면……."

다그마는 머리를 재빨리 굴려 이 상황을 타개할 방법을 궁리했다. 먼저 아기들을 돕고, 운이 좋다면 앤닐까지 도울 수 있는 방법.

하지만 뜬금없이 모직 양말밖에 떠오르지 않았다. 대체 모직 양말이 이 모든 일과 무슨 관련이 있기에? 심지어 여행을 나서면서 가지고 왔던 양말은 이제 있지도 않았다. 그건 이미 줘 버리고…….

다그마는 한 손을 침대 바닥판에 대고 몸을 지탱했다. 딱 한 번의 기회밖에 없었다. 잘 사용해야만 했다.

"당신의 짝은 어떻게 되죠, 뤼데르크 하일?"

그가 다그마를 빤히 바라보았다.

"그녀가 뭐?"

"라그나가 드래곤 신들에 대한 이야기를 해 준 적이 있어요."

그는 웃음을 터뜨렸다.

"그가 수도사라고 생각했을 때 말인가?"

다그마가 따라 웃지 않자, 그는 따분하다는 듯이 한숨을 내쉬었다.

"그래, 내 짝이 어쨌다고? 좀 더 속도를 낼 순 없나?"

"내겐 가설이 하나 있어요."

"별로 속도를 낸 것 같지 않은데."

"내가 읽은 책 혹은 라그나나 그와 함께 여행한 자들이 해 준 이야기에 따르면, 당신 짝인 에이리안웬은 가장 공포스러운 전쟁의 여신 드래곤이라고 했어요."

"점점 따분해지는군."

그가 갑자기 말했다.

"물론 그러시겠죠. 하지만 얘기를 더 들어 보세요. 세상에서 완전히 정신 나갔다고 알려진 어떤 수도사가 쓴 오래된 글이 있는데……."

"그런 글은 항상 좋은 자료지."

"그는 두 여왕에 대한 이야기를 썼어요. 하나는 아르젤라예요. 미와 빛과 다산의 여신으로, 모든 인간 신들의 사랑을 받았죠. 가장 사랑받는 신으로서 경배를 받기도 했고요. 그런데 그녀에겐 여동생이 있었어요. 에이리안웬이죠. 어둠의 여신. 목적도 반대, 심지어 외모도 반대였어요. 그녀는 사막 신들의 귀여움을 받았죠. 갈색 피부와 머리카락 눈. 그리고……."

다그마는 짐짓 슬프고 뾰로통한 표정을 지어 보였다.

"부당하게도 두려움을 샀어요. 심지어 자기 형제자매들에게까지도. 이 여신은 그들과 전혀 닮지 않았고, 그녀의 피에 대한 갈망은 필적할 이가 거의 없었기 때문이죠. 그녀가 전쟁의 여신이 된 것도 당연해요. 아!"

그녀가 손가락 하나를 흔들었다.

"하지만 인간 전사 중에 그녀를 경배하는 자는 별로 없었어요. 아르젤라를 추종하는 자들이 불쌍한 에이리안웬에 대해 끔찍한 이야기밖에 하지 않았고, 전 영토에 악명을 퍼뜨렸으니까요. 슬프게도 에이리안웬은 혼자 떠돌며 방랑하는 전쟁의 신이 되었어요. 마침내 드래곤 신들 가운데로 흘러들 때까지는. 불행하게도, 그녀는 인간 신이었고, 드래곤 신들은 인간의 신을 좋아하지 않았죠."

자신감이 돌아오는 기분에 다그마는 그에게로 좀 더 가까이 다가갔다.

"에이리안웬이 모든 이에게 비극적으로 무시당한 후 다 포기하고 다시 길을 떠나려는 순간, 모든 드래곤들의 아버지를 만났어요. 오! 그는 그녀에게 호감을 느꼈고, 그래서 그와 그녀는…… 음, 아시겠죠? 그는 인간으로 변신했어요. 신이기 때문에 가질 수 있었던 기술이죠. 그 자신의 창조물 중 누구도 인간으로 변신할 수는 없었어요. 그런 건 전혀 문제가 되지 않았죠. 인간들이 먹잇감이 되기 싫어 반격해 오기 전까지는. 그때 아르젤라가 당신과 에이리안웬의 관계를 알게 되지 않았나요? 아르젤라는 마음에 들지 않았죠. 무엇보다도 자기에게는 짝이 없었으니까요. 그녀에게도 없는 짝이 어떻게 근육이 우락부락하고 피에 흠뻑 젖은 무시무시한 살인자 여동생에게 있을 수 있단 말이에요? 설상가상으로 그 짝이란 게 인간 신이 아니라 비늘투성이 파충류 중 하나였죠."

그가 눈썹을 찌푸렸지만, 다그마는 두 손을 들었다.

"아, 읽은 글을 그대로 인용한 것뿐이랍니다."

"물론 그렇겠지."

"그래서 전쟁이 일어났어요. 신들은 일을 그렇게 처리하는 법이니까요. 기습 공격이 계획되었고, 잘되면 에이리안웬을 되찾아오자는 사항이 추가되었죠. 이제까지 그녀를 그렇게 잘 대해준 동족에게로 데려오지 않는다면 옳지 않은 일일 테니까요."

그는 다그마의 건조한 어조에 삐뚜름한 웃음을 보였다.

"하지만 아르젤라는 항상 지나치게 자신감에 넘쳐서 여동생이 전쟁의 신임을 잊었던 거예요. 전투, 피, 전략은 에이리안웬의 친구였죠. 이성과 논리가 내 친구인 것처럼 말이에요. 에이리안웬은 그렇게 될 줄 예상하고 반격을 계획했어요. 다른 드래곤 신들을 자기편으로 끌어모았죠. 그렇게 함으로써 당신을 위해 모든 것을 무릅썼어요."

다그마는 드레스 자락이 그의 긴 머리카락과 엉킬 만큼 바짝 다가섰다.

"전투가 끝나고 상황이 나아졌을 때, 이제는 한 신의 영역에서 다른 신의 영역으로 넘어가기란 불가능해졌어요. 그래서 그녀는 드래곤 신전의 일부가 되었죠."

"그게 뭐?"

"인간으로 변신할 수 있는 드래곤의 능력은 당신이 내린 재능이 아니었죠? 그녀가 내린 재능이었던 거예요. 당신에 대한 사랑, 당신의 종족을 최선을 다해 보호하고자 하는 소망 때문에."

다그마는 그의 가슴을 집게손가락으로 톡톡 쳤다.

"그럼 왜인지가 설명이 되죠. 사우스랜드의 드래곤들이 전투에 뛰어들 때 갑옷 밑에 에이리안웬의 깃발을 새기는 이유. 그들의 전투 마법사들이 불러일으키는 건 그녀의 힘이었던 거예요. 당신의 힘이 아니라."

드래곤 신은 아무 말 없이 그녀를 바라보기만 했다.

"그게 바로 모르퓌드와 탈라이스의 실수였던 거예요. 그렇지 않나요? 그들이 청했어야 할 존재는 에이리안웬이었어요. 앤닐을 보호하는 에이리안웬. 당신들 둘 중에서 심장이 있는 건 그녀 쪽이니까요. 진심을 다해 애정으로 보살피는 신은."

다그마는 그에게서 물러섰다.

"알았어요! 어쩌면 에이리안웬에게 호소해야 할지도 모르겠네요. 지금껏 한 번도 신에게 호소한 적은 없었지만, 아오이벨의 추종자로서 내 호소는 분명히 모든 신에게 들릴 거예요. 드래곤 신이든, 인간 신이든, 그 어떤 신이든. 아마 에이리안웬이라면 해 줄지도 모르죠."

그녀는 조소하듯 말을 맺었다.

"당신의 힘으로는 못하는 일을요!"

순간, 그의 손이 목을 꽉 휘감으며 입에서 말이나 공기가 새어 나오지 못하도록 했다. 그녀가 그 손가락을 붙잡는데도 아랑곳하지 않고 그는 그녀의 몸을 바닥에서 들어 올렸다.

"정말 똑똑하군, 다그마 라인홀트. 아주아주 똑똑해. 네가 얼마나 똑똑한지 어디 한번 볼까."

드래곤 신은 그녀를 뒤로 휙 던져 버렸다. 다그마는 컥컥대며 숨을 고르려고 애를 쓰느라 그의 말이 무슨 뜻인지 물어볼 겨를도 없었다.

그가 한 손을 앤닐의 목 아래로 넣어 머리를 들어 올리고 그녀에게 입을 맞추었다. 다그마는 마지막 숨이 그녀의 허파에서 끌려 나오는 것을 보았다. 앤닐을 계속 숨 쉬게 했던 마법이 거칠게 벗겨져 버렸다. 드래곤 신이 뒤로 물러나자 앤닐의 팔이 옆으로 뚝 떨어지고 그녀의 눈은 멍하니 천장을 향했다.

그가 그녀를 죽였다.

다그마는 공포가 몸을 훑고 스치는 느낌에, 죽은 여왕을 바라보며 몸을 파르르 떨었다.

"이제 이 여자의 죽음은 네 책임이다, 인간."

그는 앤닐의 쌍둥이를 다그마의 팔에 안겼다.

"문제는, 쌍둥이의 죽음 역시 네 책임이 되리라는 것? 그럴 것 같군."

"잠깐만……."

드래곤 신이 그녀에게서 몸을 돌리며 손가락을 튀겼다.

다그마가 눈을 깜박이자, 더 이상 안전한 가반아일의 궁전이 아니었다. 그녀는 어딘가 지하의 굴속에 있었다. 팔에 안긴 아기들이 어머니의 마지막 숨을 느끼고 울어 대기 시작했다. 발치에는 앤닐의 벌거벗은 시체가 놓여 있었다. 아기를 꺼내기 위해 절개했던 상처에서는 더 이상 피가 흐르지 않았다. 더 이상 흘러나올 피가 없었기 때문이다.

다그마는 천천히 시선을 들어 자기 앞에 선 이 미터 칠십 센티미터 키의 괴물을 올려다보았다. 그들이 최근에 막힌 땅굴을 파내는 작업을 위해 켜 놓은 횃불에서 나오는 빛 속에서 괴물의 뿔이 번들거렸다.

"오늘인 것 같군."

미노타우루스가 다그마와 아기들을 보고 씩 웃었다.

"신들이 그들의 가장 고귀한 종들을 선물로 취급하기로 결정했나 본데."

28

이전에 그 누구도 들어 보지 못한 소리였다. 적어도 진정한 고통이라는 의미에서는.

어머니가 울부짖고 있었다.

그웬바엘은 방 안의 모든 이들과 함께 몸을 돌려 어머니를 보았다. 리아논이 한 손을 가슴에 얹고 무릎 꿇듯 주저앉았다.

"오, 신들이여. 그 애가 죽었구나, 피어구스."

리아논은 장남을 보았다.

"그가 내게서 그 애를 데려가 버렸어. 그가 그 애의 몸에서 생명을 앗아 가 버렸어."

다들 문으로 달려가려는 찰나 리아논이 말했다.

"안 돼."

그녀는 아직도 숨을 고르려고 애쓰며 고개를 저었다.

"그 애는 사라졌다."

"……사라졌다니, 무슨 뜻입니까?"

피어구스가 딱딱하게 물었다.

"그 애가 사라졌단 말이다. 아기들도 사라졌어. 다들 사라졌어. 그가 데리고 가 버렸다."

"아니에요."

모르퓌드가 한 걸음 앞으로 나섰다. 어머니가 본 광경을 같이 보았던 그녀의 눈은 초점 없이 흐렸다.

"그가 데리고 간 게 아니에요. 멀리 보내 버린 거죠."

"어디로?"

그웬바엘이 물었다.

"어디로 보냈단 말이야?"

리아논은 눈을 감고 더 많은 정보를 알아내기 위해 자기 자신 안으로 침잠했다.

베르세락이 자식들을 밀치고 자신의 짝 앞에 웅크렸다.

"무슨 일이야, 리아논?"

"그는 내가 보길 바랐어. 그가 한 행동을 보기를. 그 애의 고통을 통해서 보는 건 더 힘드니까……."

리아논이 베르세락의 손을 잡았다. 진실을 직시하게 한 신의 속임수 너머를 보려 하자 얼굴이 일그러졌다.

갑자기 그녀가 베르세락에게서 손을 확 빼고 벌떡 일어섰다. 그리고 분노로 얼굴을 붉히며 으르렁거렸다.

"망할 자식."

피어구스는 어머니에게 다가갔다.

"무슨 일입니까? 그가 무슨 짓을 했죠?"

"그 애들을 미노타우루스에게 보냈다."

방 안이 고요해졌다. 모두들 충격을 받고 아연실색해서 가만히 서 있을 따름이었다. 다음 순간 피어구스가 방 건너편으로 가 문을 홱 열어젖혔다. 경첩이 떨어져 나가는 것도 알아차리지 못한 것 같았다. 문짝이 날아오는 바람에 브리크와 그웬바엘은 옆으로 비켜서야 했다.

다들 대전으로 뛰어갔다. 탈라이스와 이지가 그들 모두를 기다리고 있었다.

놀웬의 마녀 역시 느낄 수 있었다. 그녀는 친구와 쌍둥이에게 무슨 일이 일어났는지 알았다.

"아기들만이 아니야."

리아논이 뒤에서 외쳤다. 마치 한몸처럼 모두 동시에 어머니를 돌아보았다.

"누가 또?"

피어구스가 물었다.

어머니의 시선이 자기에게 박히자, 그웬바엘은 허파 속의 숨이 멈추는 기분이었다.

"……다그마?"

형이 뭐라 물었지만, 그웬바엘의 귀에는 들리지 않았다. 다그마에게 무슨 일이 생겼는지—또한 즉시 그녀와 아기들을 데려오지 않으면 무슨 일이 생길지—를 안 순간 귓속이 웅웅 울리는 소리 외에는 아무것도 들리지 않았다.

피어구스가 동생의 어깨를 쳐서 주의를 일깨웠다.

"뭐야?"

그웬바엘은 사납게 물었다.

"다그마가 우리에게 시간을 벌어 줄 것 같아?"

피어구스가 물었다.

"그래."

그웬바엘은 대전 문으로 뛰어가며 고개를 끄덕였다.

"그래, 다그마라면 시간을 벌어 줄 거야."

다그마는 앞에 우뚝 선 미노타우루스를 올려다보았다. 그의 눈은 갈색이었고 털은 헝클어지고 지저분했다. 소를 닮은 얼굴, 평평하고 축축한 코는 징그러운 콧물로 덮여 있었다. 그는 동물 가죽으로 만들어진 천을 엉덩이에 두르고, 다그마의 눈에는 순금 같아 보이는 목걸이를 걸쳤을 뿐이다. 목걸이의 사슬은 굵고 넓었으며, 끝에 달린 메달은 작은 접시만 했다. 다그마는 아르젤라 여왕의 상징을 즉시 알아보았다.

그녀는 우두머리 미노타우루스 앞에 한쪽 무릎을 꿇은 다음, 말했다.

"이렇게 뵙게 되어 영광이에요. 기회가 되자 아기들을 데려왔지만, 쉬운 일은 아니었답니다."

"네가 그 새끼들을 데려온 거라고?"

다그마는 고개를 끄덕였지만 시선을 들진 않았다.

"여기서 기다리시는 것을 알았고, 저들의 어미가 죽었을 때가 가장 좋은 기회라고 여겼지요."

그가 발굽으로 다그마의 발치에 쓰러진 시체를 슥 밀었다. 다그마는 고개를 숙이고 있어서 다행이라고 생각했다. 미노타우루스는 자신의 행동 때문에 다그마가 움찔한 것을 보지 못했다.

"이거, 이게 사우스랜드의 위대한 '피의 여왕'이야?"

"네. 출산 때문에 죽었습니다. 보시다시피 아기…… 음, 새끼들이 여왕에게서 생명을 다 빨아냈거든요."

"잘됐군. 이 창녀는 그런 일을 당해도 싸지."

다른 미노타우루스가 다가와 시체 옆에 웅크렸다. 그는 고깃덩이같이 커다란 손가락을 앤벌의 목에 대더니 고개를 끄덕였다.

"죽었습니다."

우두머리 미노타우루스는 앤벌의 시체 옆으로 돌아가더니 발로 차서 멀리 날려 버렸다.

시체가 저쪽 벽에 부딪쳐 그 충격으로 뼈 부러지는 소리가 들리자, 다그마는 뺨 안쪽을 꼭 깨물었다. 위대한 인간 여왕은 힘없이 돌투성이 땅에 떨어졌고, 유해는 부자연스럽게 비틀렸다. 다그마는 소리치지 않으려고 그간 갈고닦았던 자제심을 총동원해야 했다. 라인홀트 가문의 외동딸로서, 위대한 '피의 여왕'의 시체를 존경심을 다해 수습하라고 그들에게 명령하지 않도록.

라인홀트 가문의 외동딸…….

"그러면 너는……."

다그마는 자기를 향해 뻗어 온 털북숭이 손을 보았다.

"나는 라인홀트 가문의 외동딸이에요."

그녀는 딱 잘라 말했다.

"당신은 내게 손댈 수 없어요! 내 아버지께서 악마 여왕의 새끼를 빼앗아 오는 당신들의 성스러운 임무를 도우라며 나를 여기 사우스랜드에 대사로 보내셨으니까요."

"어째서?"

다른 미노타우루스가 따져 물었다.

"어째서 딸에게 그런 임무를 맡긴 거지?"

다그마는 아기들을 팔에 꼭 끌어안은 채 일어섰다.

"악마 여왕은 오직 여자만 신뢰한다는 것을 알고 계셨기 때문이에요. 그리고 내가 '야수'이기 때문이지요."

"네가? 네가 '야수'라고?"

"내 아버지께서는 나를 여기 보내면 위험하다는 것을 아셨지만, 나보다 더 가까이 접근할 수 있는 자는 없었으니까요."

"아니면 그 창녀 주위에 얼쩡거릴 수 있는 '야수'의 의지력을 가진 자가 없었겠지."

"맞는 말씀이에요."

다그마는 앤닐의 부러진 몸을 보면서 혐오감 어린 표정을 진짜처럼 지어 보였다. 물론 그들이 짐작할 만한 그런 이유는 아니었다.

"그곳에서 차마 밤에 잠을 이루지 못할 많은 일들을 보았답니다. 공포 그 자체였지요. 하지만 내 아버지께서 자랑스러워하실 거예요. 아버지의 명령대로 새끼들을 데리고 나왔으니까요."

"잘했다."

우두머리 미노타우루스가 칭찬하며 아기들을 빼앗아 가려 손을 내밀었다.

"이제 그것들의 목을 잘라 오늘 밤 고향으로 데려가리라."

"안 돼요!"

다그마는 몸을 돌려 아기들을 건드리지 못하게 했다.

"여기서 죽일 순 없어요. 나는 이것들을 데리고 노스랜드로 돌아가야 해요. 이 쓸모없는 작은 머리들을 잘라 내는 건 내 아버지께 드릴 상이니까요."

"그렇게는 할 수 없어. 드래곤들이 우리를 찾아내기 전에 죽여야 한다."

"이것들이 살아 있으면 협상할 거리가 많아지기도 하죠."

"고향으로 돌아가는 건 우리 관심사가 아니다. 그것들을 죽이는 게 관심사야. 우리 중 누구라도 살아남아 집에 돌아갈 수 있다면, 신들이 주신 가외 선물이 되겠지. 하지만 우리의 주목적이자 유일한 목적은, 무엇을 하든 간에 그보다 먼저 그 끔찍한 것들을 확실히 처치하는 거다."

서서 걷는 소 주제에 아기들을 끔찍한 것들이라고 하다니 그 말에 깃든 위선을 이해하기나 할까? 말하고 서서 걷는 소가?

아니, 영영 모르겠지.

"그렇게 하도록 내줄 순 없어요."

다그마는 가능한 한 최대한 왕족의 무례를 가장해 말했다.

"이것들의 죽음은, 당신들을 위한 게 아니니까."

"하지만 신들은……."

"이제 당신들의 유일한 목적은 내가 집까지 무사히 돌아가도록 확실히 지키는 거예요. 저들이 우리를 추적하면, 나를 지키기 위해 싸우고 죽을 수도 있겠죠. 그게 당신들이 할 일이에요."

수소들이 혼란에 빠져서 서로 눈길을 교환했다. 다그마는 그들이 자기 말에 넘어갔다는 것을 알았다. 필요하다면 남자들을 원하는 대로 조종하는 건 쉬웠다.

애석하게도, 여자에게는 그 수법을 쓸 수가 없었다.

"저 여잔 거짓말을 하고 있어요."

여자 하나가 그늘 속에서 빠져나오며 씩씩댔다. 그녀도 동물 가죽으로 만든 드레스를 입었는데, 어깨부터 발굽까지는 가리고 있었다. 여자는 남자들에게 있는 뿔이 없긴 했지만 그들 중 가장 큰 자와 비교해도 약간만 작을 뿐이었다. 드레스 위에 두른 갈색 망토는 모직이었다. 여자는 머리카락이 다 덮이도록 후드를 내려 쓰고 있었다.

다그마는 천에 수놓인 룬문자를 알아보았다. 아르젤라의 여사제. 그에 걸맞은 힘도 가졌으리라.

"저 여자는 지금 안고 있는 것들을 보호하려고 하는 거예요. 자기 목숨을 다해."

그녀는 주먹으로 가장 가까이에 선 남자의 어깨를 쳤다. 남자가 끙 신음했다.

"그런데 당신들은 바보같이 저 여자 말을 믿는군요."

다그마는 그녀의 말을 잘 알아들을 수가 없었다. 여자의 목에 심한 상처가 있었기 때문이다. 목을 가로지른 오래된 칼자국 흉터였다. 전쟁에서 그런 상처를 입었을 수도 있지만, 그보다는 아르젤라에게 바쳐진 공물일 가능성이 높았다. 한때는 여왕의 진정한 종이었을 테니.

여사제가 돌투성이 땅에 발굽을 시끄럽게 울리며 다가왔다. 그리고 다그마 앞에 멈추어 그녀를 요모조모 뜯어보았다.

"당신 말은 틀렸어요."

다그마는 따분하고 별로 감흥 없다는 인상을 주려고 애썼다.

"내 임무는 당신 것만큼이나 간단해요. 이것들을 데리고 내 아버지께 돌아가는 거죠. 라인홀트 가문으로."

"이 여자는 거짓말을 하고 있어요."

여사제가 다시 식식댔다.

"노스랜더인 내 말을 의심하는 건가요? 내가 라인홀트라는 걸 의심하는 거예요?"

"라인홀트 가문의 일원인 건 맞죠, 레이디 다그마. 라인홀트의 영토를 지날 때 본 적이 있어요. 당신은 다그마 라인홀트가 맞아요. 하지만 거짓말을 하고 있다는 거죠."

그녀는 몸을 앞으로 숙이며 축축한 코로 여기저기 킁킁댔다.

"온몸에서 뤼데르크 하일 냄새가 나요."

"이 여자는 그자의 사도구나!"

남자 하나가 비난했다.

"아니요."

여사제는 살며시 웃었다.

"아니에요. 이 여자는 아무도 믿지 않아요. 이 여자를 지키는 신은 없어요. 돌봐 주는 신도 없죠. 뤼데르크 하일조차도. 그가 바로 이 여자를 여기 보낸 거예요. 우리에게."

"그럼 저 새끼들은?"

"저것들은 뤼데르크 하일을 실망시켰어요. 그는 이제 저것들에게 바라는 게 없답니다."

여사제가 아기를 만지려 손을 뻗자 다그마는 즉시 몸을 돌렸다. 그녀는 낮고 침착한 목소리로 위협했다.

"그 더러운 소발 저리 치우지 못해."

여사제가 다그마를 흘겨보았다.

"그 새끼들은 내 것이야."

그녀의 시선이 남자들에게로 옮겨 갔다.

"이 여자는 당신들이 가져도 좋아요."

다그마가 도망갈까 생각하기도 전에 손 하나가 그녀의 머리카락을 붙잡고 뒤로 끌어당겼다. 그 틈에 여사제가 앤벌의 아기들을 재빨리 그녀의 품에서 낚아챘다.

"안 돼!"

다그마는 아기들을 잡으려고 필사적으로 손을 뻗었다. 목숨을 다해 아기들을 지키려고.

우두머리 미노타우루스가 앞으로 나서면서 한 손으로 그녀의 목을 쥐었다.

"어떻게 신들을 경배하지 않을 수 있지? 이 순간에조차도 그들은 우리의 희생에 보답을 주시는데."

우두머리는 다른 미노타우루스들에게 다그마를 밀어 버렸다.

"너를 말이야."

그웬바엘과 그의 일족이 성에서 쏟아져 나와 궁정 뜰에 서자 군인들, 경비병들, 하인들 ―인간들― 모두가 재빨리 비켜섰다. 드래곤들은 일제히 변신했다. 아돌가와 글레안나는 교외 지역을 정찰하러 반대 방향으로 향하면서 아들딸들을 불러 합류하도록 했다. 리아논과 모르퀴드는 신들에게 도움을 호소하러 호수로 향했다. 네 형제와 아버지만 남겨 둔 채로.

그웬바엘, 브리크, 에이브히어, 베르세락, 피어구스는 발굽이 처음 발견된 자리에서부터 저들이 몇 리그 가지 못했으리라는 희망을 품고 움직이기 시작했다.

하지만 그웬바엘은 하늘로 날아올랐을 때 그를 부르는 목소리를 들었다. 아래를 내려다보니 이지였다. 이지가 미친 듯 두 손을 흔들며 그를 부르고 있었다.

그는 아래로 내려갔다.

"무슨 일이야, 이지?"

"앤널의 말요! 말이 우는 소리 못 들었어요?"

브리크도 옆으로 내려왔다. 두 드래곤은 잠시 저공비행을 하며, 떠들썩한 인간들의 소리 속에서 말 울음소리를 찾으려 했다.

"들린다."

브리크가 말했다. 둘 다 들을 수 있었다. 말은 마구간 칸막이를 쿵쿵 차고 있었다. 주인이 죽은 것을 감지하고 미쳐 버린 것인지도 몰랐다. 하지만 그웬바엘은 그렇게 생각하지 않았다. 이지도 마찬가지인 듯했다. 그녀가 사람들을 뚫고 달려가기 시작했고, 그녀의 삼촌과 아버지는 낮게 날아 여왕의 개인 마구간에 닿았다.

이지는 어머니가 뒤에서 달려오며 기다리라고 외치는 소리도 무시하고 안으로 뛰어 들어갔다.

에이브히어가 그들 모두보다도 빨리 움직여 마구간 지붕을 잡고 한 번에 세게 당겨 뜯어 버렸다.

그들 누구도 바이올런스가 이런 식으로 행동하는 것을 본 적이 없었다. 말은 앤널이라는 폭풍우 속에서도 항상 고요한 태풍의 눈이었고, 바로 그래서 피어구스가 애초에 이 말을 짝의 군마로 골라 준 것이기도 했다.

"애도하는 건가?"

브리크가 물었다.

"그런 것 같진 않아."

피어구스는 약간 더 낮게 고도를 낮추었다.

"이지, 말을 내보내라."

이지가 마구간을 막아 잠가 놓은 금속 빗장을 잡고 휙 뒤로 뺐다. 문이 쿵 열리자, 말은 앞발을 세차게 들어 올리더니 잠시도 머뭇거리지 않고 뛰어나와 거대한 성문으로 달려갔다.

이제는 슬픔으로 미친 말처럼 보이지 않았다. 대신에 목표와 목적지가 있는 말이었다.

"문을 열어라, 당장!"

피어구스가 경비병들에게 소리치며 그 짐승 뒤를 따라갔다. 그의 형제들과 아버지도 바로 옆에서 날아갔다.

그들이 이제 아무것도 안지 않은 다그마의 팔을 잡았다. 맙소사! 다그마는 텅 빈 느낌을 뼛속 깊이 느낄 수 있었다. 미노타우루스들이 그녀를 질질 끌고 파다가 만 땅굴 쪽으로 다시 데려갔다. 그들은 다그마를 땅에 던졌고, 다그마는 다시 비틀비틀 일어섰다.

그녀는 마음속으로 미친 듯이 빠져나갈 길을 찾고 있었지만, 남자들을 지배하는 여사제의 힘은 절대적이었다. 노스랜드에서 마력을 가진 여사제는 어떤 남자도 넘빌 수 없는 여자였다. 불행하게도 미노타우루스 역시 다그마의 일족 남자들과 별다를 바 없었다.

"거친 대접을 용서하라고, 아가씨."

우두머리 미노타우루스가 경멸을 한껏 내뿜으며 말했다.

"이 길에 들어선 지가 몇 달 되었는데도 우리 여사제는 아직 적응을 못 해서 말이야. 뭐, 어차피 당신은 그런 데 크게 신경 쓸 만큼 오래 살진 못할 테지만."

"'노스랜드 규약'을 어겼으니 너희는 반드시 그 대가를 치르게 될 거야."

"우리는 거대한 아이스랜드에서 왔다. 우리야말로 진정한 노스랜더지. 당신들 사우스랜더가 쓰는 어떤 규약도 내겐 아무 의미 없어."

남자들이 점점 다가올 때, 다그마는 그들 한가운데 서 있는 그녀를 보았다. 다른 이들에게는 보이지 않는 게 분명했다. 오직 다그마만이 볼 수 있었다. 오늘의 그녀는 키가 훨씬 더 보였으며 불쌍한 용병 차림도 아니었다. 어째서 이전에는 알아보지 못했을까? 어째서 깨닫지 못했을까?

"그냥 거기 서 있기만 할 거예요!"

다그마는 화가 나서 따졌다.

"아무것도 하지 않고?"

미노타우루스들이 멈춰 서서 서로 눈길을 교환했다. 몇몇은 그녀가 누구에게 말하는지 몰라 웅얼거렸다.

"넌 그의 심기를 거슬렸어."

에이르가 꾸짖듯 말했다.

"그래서 네가 여기 있게 된 거지, 다그마 라인홀트. 남을 탓할 것도 없어."

"이게 내 잘못이라고요?"

"우린 그 무엇도 네 잘못이라고 한 적 없는데."

미노타우루스 하나가 반박했다.

"입 닥쳐."

다그마는 딱 자르고 다시 에이르에게 집중했다.

"당신이 해야만 해요."

"뭘? 이들을 모두 죽여?"

"시작이 좋네요."

"그럴 순 없어. 실제로 이들은 내게 아무 짓도 하지 않았으니까. 그리고 넌 나를 믿지도 않잖아. 그 누구도 안 믿지. 쌍둥이는 내가 보호해야 할 존재도 아니야. 난 정말로 다른 신들의 일에는 관여해서는 안 돼."

"농담해요?"

"이래 봤자 소용없을걸."

우두머리 미노타우루스가 나섰다.

"미친 척해 봤자 소용없어."

"신들에게는 규칙이 있어."

에이르 역시 다그마처럼 미노타우루스를 무시하고 있었다.

"너희 노스랜더에게 '규약'이 있는 것처럼."

"그래서 이걸로 끝이에요? 그냥 가 버리겠다고?"

"넌 지금 너 자신을 과소평가하고 있어. 내가 볼 땐…… 너 혼자서 해낼 수 있을 거야."

여신이 몸을 돌리려 하자, 다그마는 자신의 팔을 잡고 있던 미노타우루스를 뿌리치고 소리쳤다.

"당신은 내게 빚진 게 있어요!"

에이르가 놀라 눈을 깜박이며 다시 그녀를 보았다.

"모직 양말 말이야?"

"'당신에게 하나 빚졌네.'라고 말했죠."

"뭐라고?"

"'당신에게 양말 한 켤레를 빚졌다.'라고 했다면 의미가 한 가지뿐일 거예요. 하지만 그저 모직 양말 덕분에 내게 빚을 졌다고 했어요. 그러면 해석이 열려 있고 무엇으로 갚아야 할지 정해지지 않은 셈이죠."

미노타우루스 하나가 우두머리에게 기대며 속삭였다.

"이 여자 켄타우루스만큼 미쳤네요."

"무서운 나머지 정신이 뒤죽박죽된 게지."

우두머리는 짐작했다.

에이르가 잠시 다그마를 바라보더니 고개를 끄덕였다.

"훌륭해. 하지만 딱 한 가지 부탁뿐이야. 그러니 내가 누구를 구해야 할지 선택해. 쌍둥이인지 아니면……."

"쌍둥이요."

다그마가 말하자, 모든 미노타우루스들이 여사제를 쳐다보았다. 여사제는 제대로 된 제물 의식을 치르려고 단검과 약초를 꺼내느라 부산했다.

"쌍둥이요."

다그마는 반복했다.

"좋아. 잠깐 저들의 시선을 끌 수 있겠어?"

"이 말을 다시 해야겠어요? 농담해요?"

"그러지 말고. 넌 아주 똑똑하잖아. 뭔가 지어낼 수 있을걸."

다그마는 좌절하고 당황했으며 무척 겁에 질렸지만, 두 손을 번쩍 쳐들었다.

"내 말을 들으라, 미노타우루스들이여!"

소머리들이 일제히 그녀를 보았다.

"드래곤 신들이 이를 용납하지 않을 것이다! 그들이 응징할 자는 그대들이 아니다. 그대들의 여자, 그대들의 가족, 그대들의 일족 전체가 될 것이다! 이 배신을 응징하기 위해 신들은 그대들의 종족을 이 땅에서 말끔히 쓸어 버리리라!"

남자들은 일제히 멈춰 섰다. 그들은 자살 부대였지만, 가족들까지 해를 입힐 뜻은 없었다.

에이르가 엄지를 쳐들고 미소 지었다.

"잘하는데!"

"저 여자 말은 무시해요."

여사제가 비명을 지르는 쌍둥이를 급조한 제단 비슷한 물건 위에 조심스럽게 올려놓으며 말했다.

"당신들 마음대로 저 여자를 써요. 아무도 신경 쓰지 않을 테니까."

"하지만……."

미노타우루스 하나가 조심스레 잇새로 말했다.

"이 여자 미친 것 같아."

여사제는 어이없다는 듯 그를 쳐다보았다.

"이전에는 그렇다고 망설인 적 없잖아요."

미노타우루스들이 미친 여자를 강간할지 살해할지 말다툼하는 와중에도 다그마는 에이르만 바라보았다. 여신은 쌍둥이를 돕겠다고 약속했지만 그들에게 다가가지도 않았다. 오히려 멀리 가더니 쓰러진 앤벌의 시체 옆에 멈춰 섰다. 에이르는 죽은 여왕 옆에 무릎을 꿇고 시체를 뒤집은 다음, 한 손을 앤벌의 머리에 대고 시체를 따라 쭉 훑어 내렸다. 얼굴, 가슴, 배를 지나 다리를 따라 발끝까지.

앤널은 여전히 멍한 눈을 천장으로 향한 채 움직이지 않았다. 하지만 뼈가 제자리를 찾아 맞춰지는 순간 시체가 꿈틀했다. 여신이 뤼데르크 하일이 했던 것처럼 앤널의 목 아래 손을 넣고 머리를 살며시 뒤로 젖히더니 입술을 앤널의 입술에 댔다.

미노타우루스들은 자기들만의 도덕적 딜레마를 극복한 모양이었다. 그들이 다그마를 잡아 바닥으로 끌어 내리고 똑바로 쓰러뜨렸다. 다그마는 자기를 붙잡은 손에 대항해 싸웠지만, 시선은 여전히 아기들과 여사제에게 고정하고 있었다. 그 냉담한 암소는 주변에서 일어나는 일들을 무시한 채 콧노래를 부르며 의식을 준비했다.

"나를 봐라, 인간."

들려온 목소리에 다그마는 우두머리 미노타우루스를 올려다보았다. 다른 자들은 그녀가 꼼짝 못하도록 땅에 단단히 짓누르고 있었다.

"너의 고통은……."

그가 부드럽게 말했다.

"나의 쾌락이 될 것이다."

"하지만 너의 죽음은……."

그의 뒤에서 앤널이 말했다.

"나의 쾌락이 되겠지."

다음 순간 '피의 여왕'은 미노타우루스의 머리를 잡았고, 그녀의 손가락이 그의 눈을 파고들었다. 그녀는 손가락이 눈구멍 깊숙이 박힐 때까지 계속 힘을 주었다.

미노타우루스가 비명을 지르며 일어서자 앤뉠은 그의 등에 매달렸다. 그가 앤뉠을 떨쳐 내려고 필사적으로 버둥거리는데도 꽉 붙잡고 버텼다.

다른 미노타우루스들이 우두머리를 돕기 위해 다그마를 놓았다. 하지만 우두머리가 비명을 지르고 빙빙 도느라 의도치 않게 앤뉠을 붙잡으려는 다른 자들을 뿌리치고 말았다.

동시에 앤뉠의 몸은 무기가 되었다. 다그마가 재빨리 일어섰을 때, 그녀는 미노타우루스의 얼굴에서 한 손을 떼고 그가 엉덩이에 두른 가죽 천 사이에 지니고 다니는 단도를 뽑아냈다. 앤뉠은 칼을 머리 위로 들었다가 그의 두개골에 내리쳤다. 미노타우루스가 끽 비명을 질렀고 앤뉠은 신경질적으로 웃으며 칼날을 빼내 다시, 또다시 정통으로 내리쳤다.

마침내 미노타우루스 하나가 앤뉠을 잡고 지휘관에서 떼어 내 방 저편으로 던졌다. 앤뉠은 벽에 부딪쳤다가 바닥으로 떨어졌지만 곧바로 벌떡 일어섰다.

이제 앤뉠은 괴성을 지르고 있었다. 다그마가 한 번도 들어 본 적 없고 앞으로도 듣지 않게 해 달라고 기도하고 싶은 소리였다. 앤뉠이 피를 뒤집어쓴 채 괴성을 지르며 미노타우루스들을 향해 전력으로 돌진했다. 그들은 어안이 벙벙해서, 약간 주춤했다. 그들 중 하나가 칼을 꺼내려 했으나 앤뉠이 더 빨랐다. 그녀는 그의 칼을 빼앗아 대번에 그자의 배를 가르고 다시 칼을 휘두르며 몸을 돌렸다.

다그마는 억지로 시선을 돌려 여사제를 바라보았다.

여사제는 화가 났지만 이성을 잃지는 않았다. 대신에 단검을 들어 여자 아기 위로 높이 쳐들었다. 다그마는 곧장 그녀 쪽으로 달려가 조악한 제단을 발판 삼아 디딘 다음, 온몸으로 여사제에게 덤벼들었다. 자기가 전사는 못 된다는 것을 똑똑히 아는 다그마는 두 팔로 암소 머리를 감싸고 버렸다.

"저리 가!"

여사제가 분노에 차서 외치면서 다그마를 저 멀리 날려 버렸다. 다그마는 땅에 떨어지면서도 머리만은 바닥에 부딪치지 않도록 위로 쳐들었다. 더 이상 미끄러지지 않게 되자, 그녀는 횃불 하나를 집어 들고 억지로 몸을 일으켰다. 고통을 조절하는 훈련 같은 건 생전 받아 본 적도 없기에 온몸이 부서지는 듯한 아픔을 느꼈지만, 다그마는 절뚝대면서도 기어이 다시 여사제에게 다가갔다. 그녀가 횃불로 여사제의 얼굴을 치자, 여사제는 다시 한 번 질겁하며 울화통을 터뜨렸다.

"이 쌍년!"

다그마는 기름으로 가득 찬 그릇을 여사제를 겨냥해서 걷어찼다. 그리고 그릇이 여사제의 옆구리를 치는 순간, 재빨리 횃불로 그녀를 내리쳤다. 불이 옮겨붙자 여사제가 비명을 지르며 망토를 벗어 던졌다. 그 틈을 타서 다그마는 쌍둥이를 안고 재빨리 물러섰다. 그녀가 서 있는 자리에서 출구가 보였지만, 칼을 휘두르며 적을 가차 없이 죽이는 앤널과 미노타우루스 상당수가 그녀와 탈출구 사이를 가로막고 있었다.

망토와 불길에서 자유로워진 여사제는 제단 위로 다가갔다.

그녀가 모두를 빤히 쳐다보더니 입을 열어 외쳤다.

"멈춰라!"

그 순간 모두가 멈췄다. 심지어 앤벌까지도.

여사제는 다그마를 힐끗 보았지만, 다그마가 도망갈 수 없다는 것을 확신하는 듯했다. 지금은 둘 다 앤벌이야말로 여사제가 걱정해야 할 대상이라는 것을 알고 있었다.

여사제는 한 팔을 들고 여왕에게로 좀 더 다가갔다.

"암흑의 힘에 호소하느니 내게로 오라."

그녀가 손가락으로 앤벌을 가리키며 주문을 읊었다.

"내 몸으로 들어와 내게 이 가증스러운 것을 처단할 힘을 내려다오."

다그마는 앞으로 나섰다.

"앤벌, 저 여자를 죽여요!"

그녀가 소리쳤다.

"저 여자가 주문을 끝내기 전에 죽여야 해요!"

앤벌이 그녀의 말을 들었는지, 그 말을 이해했는지, 아니면 그저 고함에 반응한 것인지 다그마는 알 수 없었다. 무엇이 여왕에게 자극을 주었든 간에, '가반아일의 미친 암캐'에게는 그걸로 충분했다.

앤벌―피부는 더 이상 창백하거나 물컹하지 않았고, 강하고 힘이 넘쳤으며 잘 훈련된 근육을 감싸고 있었다―이 팔을 한껏 뒤로 젖혀 손에 든 칼을 던졌다. 미노타우루스의 칼은 인간의 칼보다 더 길고 넓었지만, 앤벌은 마치 자그마한 숟가락을 휘두르듯이 썼다.

칼이 땅굴 건너편으로 날아가 여사제에게 박혔다. 일격을 당한 그녀가 몇 걸음 뒤로 물러섰다.

여사제는 칼을 빤히 내려다보았지만 죽지는 않았다. 그녀가 두 팔을 들고 외쳤다.

"죽여……."

하지만 앤널의 발작적인 괴성이 그 말을 삼켰다. '피의 여왕'은 여사제의 몸을 들이받아 땅에 쓰러뜨렸다. 그리고 그녀의 가슴에서 칼을 뽑아 들었다. 여전히 괴성을 지르면서 앤널은 다시 칼을 내리꽂았다. 여사제가 지르는 고통의 비명이 땅굴 안을 채웠지만, 앤널의 괴성을 가리지는 못했다. 그것은 적을 겁주려는 전장의 고함 이상이었다. 그 모든 것 이상이었다.

앤널은 괴성을 지르고 또 지르면서 몇 번이고 칼을 뺐다가 다시 내리꽂았다. 모두들 고개도 돌리지 못하고 그녀를 바라보고 있었다. 심지어 다그마까지도.

남자 미노타우루스들 역시 움직이지도 못했다. 그들의 지휘관이 죽었고 여사제는 바로 그들 앞에서 살해당했다.

그것은 분명 살해였다. 잔인하고 사악한 살해.

피와 살점이 사방으로 날아 다그마와 아기들에게까지 튀었다. 하지만 앤널은 칼끝이 그 아래 땅에 닿을 때까지 계속 내리쳤다. 마침내 칼끝이 땅을 찍자, 그녀는 맨손으로 여사제의 가슴을 찢었다. 갈빗대를 가르고 주먹으로 벌어진 가슴을 내리치고 또 내리쳤다.

여사제는 이미 죽은 지 오래였지만, 앤닐의 분노는 여전히 강렬했다.

다그마는 앤닐이 앞에 놓인 찢긴 가슴을 몇 번이나 내리쳤는지 셀 수도 없었다. 몇 번이나 내장을 끄집어내서 던졌는지도 알지 못했다. 인생 처음으로 다그마는 환각에 빠져서 생각을 할 수도, 논리를 따를 수도 없이 그저 바라만 보고 있었다.

미노타우루스들이 충격 상태에서 벗어나기까지는 한참 걸렸다. 그들 중 하나, 거대한 머리를 한 자가 앤닐에게 다가갔다. 그가 천천히 검을 들었다. 다그마는 앤닐에게 경고하려 달려갔으나 누군가가 목에 댄 칼날에 소리가 끊기고 말았다.

이제 그 미노타우루스는 앤닐 뒤에 서서 두 손으로 칼을 잡고 그녀의 벗은 등 위로 들어 올리고 있었다. 소리도 없이 그가 칼을 내리쳤다. 앤닐은 칼날이 그녀의 척추 가까이 이르렀을 때에야 움직였다. 그저 오른팔을 들며 왼쪽으로 뒷걸음쳤다. 칼날은 여사제의 텅 빈 가슴으로 떨어졌다. 미노타우루스는 벙어리처럼 서서 자기가 저지른 짓을 멍청히 보다가 앤닐에게로 시선을 돌렸다. 앤닐의 미소에 광기가 어렸다. 입꼬리 한쪽이 들리고, 얼굴 위로 헝클어진 머리채 사이로 초록색 눈이 위를 향하며 그를 쳐다보았다.

"빗나갔네."

앤닐이 쉿쉿거리듯 말했다.

미노타우루스는 비틀비틀 뒤로 물러섰다. 그는 겁에 질렸다. 동료들에게도, 그 자신에게도 그 공포를 숨길 수가 없었다. 아마도 그 아이스랜드의 생물은 생애 처음으로 겁에 질렸으리라고 다그마는 확신했다. 아니, 모두가 알 수 있었다. 그들 모두 겁에 질렸으니까.

모두들 앤널이 여전히 여사제의 가슴에 박혀 있던 칼을 쥐는 것을 보고 겁에 질렸다. 훨씬 체구도 작고 인간일 뿐인 벌거벗은 여자가 일어서자 겁에 질렸다. 앤널은 숨을 헐떡이고 있었다. 힘들어서가 아니었다. 욕망 때문이었다. 갈망 때문이었다. 죽이고자 하는 갈망. 다그마는 한 번도 보지 못한 광경이었다. 이런 것은 아니었다. 전사가 단순히 위협을 가했다는 것만으로도 절정에 이를 수 있는 이런 광경은 없었다.

여왕의 미친 시선이 다그마에게로 옮겨 왔다. 다그마 뒤에 서 있던 미노타우루스가 칼을 내리고 슬금슬금 떨어졌다. 그는 두 손을 들고 있었다. 아래쪽엔 갈색보다 더 옅고 희미한 털, 그 위엔 흰색 털이 덮인 손바닥을 들었다. 한몸처럼 미노타우루스들 모두가 앤널을 빤히, 몹시도 빤히 쳐다보며 뒤로 물러섰다.

앤널이 입술을 축였다. 헐떡거리는 숨은 더 가빠졌고, 몸은 점점 더 큰 흥분으로 채워져 갔다. 앤널이 다시 괴성을 질렀다. 괴성이 시작된 순간, 미노타우루스들은 일제히 도주했다. 자기들이 파 놓은 땅굴을 따라 달려가 거의 본 적이 없는 햇볕 속으로 나갔다.

그럼 앤널은?

바로 그들 뒤를 쫓았다.

피어구스가 우뚝 서는 바람에 그웬바엘은 그의 등에 부딪칠 뻔했다. 형이 몸을 돌리고 사나운 눈으로 주변을 살폈다. 앤널의 말이 뒷발을 들어 올렸다가 그 자리에 섰다.

"뭐? 뭐지?"

"들어 봐!"

그때, 그웬바엘도 들었다. 절대 들으리라고 생각지 못했던 소리를. '피의 여왕'의 전투 함성이었다.

"저기야! 저기 있어!"

그리고 앤널이 나타났다. 그녀가 작은 언덕 바닥에 파인 구멍을 뚫고 나왔다. 하지만 그녀는 도망치고 있는 것이 아니었다. 추적 중이었다. 미노타우루스들을 쫓아 달리고 있었다. 적어도 이 미터 칠십 센티미터는 되는 키에 돌덩이 스무 개는 합한 듯한 몸무게의 미노타우루스들이 도망치고 있었다.

마침내 앤널이 그들을 따라잡았다. 그리고 그웬바엘, 피어구스, 브리크, 베르세락 모두가 백 걸음 떨어진 곳에 착륙한 순간, 그녀는 첫 번째 미노타우루스를 베었다. 그녀의 칼이 발목 뒤를 가르자 미노타우루스가 앞으로 넘어졌다. 놈이 몸을 굴렸다. 앤널은 그의 목을 가르고 그대로 계속 나아가 다른 놈을 베었다. 미노타우루스들은 앤널을 따돌리려 했으나 이제 드래곤들이 그들의 앞길을 가로막고 있었다.

브리크가 그들 모두를 화염으로 태워 버릴 태세로 숨을 들이마셨지만, 피어구스가 고개를 저었다.

"안 돼, 놔둬."

"하지만 앤닐은 안전할 거야."

어머니가 준 선물이 앤닐을 드래곤의 화염으로부터 보호해 주었다. 아수라장 같은 전장에서 한 번 이상 앤닐은 마법 덕에 살아났다.

"놔둬."

피어구스가 다시 말했다.

미노타우루스들은 탈출할 수 없다는 걸 알고 빙그르르 돌아 앤닐을 마주했다. 그들은 하나의 전투부대가 되어 공격하기 시작했다. 다그마는 피어구스에게 적어도 오십 명은 되는 부대일 거라고 했지만, 지금은 겨우 열두 명 남짓만 남아 있었다.

앤닐이 든 칼, 미노타우루스에게는 단검이지만 앤닐 자신의 브로드소드보다는 두 배나 긴 칼이 그녀가 행동을 개시하자 햇살 속에서 번쩍였다. 잔혹한 전투였다. '피의 여왕'은 팔이고, 다리고, 머리고 마음껏 베어 가며 자신의 명성을 다시 한 번 증명했다. 상대의 머리까지 닿기가 어려웠기 때문에, 앤닐은 먼저 다리를 잘라 그들을 쓰러트렸다. 그렇게 하나에서 다른 하나로, 또 다른 하나로 옮겨 가며 차례로 끝장을 냈다.

형제들이 보고 있는 가운데 모르퓌드와 리아논이 착륙했고, 잇따라 탈라이스와 이지가 말을 타고 도착했다. 다음으로는 카드왈라드르 일족이 도착해서 하늘을 낮게 날며 앤닐이 가장 잘하는 일을 다시금 해내는 광경을 구경했다.

그녀가 마지막 미노타우루스에 이르렀을 때, 놈은 더 이상 다리가 남아 있지 않았지만 여전히 도망치려고 발버둥을 쳤다. 앤닐은 한 다리를 그의 등에 박아 꼼짝 못하게 하고 두 손으로 칼을 들어 목을 내리쳤다. 일격으로는 머리를 자를 수 없었기에, 머리가 떨어질 때까지 내리치고 또 내리쳤다.

그렇게 앤닐은 숨을 헐떡이며 그 자리에 섰다. 벌거벗은 온몸에 피 칠갑을 한 채로. 하지만 그녀는 살아 있었다. 멀쩡히 살아 있었다.

그리고 완전히 광기에 사로잡혀 있었다.

그웬바엘은 작은 울음소리를 듣고 머리를 들었다. 다그마가 땅굴에서 나오고 있었다. 엉망으로 더러워진 데다 옷은 찢겨 있고 피까지 뒤집어썼다. 그래도 그녀는 살아 있었다. 쌍둥이도 마찬가지였다. 울음소리의 주인은 아기들이었고, 무엇보다도 성이 나 있었다. 하지만 넷 모두―그웬바엘은 다그마의 안경까지도 셈에 넣었다―가 멀쩡했다.

다그마가 그를 보고 안도한 웃음을 짓는 순간, 그웬바엘은 이전에 느끼지 못한 온기를 느꼈다. 그가 다그마를 데려와야겠다고 마음먹고 앞으로 나서려는데, 다그마가 눈을 휘둥그레 뜨더니 재빨리 고개를 저었다. 잘한 일이었다. 앤닐이 재빨리 그에게로 몸을 돌렸기 때문에 그웬바엘은 허둥지둥 한 걸음 물러섰다. 그녀는 두 손에 칼을 쥐고 옆으로 높이 쳐들었다. 뛰어와 공격하려는 동작이었다.

피어구스가 분노 때문이라기보다는 영문을 몰라 얼굴을 찡그렸다.

"앤닐?"

앤닐의 초록색 눈이 피어구스에게로 향했지만, 그웬바엘은 그 눈에서 자기 짝을 알아보는 기색을 찾을 수 없었다. 불멸의 사랑과 충실함도 보이지 않았다. '피투성이' 앤닐에게 그들 모두는 적일 뿐이었다.

"말에 타라."

앤닐이 다그마에게 명령했다.

그웬바엘은 고개를 저었다.

"잠깐……."

하지만 어머니가 한 팔을 잡고 뒤로 끌어당겼다. 리아논이 아들을 보호할 태세로 앞으로 나섰다. 그러면서도 눈은 앤닐에게서 떼지 않았다.

"움직여!"

앤닐이 다시 명령했다.

다그마는 그렇게 했다. 그녀가 앤닐의 말에게 다가가자 말이 몸을 낮추었다. 다그마는 천천히 말에 올랐다. 팔에 아기들을 안고 있었기 때문에 꽤 어색하고 힘든 일이었다. 앤닐은 드래곤들을 하나하나 훑으면서 말에게로 다가갔다. 그리고 바이올런스 앞에 도착하자 다그마 뒤로 올라탔다. 여전히 검을 든 채였고 언제라도 쓸 준비가 되어 있었다.

"갈기를 잡아."

말이 똑바로 서자 앤닐은 다그마에게 명령했다.

"그대로 꼭 잡고 있어라. 말이 어디로 가야 할지 아니까."

그녀가 검을 켈뤈과 브란웬에게 겨누었다.

"비켜라!"

젊은 드래곤들은 길에서 비키려다가 서로 부딪쳐 엎어졌고, 결국 그들의 어머니가 갈기를 잡고 끌어당겼다.

"가자."

앤널이 말에게 명령했다.

바이올런스는 뒷다리를 번쩍 들었다가 어린 사촌들이 비워 놓은 공간을 뚫고 쏜살같이 달려 나갔다.

말이 언덕 너머로 사라지자, 그웬바엘의 드래곤 일족은 이제 어떻게 해야 할지 모르고 침묵 속에 서 있었다.

어느 순간, 아돌가가 진지하게 물었다.

"영문을 모르겠는데. 그 여자는 죽은 거야, 아니야?"

29

그 모든 일을 겪은 후, 다그마는 다시 가반아일로 향하는 것이기를 진심으로 바랐다. 하지만 아니었다. 어느 마을의 아늑한 여관? 아니었다. 술 한 잔, 아니, 안경을 썼든 쓰지 않았든 똑바로 볼 수 없을 때까지 열두 잔쯤 차근차근 비울 수 있는 있는 술집? 아니었다.

그 모든 근사한 대안 대신에, 다크플레인의 여왕은 다그마를 동굴로 데려갔다. 어둡고 축축한 동굴. 얼굴 앞에 손을 갖다 대도 보이지 않고 팔에 안은 아기들도 보이지 않았지만, 물론 이곳은 방금 탈출한 땅굴보다는 안전할 것이다.

어쨌든 다그마는 그러기를 바랐다.

다행스럽게도 말은 어디로 가야 할지 아는 듯했고, 구불구불한 검은 땅굴을 행복하게 또각또각 걸어 나갔다. 마침내 말이 멈추자 앤널이 먼저 뛰어내렸다. 다그마는 여왕이 돌아다니다가 뭔가에 부딪쳐 욕하는 소리를 들었다. 하지만 그때 부싯돌을 긁는 소리가 나더니 횃불 하나가 켜졌다. 앤널이 동굴 안을 걸어 다니며 벽에 걸린 홰에 더 불을 붙이자, 다그마는 그녀가 우연히 발길 닿는 아무 동굴에나 들어온 건 아님을 알았다. 그 동굴엔 세간이 갖추어져 있었다. 드래곤의 동굴이었다. 다그마는 안도의 한숨을 내쉬었고, 말이 땅으로 몸을 낮추어 그녀가 내릴 수 있게 해 주었다. 흐느끼는 아기들을 품에서 떨어뜨리지 않으려 애쓰며 내리자니 그 역시 쉽지 않았다.

"어째서 우는 거지?"

알몸의 여왕이 그녀 앞에 서 있었다. 온몸에는 피를 뒤집어썼고, 새로 생긴 상처도 한둘 있었다. 하지만 이건…… 이건 언제나 다그마가 익히 들었던 여왕이었다. 훤칠한 키, 강건한 몸. 어떤 남자 전사들도 부러워할 만한 근육과 어떤 여자도 갖고 싶어 할 만한 풍만한 가슴. 앤널이 한때 아이를 품었던 몸이었다는 증거는 오로지 아랫배를 가로질러 난 흉터뿐이었다. 하지만 그것마저도 몇 년 동안 그 자리에 있던 흉터처럼 보였다.

앤널은 뤼데르크 하일보다 자기 백성을 훨씬 더 자상하게 보살피는 새로운 수호 여신을 얻은 듯했다. 아기를 낳기 전의 모습으로 돌려준 수호신.

……적어도 신체적으로는.

감정적으로 이 여자는 엉망진창이었다.

"아기들이 우는 건 겁을 먹었기 때문이에요."

다그마는 설명하면서 여왕이 아기들을 빨리 데려가기를 바랐다. 팔이 저렸고, 아기들의 남달리 커다란 체구 때문에 꽤나 부담스러웠다.

앤빌이 두 손에 들린 미노타우루스의 검을 보더니 그대로 바닥에 내려놓았다. 그리고 커다란 굴속을 돌아다니며 두 손을 맞비볐다.

다그마는 탁자와 의자들을 보고 자리에 앉았다. 여왕이 몸을 돌려 다시 그녀를 보았다.

"검을 내려놓았는데도 어째서 계속 우는 거지?"

"아마 배가 고픈가 보네요."

"그럼 먹이도록 해."

으흠.

"제 아기들이 아니라서 먹일 수가 없어요."

"그럼 누구 것이지?"

이것 참 끝내주는군!

다그마는 헛기침을 하고 조심스레 말했다.

"여왕님의 아기들이죠."

"난 아기가 없어."

다그마는 너무 피곤했고, 평소에 자랑하던 인내심도 빠르게 줄어들고 있었다.

"기억나시는 게 있어요?"

여왕은 잠시 생각하더니 말을 가리켰다.

"저건 기억한다."

"이름도 기억하세요?"

앤녈이 얼굴을 찡그렸다.

"검둥……이?"

다그마는 한숨을 내쉬었다.

"전하의 이름은 기억하시나요?"

앤녈이 입 안쪽을 씹으며 천장을 올려다보았다. 몇 분 후에 그녀가 물었다.

"기억해야 하나?"

"이성이여, 저를 지켜주소서."

다그마는 다시 한숨을 지었다. 아기들이 더 크게 울어 댔다. 그녀는 아기들을 내려다보며 말했다.

"얘들아, 진정 좀 해."

하지만 아기들이 바로 조용해지자, 다그마는 이 아기들의 정신 나간 엄마 때문에 그랬던 것보다도 한층 더 혼란스러워졌다.

"봤나? 아기들은 네 것이로군."

앤녈이 안도하며 미소 지었다.

"아니요, 전하. 아기들은 분명……."

"내 것일 리 없어."

앤녈은 재빨리 잘랐다.

"난 엄마로서는 젬병이다. 나와 겨우 오 분쯤 같이 있었을 뿐인데, 아기들은 벌써 피를 뒤집어쓰지 않았나."

"그렇긴 하지만……."

"곧 돌아오지."

여왕이 불쑥 어두운 땅굴 아래로 내려갔다. 다그마는 그리로 따라갈 마음이 전혀 없었다.

그웬바엘은 어머니에게로 몸을 돌렸다.

"그럼 완전히 돌았단 말이에요?"

"뭐, 제정신이 아닌 건 확실하지."

"내가 쫓아가야겠어."

피어구스가 말했다.

리아논은 장남의 머리채를 잡았다.

"어머니!"

"한 번만이라도 얼간이 짓을 안 할 순 없느냐, 피어구스. 그 애는 너조차 알아보지 못해. 지금은 가까이 가 봤자 널 죽이고 말 거다."

"그게 사실이라면, 아기들하고 같이 있게 두다니 참도 잘하는 짓이네요."

브리크가 건조하게 말했다.

"다그마가 있잖아."

다들 돌아보자, 그웬바엘이 덧붙였다.

"그 여자도 중요한 사람이야."

"그들은 괜찮을 거예요."

이지는 언제나처럼 긍정적으로 말했다.

"앤빌은 이전의 모습으로 돌아가기까지 시간이 좀 필요한 것뿐이에요."

에이브히어가 콧방귀를 뀌었다.

"뤼데르크 하일을 믿어야 하고 그는 앤닐을 절대로 해치지 않을 거라고 한 게 너 아니었냐?"

이지는 입을 떡 벌리며 눈을 휘둥그레 떴다.

"이 파랑 머리가……."

"그만해!"

탈라이스가 거대한 푸른 용과 딸 사이를 가로막고 섰다.

"떨어져. 떨어지라고! 둘 다 내 신경을 건드리고 있잖아."

그녀는 깊은 숨을 들이마셨다.

"피어구스, 앤닐에게 가세요. 하지만 조심스럽게 접근해야 해요. 그녀가 전투 후유증, 전투 피로 같은 걸 겪는 중이라고 생각하세요. 천천히 접근하되 놀라게 하지 말고 밀어붙여서도 안 돼요. 천천히, 편안하게. 아시겠어요?"

"알겠어요. 이제 어디로 갔는지만 알아내면 되겠군요."

"앤닐을 찾을 때까지 날아다녀 보지."

그웬바엘의 제안에, 탈라이스가 고개를 저었다.

"앤닐은 안전하다고 믿는 곳으로 갈 거예요."

"기억을 못한다고 해도?"

"아기들을 보호해야 한다는 건 알고 있어요. 자기 말도 알고. 피어구스, 앤닐은 가장 안전하다고 생각한 곳으로 갔을 거예요. 그녀가 항상 가장 안전하다고 생각한 곳이 어디죠?"

피어구스의 얼굴에 희미한 미소가 떠올랐다. 희미하긴 했지만 분명 미소였다.

"다크글렌이군."

그는 자기의 짐작이 맞다는 걸 확신하며 고개를 끄덕였다.

"앤널은 다크글렌으로 간 게 틀림없어. 집으로 간 거야."

다그마는 동굴 한쪽에서 발견한 커다란 침대에서 잠이 들었다. 먼저 아기들을 모피 위에 뉘고, 자기가 자다가 구르는 경우를 대비해 보호용 베개를 그들 주변에 쌓았다. 일을 마치자, 그녀는 침대 위에 길게 뻗었다. 그 기억을 마지막으로 모든 것이 사라졌다. 누군가 옆에 있다는 것을 감지할 때까지.

눈을 뜨기 전에, 다그마는 품고 다니는 작은 단도를 손에 쥐었다. 하지만 일어나 앉아 앞에 있는 남자에게 초점을 맞추려는 순간, 단도가 손에서 빠져나가 빙그르르 돌았다.

다행스럽게도 남자는 손이 빨라 칼이 이마에 떨어지기 직전에 잡아냈다. 다그마는 눈을 가늘게 뜨고 몸을 가까이 내밀었다가 움찔했다.

"미안해요, 피어구스."

처음에는 그의 짝을 죽게 했고, 다음에는 쌍둥이를 거의 죽일 뻔했다가, 이제 칼을 그의 머리에 던져 버리기까지 하다니.

"내가 그 망할 것을 쓰는 법을 가르치고 말 거야."

뒤에서 목소리가 들렸다.

"당신은 정말 구제 불능이군."

다그마는 갈색 바지를 입고 금색 머리를 길게 내린 그 아름다운 몸을 제대로 분간할 수 없었지만 자신의 그웬바엘이라는 것은 알았다. 그녀는 침대에서 뛰어내려 그의 벌린 팔 안으로 뛰어들며 숨을 내뱉었다.

"우리를 찾아내다니, 정말 기뻐!"

그웬바엘이 꼭 끌어안는 바람에, 그녀의 다리가 바닥에 닿지 않을 정도였다.

"당신을 찾아내서 나도 정말 기뻐."

그는 다그마의 뺨, 이마, 턱에 입을 맞추었다.

"괜찮아? 다친 덴 없고? 괜찮다고 말해 줘."

"난 괜찮아."

비록 합리적이지 않게도 울고 싶은 마음이 들긴 했지만.

"난 다치지 않았어. 아기들도 무사하고."

"미친 여왕님은 어디 있어?"

그의 어깨 위라는 근사한 자리에서 머리를 떼지도 않고 다그마는 앤널이 갔다고 생각한 방향을 가리켰다.

"앤널과 말은 지하에서 저쪽으로 갔어. 곧 돌아오겠다고 했고. 난 그걸 협박으로 받아들이지 않기로 했지."

피어구스가 침대에 앉아 아기들의 머리를 쓰다듬으며 말했다.

"호수가 그 방향이야."

"앤널은 미노타우루스의 피에 흠뻑 젖었을 테니, 일리 있는 생각이네."

그웬바엘은 다그마를 내려놓았지만, 그녀에게서 몸을 떼기 전에 이마에 무척 다정하게 입을 맞추었다.

"형이 정신 나간 자기 짝을 찾으러 가기 전에, 무슨 일이 있었는지 말해 주겠어? 우리가 아는 게 많을수록 형이 앤닐을 더 솜씨 있게 다룰 수 있을 테니까."

다그마는 고개를 끄덕였다.

"물론이지."

그녀도 침대에 앉았다.

"먼저 사과부터 해야겠어요, 피어구스."

그때 첫 번째 눈물방울이 떨어졌다.

"다그마?"

"모두 내 잘못이야, 그웬바엘. 모두 다. 그저 도우려고 했을 뿐인데, 대신에 당신 온 가족을 쓸어 버릴 뻔했잖아!"

그웬바엘이 앞에 웅크리고 앉아 그녀의 두 손을 잡았다. 그의 살이 맞닿는 느낌, 그녀의 꽉 쥔 손을 쓰다듬는 엄지의 감촉만으로도 다그마는 즉시 진정이 되었다.

"내 말을 잘 들어, 다그마 라인홀트."

그웬바엘이 말했다.

"그 누구도 그 무엇 때문이라도 당신을 탓하진 않아."

"아직은 그렇지."

다그마와 그웬바엘은 피어구스를 돌아보았다.

"소리 내서 말해 버렸나?"

그러더니 피어구스가 윙크를 했고, 다그마는 그 덕에 웃기려는 농담이라는 걸 알았지만 하마터면 다시 울어 버릴 뻔했다.

"형은 무시해, '야수'."

그웬바엘이 등받이가 꼿꼿한 의자를 잡더니 그녀 앞에 마주

앉았다.

"자, 이제 모두 말해 봐."

다그마는 감정을 섞지 않고 간결하고 직접적으로 이야기를 전했다. 그녀 어머니의 이야기나, 그녀가 겪었던 일을 쌍둥이도 겪게 하고 싶지 않았던 마음은 말하지 않았다. 대신에 아버지에게 하는 식으로 이야기했다. 단순한 단어로, 아버지가 싫어하는 '그녀가 평소 잘하는 공상적인 분석'은 일절 빼고.

피어구스는 침대 위, 아기들 옆에 앉아 그 애들에게서 눈을 떼지 않았다. 다그마가 말하는 동안에도 그렇게 가만히 있었다. 질문도 하지 않았다. 그저 다그마가 말을 마칠 때까지 기다렸다.

다그마는 이야기를 마무리하면서 말했다.

"아기들이 배고파했어요. 그래도 놀랍도록 착한 애들이라 내려놓으니까 곧장 잠에 들었죠. 하지만 어느 시점이 되면 아기들도 먹어야 할 거예요. 앤널이 젖을 먹이지 않을 거면 여기로 유모를 데려와야 해요. 나는 아무런 쓸모가 없으니까요. 그거 말고는……."

그녀는 어깨를 으쓱했다.

"할 얘기는 다 했네요."

뒤이은 침묵에 다그마는 숨이 막히는 것만 같았다. 피어구스가 몸을 앞으로 숙이고 팔꿈치를 무릎 위에 괴었을 땐, 공포로 발작을 일으킬 뻔했다.

그가 두 손을 꽉 잡고 말했다.

"미안한데, 잠깐만 다시 돌아가 봅시다. 당신이 양말을 가지고 협상해서 그 상황을 벗어났다고?"

장차 다크플레인의 드래곤 킹이 이런 질문을 하리라고는 예상하지 못했지만 그래도…… 괜찮았다.

"그래요. 에이르가 모호하게 말했기 때문에……."

"그럼 내가 당신에게 그 양말을 사 주었다는 게 기쁘겠네?"

그웬바엘의 말에, 다그마는 그를 빤히 쳐다보았다.

"뭐라고?"

"내가 당신에게 새 양말을 사 주지 않았다면, 방랑하는 여신에게 신던 양말을 넘겨주진 않았을 거 아냐."

"정곡을 찔렀군."

피어구스가 받았다.

"그거야……."

"그렇다면 당신도 내게 목숨을 빚진 거야."

그웬바엘이 형을 슬쩍 보았다.

"탈라이스와 브리크처럼. 나는 이 여자를 가질 수 있지."

"아니, 그럴 순 없어!"

다그마는 어이가 없어서 딱 잘라 말했다.

"하지만 내가 당신에게 양말을 사 주었잖아."

그웬바엘은 끈질기게 말했다.

"그야 내가 당신에게 강아지를 돌려주라고 했으니까 그랬지."

피어구스가 동생을 보며 물었다.

"강아지라고?"

"이 여자 기분을 좀 풀어 주려고 했거든. 내가 자기 개를 데려

228

오지 못하게 했다고 화나 있잖아."

"좋은 개야?"

"커. 고기도 많고. 양념만 제대로 하면…….."

그웬바엘이 아득한 곳을 쳐다보며 한숨지었다.

"맙소사! 배고프잖아."

다그마는 두 손으로 머리카락을 훑었다.

"둘 다 약간…… 나한테 화나지 않아요?"

"뭐, 앤널을 도로 찾았으니."

피어구스가 말했다.

"아, 약간은 그렇소. 앤널이 자기가 누군지 모르는 상태니까."

"자기가 어머니라는 것도요."

"부정적으로 생각하지 맙시다."

피어구스는 가볍게 말했다.

"중요한 건 나의 앤널이 미노타우루스 살인 부대를 말끔히 쓸
어 버렸다는 거요."

"피어구스."

그웬바엘이 진지한 표정으로 형을 불렀다. 그리고 역시 진지
하게 물었다.

"앤널은 계속 벌거벗은 채로 싸울 수 있어?"

"내 손에 죽고 싶지 않으면 가만있어라. 난 지금 기분이 좋으
니까, 그것만으로도 어머니 심기가 불편하실 거야."

피어구스는 일어나면서 아이들 밑에 깔아 준 모피를 묶어 조
심스레 들어 올렸다.

"앤닐을 찾으러 가야겠다."

그웬바엘이 자기 다리를 두드렸다.

"탈라이스가 한 말 잊지 마, 피어구스. 천천히 하라고. 앤닐에게 자기가 누군지 기억해 낼 시간을 줘."

"그러지."

피어구스가 몇 발짝 걷다가 멈췄다. 그리고 다그마를 향했다.

"다그마?"

"네?"

그는 아기들을 한 번 내려다보고 다시 다그마에게 시선을 맞추었다.

"고맙소."

피어구스가 미소를 지었다. 어찌나 아름답고 진지한 것인지, 다그마는 뭐라 말할지 몰랐다.

"모든 게 다. 영원히 감사할 거요."

아무 말도 할 수가 없어서 다그마는 고개만 끄덕였다. 피어구스는 어두운 땅굴 아래로 사라져 버렸다.

"내 형을 그런 눈으로 계속 쳐다보면, 앤닐에게 일러서 당신을 쫓아가도록 할 거야."

화들짝 놀라며, 다그마는 등을 소리 나도록 쭉 펴고 그웬바엘을 향해 가장 오만한 표정을 지어 보였다.

"무슨 말인지 모르겠네. 안경을 쓰고 있지 않아서 어차피 잘 보이지도 않는데."

"오호라. 그런 거였군. 깊은 저음의 목소리로 '고맙소, 라인홀트 가문의 딸이여! 모든 게 다!'라고 말한 자의 뒷모습을 아련하게 한참이나 쳐다보지 않았단 거지."

"알미워, 정말."

다그마는 대꾸했지만 웃음을 터뜨리고 말았다. 그웬바엘이 두 손을 침대 위에 놓고, 다그마의 양쪽 다리를 꼼짝 못하게 눌렀다. 그는 몸을 앞으로 숙이며 새된 목소리로 재잘거렸다.

"오, 피어구스! 뭐든 기쁘게 도와 드릴게요. 당신은 정말 크고 강하니까요!"

그가 계속 몸을 앞으로 숙이자, 그녀의 몸이 따라서 뒤로 젖혀 졌다. 다그마는 그의 어깨를 밀어내려 했다.

"그만해! 그런 말은 하지도 않았고, 그런 투로 말하지도 않아."

"언젠가는 내가 꼭 당신을 구해 줄 거야, 꼬마 다그마."

"당신은 그냥 질투하는 거야."

다그마는 되쏘았다.

"맞아."

그가 재빨리 인정하자 그녀는 허를 찔리고 말았다.

"당신이 나 말고 다른 남자를 그렇게 보는 거 싫어."

그웬바엘이 그녀 위로 몸을 뻗었다. 그는 오른팔로 자기 몸을 받치면서 왼손으로 그녀의 뺨을 쓸었다. 놀리던 표정이 점점 진지하게 변하고, 그가 자기 얼굴을 빤히 뜯어보자 다그마는 초조해졌다.

"뭐야?"

"살면서 이처럼 다른 누군가 때문에 두려웠던 적은 없어, 다그마. 이런 식으로는. 하지만 알았지. 의심도 없었어. 당신이 우리가 도착할 때까지 시간을 벌어 주리라는 걸. 당신이 싸워 보지도 않고 무너질 여자가 아니라는 것도."

다그마는 한순간도 그의 말을 의심하지 않았다. 그녀가 그웬바엘과 그의 형에게 했던 말처럼 그의 말도 무척 진실하고 꾸밈이 없는 말이라는 걸 알았다.

"난……."

다그마는 그 순간 솟구쳐 오르는 감정과 싸울 수 없어서 침을 삼켰다.

"지금 당장은 모든 생각을 살짝 끊어 놓아야만 할 것 같아."

"얼마든지."

그웬바엘이 그녀의 이마에 키스하고 그녀를 자기 몸 가까이 잡아당겼다. 그는 반듯이 돌아누우며 다그마를 자기 몸 위에 올려놓았다.

"하루가 무척 길었을 거야, 레이디 다그마."

다그마는 턱을 그의 가슴에 기댔다.

"정말 그랬어, 그웬바엘. 정말로."

30

그는 예상대로 호숫가에서 그녀를 찾았다. 그들은 여기서 사랑에 빠졌고, 여기서 사랑을 나누었으며, 여기서 싸웠고, 심지어 여기서 함께 전투 훈련을 했다. 앤널이 다크플레인의 여왕으로 하루하루의 책임에서 벗어날 시간이 필요할 때마다, 피어구스는 그녀를 여기로 데리고 왔다. 여기는 그녀가 안전하고 온전하게 사랑받는 곳이었다.

앤널이 여기로 돌아왔다는 사실은 그녀를 완전히 잃어버린 건 아니라는 희망을 주었다.

여전히 벌거벗고 피에 젖은 채로 앤널은 호숫가에 서서 물속을 들여다보고 있었다. 그가 접근하는데도 움직이지 않았지만, 피어구스는 그녀가 자기 존재를 알고 있다는 것을 감지할 수 있었다.

"앤널."

그녀는 그를 흘깃 보더니 아기들을 한 번 쳐다보고 몸을 돌려 버렸다.

"어째서 아기들을 여기로 데려온 거지? 그 애들은 엄마가 필요해."

피어구스는 흔들리지 않고 침착한 목소리를 유지했다.

"아기들이 배고파하니까."

"난 도와줄 수 없어."

"그럼 누가 할 수 있지?"

"난 몰라. 하지만 내 알 바도 아니지."

피어구스는 말하려 했으나 입 밖으로 나올 말은 아마도 옳지 않으리라는 것을 깨달았다. 천천히 느긋하게. 기억해야만 했다. 아기들을 먼저 내려놓기로 하고 그는 호숫가 옆에 두었던 모피 더미로 걸어가서 그중 가장 부드러운 걸 바닥에 꺼내 깔았다. 그리고 웅크리고 앉아 쌍둥이를 모피 위에 엎드려 뉘어 놓았다. 아기들이 얼마나 튼튼하고 발육이 좋은지 놀랄 정도였다. 참으로 아름다웠다. 그는 더 작은 모피로 아기들을 덮어 주었다.

아들이 자기 누이처럼 바로 돌아눕더니 모피를 움켜쥐고 누이의 얼굴을 가릴 때까지 끌어 올렸다. 피어구스는 미소를 지었다. 여자 아기가 모피를 옆으로 밀어 버리고 자기 형제를 찰싹 쳤다. 작은 손이 남자 아기의 얼굴을 치는 소리에 피어구스는 움찔했고, 아기는 울음을 터뜨렸다.

"가족이 한 대 칠 때마다 울면……."

피어구스가 으르듯 말했다.

"시작하기도 전에 끝난 거야."

"무슨 일이야?"

앤널이 뒤에서 물었다.

"왜 우는 거지?"

"누이가 쳤어. 하지만 얘도 강해져야지."

앤널의 주먹이 그의 어깨를 치자, 피어구스는 자기가 인간이 아니라는 게 고마웠다. 어깨가 부서지면 여동생처럼 뛰어난 치료 사조차도 낫게 할 수 없을 것이다.

"그게 무슨 소리야? 당신은 대체 어떤 인간이지?"

앤널이 그를 보고 으르렁댔다.

피어구스는 여전히 웅크린 채로 어깨 너머를 돌아보았다. 그는 성질을 누르려고 애를 쓰며 숨을 들이마셨다.

"난 인간이 아니야, 앤널. 한 번도 인간인 적 없지. 당신도 알잖아."

"무슨 얘기를 하는지 모르겠군."

앤널은 아직도 우는 아들을 가리켰다.

"쟤를 안아. 당신이 안아 주기를 바라잖아."

"아니. 저 애는 당신이 안아 주기를 바라는 거야. 어머니를 원하고 있어."

"난 쟤의……."

피어구스는 일어섰다. 미처 자제하기도 전에 말이 입에서 터져 나왔다.

"헛소리 그만하고 아기를 안아."

초록색 눈이 짙어지더니 눈빛이 위험하도록 무서워졌다.

"지옥에나 가 버려."

피어구스는 가까이 다가서며 험악한 표정으로 그녀의 얼굴을 들여다보았다.

"말했지. 애를 안아."

그는 한 박자 기다렸다. 둘……. 그리고 고함을 질렀다.

"당장!"

그녀의 주먹이 날아와 그의 턱 옆을 갈겼다. 그 힘에 그는 뒤로 몇 발짝 물러섰고 눈 뒤에서 별이 온갖 색깔로 반짝이는 걸 보았다. 하지만 앤널에게 그처럼 주먹을 날리라고 가르쳐 준 건 피어구스 자신이었으므로, 자신 말고는 달리 탓할 데도 없었다.

앤널이 다시 주먹을 휘둘렀으나 이번에는 그가 두 손을 잡은 후, 자기 쪽으로 가까이 끌어당겼다.

"아이를 안아."

피어구스는 그녀의 얼굴에 대고 으르렁거렸다. 어째서 이렇게 억지로 강요하는지 스스로도 이유를 잘 알 수가 없었다.

"싫어!"

앤널이 머리를 앞으로 내밀며 그의 턱을 들이받았다.

"망할!"

피어구스는 그녀를 밀쳤다. 앤널은 땅에 나가떨어져 굴렀지만, 몇 초 만에 일어섰다.

둘은 헐떡이며 서로를 쳐다보았다.

피어구스가 남자 아기를 가리키며 다시 한 번 말했다.

"아이를 안아."

앤닐은 혀로 윗입술을 핥으며 대꾸했다.

"싫어."

다음 순간 그녀는 동굴 저편으로 뚜벅뚜벅 걸어가더니 구석마다 놔둔 무기 더미로 향했다. 피어구스도 자기에게 가까운 곳으로 가서 강철 자루가 달린 창을 들었다. 그가 몸을 돌리는 순간, 단검 두 자루가 날아왔다. 양손으로 창을 잡으며 그는 칼을 쳐 버리고 앤닐을 밀어냈다. 앤닐이 재빨리 뒷걸음치며 빙그르르 돌아 뒤에 있던 무기들을 들고 휘둘렀다. 피어구스는 다시 그녀의 무기를 막고 창을 돌려 비틀었다. 앤닐이 엉덩방아를 찧었다.

그는 곁눈질로 그녀를 흘겨보며 말했다.

"내가 항상 좋아하던 당신 자리군, '피투성이' 앤닐. 땅, 내 발밑 말이야."

앤닐이 내지른 분노의 함성이 벽에 튕겨 나갔고, 피어구스는 칼이 자기 다리가 있던 자리의 허공을 가르기 전에 가까스로 피했다.

그는 한 사람 정도는 깨끗이 뚫고 갈 만한 힘으로 창을 머리 위로 들었다가 내렸다. 하지만 앤닐이 어느새 일어나 양손에 든 칼들로 창 옆을 내리쳤다. 그 동작의 힘에 피어구스가 한 바퀴 빙 돌 정도였다. 다시 마주 봤을 때, 피어구스는 자기 무기로 그녀의 엉덩이를 찰싹 때렸다.

그 관성에 앤닐은 동굴 벽으로 밀려갔고, 충격에 한참 동안 정신을 못 차렸다. 피어구스는 창을 땅에 내던지고 자기 짝에게로 뚜벅뚜벅 걸어갔다. 그리고 앤널이 두 손에 쥔 칼을 빼앗아 도로 무기 더미 위에 던져 버린 다음, 앤널의 허리를 감아 안았다.

"놔!"

"탈라이스 말로는 천천히 시간을 들여야 한다더군."

그는 발버둥 치는 앤널을 들어 올렸다.

"당신에게 시간을 주라고 말이야. 안됐지만 앤널 여왕, 난 당신에게만큼은 그런 유의 참을성을 발휘하지 못해. 당신도 알다시피, 한 번도 그런 적이 없지."

"내려놔!"

"내가 원하는 문제에 있어선 그래. 그리고 난 내 짝을 원해. 망할 신들이여! '피투성이' 앤널, 난 그녀를 가질 거야!"

한순간 앤널은 어렴풋이 알 것 같은 잘생긴 자식과 싸우고 있었는데, 다음 순간에는 허공에 붕 뜨더니 얼굴부터 맑고 차가운 물로 떨어졌다. 물속으로 가라앉으면서 미친 듯이 팔을 휘둘러 몸을 바로잡으려 할 때, 어떤 영상이 물처럼 밀려들었다. 영상과 생각과…… 그리고 기억들이.

위로 더듬더듬 올라간 앤널은 수면 위로 솟구쳤다. 그녀는 눈에 들어간 머리카락과 물을 닦고 찾아내려…….

"거기 있군, 징징대는 암퇘지."

그가 오만하고 당당한 표정으로 그녀를 흘겨보았다.

"자기 새끼에게 젖을 먹이겠나, 아니면 몇 번 더 내던져지고 싫나?"

앤닐은 영원토록 욕을 퍼부어도 모자랄 드래곤을 향해 험악한 얼굴을 했다.

"너, 덩치 큰 개자식!"

그가 씩 웃으며 호숫가 가장자리에 웅크리고 앉더니, 그녀가 가까이 헤엄쳐 오는 모습을 바라보았다.

"그게 자기 짝에게 할 말이야? 당신이 그 누구보다도 사랑하는 드래곤에게?"

"널 사랑해? 차라리 그 미노타우루스 자식을 사랑하고 말지."

앤닐은 호숫가 가장자리에 손을 뻗었지만 미처 잡기도 전에, 피어구스가 손으로 이마를 탁 쳐 버렸다.

"아직 충분히 깨끗해지지 않았어. 아직도 미노타우루스의 흔적이 온몸에 남아 있다고."

그는 그녀를 물속으로 쑤셔 넣었다.

이제 이성을 완전히 잃은 앤닐은 손을 위로 뻗어 피어구스의 팔을 잡았다. 두 손을 써서 그 덩치 큰 개자식을 물속으로 함께 끌어 내렸다. 그녀는 다시 수면 위로 올라와 심호흡을 하면서도 피어구스에게서 눈을 떼지 않았다.

그가 웃으면서 다가왔다.

"대체 왜 그런 거야?"

"네가 싫으니까!"

"거짓말쟁이!"

피어구스는 그녀의 옆으로 헤엄쳐서 몇 번 더 물속으로 쑤셔 넣었다. 그러면서 손으로 머리카락과 몸을 문질러 피와 미노타우루스의 흔적을 대부분 씻어 냈다.

"자!"

마침내 그녀가 떨어지자 그가 말했다.

"훨씬 낫네."

"너 도대체 왜 이러는 거야?"

"내가 왜 그러는 것 같아?"

그는 한 손을 앤녈의 목덜미 뒤로 슬며시 돌려 가까이 끌어당겼다.

"당신을 거의 잃을 뻔했어, 앤녈. 내가 사랑할 유일한 여자를 잃을 뻔했다고. 그래서 이러는 거야."

"아주 다정하긴 한데, 그러면 내게 좀 더 잘해 줘야 하는 거 아니야? 꽃을 갖다 주든지 촛불을 켜고 식사를 대접하든지, 그래야 하는 거 아냐?"

앤녈이 이를 악물고 내뱉었다.

"조금 더 낭만적으로 구는 건 능력이 안 되나?"

"그래."

"두 손 들겠어."

그녀는 호수 가장자리로 다시 헤엄쳤고 피어구스가 바로 그 뒤를 따랐다.

"내가 왜 너를 참아 주고 있는지 모르겠군."

그가 앤녈을 잡고 몸을 돌려 자기를 보게 했다.

"당신이 나를 참아 주는 건 날 사랑하기 때문이야. 나도 당신을 사랑해, 앤닐."

다음 순간 그가 키스했다. 두 손으로 젖은 머리를 잡아 꼼짝 못하게 붙들고 그녀의 입술을 빼앗았다. 그녀도 아는 느낌이었다. 갈망했던 느낌이었다.

앤닐은 거기 이르렀었다. 삶의 저편에. 하지만 모두가 그녀가 도착했으리라고 생각했던 그곳은 아니었다. 그곳에 도착했을 때 앤닐을 맞아 준 것은 그녀의 조상이 아니었다. 피어구스의 조상들이 나왔다. '사악한 자' 아일레안이 그녀의 엉덩이를 꼬집었고, 피어구스의 증조할아버지 '현명한 자' 바우드윈과는 책에 대해서 토론했다. 부드러운 풀밭, 머리 위에 하나의 태양이 비치고 나무와 호수로 둘러싸인 그곳은 무척 멋졌지만, 앤닐은 그래도 피어구스가 그리웠다.

아일레안의 짝이자 피어구스의 할머니 샬린은 앤닐이 아득히 먼 곳을 바라는 모습을 보고, 한 팔로 허리를 감으며 말했다.

'걱정하지 마라. 넌 아직 안 끝났어. 그녀가 널 찾아올 거다."

앤닐은 이 아름다운 드래곤이 누구를 말하는지 몰랐지만, 그때 갑자기 휙 끌어당겨져 한 세계에서 다른 세계로 떨어졌다. 피와 고통과 고난의 세계로.

그녀가 검을 손에 쥘 때까지는 그랬다. 그리고 모든 게 괜찮아졌다.

하지만 피어구스가 곁에 있으니…… 이젠 모든 게 완벽했다.

그는 입을 뗐지만 여전히 이마를 그녀의 이마에 대고, 두 손으로 그녀의 몸을 받치고 있었다. 둘은 서로 한참을 열렬히 바라보

있다. 할 수 있는 말은 많았지만, 어떤 말도 필요치 않았다.

둘은 함께 고개를 돌려 동굴 바닥을 보았다. 앤널이 남자 아기를 보았을 때, 피어구스의 눈은 금색 섞인 갈색 머리 아래에서 그녀를 보고 타올랐다.

아들은 부모 둘 다에게 눈을 맞췄지만, 딸은 가장 가까운 무기를 향해 기어갔다.

앤널이 이 세상을 떠날 때까지 ─두 번째가 되겠지만, 어쨌든 ─ 이 순간보다 더 심란한 광경은 없을 터였다. 생후 사흘 된 아기들이 벌써 길 수 있다는 사실, 딸아이가 배틀액스로 곧장 향했다는 사실, 아들이 두 손으로 호숫가 가장자리를 짚고 어머니에게 몸을 내밀며 울부짖고 있다는 사실.

피어구스가 옆에 둥둥 떠서 몸을 그녀의 몸에 맞댔다.

"저 아인 당신이 안아 주기를 진정으로 바라고 있어."

앤널은 고개를 끄덕였다.

"나도 알아."

31

다그마는 작은 시내 옆 나무 그루터기에 앉아 있었다. 시간이 늦어, 두 개의 태양이 뉘엿뉘엿 지기 시작했다. 하지만 그웬바엘의 말에 따르면 이곳은 다크글렌이라고 했다. 주위에 나무들이 빽빽이 들어차 초저녁이라고 해도 늦은 밤처럼 느껴지는 곳이니 어울리는 이름이었다.*

하지만 그런 건 중요하지 않았다. 지금 이 순간은. 그웬바엘이 그녀의 몸을 깨끗이 씻겨 주고 머리에 붙은 피와 살점도 부드럽게 떼어 주고 난 지금은. 그는 다그마를 씻겨 주며 즐거워했다. 그녀가 옆에 있다는 것만으로도 안도하는 것 같았다.

어쨌든, 다그마는 그웬바엘이 옆에 있어 안심이 되었다. 그의

---

* '다크글렌Dark Glen'은 '어두운 협곡'이라는 뜻이다.

목소리를 듣자마자, 그의 존재를 느끼자마자, 안전하다는 것을 알았다. 그와 함께 있으면 답답한 게 아니라 안전하다는 기분이 들었다. 그 점이 좋았다.

앤뉠과 피어구스가 돌아오지 않은 건 그다지 놀랍지 않았다. 멀리서 전투 소리가 들려왔을 때는 약간 걱정이 되기도 했지만. 칼이 쨍강 울리는 소리, 전투 함성, 고함. 하지만 그웬바엘은 개의치 않는 것 같았고 그녀가 입은 상처를 보살피느라 정신이 없었다. 큰 상처도 아니었다. 여기저기 주로 긁힌 정도였지만, 그는 그녀가 검상이라도 입은 듯 세심하게 치료해 주었다.

다그마는 입고 있는 면 셔츠를 내려다보았다. 드레스는 어쩔 도리 없이 더러워져서 다시 입고 싶은 생각조차 없었다. 앤뉠이 드물게 입는 드레스 한 벌을 찾아냈지만 다그마가 입으니 어깨가 계속 흘러내리고 가슴이 드러났다. 그웬바엘은 그 모습도 즐기는 것 같았지만, 다그마는 피어구스가 돌아왔을 때 놀릴 거리를 더 해 주고 싶지 않았다. 그래서 그웬바엘의 셔츠로 만족했다. 단순한 면으로 된 그 옷은 무릎까지 내려왔다. 이처럼 옷을 적게 입고 이 골짜기를 지나는 자라면 누구나 볼 수 있을 만한 곳을 돌아다니는 건 처음이었다.

다그마는 부드러운 미소를 지었다. 안경이 깨지지 않아서 주변의 모든 것을 선명하게 볼 수 있는 게 기뻤다. 오래되고 아름다운 나무들. 작은 시냇물. 사랑스러운 꽃들. 달려가는 사슴들……
사실 녀석들은 그웬바엘에게 쫓기는 중이었지만.

그웬바엘은 낮게 날다가 커다란 수사슴을 노리고 가까이 접근해서 코로 들이받았다. 사슴이 앞으로 고꾸라지며 나무를 들이받고 기절했다. 그웬바엘은 어금니로 사슴을 물어 으깬 다음, 땅에 내뱉고 화염을 내뿜었다.

그가 꼬리를 뒤로 흔들며 주저앉았다.

"배고파?"

다그마는 안경을 벗어 곱게 접은 다음 그웬바엘이 동굴 속에서 찾아 준 작은 보관함에 넣었다.

"난 과일이랑 치즈로 됐어."

"알았어, 그럼."

만족스러운 한숨을 내쉬며 다그마는 나무들을 올려다보았다. 이제는 흐릿한 윤곽선으로밖에 보이지 않았다. 살을 뼈에서 발라내는 소리는 즐거운 마음으로 무시했다.

이 순간에는 전혀 아무런 의심도 없었기 때문이다. 삶은 이보다 더 망가질 수도 있는 것이니까.

그웬바엘은 앤닐과 피어구스가 동굴에 놔둔 커다란 손님 침대로 다그마가 기어 들어가는 것을 보았다. 그도 한 번 이상 그 침대를 썼지만, 머리를 어깨에 제대로 붙여 놓고 온전하게 살고 싶었기 때문에 언제나 혼자서만 썼다.

앤닐이 적어도 한 번 이상 경고했었다.

'창녀들을 여기 끌어들이기만 해 봐요.'

그는 툴툴거리며 그 말을 따랐다.

이제 다그마가 그 침대에 들었건만, 그웬바엘은 그녀와 함께 들어갈 수 없다는 걸 알고 있었다. 어떻게 그럴 수 있겠는가? 그녀는 이 하루 동안 너무 많은 일을 겪었다. 그래도 그가 원하는 건, 생각할 수 있는 건, 그녀와 함께 침대에 들어 그녀에게 자기 것이라는 '권리 주장'을 새기고 싶다는 것뿐이었다.

그 망할 모직 양말 때문이었다. 다그마가 전쟁의 신—신 중에서도 가장 흥정을 좋아하는 신—과 협상해서 이겼다는 말을 할 때까지도, 그웬바엘은 자기가 그녀를 사랑한다는 사실을 미처 깨닫지 못했다. 그것도 양말로 협상을 하다니! 하지만 이제는 알았다. 그는 그녀를 사랑하고, 그녀가 다시 차가운 노스랜드의 삶으로 돌아가도록 내버려 두지 않으리라는 것을. 그의 침대와 심장 옆에 따뜻이 누일 수 있는 상황에서는 더욱.

그 모든 것을 알면서도 그웬바엘은 여전히 그녀를 취할 수 없었다. 지금은 아니었다. 이 순간 그녀와 함께 침대에 든다면 그녀에게 자기 것이라는 낙인을 찍고 말 것이고, 그녀가 정말로 원해서 그렇게 한 건지 아니면 앤널이 미노타우루스 오십을 해치운 광경에 압도되어 그렇게 한 건지 영원히 궁금해하면서 살게 될 것이다. 기다려야만 했다.

하지만 그녀가 이처럼 연약하고 유혹적으로 보이는 상황에선 그조차도 쉽지 않았다. 머리는 말라서 느슨하게 곱실거리며 등 뒤로 흘러내리고, 안경을 쓰지 않아 그를 깜박깜박 올려다보는 예쁜 회색 눈. 너무 큰 그의 셔츠를 입은 그녀는 마치 그의 남근 이라는 제단 위에 바쳐진 처녀처럼 순진하게 보였다.

아니, 기다려야 해.

그는 앤닐의 책장에서 집어 온 책 두 권을 그녀에게 주었다. 형과 형의 짝은 아직 돌아오지 않았지만, 그는 딱히 충격받지 않았다. 그들을 비난할 마음도 들지 않았다. 둘만 있을 시간이 필요할 터였다.

그가 다그마에게 가반아일로 데려다 주겠다고 했을 때, 그녀는 부드럽게 말했다.

'아니, 괜찮아. 가능하다면 여기 잠시 머무르는 게 좋겠어.'

그웬바엘은 그들이 잠깐 머무른다고 해도 형이 별로 개의하지 않을 것을 알고 있었다. 하지만 지금은 늦은 시간이고 다그마는 기진맥진한 것 같았다. 기진맥진하고 연약해 보였다. 그리고 달콤해 보였다.

그웬바엘은 고개를 저었다.

"잠깐 나가 봐야겠어."

"그래."

다그마는 시비를 걸지도, 불평하지도 않았다. 그저 책 한 권을 펼치고 읽기 시작했다.

"여기선 안전할 거야. 우리 일족이 사방에 깔려 있으니까 두려워할 건 없어."

그녀는 고개를 끄덕이고 계속 읽기만 했다.

다른 말 없이 그웬바엘은 동굴 밖으로 나와, 가장 가깝고 가장 차가운 호수로 향했다.

다그마는 끙끙대며 일어나 앉았다. 잠을 청해 보았다. 적어도 한 시간은 잠을 청했다. 기운이 다 빠졌다는 건 알았다. 휴식이 필요하다는 것도 알았다.

하지만 그웬바엘이 나를 놔두고 떠나다니!

그는 벌써 나에게 싫증난 걸까? 벌써 날 끝내고, 새로 침대를 따뜻하게 해 줄 술집 매춘부를 찾아 나선 걸까?

다그마는 여자가 남자를 침대로 끌어당기는 방법이 있다는 것을 알지만, 그런 유의 일에는 능하지 못했다. 사실 시도해 본 적도 없었다. 대신에 안경을 벗고 눈을 가늘게 뜨지 않으려 애썼다. 그 정도 수법이면 통하기를 바랐다. 하지만 그렇지 못했다. 그는 마치 그녀의 개들이 쫓아오기라도 하는 양 동굴 밖으로 뛰어나가 버렸다.

모피를 벗어 던지고, 다그마는 침대를 나왔다. 옆 탁자에 놓인 안경을 집어서 반항적으로 쓴 후 가장 큰 동굴 방으로 들어갔다. 빈 침대로 돌아간다는 생각은 별로 당기지 않았고, 탁자에 앉아 책을 읽는 것도 마찬가지였다. 횃불이 몇 개만 켜져 있었지만, 다그마는 불빛을 따라 어디로 이어지는지 알아보기로 했다. 뭐가 나오든 아침 해들이 떠오를 때까지 침대에 누워 동굴 천장만 바라보면서 박쥐가 거기 뭘 숨겨 놓았나 걱정하는 것보다는 나을 듯했다.

드래곤 동굴의 내부는 소박하다고 할 만했다. 여기저기 벽걸이가 걸려 있고, 무기들이 장식으로 쌓여 있었다. 하지만 자세히 살펴보니 무기들은 필요할 때면 언제든지 쉽게 끌어내 쓸 수 있도록 걸려 있었다.

빈방이 많았고, 몇몇은 재물로 가득 차 있었다. 하지만 다그마가 놀란 건 그 많은 책들이었다. 적어도 방 세 개는 바닥부터 그녀의 어깨 어름까지 책이 쌓여 있었다. 다그마는 그런 방 하나를 가로질러 갔다. 벽에 걸린 횃불 몇 개가 길을 밝히는 가운데, 어쩌다 그녀는 벽 안의 커다란 틈으로 미끄러져 들어갔다. 그 틈이 갑자기 안으로 꺾여 들어가리라고는 예상하지 못해서 갇힌 기분이 들었다. 다시 나갈 수 있을까 궁금하기도 했다. 하지만 몸을 약간 꿈틀거리며 밀고 나갔다. 그녀는 새삼 작은 가슴에 감사하면서 숨을 내쉬고는, 돌아갈 수 있는 다른 길을 찾기로 마음먹고 계속 나아갔다.

반대편 끝으로 나서자, 끝이 위로 말린 거대한 자연 암붕岩棚 위에 서 있었다. 그 위로 걸어갈 수 있을 만큼 튼튼한 암붕이었다. 두 손으로 위로 솟은 부분을 짚고 몸을 숙였더니 아래로 펼쳐진 실내 호수가 내려다보였다. 호수는 숨 막힐 만큼 아름다웠다. 물이 수정처럼 맑았고, 지하로 흐르는 작은 시내가 끊임없이 새로 채워지며 돌아서 정체된 듯 보이지 않았다.

다그마는 어째서 그웬바엘이 그녀를 씻길 때 여기로 데려오지 않았나 잠시 의아하게 여겼지만, 그때 호수 가장자리에서 앤널과 피어구스의 모습을 보았다. 아기들은 둘 다 들어갈 만한 거대한 요람에 누워 있었다. 아기들이 자는 동안 부모들은 서로에게 꼭 달라붙어 있었다. 다그마는 피어구스에게서 나는 낮은 신음과 앤널에게서 나는 부드러운 한숨 소리를 들었다. 짝이 그녀 안으로 들어갈 때마다 여왕의 몸이 활처럼 휘고 고개가 뒤로 젖혀졌다.

그는 그녀의 목에 키스했고, 그의 손은 다그마가 오로지 성물을 만지는 수도승에게서나 볼 수 있었던 경건한 태도로 그녀의 몸을 쓰다듬었다. 다그마가 보이지 않게 서 있는 자리에까지 죽지 않는 사랑과 찬란한 미래에 대한 약속의 말이 들려왔다.

다그마는 고개를 숙였다. 몇 년 동안 남몰래 보았던 평범한 육체관계와는 달랐다. 아내나 남편에게 들키기 전에 엉겨 붙어서 허겁지겁 끝내는 부도덕한 정사. 마음속에만 숨겨 두고 다음 날 아침 식사 때 상상하며 곱씹는 더러운 비밀. 몇 달, 심하면 며칠 만에 잊어버릴 관계들.

아니, 이건 사랑이었다. 가장 순수한 형태의 사랑.

다그마는 오로지 자기에게만 그런 사랑이 없다는 생각에 괴로웠다. 그녀가 취향에 맞지 않는다고 무시한 남자들을 비난할 수도 없었다. 그런 사랑은 그저 그녀의 천성에 없다는 것을 알았으니까. 그처럼 누군가에게 자기를 드러낸다는 건 다그마에게 불가능했다. 누구를 그렇게 신뢰할 수 있을까?

가슴 깊숙이 슬픔을 느끼면서 다그마는 물러섰다. 앤닐과 피어구스가 그들의 은밀한 시간을 즐길 수 있도록 다시 그 좁은 틈 사이로 힘들게 돌아가야겠다고 생각했다. 하지만 그녀의 등이 뭔가 딱딱한 것에 부딪쳤다. 그렇다고 동굴 벽만큼은 딱딱하지 않은 무엇.

손 하나가 그녀의 입 위로 가볍게 덮이며 그녀가 놀라 내뱉는 헉 소리를 막았다. 부드러운 입술이 그녀의 귀를 눌렀다.

"당신을 그저 몇 분 가만히 놔두기만 해도……."

낮은 목소리가 속삭였다.

"꼭 뭔가 아주 못된 짓을 하는 걸 보게 된단 말이야, 레이디 다그마."

다그마는 아니라고 고개를 저으려 했다. 하지만 다른 팔이 그녀의 허리를 감으며 꼭 끌어당겨 안자 이상하게 기뻤다.

"부인할 수도 있겠지. 하지만 우리 둘 다 알잖아. 당신이 남들이 하는 걸 훔쳐보는 걸 얼마나 좋아하는지."

어쩌면. 하지만 그웬바엘의 손이 다리 사이로 미끄러져 들어와 그녀가 자려고 입었던 셔츠 자락을 붙잡는 느낌보다 더 좋진 않았다. 그가 셔츠 자락을 엉덩이 위까지 끌어 올렸다. 그리고 손가락 두 개를 그녀의 몸속 깊숙이 넣으며 한숨지었다.

"아아! 이럴 줄 알았지, 아가씨. 보는 것만으로도 흠뻑 젖을 줄 알았어."

다그마도 알았다. 하지만 이건 앤뉠과 피어구스가 하고 있는 일과는 상관없었다.

"당신을 이대로 놔둘 순 없지 않겠어? 이렇게 젖어서 원하고 있는데 풀어 주지 못한다면."

그가 손가락을 세게 밀어 넣자 다그마는 즉시 두 손으로 자기 입을 막은 손가락을 잡았다. 손가락을 떼어 내려는 게 아니라 떨어지지 않도록 눌렀다. 자제력으로 욕망의 신음을 막을 수 있길 바라며.

"저들을 봐."

그웬바엘이 혀로 그녀의 귀를 탐험하며 속삭였다.

"내 형이 자기 짝을 어떻게 취하는지 봐. 저런 기술로도 그녀를 절정에 오르게 하고 있잖아. 나도 당신에게 똑같이 해 주지."

밀고 또 밀고 들어오는 그웬바엘의 손가락에 맞춰 자기 엉덩이가 움직이자, 다그마는 그가 약속을 지키리라는 걸 의심하지 않았다. 하지만 그것 역시 호수 가장자리에서 일어나는 일과는 관련이 없었다. 다른 한 쌍은 어쨌든 보이지 않았다. 그녀는 눈을 감고 자기 몸 안에 들어온 그웬바엘의 손가락 감촉에 집중했다. 그의 숨결이 귀 뒤의 민감한 부분을 애무하는 느낌에, 그의 벗은 몸이 등에 닿는 느낌에.

"맙소사! 다그마, 당신은 정말 꽉 조이는군."

그는 그녀의 어깨를 깨물고 목을 잘근잘근 물다가 귀로 돌아갔다. 그의 속삭임이 열에 들떠 있었다.

"당신에게 혼자 있을 시간을 주려고 했어. 하지만 안 되겠군. 지금은 아냐. 오늘 밤 당신은 나와 보내게 될 거야."

그의 엄지가 그녀의 클리토리스를 누르며 천천히 원을 그렸다.

"당신 안에 깊이 들어간 내 물건과 함께 보내게 되겠지. 당신을 다시, 또다시 느끼게 해 줄 거야."

그의 팔에 안긴 그녀의 몸이 꿈틀하며, 절정의 느낌이 뚫고 지나갔다. 그는 그녀가 벽을 보도록 팔을 돌렸고, 큰 몸을 이용해 그녀의 신음을 막아 보려 했다. 하지만 그럴 필요는 없었다. 여왕의 숨 막힌 교성이 다그마의 소리를 눌렀기 때문이다.

절정의 느낌으로 그의 품에 안긴 몸이 부들부들 떨리고 무릎에서 힘이 빠졌다. 하지만 그웬바엘이 꼭 안고 있었으므로 넘어질지 모른다는 두려움은 없었다. 그는 마지막 떨림이 지날 때까지 그녀를 꼭 안아 주었고, 그녀는 흐물흐물해져서 그의 몸 위로 푹 기댔다.

그웬바엘은 그녀를 침대에 눕히고, 방 저편에서 그가 벗겼던 셔츠를 던져 버렸다. 그녀가 눈꺼풀을 파르르 떨었다. 그는 미소를 지으며 조심스레 그녀의 안경을 벗겨 옆의 탁자에 놓았다. 그리고 몸을 앞으로 내밀며 두 손을 그녀의 얼굴 앞에서 흔들었다.

"아직도 내가 보여?"

그는 큰 소리로 약을 올렸다.

다그마가 그의 손을 가볍게 찰싹 때렸다.

"그것 좀 그만해."

"그럼 대신 뭘 하기를 바라?"

부드러운 손이 다가오더니 그의 어깨를 잡고 그녀 위로 끌어당겼다.

"당신이 내 안에 들어왔으면 좋겠어."

이보다 더 완벽하게 들리는 말은 없으리라.

그는 그녀 안으로 밀고 들어갔다. 조금 전에 절정을 느꼈기에 들어가기가 수월했다. 그의 것이 그녀의 비밀스러운 곳을 밀고 들어가자, 그녀가 숨을 헉 들이켰다. 다그마는 목을 활처럼 젖히며 팔뚝을 움켜잡았다.

그녀의 입술이 벌어지자 그웬바엘은 그녀에게 키스했다. 그의 남근이 그녀의 따뜻한 음부 안을 뚫고 들어갈 때 그의 혀도 그녀의 축축한 혀 안으로 들어갔다. 그녀의 손가락이 그의 피부를 파고들었고, 그녀의 허벅지는 그의 몸 아래서 활짝 열렸다.

아까 한 시간 넘게 그웬바엘은 얼음처럼 차가운 호수 안에 인간의 모습으로 앉아 있었다. 이가 덜덜 떨리고 몸이 부들부들 떨려도 그는 여전히 단단했다. 오직 그녀를 위해서만 단단했다.

다른 여자를 찾는다는 생각은 전혀 들지 않았다. 다크플레인의 이 지역에서 밤을 지낼 때 보통 그랬듯이 술집 작부를 찾아보겠다는 생각도 들지 않았다. 다그마 외에 다른 여자를 침대에 들이겠다는 생각은 절대로 들지 않았다.

결국 그는 빈방에서 잠을 좀 청해 볼 작정으로 도로 안으로 들어왔다. 그는 드래곤이었다. 보석과 보물 위에서 잠드는 건 일상이었다.

그러나 동굴 안으로 들어서자마자, 다그마가 사라졌다는 것을 알아챘다. 향기를 맡아 보고 그녀가 동굴에서 나간 게 아니라 더 깊숙이 들어갔다는 것을 알아내고야 안심할 수 있었다. 그녀의 향기를 따라가다 보니, 그의 일족은 절대로 기어갈 수 없을 틈 속으로 사라져 버리고 말았다.

하지만 향기가 어디로 향하는지 감이 왔고, 그는 자기가 아는 다른 길로 돌아갔다.

그녀가 거기 서서 형과 앤윌을 훔쳐보고 있는 모습을 보았을 때, 그녀에게 느낀 따뜻한 감정에 그웬바엘 자신도 놀라고 말았다. 애틋한 다정함. 눈이 멀 듯한 욕정. 그는 그녀를 더 가까이 끌어안고 싶은 마음과 그 암붕에 그녀를 엎드리게 하고 싶은 욕망 사이에서 갈등했다.

다그마가 무릎을 세워 그가 더 깊이 들어올 수 있도록 했다. 그는 팔을 그녀 몸 양쪽에 괴고 천천히 밀고 들어가기 시작했다. 그녀가 비명을 질렀지만 그녀의 입을 그의 입이 덮고 있었기에 소리는 가로막혔다. 그는 그 소리를 들이마시고 자기 몸을 써서 그녀를 한층 더 크게 소리 지르게 했다. 또 한 번의 절정이 지나가자 그녀는 그에게 매달리며 몸 아래서 부들부들 떨었다. 그는 자기 물건을 감싼 그녀의 근육이 조여들며 그에게서도 절정을 짜내려는 것을 느낄 수 있었다. 이제 그도 소리를 질렀다. 그가 자기를 그녀 안에 쏟아 놓을 때, 그의 몸도 떨렸다.

그는 키스하던 입을 떼고 그녀를 내려다보았다. 언제나 차갑고 경계하던 회색 눈, 아니면 음모를 꾸미고 호기심 가득했던 회색 눈이 이제 부드러운 애정을 담고 있었다. 다그마가 그의 팔을 잡았던 손을 풀며 미소 지었다.

"난 밤새 머무를 거야."

그웬바엘은 말했다. 요청이 아니었다.

"그럴 줄 알고 있어."

다그마가 말했다. 선택의 여지를 남기지 않는 말이었다.

그리고 그걸로 모든 게 괜찮았다. 오늘 밤 그는 그녀의 몸을 취할 것이다. 그들이 원하는 만큼 실컷. 하지만 내일은…… 내일은 그녀를 그의 것으로 만들리라.

다그마가 약간 몸을 일으켜 입술을 그의 목, 턱 아래에 댔다. 그녀의 다리가 그의 허리를 감고 그가 그녀의 몸 안에 담겨 있도록 했다. 그의 종족이 인간일 때 그러듯이 그의 물건은 다시 단단해졌고, 다그마의 종족이 그러듯이 그녀의 몸은 즉각 반응하며 그가 줄 수 있는 것을 받아들일 준비를 했다.

리아논이 우주를 십자 모양으로 가로지르는 마법의 선을 따라 호출을 받은 건 오랜만이었다. 그녀가 수 세기에 걸쳐 세워 놓은 방어벽을 깰 수 있는 자가 거의 없었기 때문이다. 이 방어벽은 힘이 약한 마녀나 마법사 들이 도와 달라고 끈질기게 졸라 대는 데 신물이 났고, 더 위험하게는 리아논의 힘을 자기 뜻대로 조용히 훔치려는 자들에게 질렸기 때문에 세운 것이었다.

하지만 지금 앞에 서 있는 잘생긴 번개 드래곤을 보고 리아논은 놀랐다. 먼저, 그는 그 쓸모없는 서신을 다그마를 통해 보냈다. 그 인간 여자는 에안뤼그 장로를 처리하는 음모를 짤 때 그 서신을 전했었다. 하지만 그때, 그는 리아논이 세운 모든 방어벽을 우회하여 직접 접촉해 왔다. 오로지 가장 강하고 경험 있는 자만이 할 수 있는 일이었다.

그는 리아논의 짐작보다도 훨씬 젊었고 그녀가 알던 번개 드래곤과는 전혀 비슷하지 않았다. 그는 아름다울 뿐 아니라 ─노스랜드 남자들 사이에선 드문 외모였다─ 무척, 뭐라고 말해야 할까…… 우아하다? 그가 태생부터 아웃사이더였으리라고, 리아논은 짐작했다.

어쨌든 이 순간은 당황한 이방인이었다. 리아논은 당황한 남자들을 좋아했다. 그들 생각만큼 힘든 일도 아니었지만.

"제 아버지가 따님을 데리고 있다는 걸 아십니까?"

리아논은 미소를 띠지 않을 수 없었다.

"나는 언제나 알아."

케이타가 오래전에 빠져나왔으리라고 생각하기는 했지만.

"그런데도 내버려 두시는군요."

"그 애가 아우터플레인을 가로질러 노스랜드로 들어갔다는 이유만으로는 딱히 심기가 불편하지 않았으니까. 내 '반역자' 여동생을 보러 갔다는 게 고까웠던 거지. 그것도 오직 내 부아를 돋우려고 그런 짓을 했어. 형제들에게 도움을 청할 수도 있었지만, 부끄러웠는지 그러지는 않더군. 마땅히 부끄러워해야지."

"알겠습니다."

"자, 자, 그렇게 기죽지 마라, 꼬마 번개 드래곤."

리아논은 그의 팔을 토닥였다.

"난 여전히 우리 사이의 동맹에 관심이 있으니까. 다그마가 네 편지를 전해 주던데, 단순히 그 전갈을 내게 주라는 이유만으로 그 여자를 여기 보낸 건 아닐 테지. 어째서 그런 거냐?"

"다그마의 삼촌 요쿨이 이동 중입니다. 우리가 말하는 이 시점에도 그녀 아버지의 영토로 진격하고 있죠. 군대를 두 배로 불린 상태로 말입니다. 제가 뭐라고 말하든 다그마는 바로 그리로 돌아갈 겁니다. 모든 걸 무릅쓰고……."

"너는 그 애를 보호하고 있군."

리아논은 말을 자르면서도 놀랐다.

번개 드래곤이 눈길을 피했다. 리아논은 그의 얼굴에 떠오른 표정이 당혹감인지 후회인지 꼬집어 말할 수 없었다.

"다그마는 믿지 않겠지만, 그녀는 제게 큰 의미가 있습니다."

후회가 확실했다.

불운하게도 그 모든 것이 이제는 너무 늦었다. 리아논은 다그마가 땅굴에서 무사히 걸어 나왔을 때 아들의 얼굴을 보았다. 아들이 그 인간에 대해 느낀 감정은 그저 안도감이 아니었다. 사랑이었다.

그게 만약 그웬바엘이랑 함께 있었던 모습을 수년간 보았던 창녀 중 하나—드래곤이든 인간이든—였다면 리아논은 기쁘지 않았을 것이다. 하지만 다그마는 사랑을 구걸하는 정신 나간 쓰레기들과는 달랐다. 그 야만인 계집은 의지력 하나만으로도 전 세계를 무너뜨릴 수 있는 애였다. 리아논은 그 점을 높이 샀다.

"여기서 어디로 가십니까, 전하?"

리아논은 인간들의 성으로 향했다.

"내일 가반아일로 날 만나러 와라. 동맹은 그때 의논하지."

"그럼 따님은?"

"데리고 있어. 풀어 주든가. 어찌하든 나는 상관하지 않아. 하지만……."

리아논은 계속 걸어가며 몸을 돌려 그를 보았다.

"등 뒤를 조심해라, 꼬마. 난 올게어를 아주 잘 알아. 그는 자기 상품을 기꺼이 놓아줄 자가 아니야."

그녀는 번개 드래곤이 맘대로 하게 놔두고 성으로 나아갔다. 성문 근처에 이르렀을 때 짝의 목소리가 들렸다.

"대체 어디 갔었던 거야?"

리아논은 미소를 띠며 베르세락을 마주 보았다. 그는 리아논이 어디로 가는지 말도 없이 나갔다고 성이 나 있었다. 그도, 근위병도 대동하지 않고 혼자 숲 속으로 들어가 버려서 성이 나 있었다. 일어났을 때 그녀가 사라진 걸 알고 성이 나 있었다. 이제 리아논은 앞으로 몇 시간 동안 그런 일탈 행위의 대가를 치르게 될 터였다.

리아논은 기다릴 수 없이 좀이 쑤셨다. 그래서 그의 손을 잡고 성문 쪽으로 끌어당겼다.

"그렇게 으르렁거리지 마, 내 사랑. 우리에게 전쟁을 가져오려는 중이니까."

"우리에게 뭘 가져와?"

"내 말 들었잖아. 근사한 피투성이 전투를 가져오려는 중이라고. 재밌을 것 같지 않아?"

32

잠에서 깨었을 때, 다그마는 다른 동굴에서 나는 부드러운 웃음소리를 들었다. 그 부드러운 웃음이 귀 옆에서 울리는 끔찍한 코골이 사이로 들린다는 것은 놀랍지 않았지만, 자기가 그런 끔찍한 코골이를 들으면서도 잠들었다는 사실은 놀라웠다. 하지만 일단 깨고 보니 그런 수준의 소음을 들으면서 다시 잠을 잔다는 건 불가능했다. 관건은 그녀를 꽉 끌어안고 있는 드래곤을 어떻게 떨치느냐였다. 그웬바엘은 그녀의 허리에 팔을 감고 머리는 가슴에 묻은 채였다. 그의 왼 다리는 그녀의 오른 다리를 감았고, 오른 다리는 그녀의 허벅지 사이에 묻혀 있었다.

그런 엄청난 남자 아래에 깔려 있다면 불편해야 마땅했지만 그렇지가 않았다. 그를 떨쳐 낼 수 없게 될 때까지는. 다그마는 그의 어깨를 밀고 목을 밀쳐 내기도 하고 다리를 그의 무게 아래서 빼내려고 애썼다. 그 무엇도 소용없었고 그가 이렇게 일찍 잠에서 깰 위험도 없어 보였다. 필사적이 된 다그마는 그의 몸에 손을 감고 목덜미 위의 머리카락을 움켜쥐었다. 그 머리카락을 세게 잡아당기자 그웬바엘이 잠을 자는 중에도 성이 나는지 웅얼거렸다. 다그마는 다시 머리카락을 잡아당기면서 몸을 쭉 폈고, 드래곤은 얼굴을 찡그리더니 여전히 코를 골면서 자는 채로 그녀의 몸에서 굴러떨어졌다.

다그마는 숨을 내쉬고 그웬바엘이 다시 굴러 오기 전에 침대를 빠져나왔다. 바닥에 던져 놓은 그웬바엘의 셔츠를 찾아내서 슬쩍 걸쳐 입었다. 목욕을 해야 했지만 약간 기다려야 할 것 같았다. 오늘 아침에는 허기가 무엇보다도 앞섰다.

그녀는 작은 동굴 방에서 앤닐과 쌍둥이를 보았다. 그리고 '피의 여왕'의 모습에 미소를 짓지 않을 수 없었다.

앤닐은 피어구스가 '권리 주장' 때 새긴 낙인을 거리낌 없이 드러내는 민소매 사슬 갑옷에 검은 바지를 입었고 검은 가죽 장화를 신고 있었다. 칼집에 든 검 두 자루가 가장 가까운 탁자 다리에 기대어 놓여 있었다.

그러니까 이게 진정한 '피의 여왕'이란 말이지. 하.

한 팔에 아이를 안고, 요람에 든 다른 아이는 약간 큰 발로 흔들고 있어도, 다그마는 이 여인이 정신이 있는 남자라면 누구나 두려워할 전사임을 알고 있었다. 그럴 만했다.

"안녕하세요, 앤닐."

앤닐이 고개를 들었다. 반가워하는 미소가 따뜻했다.

"다그마도 안녕."

그녀가 의자 하나를 가리켰다.

"앉아."

다그마는 여왕으로부터 대각선으로 비스듬하게 앉았다.

앤널이 다시 아들을 내려다보았다. 상처가 있지만 아름다운 얼굴에서 자긍심과 기쁨이 싸우고 있었다.

"잘생겼지?"

그녀가 한숨지었다.

"그래요."

"피어구스 말로는 내가 당신에게 큰 빚을 졌다던데, '영리한 자' 다그마. 가장 치명적인 혀를 가진 아가씨."

다그마는 웃었다.

"사우스랜드식 새 이름이 마음에 드네요."

"그런 이름을 붙일 만해."

앤널이 요람 쪽을 가리켰다.

"쟤 좀 안아 줄 수 있어? 쟨 내 젖을 먹긴 하지만, 다른 데는 내가 소용이 없나 봐."

"소용이 없긴요."

다그마는 주변을 휙 훑어보았다.

"여긴 아기 물건이 많네요."

"모르퓌드가 가져다 놓은 거야. 여기랑 가반아일에는 아기들에게 필요할지도 모르는 게 다 있어야 한다면서. 하지만 내가 기억을 돌이켜 보니……."

두 사람은 마주 보고 미소를 지었다.

"모르퓌드 말이 맞네."

다그마는 요람으로 가서 그 안에서 찡그리고 있는 여자 아기를 내려다보았다.

"베르세락 님을 닮았는데요."

"나도 알아. 하지만 그 얘기를 피어구스에게 했더니, 거의 나를 산 채로 가죽을 벗기려고 하던데."

다그마는 아이를 들고 가까이 끌어안았다. 작고 강한 손가락이 그녀의 코를 잡고 비틀었다.

"아기들 이름은 아직 안 지었나요?"

갑자기 다그마가 콧소리를 내자 여왕이 머리를 들었다.

앤빌이 쿡쿡 웃으면서 말했다.

"걘 손아귀 힘이 대단하다니까. 그리고 이름엔 아직 합의가 안 됐어. 피어구스는 '내 완벽한 공주님'과 '못돼 먹은 꼬마 새끼'라는 이름에 끌리나 보지만."

다그마도 웃으면서 아기의 손가락을 코에서 떼어 냈다. 하지만 기운 넘치는 꼬마 녀석이 집게손가락을 붙잡자 움찔 놀랐다.

"하지만 난 '사랑스러운 완벽한 아들'과 '못돼 먹은 꼬마 악녀'라는 이름이 좋아. 피어구스에겐 말도 안 꺼내겠지만."

앤빌은 그녀의 커다란 손을 조심스레 붙잡은 작은 손가락에 입을 맞추었다. 그 순간 다그마는 자기가 아들을 안겠다고 했어야 한다는 사실을 깨달았다. 딸은 어머니와 너무 비슷했다.

"당신 제안은 없어, 야만인?"

다그마가 야만인이라고 불리고도 모욕이라기보다 칭찬이나 존중의 의미로 느낀 것은 살면서 처음이었다. 앤닐의 어조에는 그런 느낌이 담겨 있었다.

다그마는 팔에 안긴 아기를 내려다보았다. 아이는 어느 모로 보나 힘, 아름다움, 강함을 내뿜고 있었다. 자존심 강한 높은 이마, 강한 팔다리, 두려움을 이끌어 내는 험악한 표정.

"탈윈."

다음으로 남자 아기를 힐끔 보았다.

"그리고 탈란."

앤닐이 다그마를 올려다보았다.

"뭐라고?"

"탈윈과 탈란. 좋은 이름이에요. 오래되었지만 힘이 느껴지잖아요."

다그마는 고개를 끄덕였다.

"그래, 탈윈과 탈란."

머리를 의자 등받이에 기대며 앤닐도 소리 내어 말해 보았다.

"'무시무시한 자' 탈윈, '공포'의 탈윈. '불굴'의 탈란, '가혹한 자' 탈란……."

그녀가 활짝 웃으며 고개를 끄덕였다.

"마음에 드는데!"

다그마는 아기를 구부린 팔 안에 안은 채로 탁자에 앉아 물주전자와 컵에 손을 뻗었다.

"좋아하실 거라 생각했어요."

"자, 레이디 다그마. 이제 당신 삼촌 요쿨에 대해 말해 봐."

다그마는 얼굴을 찌푸렸다.

"어째서 이 아름다운 아침을 제 삼촌 이야기로 망쳐야 하는 거예요?"

"어째서 그웬바엘이 당신 아버지를 돕기 위해 레기온 셋을 보내야 한다고 계속 졸라 대는지 알고 싶으니까."

다그마는 물컵을 도로 탁자에 내려놓았다.

"그가 레기온 셋을 부탁한 게 언제였어요?"

"처음부터. 노스랜드에 있을 때도 브리크에게 말했다던데, 돌아와서는 내게 말했고."

앤빌은 아들과 코를 맞비볐고, 아이가 까르르 웃었다.

"까르르 웃기엔 너무 어리지 않나?"

"저한테 그 대답을 정말로 원하시는 건 아니죠?"

"그래, 하던 말이나 마저 해 보지. 당신 삼촌 말이야."

한 시간 넘게 다그마는 요쿨 삼촌에 대해 그리고 그녀의 아버지에게 도움이 필요한 이유에 대해 말했다. 다정하고 느긋한 대화였지만, 그녀는 '피의 여왕'이 자기가 원하는 것을 줄지 확실히 알지 못했다. 여왕이 광인처럼 사람들을 학살하려고 하는 게 아닐 때는 그 마음을 읽기가 쉽지 않았다.

그래도 그녀가 아기의 기저귀를 갈면서 보인 반응은 무척 재미있었다. 마침내 다그마가 아이를 넘겨받아야만 했고, 여왕은 혐오감이 가득한 얼굴로 단언했다.

"가반아일로 돌아가서 유모들에게 이런 일은 맡겨야겠어. 그러지 않으면 토하고 말 테니까."

미노타우루스의 피, 내장, 뇌에는 아무런 문제도 없었으면서 자기 아기의 더러운 기저귀는 어쩔 줄 모르다니, 세상에나!

아기들이 요람 속에서 평화롭게 잠들자 두 여자는 잡담을 계속했다. 다그마는 앤널이 칼집에서 검 하나를 뽑았다는 것을 알아차렸다. 하지만 대화의 흐름은 끊기지 않았다. 다그마는 이야기를 계속했지만, 결국 그녀 또한 가장 가까운 땅굴에 누군가 있는 기척을 알아차렸다.

오 분이 또 흐르고서야 글레안나가 주의를 게을리하지 않고 방으로 들어섰다. 글레안나를 본 앤널이 검을 높이 들며 일어섰다. 글레안나도 자동적으로 자기 검을 뽑으려는 순간, 다그마가 나섰다.

"그만두세요, 두 분 다! 대체 뭘 하시는 거예요?"

글레안나 뒤에는 다른 이들도 있었지만, 그들은 글레안나가 먼저 당하게 내버려 두어 기쁜 것 같았다.

글레안나가 앤널을 가리켜 보이며 물었다.

"여전히 미쳤나? 아기들을 보호해야 하는 거 아니야?"

"물론 아니에요."

하지만 알 수 없는 이유로 앤널이 갑자기 몸을 꿈틀 움직였고, 글레안나와 다른 이들도 무기를 뽑았다.

다그마는 나무라는 눈빛으로 앤널을 쏘아보았다. 미친 여왕도 웃게 할 만한 눈빛이었다. 다그마는 다시 글레안나를 보았다.

"다 괜찮아요. 그냥 제게 말씀을 해 주셔야 할 것 같……."

앤널이 다시 몸을 움직이자 카드왈라드르 일족은 무척 불안해했다. 검을 더 뽑은 자도 있었고, 인간 형태를 한 드래곤들이 그 순간 더 좁아진 듯한 방 안으로 무기를 들고 밀어닥쳤다. 험악한 일이 벌어지기 직전이었다. 다그마는 참을성을 잃고 두 손으로 나무 탁자를 내려치며 소리쳤다.

"무슨 짓인진 몰라도 당장 그만둬요!"

그녀의 갑작스러운 고함에 뒤이어 다그마가 잤던 방에서 쿵쿵 치는 소리가 들려오더니 누군가 비명을 질렀다.

"난 그 여자한테 절대로 손 안 댔어!"

다그마는 너무 창피해서 안경을 벗고 눈을 문질렀고, 방 안에는 발작적인 웃음이 넘실댔다.

그웬바엘은 마룻바닥에서 벌거벗은 채로 깨어났다. 대체 어쩌다 여기 있게 되었는지 알 수 없었다. 멀리서 익숙한 웃음소리가 들려오더니 누군가 소리쳤다.

"날 그렇게 망신 줘야겠어요?"

하지만 몇 초 전에 일어난 일인지, 이십 년 전에 일어난 일인지 가물가물했다. 그런 질문이 그에게 던져진 것이 처음이 아님은 오직 신들만이 알리라. 그의 의견에 따르면, 모두들 너무 쉽게 창피스러워했다. 창피함을 두려워하는 자는 삶을 두려워하는 자일 것이다.

그는 서둘러 얼굴을 씻고 갈색 바지에 장화를 신은 차림으로 중앙 동굴을 나섰다. 하지만 식탁이 놓인 작은 방 안으로 들어서

자마자 일족들의 얼굴을 보고 멈춰 섰다.

그들은 피어구스의 굴에 무척 편안하게 앉아 있었지만, 형이 알면 그다지 좋아하진 않을 듯했다. 글레안나는 쌍둥이 중 여자 아기와 놀고 있었다. 머리를 높이 들기도 하고, 못생기고 멍청한 표정을 짓기도 하면서. 아돌가가 남자 아기를 안고 자랑했다.

"벌써부터 할아버지랑 비슷하다니까."

하지만 다그마의 모습은 어디에도 보이지 않았다.

그웬바엘이 어안이 벙벙해서 서 있을 때, 피어구스가 다른 땅 굴에서 나와 그들에게로 다가왔다.

"대체 왜 다 여기 있는 거야?"

그가 물었다.

"모르겠어."

"어떻게 하면 쫓아 버릴 수 있지?"

"모르겠어."

"내가 꺼지라고 하면?"

"저들은 까마귀와 같아. 다시 올걸."

"젠장."

피어구스는 눈길로 방 안을 살폈다.

"앤널은 어디 있지?"

부르기라도 한 양, 앤널이 다른 복도에서 나타났다.

"찾았어."

그녀는 여전히 피에 덮인 미노타우루스의 칼을 들고 있었다. 언젠가 그 칼이 여기나 가반아일의 벽에 걸리리라는 것을 그웬바엘은 조금도 의심하지 않았다.

"멋지지?"

앤닐이 작은 방 반대편에 선 팰에게 물었다.

그가 두 손을 내밀었다.

"나 좀 봐."

순간, 앤닐이 칼을 던졌다. 쌍둥이를 안은 고모와 다른 쌍둥이를 안은 삼촌을 지나쳐 방 건너편으로. 피어구스는 놀라서 목 졸린 소리를 냈고, 그웬바엘은 그 무기를 집으러 달려들었다. 특히 새로 태어난 조카딸이 그 망할 물건을 집으려고 손을 뻗으려 하는 것을 보자…….

하지만 두 형제가 어찌하기도 전에, 팰이 그 칼을 허공에서 움켜쥐었다. 그가 두 손으로 무게를 재 보며 말했다.

"멋진데요, 정말."

"내가 그랬잖아. 그걸 왕좌 위에 걸까 생각 중이야."

피어구스가 숨을 헐떡이며 그웬바엘을 보았지만, 그는 그저 어깨를 으쓱했을 뿐이다.

"참으로 긴 십팔 년이 될 것 같지 않냐, 동생?"

그웬바엘은 형의 어깨를 두드렸다.

"그래, 형. 정말 그럴 것 같아."

번개 드래곤이라니! 사우스랜드에서! 이지는 이처럼 들뜬 적이 없었다. 아침이 넘어가지 않을 정도였다. 빵 한 조각을 더 집고 하인들이 죽 한 그릇을 더 퍼 주는 걸 받으며, 이지는 생각했

다. 그래도 배가 고파서 번개 드래곤의 발치에 쓰러지는 것보다
야 낫지. 그러면 얼마나 창피할까.

할머니 말로는, 그 번개 드래곤이 오늘 아침에 온다고 했다.
이지는 그를 만나고 싶은 마음에 브란웬, 켈뤤과 같이하기로 한
비행도 미루었다.

자주색이라니! 머리카락이 자주색이라고!

이지는 탁자 건너편의 에이브히어를 바라보았다. 그의 머리카
락은 푸른색이었다. 진하고, 깊고, 근사한 푸른색. 하지만 아무
리 에이브히어의 머리카락이 아름답다고 해도 그 번개 드래곤의
머리 역시 그에 필적할 만했다. 이지는 자주색 머리카락을 보고
싶었다. 얼마나 완벽한 아침이 될까?

이지의 여왕님은 멀쩡히 살아 있었고 쌍둥이도 마찬가지였으
며 가족들 대부분이 옆에 있었다. '대부분'이라고 한 건 앤뉠과
피어구스가 아직도 피어구스의 동굴에 있기 때문이었다. 쌍둥이
가 괜찮은지 보고 싶어 한 카드왈라드르 일족 대부분도 그쪽에
있었다. 분명히 그들은 앤뉠의 더 어두운 부분에 익숙하지 않았
다. 하지만 이지는 여왕이 자기 아기들을 절대로 해칠 리 없다는
것을 알았다. 절대로.

그웬바엘과 그의 다그마도 사라져 버렸다. 이지는 삼촌이 그
정치가 여자랑 미친 듯이 사랑에 빠졌다는 사실을 자각하고 있는
지 궁금했다. '정치가'는 브리크가 부르는 이름이었다. 이지는 삼
촌이 모르고 있을 거라고 생각했다. 남자들은 그런 면에선 참 바
보 같으니까.

또 한 번, 이지는 탁자 건너편의 에이브히어를 보았다. 그는 그의 부모와 형제들이 벌이는 토론에 완전히 빠져 있는 것 같았다. 갑자기 그녀를 보며 눈알을 모으기 전까지는.

큰 소리로 웃지 않으려고 이지는 고개를 숙였다가 어머니가 대전으로 쿵쿵 들어오자 다시 번쩍 들었다.

탈라이스는 한 시간 전에 '장 좀 보고 오겠다'며 나갈 때만 해도 사랑하는 모든 이들이 무사한 걸 알고 기분이 들떠 있었다. 하지만 이지는 어머니를 잘 아는 터라, 뭔가 어머니의 기분을 언짢게 했다는 것을 알아챌 수 있었다. 문제는 무어냐는 것이었다.

짝이 뛰어 들어오는 모습을 본 브리크의 얼굴에서 평소의 따분하다는 표정이 걱정스럽다는 얼굴로 바뀌었다.

"탈라이스?"

하지만 탈라이스는 그를 무시하고 뚜벅뚜벅 걸어와 똑바로 이지를 향했다. 그녀가 이지의 팔을 움켜잡고 의자에서 끌어냈다.

"엄마!"

아무 말 없이 탈라이스는 이지의 셔츠 왼팔 소매를 잡고 어깨에서 끌어내렸다. 그녀는 딸이 감은 붕대를 보고 이를 갈았다. 지난 몇 달 동안 매일 감고 다녔던 붕대였다.

어머니가 뭘 하려는지 눈치챈 이지는 빌었다.

"엄마…… 제발."

탈라이스는 붕대를 잡아 뜯어 그 아래 표지가 찍힌 피부를 드러냈다.

"이 멍청한……."

"엄마!"

"멍청한 계집애야!"

이제 일족이 모두 그들을 둘러쌌다. 에이브히어만 빼고.

그는 이지가 다른 가족들에게 뭘 숨기고 있는지 이미 알고 있었다. 거의 처음부터 알았지만, 이지는 그가 어머니에게 얘기하지 않았다는 걸 알고 있었다. 에이브히어가 그런 식으로 자기를 배신할 리 없다는 것을 알기 때문이었다. 특히나 약속한 이상은 절대 아니었다.

하지만 다른 누군가 탈라이스에게 말한 모양이었다.

"대체 이게 뭐야?"

아빠가 따져 물었다.

"신들이여, 맙소사! 이지, 무슨 짓을 한 거니?"

모르퓌드도 화가 났다기보다는 걱정스러운 목소리로 물었다.

이제 모두 볼 수 있었다. 모두 그게 무엇인지 알았다. 뤼데르크 하일의 표식. 이지는 언젠가 그의 기사가 될 것이다. 그의 전사가.

"할 일을 했을 뿐이에요."

이지는 실제 속마음보다 더 용감한 목소리를 내려고 했다. 눈물이 턱을 타고 흘러내릴 때까지는 자기가 울고 있다는 것도 깨닫지 못했다.

"그를 위해서?"

어머니가 여전히 이지의 팔을 잡은 채 세차게 흔들었다.

"이걸 그를 위해서 한 거야?"

272

"엄마를 위해서 한 거예요!"

이지는 되받아 소리를 질렀다. 상처도 받고 화도 났으며 무척 멍청이가 된 기분이 들었다.

"내가 그의 기사가 되지 않으면 엄마를 돌려보내 주지 않겠다고 했으니까요. 그래서 나는 그러겠다고 했어요. 다시 같은 상황이 와도 그렇게 할 거예요!"

탈라이스가 이지의 얼굴을 내려치는 소리가 대전에 메아리쳤다. 브리크가 그들 사이에 끼어들어 그녀의 두 팔을 잡고 밀어냈다. 이지는 한 손을 뺨에 댔지만, 자기 얼굴에 느껴지는 고통이 어머니에게 준 고통에 비할 게 아님을 알고 있었다.

탈라이스가 브리크에게 잡힌 팔을 빼내고 이지를 노려보았다.

"멍청한 계집애."

어머니의 목소리는 너무도 차가웠다.

"네 삶을 다른 이를 구하기 위해 넘겨주다니."

"엄마도 그렇게 했잖아요."

"난 네 엄마야. 난 원하는 건 무슨 망할 짓이든 할 수 있어."

"하지만 난……."

"듣고 싶지 않다."

탈라이스는 딸을 놔두고 걸어가다가 뒤쪽 복도에 가까이 갔을 때에야 걸음을 멈추었다.

"그동안 내내 너를 지키기 위해 싸워 왔다. 그런데 그동안 내내 어쨌든 그가 너를 차지한 거였네."

"엄마, 제발."

"브라스티아스에게 쟤를 데려가도 된다고 말해요. 어디든 보내고 싶은 대로 보내고, 뭐든 훈련시키고 싶은 대로 시키라고. 그 사람이든, 쟤의 소중한 신이 원하는 대로. 난 더 이상 신경 쓰지 않을 테니까."

탈라이스는 이지를 다시 보지도 않고 나가 버렸다.

눈물이 쏟아졌다. 흐느낌 때문에 가슴이 아팠다. 이지는 어깨를 감싸는 아버지의 팔을 느꼈지만, 원치 않았다. 혼자 있고 싶을 뿐이었다. 그녀는 아버지에게서 떨어져 나와 달리기 시작했다. 드래곤 일족이 뒤에서 그녀의 이름을 불렀지만, 이지는 그 모두를 무시하고 열린 문으로 돌진했다.

브리크는 대전의 거대한 문간에 서서 갈등했다.

어머니를 지키기 위해 자기 인생을 저버린 분별없는 딸을 쫓아갈 것인가, 딸을 지키기 위해 자기 인생을 저버린 좌절한 어머니를 따라갈 것인가?

망할! 저녁거리로 뭘 죽여야 할까 정도나 걱정하던 때는 인생이 훨씬 쉬웠는데.

"그 애들을 놔둬라."

리아논이 뒤에서 말했다.

"알아서 잘 해결할 거다."

"어머니와 케이타처럼요?"

"걘 숨 쉬고 살아 있잖아. 게다가 모르퓌드가 그러는데 자기 동굴로 돌아갔다더라. 그러니까 괜찮은 거겠지. 탈라이스와 이지도 괜찮을 거다. 그냥 이 일을 해결할 시간이 필요할 뿐이야."

"하지만 그 둘이 행복하지 않으면 저도 행복하지 않아요."

그는 어깨 너머로 부모와 형제들을 보았다.

"그건 제가 받아들일 수 없는 일이죠."

에이브히어가 역겹다는 신음을 내뱉었다.

"형은 대체 어디가 잘못된 거야?"

"잘못된 데 없어."

"브리크 님."

이 호칭에 얼굴을 찡그리며 브리크는 브라스티아스를 돌아보았다.

"장군, 친구를 데려왔나?"

브라스티아스가 자기 뒤에 선 망토 두른 남자를 소개했다.

"이쪽은 라그나 님입니다. 어머님께서 오늘 이분이 만나러 오실 거라고 하시더군요. 아마도 노스랜드에서 오신 분 같습니다."

"그래, 나도 그 차이는 냄새로 알겠어."

번개 드래곤이 망토의 후드를 젖히고 브리크를 향해 싱긋 웃었다. 전혀 기분 나쁜 표정이 아니었다.

"좋은 아침입니다, 화염 드래곤님."

"번개 드래곤."

브리크는 일족을 돌아보았다.

"어머니, 우리 필멸의 적이 여기 티타임을 즐기러 왔군요."

다그마는 피어구스의 굴에서 오가는 무기와 미노타우루스 이야기를 피해서 동굴을 나왔다.

두 개의 태양이 머리 위에서 환히 빛나는 아름다운 날이었다. 여전히 시원한 바람이 동쪽에서 불어와 땀이 흐르지 않는 것이 고마웠다. 그녀는 목적 없이 다크글렌의 빽빽한 숲 사이를 거닐며 고요와 자유를 즐겼다.

"그 드레스 무척 잘 어울리네."

다그마는 걸음을 멈추고 앤널이 피어구스의 보물 사이에서 찾아 준 드레스를 살폈다. 긴 소매가 달리고, 쇄골 바로 아래까지 가슴이 파인 소박한 원피스라서 목이 졸리지도 않지만 창녀 같은 기분이 들지도 않았다. 또한 그녀에게 가장 잘 어울리는 회색이기도 했다. 다그마는 환한 색 옷을 입을 마음이 없어서 앤널이 그런 옷을 권하지 않은 게 고마웠다.

"고마워요."

다그마는 고개를 들고 커다란 바위 위를 올려다보았다.

여신이 한 팔을 세운 무릎 위에 얹고 태평하게 앉아 있었다. 오늘은 망토를 입지 않았고, 누빔 셔츠에는 소매가 없었다. 팔의 갈색 피부는 드래곤 낙인, 룬문자 문신, 상처 들로 가득했다. 이번에는 확실히 더 크게 보였다. 키도 크고 체구도 컸다.

"안녕하세요, 에이르."

다그마는 인사했다.

"다시 만나 반갑네요."

"너도, 친구."

에이르의 늑대 친구가 옆을 파고들자, 다그마는 그의 거친 털을 쓰다듬어 주었다.

"그럼 넌……."

그녀는 여러 신전에 대한 지식을 되살렸다.

"난눌프, 전투견의 수호신이겠구나."

"잘 맞혔어."

에이르가 칭찬했다.

"우린 오랫동안 친구로 지냈지. 쟤와 나는."

에이리안웬, 세상에서 가장 공포스럽고 폭력적인 여신이 바위에서 미끄러져 다그마 옆의 땅에 내려섰다.

"그 애는 확실히 너를 좋아하네. 네가 개를 길들이는 방법이 마음에 드나 봐. 너도 그들이 그립겠지?"

"무척요."

"그들도 마찬가지야. 물론 개는 어디서든 기를 수 있지. 앤널에게는 전투견이 없지만. 진짜라고 할 만한 개는 없지. 그저 자기 애완동물을 전투에 데리고 나갈 뿐이야."

"내 생각에도 그래요. 뭐, 내가 앤널에게 종견 한 쌍을 보내 줄 수도 있겠죠."

"그것도 방법이지."

다그마가 한 곳을 긁어 주자 늑대 신의 몸이 행복하게 꿈틀거렸다.

"다른 방법도 있어요?"

에이르가 심란하도록 커다란 손을 다그마의 어깨에 얹었다.

"지식이 있으면 언제나 다른 방법이 있지."

다그마는 에이르의 손을 보며 물었다.

"그 손가락, 잃어버리지 않았었나요?"

에이르가 한 팔을 들어 손가락을 꼼지락거렸다.

"다시 자라. ……어쨌든 나는 그래."

"신이라는 건 참 편하군요."

"그럴 때가 있지. 화제를 다른 데로 돌리려 들지 마, 다그마. 내가 무슨 말 하려는지 알잖아."

"내가 그웰바엘과 함께 있길 진심으로 바라는 건 아니겠죠."

에이르가 손뼉을 치고 활짝 웃었다.

"하지만 그는 너를 무척 좋아하는데!"

"가장 공포스럽고 치명적인 전쟁의 신이 속마음은 그렇게 낭만적이라니 무시무시하네요."

"너희 둘이 함께 있으면 참 사랑스럽다고 생각하지 않아?"

다그마도 열렬히 손뼉을 쳐 보이고 말했다.

"아니요."

얼굴은 자연스러운 경멸의 표정으로 돌아갔다.

"너를 있는 그대로 받아 줄 뿐 아니라 참아 주는 남자를 찾기는 쉽지 않을 텐데."

"그게 무슨 뜻이에요?"

"넌 오직 피에 굶주린 전투견들이나 좋아할 여자라는 거야."

"고맙네요."

다그마는 단조롭게 대꾸했다.

"모욕으로 받아들이기 전에 말하는데, 나도 마찬가지거든. 하지만 라이는 어쨌든 날 사랑하지."

"라이?"

"말꼬리 잡지 마."

에이르가 아득한 곳을 보며 한숨지었다.

"라이는 나를 사랑해. 아무리 내가……."

"가끔 신체 일부분을 잃어버리고 돌아가도?"

"뭐……."

"피랑 내장을 머리에 묻힌 채로 돌아가도?"

"그건……."

"당신 이름으로 시체가 쌓여 있다고 해도?"

"그래!"

에이르는 좌절해서 으르렁대는 소리를 내뱉었다.

"그 모든 점에도 불구하고 나를 사랑하지."

"하지만 당신은 앤닐을 돌려줬죠. 그의 소망과는 달리."

"앤닐은 이미 죽어 있었어. 그의……."

그녀가 어깨를 으쓱했다.

"소유권이라고 할까, 앤닐에 대한 그의 권리는 더 이상 효력이 없었지. 그녀의 시체는 내 맘대로 할 수 있는 내 것이었어. 쌍둥이는 좀 더 복잡하지. 그가 거기 보낸 이상 그냥 데려갈 순 없었어. 너도 구할 수 없었고."

"어째서요?"

에이르는 벌컥 화를 냈다.

"나쁜 행동에 보상을 줄 순 없잖아."

"나쁜 행동이라니요?"

"넌 나를 경배하지 않아. 우리 중 누구도."

"그게 어떻게 나쁜……."

"그래서 다른 방법을 찾아서 앤닐을 돌려주기로 한 거야."

에이르가 입술을 오므렸다.

"하지만 그건 위험했지. 그녀가 이미 다른 곳에 가 있었으니까. 거기서 수영도 하고 햇빛 속에 누워 있기도 하고 뭔가 먹기도 했어. 그녀를 억지로 도로 끌어왔으니…… 문제가 좀 생길 수도 있었지. 특히 인간과는. 미노타우루스에게 한 것처럼 너나 쌍둥이를 언제든 죽여 버릴 수도 있었어."

"그것참 대단한 계획이었네요."

"하지만 먹혔으니 됐잖아, 삐딱한 아가씨? 서로 이해가 됐으니 내가 할 일은 계획을 실행에 옮기는 것뿐. 나머지는 네게 달려 있었지."

"하지만 애초에 당신들이 세워 놓은 그 모든 계획들을 이해하지 못하겠어요. 누구는 도울 수 있고 누구는 도울 수 없고, 언제는 되고 언제는 안 되고, 이렇게 해야 하고 저렇게 해야 하고…… 끝도 없네요. 무척 복잡하고."

"하지만 나름의 이유가 있어. 나와 다른 전쟁 신들은 신들과 신들이 한 가지 단순한 이유로 창조한 피조물들을 위해 이런 규칙들을 세웠지."

"그럼 이 규칙이 깨지면 전쟁인가요?"

여신이 잠깐 갸웃하더니 킬킬댔다. 어린애처럼 킬킬 웃었다.

"그래."

에이르는 허리를 숙이고 배를 부여잡았다. 웃음소리가 점점 커졌다.

"바로 그래서였군! 그래서 매번 그렇게 되었던 거야!"

다그마는 이 여신이 어째서 마음에 드는지 스스로도 도통 이해할 수 없었지만, 마음에 들었다.

"이게 그렇게 재밌다니 다행이네요."

여신이 눈물을 닦고 우뚝 일어섰다. 이제는 약간 작아져 있었다. 다그마는 이 여신이 실제로 얼마나 커질 수 있는지 궁금했다. 아니면 얼마나 작아질 수 있는지? 모자로 변신할 수도 있나?

"누구나 재미를 느낄 수 있는 데서 재미를 얻는 거지."

에이르는 덧붙였다.

"내가 네게 원하는 건 그게 다야."

"그웬바엘 얘기로 돌아가는 건가요?"

"그는 네게 완벽해. 넌 그를 사랑하고. 안 그래?"

다그마는 옆에 선 커다란 늑대 신을 토닥였다. 등에 손을 올리기 위해 웅크릴 필요도 없었다. 네 발로 선 늑대는 거의 다그마의 어깨까지 닿았다.

"내가 누군가를 사랑하게 된다면, 그가 되겠죠. 하지만 난 누구도 사랑하지 않아요."

"물론 너도……."

"신경은 쓰죠. 여러 일, 여러 사람을. 하지만 그냥 누구를 사랑한다는 마음은 내 안에 없는 것 같아요."

"그 말은 진실일 수도 있겠네. 하지만 신들도 사랑할 수 있으니, 네게 희망을 품을 수도 있을 것 같아."

여신이 다그마의 어깨를 토닥였다.

"잘 있어, 친구. 다시 만나서 반가웠어."

에이르는 골짜기 깊숙한 곳을 향했다.

"저도요."

다그마는 난눌프를 보며 미소를 지었다.

"너도 반가웠다."

그리고 약간 망설이다가 늑대 신의 귀에 대고 속삭였다.

"카누트와 다른 개들을 지켜 주렴. 그 애들도 신을 섬길 것 같진 않지만…… 똑같이 보호가 필요할 테니."

다그마는 한 손으로 늑대의 머리와 털을 쓰다듬었다. 늑대가 몸을 앞으로 내밀고 다그마의 뺨을 비비더니 경고도 없이 혀로 쇄골을 핥았다. 다그마는 징그러운 느낌을 숨기지 못하고 몸을 부르르 떨었다.

"너무 엄하게 대하지 마."

어느새 다시 돌아온 에이르가 말했다.

"걘 너를 좋아하는 거니까."

늑대는 혀를 내민 채로 한 걸음 뒤로 물러나 기대하는 눈빛으로 다그마를 쳐다보고 있었다.

기르는 개들을 위해서라면 다그마는 망설임 없이 희생을 했을 것이다. 단, 오직 그녀의 개를 위해서만. 그래도 그녀는 목에 묻은 침을 그 앞에서 닦아 버리고 싶은 충동을 억누르고 말했다.

"고마워, 난눌프."

늑대가 울부짖었다. 하지만 신이기 때문에 그 소리가 골짜기를 흔들어 나무가 휘청거리고 땅이 울렸다. 다그마는 거의 무릎을 꿇을 뻔했지만 재빨리 옆의 바위에 몸을 붙이고 버텼다.

"그러지 마, 바보야!"

에이르가 나무랐다.

"이제 가자."

난눌프는 여행의 동반자를 쫓아갔고, 다그마는 마침내 목에 묻은 침을 닦을 수 있었다. 침이 이미 피부에 말라붙어 버렸다는 것을 알아챈 순간, 약간 어지러웠고 그 부분의 살에 반응이 일듯 간지러운 느낌이 들었다.

다그마는 금방 씻어 버려야겠다고 생각하며 몸을 돌리다가 그웬바엘의 가슴에 부딪쳤다.

"누구랑 얘기하고 있었어?"

"강력한 신들이랑."

"참도 그랬겠다."

"먼저 물어봤잖아."

"그랬지."

그웬바엘이 손으로 다그마의 쇄골을 쓸었다.

"따가워?"

다그마는 붉게 발진이 생긴 부분을 내려다보았다. 그 자리는 일분일초가 지날수록 더 붉어지고 발진도 심해지고 있었다.

"개가 핥은 건데."

"대단하군."

그가 다그마의 손을 잡고 나무 사이로 이끌었다.

"어쨌든. 오늘 아침에 모르퓌드에게 소식을 들었어."

"모두 괜찮대?"

"음, 이지는 영혼을 뤼데르크 하일에게 팔아넘긴 모양이더군. 탈라이스가 그걸 알아내고 의절했다나 봐. 그리고 내 어머니는 번개 드래곤을 차 마시자고 초대했지. 구체적으로 말하자면, '교활한 자' 라그나를."

다그마는 입을 삐쭉 내밀었다.

"우린 모든 걸 놓쳤나 보네."

"정확한 말씀. 모든 게 폭발해 버리는 구경까지 놓치기 전에 가반아일로 돌아가야겠어. 와인과 치즈를 즐기면서 봐야지."

"좋은 계획이야."

다그마는 걷다가 말고 찡그렸다.

"뭐지?"

"라그나가 여기 있다고? 다크플레인에?"

"모르퓌드가 그렇게 말하던데. 지난밤에 나타났다고. 왜?"

다그마는 발밑의 땅을 살폈다.

"그 땅굴들을 모두 찾아냈는지 궁금해서. 아니면 라그나가 몇 개는 자기가 쓸 목적으로 열어 뒀는지."

이제 그웬바엘도 시선을 땅으로 돌렸다.

"젠장."

말을 타고 가는 게 훨씬 빠른 여행길이었지만, 이지는 개의하지 않았다. 뛰어야만 했다. 자유가 필요했다. 허파가 아프고 근육이 화끈거려야 했다. 그녀는 어머니의 분노에서 느낀 고통을 이길 수 있도록 이 모든 것들이 필요했다.

하지만 굳이 자기 두 발에 걸려 넘어질 필요까지는 없었다.

이지는 부드러운 풀 위에 얼굴부터 앞으로 쓰러졌다. 손으로 넘어지지 않게 짚은 덕에 땅에 코를 부딪쳐 깨기 직전에 멈출 수는 있었다. 넘어진 것 자체는 별로 아프지 않았고, 보통 몇 초 만에 다시 일어나 설 수 있지만 몇 달 동안 들킬지 몰라 전전긍긍하며 살아온 두려움이 왈칵 밀려와 울음밖에 나오지 않았다. 눈물은 앤널이 죽었을 때 다 말라 버린 줄 알았다. 하지만 아직도 흘러나올 눈물이 남아 있었던 모양이다.

이 눈물 바람이 몇 시간이고 계속될까 두려웠는데도, 발밑의 땅과 다리가 약간 움직이자 이지는 금방 정신을 그쪽에 빼앗겨 버렸다. 뱀은 보이지 않았지만, 워낙 교활한 것들 아닌가? 그녀가 알기론 세계 정복 음모를 꾸미는 것들이었다. 이지는 뛰어 볼까 생각도 했지만, 칼을 차고 있었고 방패도 메고 있었기에 뭔가 준비된 느낌이 들었다.

어머니는 종종 묻곤 했다.

'그 망할 것들을 달고 자니?'

그러진 않았다. ……어쨌든 자주는. 하지만 후회하는 것보다는 안전한 편이 낫다고 이지는 언제나 느꼈다.

발밑의 땅이 서서히 솟아오르자 이지는 자기 짐작이 논리적이었음을 알았다. 그녀는 다리를 끌어당기며 손바닥으로 땅을 짚고 몸을 뒤집어 뒤로 물러났다.

땅이 쩍 갈라지더니 가늘고 긴 무언가가 그 한가운데에서 불쑥 튀어나왔다. 뱀이다! 생각대로였다. 교활하고 사악한 뱀. 하지만 뱀이 점점 위로 올라오자, 이지는 그렇게 생긴 뱀은 한 번도 본 적이 없다는 걸 깨달았다.

비늘 위에 날카로운 금속. 자주색 금속.

할머니는 번개 드래곤이 가반아일에 올 거라고 말했다. 하지만 뭔가…… 이상했다. 느낄 수 있었다. 감지할 수 있었다. 이지는 재빨리 움직였다. 몸을 홱 뒤집어 두 손으로 땅을 밀며 발을 힘껏 찼다.

하지만 몇 뼘도 나아가지 못해서, 꼬리가 이지의 목을 감아 땅에서 들어 올렸다. 꼬리의 주인인 번개 드래곤이 땅에서부터 기어 나왔다. 뒤이어 다른 세 마리도 다른 곳에서 똑같은 방식으로 나타났다.

"내 아들을 찾아라."

이지를 잡은 드래곤이 명령했다.

"찾아서 내게 데려와."

그는 머리카락과 얼굴에 묻은 흙을 털면서 고개를 들어 두리번거리더니 눈을 가늘게 뜨고 태양을 올려다보며 찡그렸다.

"여긴 더럽게 덥군."

그의 정신이 딴 데 팔린 듯하자, 이지는 검을 향해 천천히 손을 뻗었다. 하지만 꼬리의 날카로운 끝이 그녀의 뺨을 찔러 고개가 옆으로 점점 기울어졌다.

"멍청한 짓은 생각도 하지 마라, 계집."

드래곤이 그녀를 똑바로 볼 수 있게 휙 돌렸다. 이지는 즉시 무기에서 손을 떼면서 목을 조르는 꼬리에서 빠져나오려고 발버둥 쳤다.

드래곤은 무척이나 늙었다. 이지의 할아버지보다도 더 나이가 들었다. 하지만 할아버지와 달리 그는 심술궂었다. 친근하지 않다거나 꼬장꼬장하다거나 괴팍한 게 아니라…… 그저 심술궂었다. 심술궂게 될 수 있기 때문에, 그런 성격을 즐기기 때문에 심술궂은 것 같았다.

그가 이지를 더 가까이 끌어당기자 숨결이 훅 얼굴에 끼쳤다. 확실히 불쾌한 경험이었다. 그는 눈으로 이지를 꼼꼼히 살피더니 포효했다.

"내 아들은 어디 있느냐!"

33

그웬바엘은 다그마의 손을 잡았다. 천천히 여유 있게 가반아 일로 걸어가고 싶었다. 다그마와 의논하고 싶은 것도 많았고, 가 족 간에 일어난 극적인 사건들에 정신이 팔려서 둘이 사랑에 빠 졌다는 사실을 잊어버리는 게 싫었다. 최소한, 둘 다 사랑에 빠 져 있는 편이 더 나으리라. 그 쪽에서는 젠장맞을 만큼 그녀를 사 랑하니까.

불운하게도 미래에 대한 이야기는 다그마를 안전히 가반아일 로 데려다 놓고 다른 가족들이 방어벽에 난 구멍을 처리할 때까 지 기다려야만 할 것 같았다.

"라그나와 이야기를 해야 해."

그웬바엘이 나무 사이를 지나 공터로 끌고 갈 때, 다그마가 숨 찬 소리로 말했다.

"어떻게 여기 왔는지 알아내서 그다음에는⋯⋯."

"알아, 알아. 그건⋯⋯."

그때, 그 꼬리가 그웬바엘의 눈을 가렸다. 다그마의 비명에 가까운 경고 덕분에 그는 숲 속으로 날려 가기 전에 간신히 다그마의 손을 놓을 수 있었다. 날아가는 도중 변신을 해서 여러 그루의 나무를 우르르 쓰러뜨리며 밀려갔다. 등에 힘을 줘 멈춘 그는 '건달' 올게어의 늙은 얼굴을 올려다보았다.

"너."

그웬바엘은 서서히 일어서며 씩 웃었다.

"안녕, 올게어. 당신 손녀들은 안녕하신가? 달콤하고 다정하고 요염하고 헤픈 아가씨들 말이야."

"내 아들은 어디에 있나, '훼손자'?"

"전쟁 군주가 될 계획을 세우던데. 그 친구 아주 잘생겼다며? 내 어머니가 기꺼이 도와주시겠네."

"그러고도 남겠지. 말해 봐라, 화염 드래곤."

올게어가 꼬리를 휙 돌렸다.

"이거 너희 애완동물인가?"

늙은 개자식은 꼬마 이지를 꼬리에 대롱대롱 감고 있었다.

"아하, 그런 것 같군. 그럼 이제부터는 얘를 내 애완동물로 삼아야겠는데."

"당신 그 더러운⋯⋯."

오른쪽 옆에서 번개가 번쩍 치자 그웬바엘은 나무들을 더 넘어뜨리며 더 멀리 날아갔다.

조카딸의 모습을 본 순간, 그는 올게어가 혼자가 아니라는 사실을 까맣게 잊어버렸던 것이다.

다그마는 일어서서 재빨리 안경을 벗고 흙을 닦았다. 제대로 닦진 못했지만, 어쨌든 대충은 떨어내고 그웬바엘의 몸이 숲에 만든 구멍을 볼 수 있었다.

"이 여잔 여기 출신이 아닌데."

다그마는 뒤를 보았다. 번개 드래곤 둘이 그녀를 자세히 뜯어 보고 있었다. 그들은 크고 보라색이었으며 확실히 노스랜드의 드래곤이었다.

"너도 저들의 애완동물이야?"

다그마의 인생에는 말솜씨를 부려 무엇이든 위기를 빠져나올 수 있었던 때가 태반이었다. 하지만 뛰어야 할 때도 있었다.

그녀는 뛰었다.

탈라이스는 다크플레인에 많은 호수 중 하나 앞에 서 있었다. 그녀는 잔잔한 수면을 들여다보았다.

"이제 너도 진실을 알았군. 그래, 기분이 나아지지 않았나?"

온몸이 분노로 굳어진 탈라이스가 옆에 선 신을 쏘아보았다.

"어떻게 하면 당신을 쫓아 버릴 수 있죠?"

뤼데르크 하일은 웃었다.

"그럴 순 없지. 이제 문이 열렸으니까. 나는 존재의 이 차원에서 다른 차원으로 마음대로 오갈 수 있거든."

"참 좋기도 하겠네요."

"진실을 아는 편이 더 좋지 않아?"

"당신이 꺼지는 편이 더 좋아요."

탈라이스는 자기 어깨에 그의 손이 놓이는 감촉을 느꼈다.

"탈라이스, 난 네게 진실을 말했을 따름이야. 네 외동딸이 얼마나 너를 사랑하는지 정확히 알아야 한다고 생각했기 때문이지. 그 애가 얼마나 기꺼이 희생하려 했는지……."

탈라이스의 주먹이 그의 목에 적중했다. 그 동작에 어찌나 강한 힘이 실려 있었던지 어디가 부러진 듯했다.

신은 허리를 굽히며 켁켁댔지만 한편으로는 웃고 있기도 했다. 방금 탈라이스가 부순 뼈와 연골이 즉시 재생되는 소리가 울렸다. 그녀가 쿵쿵 걸어갈 때, 그는 다시 한 번 말할 능력을 되찾았다.

"화를 내고 가 버리면 안 되지, 탈라이스."

그는 여전히 웃고 있었다.

"난 그저 도와주려고 한 건데."

탈라이스는 군인들과 하인들을 헤치며 서둘러 가반아일로 향했다. 이지를 찾아야 했다. 사과를 하고 또 다른 신이 딸을 좌지우지하도록 놔둔 어리석은 어머니를 용서해 달라고 빌어야 했다.

그 순간 군중이 너무나도 느리게 움직여서, 탈라이스는 마구간 뒤로 질러가 이지가 뛰어간 정문을 향해 돌았다. 다크글렌으로 갔을 거야. 앤널에게로 갔을 거야. 앤널은 탈라이스가 찾으러 올 때까지 그 애를 붙잡아 놓고 있을 터였다. 딸 때문에 점점 절박해진 탈라이스는 뛰기 시작했다. 마지막 마구간까지 다 훑었을 때 그녀는 뭔가에 부딪쳤다. 발을 헛디디며 몸이 앞으로 쏠렸지만, 강한 손이 그녀의 허리를 잡아 도로 세워 주었다.

"미안해요."

여자가 친절하게 말했다. 탈라이스는 진흙 묻은 낡은 장화와 땅에 끌리는 그보다 더 낡은 망토를 보았다. 여자는 망토의 후드를 얼굴을 가릴 만큼 덮어쓰고 있었는데, 탈라이스는 앤널의 전사인 듯한 여자를 다시 쳐다볼 겨를도 없었다.

"괜찮아요?"

여자가 물었다. 탈라이스에게 여유가 있었다면 그 목소리에 어린 근심을 들을 수 있었겠지만, 지금은 중요한 건 오직 딸뿐이었다.

"난 괜찮아요."

그녀는 아직도 자기 허리를 잡은 두 손을 치우고 뛰기 시작했다. 딸에 대한 갑작스럽고 끔찍한 공포 때문에 숨이 막힐 것만 같았다.

그웬바엘에게는 무기도 갑옷도 못 박힌 꼬리—살아남는다면 형들에게 한 소리 해야겠다고 결심했다—도 없었다. 하지만 그를 죽이려 드는 번개 드래곤은 그 모든 걸 다 가지고 있었다.

그는 아돌가가 피어구스의 굴 가까이에 있는 것을 알았기 때문에 도움 요청을 보냈지만, 여전히 이지가 걱정스러웠다. 다른 이들이 구하러 올 때까지 기다릴 시간이 없었기 때문에 자신의 예쁜 얼굴을 걸 수밖에 없었다.

검이 번득이자 그웬바엘은 뒤로 펄쩍 뛰며 옆에 있는 나무를 움켜잡았다. 칼날은 몇 뼘 차이로 비껴갔고, 그는 나무를 들어 땅에서 뽑아냈다. 그 나무를 휘두르며 다시 돌아오는 검을 쿵 막아 냈다. 검은 쉽사리 나무둥치를 갈랐고, 그웬바엘은 자기 머리가 다음 차례임을 직감했다. 그래서 남아 있는 나무토막을 번개 드래곤의 얼굴에 던졌다. 그 덕에 적은 뒤로 주춤 물러났고, 그웬바엘은 그를 들이받았다. 두 드래곤이 함께 땅을 뒹굴었다.

그웬바엘은 필사적으로 검을 든 팔을 움켜잡아 끌어 내렸다. 그때 적이 그웬바엘의 털을 잡으며 머리를 뒤로 홱 젖혔고 뾰족한 꼬리가 그의 코를 베었다.

얼굴보다도 털 때문에 더 격분한 그웬바엘은 꼬리를 내려 이 나쁜 자식의 갑옷을 더듬었다. 번개 드래곤과 전투했던 기억들 덕분에 그는 그들의 갑옷이 사우스랜드 드래곤의 갑옷처럼 아래로 연결되어 있지 않다는 걸 알고 있었다. 사실 활짝 열려 있는 형태였다.

그 점을 마음에 굳게 새겨 두고, 그웬바엘은 번개 드래곤의 갑옷과 다리 사이로 꼬리를 쓱 디밀었다.

겁에 질린 번개 드래곤이 그의 몸 아래에서 빠져나오려 했지만 그웬바엘은 꼬리로 그 자식의 물건을 꽉 쥐고 잡아당겼다.

"너 이 망할……."

올게어는 이지를 놓지 않았다. 마치 별미나 가장 좋아하는 애완동물처럼 꼬리로 말아 들고 있을 뿐이었다. 그가 킁킁 공기 냄새를 맡더니 입술을 삐죽였다.

"냄새라고는 망할 화염 드래곤들뿐이군. 사방에 깔려 있는 모양이야."

그는 고개를 돌리고 이지의 허리를 감은 꼬리를 더 가까이 움직였다.

"그래, 내 아들은 어디 있지, 애완동물?"

"당신이 하는 말이 뭔지 모르겠어요. 난……."

꼬리가 이지를 두 번 땅에 패대기치더니 다시 들어 올렸다.

"나한테 거짓말할 생각 마라, 계집! 그 새끼는 어디 있나? 당장 불어!"

이지는 어안이 벙벙해서 고개를 흔들었다.

"안 불겠다고?"

뭐라고 말하지? 누구 얘기를 하는 거야? 여긴 어디지? 아, 저 예쁜 색깔들…….

"생각 좀 해 보자. 너 저 골드 자식이 너랑 몇 번 잤다고 이젠 널 사랑한다고 생각하는 거냐? 구해 줄 거라고?"

그의 꼬리가 뒤로 빠지는가 싶더니 이지는 몇 미터 아래로 떨어지며 땅에 세게 부딪쳤다. 색깔이 늘어났다. 그 색깔 너머는 볼 수 없었다.

"너희 인간은 무척 한심한 바보라니까."

올게어는 꼬리로 이지의 칼을 집더니 반으로 부러뜨려 나무들 사이로 던져 버렸다.

"너 같은 꼬마 창녀가 어느 드래곤에게든 중요하기나 할 것 같으냐?"

"그 애는 꼬마 창녀가 아니야."

이지의 어머니가 막 언덕을 넘어 걸어왔다. 순간, 이지의 의식이 놀랄 만큼 맑아졌다.

"그 애는 이세벨, 탈라이스와 브리크의 딸이다."

번개 드래곤이 탈라이스를 멸시하듯 내려다보았다.

"넌 또 다른 애완동물이냐?"

"난 그 애의 엄마야."

탈라이스는 오른 주먹을 들었다.

"네놈이 이제까지 본 중 가장 위험한 년이라고나 할까."

그녀가 손을 빼자 손바닥에서 하얀 불꽃이 발사되어 드래곤의 얼굴을 정통으로 맞혔다.

올게어가 앞발로 머리를 감싸며 비명을 질렀고, 그 틈을 타 이지는 재빨리 일어섰다.

"이지!"

어머니가 고함을 질렀다.

"뛰어!"

"오, 안 되지!"

드래곤의 꼬리가 바로 이지 앞을 쿵 내려쳤다.

"아무 데도 못 간다, 꼬마 창녀!"

올게어는 몸을 돌려 이지를 마주 보았다. 그의 비늘은 탈라이스의 불길에 그슬려 있었다. 그의 꼬리가 채찍처럼 탈라이스를 내리쳤다.

이지는 그가 입을 벌리는 것을 보자 즉시 등에 멘 방패를 붙잡고 휙 돌려 몸 앞을 가렸다. 번개가 그의 입에서 번쩍하더니 금속을 강타했다.

이지는 비명을 질렀다. 번개의 힘으로 다리가 땅에서 뜨며 숲속으로 날아가 버렸다. 그러나 번개는 산탄처럼 반사되어 원래 주인에게로 되돌아갔다.

다그마는 뛰었다. 직접 만든 다크플레인의 지도가 기억에 남아 길을 안내해 주었다. 그녀는 다시 가반아일로 돌아갈 수 없다는 것도 알았고, 번개 드래곤들을 피어구스의 굴이나 쌍둥이에게로 이끌 위험을 무릅쓸 수도 없었다. 그들을 죽음에 처하게 할 뻔한 위기가 이미 한 번 있었다. 또다시 그런 짓을 할 수는 없었다. 그래서 다그마는 그웬바엘의 일족이 약간 오염되었을까 싶어 절대 쓰지 않는 아주 작은 호수로 향했다.

번개 드래곤들이 껄껄 웃으며 숲을 되는대로 가르면서 다그마의 뒤를 쫓았다.

"이리 와라, 작은 인간."

그중 하나가 말했다. 다그마는 그의 앞발이 자기를 잡으려고 아래로 휙 내려오는 것을 느꼈다. 그녀는 몸을 낮추고 진로를 커다란 나무 쪽으로 틀었다. 브라스티아스가 무척이나 반대했지만 그녀가 '시험용'으로 세워 놓은 방어책 중 하나였다.

다그마는 나무 주위로 돌아가면서 나무에 박아 놓은 금속 못에서 밧줄을 재빨리 풀어냈다. 그리고 드래곤들이 사정거리에 들어오자 가장 마음에 드는 방어 장치에 걸린 밧줄을 놓았다. 거대한 나무토막이 거칠 것 없이 날았다.

하지만 번개 드래곤은 빨랐다. 그들의 머리는 동시에 돌아갔고, 둘 다 뒤로 물러섰다. 나무토막은 그들을 휙 지나쳐 갔다. 그들은 별다른 감흥 없이 나무토막이 앞뒤로 흔들리다 멈출 때까지 구경을 하고 있었다.

그들 중 하나가 코웃음을 쳤다.

"아가씨, 진심은 아니겠지. 고작 저런 걸로……."

그때, 그들 발밑의 땅이 꺼졌다. 두 드래곤은 경악의 비명을 내지르며 깊은 구덩이로 떨어지고 말았다.

다그마는 허리를 숙이고 나무 주위의 부드러운 흙을 팠다. 마음보다는 오래 걸렸지만, 거기 묻어 놓은 작은 상자가 마침내 손에 닿자 그녀는 그것을 꺼내 가슴에 꼭 끌어안았다. 그리고 깊은 숨을 내쉰 후, 웅덩이 가장자리로 걸어가 아래를 내려다보았다.

"이 미친년아!"

번개 드래곤 하나가 그녀를 향해 고함을 질렀다.

드래곤들은 기어 올라올 수가 없었다. 웅덩이 안에 뭔가 붙잡을 만한 게 없었다. 날 수도 없었다. 그들이 떨어진 곳은 기름구덩이였기 때문이다. 탈라이스가 어느 날 다그마의 지시에 따라서 만든 특별한 혼합액으로, 날개에 금방 스며들어 등에서 힘없이 파닥이는 정도 외에 다른 기능은 쓸 수 없게 만들었다.

다그마는 구덩이 옆에 주저앉았다.

"오늘 내가 제일 좋아하는 말이 뭔지 알아요, 드래곤님들? 그건 '솔기'예요."

그녀는 작은 상자를 열고 모르퓌드가 준 단순하고 작은 막대 중 하나를 꺼냈다.

"솔깃한 사탕발림에 속아 넘어가는 멍청이! 그런 소리가 아니라 '갑옷의 솔기'라고 할 때의 그 '솔기'죠. 혹은 '드래곤 비늘 사이의 솔기'."

다그마는 가는 막대를 들어 보였다.

"이건 마녀에게서 얻은 물건이에요. 마녀들은 모르는 게 없잖아요. 일단 그녀들의 그게 되니까 참 배우는 게 많아서 좋더라고요. 그러니까 그게…… 아, 아까 나를 뭐라고 부르셨죠?"

그녀는 약간 더 큰 막대의 머리 부분을 바위에 대고 그었다. 작은 불꽃이 휙 올랐다.

"그래, '애완동물'이라고 하셨지."

다그마는 타오르는 막대를 웅덩이 위로 들고 섰다.

"하지 마."

번개 드래곤이 빌었다.

"우린 같은 노스랜드 출신이니까, 내가 하고도 남는다는 걸 잘 알 텐데."

다그마가 손을 편 순간 작은 막대가 떨어졌다. 막대는 웅덩이 옆 벽―역시 기름에 젖은―을 긁으며 내려갔다. 작은 불꽃이 폭발을 일으켜 벽을 무너뜨리며 웅덩이 속으로 사라졌다. 불꽃이 드래곤의 비늘 아래에 스며든 기름을 타고 불이 잘 붙게 된 살로 파고들자 번개 드래곤들이 비명을 질렀다.

그들의 비명 외에는 다른 소리를 듣기가 힘들었지만, 다그마는 타닥타닥 소리를 감지하고 이제 이동해야 한다는 걸 알았다. 그렇게 하려고 일어서다가 치마 뒷자락에 걸리고 말았다.

다음 순간, 불꽃이 하늘 높이 솟아올랐다. 다그마는 뛰어가려고 몸을 돌렸지만 너무 늦어 버린 것만 같았다. 그때, 비늘 달린 팔뚝이 그녀의 허리를 잡고 가까이 끌어당겼다.

"머리를 숙여라, 얘야."

아돌가가 명령했다. 그는 몸을 돌리며 날개로 둘을 한 번에 감쌌고, 다음 순간 웅덩이 안의 모든 것이 불꽃과 번개의 소나기가 되어 폭발했다.

탈라이스는 이지가 그렇게 재빨리 일어서는 걸 보고도 별로 놀라지 않았다. 그 애는 다행스럽게도 친아버지 쪽─모두 무척 명랑한 사람들이었다─을 닮았다. 하지만 이지가 번개와 춤을 추고 빠르게 튀어 오르는 광경은 늙은 드래곤의 약을 올렸을 뿐이다. 그는 자기가 던진 번개가 방패에 반사되어 도로 날아왔을 때 피하지 못했다.

이제 그들 둘 다를 죽이겠다고 결심한 올게어가 이지를 꼬리로 공격하면서 탈라이스에게 번개 공격을 더 날렸다. 탈라이스는 손을 들어 즉시 방어 마법을 일으켰다. 원한 만큼 강력하지 않아서 번개 공격을 원래 주인에게 돌려보내지는 못하고 그저 흡수만 할 수 있었다. 하지만 아쉬워하고 있을 시간이 없었다. 그녀는 다리에 맨 칼집에서 단검을 뽑았다. 딸에게 얼른 도망가 숨으라고 말해 주고 싶어 미칠 것 같았지만, 그런 호사를 누릴 여유도 없었다.

올게어가 그녀를 향해 앞발을 휘둘렀다. 탈라이스는 그 아래로 머리를 숙이며 피해 나갔다. 그가 다시 그녀를 잡으려 손을 뻗었지만, 그녀는 깔끔하게 손을 휙 비켰다.

탈라이스는 이제 드래곤의 옆으로 돌아가 있었고, 이지가 드래곤의 꼬리 위에서 한 발을 차는 모습을 보았다. 무거운 방패를 두 손에 든 채로 딸아이가 그녀를 바라보았다.

탈라이스는 고개를 한 번 끄덕이고는 드래곤을 향해 고함을 질렀다.

"보여 줄 기술은 그게 다냐, 늙다리 드래곤? 가진 기술이 그거밖에 없어?"

번개 드래곤이 그녀를 향해 주먹을 휘두르는 순간, 이지가 그의 꼬리를 길게 잡고 비늘로 덮인 근육에서 세 걸음 길이의 날카로운 금속 끄트머리를 날카로운 방패 날로 내리쪼었다.

올게어는 포효했고 탈라이스를 향해 날린 주먹은 완전히 빗나갔다. 분노한 그가 피 흘리는 꼬리를 내려치고 또 내려치며 이리저리 교묘하게 피하는 이지를 깔아뭉개려 했다.

탈라이스는 드래곤의 정신이 이지에게만 쏠려 있다고 생각했지만, 그는 바보가 아니었다. 다시 손을 아래로 뻗어 탈라이스를 잡으려 했다. 다음엔 어떻게 움직일까 마음속으로 궁리하던 탈라이스는 이지가 드래곤의 떨어진 꼬리 끝을 주워서 그 뾰족한 못

부분을 무기로 쓰려고 자세를 취하는 것을 보았다.

이성을 잃을 정도로 깊은 감명을 받은 그녀가 고함을 질렀다.

"이지!"

마구잡이로 휘두르는 앞발이 아슬아슬하게 다가오자 탈라이스는 재빨리 몸을 뒤로 젖혔다. 발톱 끝이 턱을 긁고 갔다.

"달려가서 뛰어올라!"

그웬바엘은 번개 드래곤의 발에서 검을 빼앗아 들고 일어섰다. 꼬리는 여전히 그 자식의 물건을 휘감은 채였다. 그는 그걸 이용해서 번개 드래곤을 골짜기 저편으로 던져 버렸다. 그리고 그의 뒤를 향해 돌진하며 양발에 검을 든 채로 허공으로 날아올랐다가 내려앉았다. 칼날이 번개 드래곤의 단단한 두개골을 가르고 도로 나왔다.

그웬바엘은 칼을 비틀어 빼낸 후 이지와 탈라이스를 구할 작정으로 달려갔다.

하지만 아돌가와 사촌 옆으로 쭉 미끄러지며 비틀비틀 멈추었을 때, 그웬바엘의 입은 떡 벌어졌다. 그는 이런 광경을 예상하지 못했다는 것부터 먼저 인정했다. 끼어들지 않고 구경만 하고 있는 다른 일족들의 표정으로 봐서는 그들도 마찬가지 기분인 듯했다.

그때, 뭔가 다리를 톡톡 두드리는 느낌에 그웬바엘은 아래를 내려다보았다. 다그마였다. 옷이 잔뜩 그을려 있어서 아무리 다그마라고 해도 이상해 보였다. 그녀가 그의 발을 잡자, 그의 꼬리는 자연스럽게 그녀의 다리를 감았다. 둘은 그렇게 함께 서서 구경했다.

탈라이스가 자기를 갈기갈기 찢으려 하는 올게어의 앞발을 붙잡고 있었다. 잇새에 그 망할 칼을 물고 있었는데, 그때 번개 드래곤의 앞발이 위로 들렸다. 자기한테 뭔가 붙은 게 있다는 걸 알아차린 드래곤이 더 자세히 보려고 발을 든 것이었다. 그 바람에 탈라이스는 그의 앞발에서 코 위로 떨어졌다. 그녀는 무릎을 꿇고 내려앉아 두 비늘이 딱 붙어 만나는 솔기에 칼을 세게 찔러넣었다. 오로지 탈라이스처럼 훈련받은 자만이 그 자리를 정확히 찌를 수 있었다.

번개 드래곤이 고통에 찬 비명을 지르며 뒤로 물러나다 엉덩방아를 찧었다. 탈라이스는 그를 찌른 칼을 꽉 붙든 채로 콧등 위에 매달려 있었다.

바로 그때, 드래곤이 그렇게 뒤로 주저앉아 있는 사이, 그웬바엘의 조카딸이 드래곤의 등 뒤를 달려 올라갔다가 쭉 미끄러져 내려왔다. 하지만 드래곤이 다시 땅에 쿵 주저앉자 이지는 다시 앞으로 돌진했다. 뛰고 또 뛰었다. 번개 드래곤의 등으로 돌진해서 머리 꼭대기에 이른 이지가 그 자리에서 오른발을 박차며 뛰어올랐다. 그리고 다음 순간 허공에서 몸을 돌리면서 한 팔을 뒤로 해서 늙은 악당을 정면으로 향했다.

저게 그……. 그웬바엘은 자기 눈을 의심했다. 그랬다. 그것은 드래곤의 꼬리 끝이었다. 늙은 번개 드래곤의 꼬리. 이지는 그 끝을 이용해서 올게어의 눈을 찔렀고, 울부짖는 그의 비명은 사방 백 리그 안에 있는 모든 드래곤이 동정심이 들어 움찔할 정도로 엄청났다.

하지만 이지에게는 힘과 강인함이 있었다. 그녀는 꼬리 끝을 눈 속에 깊이 밀어 넣으며 드래곤의 두개골, 올게어의 뇌까지 파고들었다.

비명이 뚝 그치고 번개 드래곤이 어지러운 듯 비틀비틀 걸어 나왔다. 하지만 다시 비틀비틀 뒤로 걸어가더니, 거대한 덩치가 쓰러지기 시작했다. 이지와 탈라이스는 여전히 가장 높은 부분에 매달려 있었다.

그웬바엘은 그들을 받으러 나가려 했으나 아돌가가 붙잡았다. 그웬바엘도 다행이라고 생각했다. 그러지 않았다면 어머니와 딸이 올게어에게서 빠져나오는 아름다운 장면을 놓칠 뻔했기 때문이다.

탈라이스는 드래곤이 땅 가까이 쓰러질 때까지 기다렸다가 뛰어내렸다. 그리고 별 무리 없이 데굴데굴 구르다 자기 발로 벌떡 일어섰다. 더 인상적인 건 그녀가 마지막까지도 단검을 들고 있었다는 것이다.

이지는 좀 더 화려하게, 드래곤의 꼬리 끝을 놓고 자유롭게 낙하했다. 그리고 발이 올게어의 팔뚝에 닿는 순간, 그걸 디딤대 삼아 밀며 뒤로 공중제비를 해서 뛰어내렸다. 허공에서 무릎이 몸에 부딪쳐 다시 뒤집히는 바람에 머리가 거의 땅에 부딪치기 직전이었지만, 민첩한 소녀답게 두 손으로 땅을 먼저 짚어 몸을 받쳤다. 그대로 세 번 뒤로 회전한 후에 이지는 그웬바엘 앞에 똑바로 섰다.

그녀가 숨을 헐떡이며 그를 보았다. 그리고 손을 흔들었다.

"안녕, 삼촌!"

그웬바엘은 이 조카에게 상상이 불가능할 지경으로 깊은 애정을 느끼며 환히 웃어 주었다.

"이지, 오늘 하루도 재미있게 보내고 있니?"

이지가 제 어머니를 흘끔 보았다. 탈라이스가 손으로 키스를 날려 보내자, 그녀는 더욱 활짝 웃었다.

"점점 좋아지고 있어요."

34

라그나는 문간을 지나쳤다. 오후의 태양들이 머리 위에서 이글이글 타올랐다. 사우스랜드의 드래곤 퀸이 그의 옆에 서 있었다. 그들은 거래를 마쳤고, 이제 힘든 부분이 시작되었다.

"그럼 노스랜드로 돌아가는 건가?"

여왕이 물었다.

"네, 이리저리 정리할 일이 많습니다."

"그럼, 네 아버지는?"

"문제가 되겠지만, 제 문제가 그거 하나만은 아니죠. 나라를 지배하고자 하는 자들은 많습니다. 그들도 처리해야 할 겁니다."

라그나는 깊은 숨을 내쉬었다.

"하지만 아버지부터……."

그때, 땅이 흔들리더니 '건달' 올게어가 궁정 뜰 한가운데 쿵 떨어졌다.

"미안하게 됐네."

위에서 누군가 소리를 질렀다.

"손이 미끄러져서."

다그마와 함께 보냈던 골드 드래곤이 시체 옆에 내려앉았다.

"괜찮아."

그가 위를 보고 외쳤다.

"아무도 맞지 않았어."

골드 드래곤이 몸을 낮추자, 여자 셋이 그의 등에서 미끄러져 내려왔다. 그중 하나는 다그마였다. 라그나는 그녀를 보고 무척 안심해서 말을 할 수가 없을 정도였다.

드래곤 퀸의 자식들이 대전으로부터 뜰 계단으로 달려왔다.

"대체 이게 뭐야?"

은색 머리카락의 오만한 용이 따지듯 물었다.

어린 소녀가 신이 나서 올게어의 시체를 가리켰다.

"아빠! 엄마랑 내가 뭘 했는지 봐요!"

그녀는 올게어의 뼈를 들어 보였다.

"게다가 아돌가 큰할아버지가 이걸 주셨어요! 내 투구에 영광의 상징으로 달고 다녀도 된대요!"

'위대한 자' 베르세락은 팔짱을 끼고 문간에 기대서 있었다.

"이거 참 어이없군."

그의 말에는 확실히 빈정대는 웃음기가 섞여 있었다.

소녀가 라그나를 빤히 보더니 갑자기 물었다.

"이 드래곤 알아요?"

리아논이 몸을 앞으로 내밀며 아주 큰 소리로 속삭였다.

"이자의 아버지란다."

소녀는 질겁했다.

"맙소사! 정말 미안해요."

첫 번째 여자보다 좀 더 갈색이지만 덩치가 작은 다른 여자가 소녀를 계단으로 밀었다.

"그냥 가, 이지."

"나는 몰랐어요."

소녀는 라그나가 서 있는 계단에 이르자 그의 아버지의 뿔을 들어 올렸다.

"이거 도로 가져갈래요? 아니면 꼬리라도?"

"이지!"

여자가 소녀를 대전으로 밀어 넣었다.

"조용히 해."

"그동안 당신들은 뭐하고 있었지?"

실버 드래곤이 여자들을 보고 딱딱거렸다.

"처음에는 쟤가 싸우는 게 싫다고 하더니, 이 멍청이의 아버지와 전투를 벌이도록 던져 둬?"

"나한테 고함치지 마! 선택의 여지가 없었단 말이야!"

소녀를 밀던 여자가 라그나를 보고 까딱 고개인사를 했다.

"아버지 일은 안됐어요."

그러고는 기세 좋게 대전으로 들어갔다.

"그리고 이 일에 대해선 입 닥쳐, 브리크."

"그렇겐 못 해!"

그때, 골드 드래곤이 인간으로 변신하더니 뻔뻔하게 알몸으로 계단을 올라와 리아논을 지나쳐 갔다.

"이런 젠장맞을!"

그가 라그나 옆에 섰다.

"거짓말쟁이 수도사잖아!"

"'훼손자'."

골드 드래곤은 참을성 있고 조심스럽게 계단을 오르는 다그마를 슬쩍 돌아보고는 낮은 목소리로 위협했다.

"저 여자에게 가까이 가기만 해 봐. 탈라이스와 이지가 네 아버지에게 한 짓을 네게 똑같이 해 줄 테니까."

라그나가 한쪽 눈썹을 치키자, 그는 한 팔을 베르세락의 어깨에 올리며 말했다.

"아버지! 최근에 발견한 새 전투 기술을 좀 알려 드려야 할 것 같아요. 오세요. 다 말씀드리죠."

라그나는 다그마를 내려다보며 미소를 띠었다. 그녀의 소박한 회색 드레스는 온통 찢어지고 흙투성이였으며 그녀는 검댕을 뒤집어쓰고 있었다. 안경은 겁날 만큼 더러웠고 얼굴 한쪽에는 긁힌 상처도 있었다. 하지만 이보다 더 행복해 보일 순 없었다.

"골칫거리가 좀 있었나 보지?"

그는 다그마가 가까이 오자 놀리듯 말했다.

"뭐, 약간. 회합에 참석하지 못해서 미안해요. 일이 진척되면 내가 할 수 있는 걸 하죠. 하지만……."

다그마는 그 앞에 똑바로 서더니 그의 턱을 톡톡 쳤다.

"또다시 나를 배신하려면 각오해야 할 거예요, 번개 드래곤."

숨도 차고 기운도 빠진 듯했지만, 그녀는 웃고 있었다.

"브라스티아스는 내가 만든 작은 덫을 시간 낭비라고 생각했죠. 하지만 이제 그렇지 않았다고 말해 줄 수 있겠네요. 다음번엔 불－번개 역학을 고려해야겠지만."

"내가 항상 뭐라고 말했었지, 레이디 다그마?"

라그나의 질문에 그녀가 눈알을 굴렸다.

"모든 작용에는 반작용이 있다. 어쩌고저쩌고……."

다그마는 드래곤 퀸을 보고 윙크했다.

"하지만 걱정 마세요, 전하. 이 순간에도 카드왈라드르 일족이 산불을 진화하고 있으니까요."

"산불?"

리아논이 즉시 발꿈치를 들고 건물 너머를 바라보았다.

이제 자기 갈 길을 가는 게 좋겠다고 결정한 라그나는 계단을 내려갔다. 그때, 여왕의 반려의 목소리가 뒤에서 우렁차게 울려 퍼졌다.

"너, 적의 뭘 잡았다고?"

그랬다. 이제는 정말로 백성들에게 돌아갈 때였다. 노스랜드에는 여느 때와 같은 문제가 있었다. 증오, 폭력, 배신. 하지만 이런 괴상한 자들을 상대하니 언제라도 그쪽이 나았다.

아버지의 시체를 지나쳐 가면서도 라그나는 시선을 똑바로 앞에 두고 늙은 드래곤을 쳐다보지도 않았다. 쉽지는 않았지만, 그는 사우스랜드에 와 있는 노스랜드의 드래곤이었다. 한때는 위대했던 드래곤 전사가 그렇게 된 모습을 보고 얼마나 마음 아픈지 티를 낼 수는 없었다. 그것도 여자들에 의해 무너지다니. 하지만 라그나가 고통을 느낀다고 해서 그 무엇도 바뀌지 않았다. 아버지는 죽었고, 라그나의 일은 끝나려면 아직 멀었다. 그는 여전히 아버지에게 충성하는 자들과 번개 드래곤을 통제하고자 하는 자들에게 맞서야만 했다. 그래도 자기 손으로 아버지의 목숨을 직접 빼앗지 않아도 된다는 것만으로도 일이 여러모로 쉬워졌다.

인간의 모습으로 걸으며 라그나는 천천히 슬픔을 몰아냈다. 형제와 사촌 들이 기다리고 있는 동굴 근처에 이르렀을 즈음엔 기분이 훨씬 나아져 있었다. 그때, 시야 모서리에서 움직임을 포착한 그는 휙 몸을 돌리며 즉시 드래곤의 형태로 변신했다. 앞발을 들고 강력한 주문을 혀에서 내뱉기 직전이었다. 하지만 그 갈색 눈에 허를 찔리고 말았고, 그물에 걸린 그녀를 잡은 이래로 거듭해서 그랬듯이 순간 얼이 빠졌다. 라그나는 망할 갈색 눈에 옴짝달싹 못하고 걸려 있느라 그 꼬리의 움직임을 보지 못했다. 꼬리가 그의 가슴을 향해 전속력으로 날아오더니, 심장과 주요 혈관을 아슬아슬하게 비켜 내려쳤다.

그녀가 앞으로 다가옴에 따라 꼬리는 더 강력한 힘으로 그를 나무에 부딪칠 때까지 밀어냈다. 라그나는 이를 득득 갈며 그녀가 얼마나 심한 고통을 주는지 티를 내지 않으려고 애썼다.

진한 빨강 머리카락 한 줌이 이마 위로 떨어지는가 싶더니 꼬리가 마지막으로 그를 후려쳤다. 꽉 다문 어금니 사이로 목 졸린 신음이 새어 나왔다. 라그나는 몸을 앞으로 숙이며 피를 쏟아 냈다. 그녀는 그가 죽을 만큼 상처 입히지는 않았다. 또 이 정도 피를 흘린 상태에서도 그는 그녀를 여전히 죽일 수 있었다. 그는 위대한 힘을 가진 전투 마법사이므로. 일대일 격투 기술, 무기술, 생존 전략, 전쟁용 주문을 훈련받은 자로서 라그나는 생명력을 대부분 내놓은 상태에서도 동요하지 않았다.

그녀를 만나기 전까지는. '독사' 케이타를 만나기 전까지는.

그들이 사우스랜드로 향하는 여행 동안 사이가 좋지 않았다는 표현은 너무 약과였다. 이틀 전 그녀를 놓아줄 때 라그나는 다시 그녀를 볼 수 있을 거라고 생각하지 않았다. 하지만 처음으로 그의 생각이 틀린 모양이었다.

그리고 무엇보다 중요하게도, 그녀는 라그나가 인정한 이상으로 용감했다.

"내가 한 말 때문에 그래?"

케이타가 나무 사이로 걸어가는 뒷모습을 바라보며 그는 외쳤다. 이제 그녀가 그의 인생에서 영원히 사라지려는 참이었다.

라그나는 오직 그러길 바랄 뿐이었다.

"아직도 잔소리네."

탈라이스는 불평했다. 얼굴에 닿은 따뜻한 천이 위로가 되긴 했지만 짝의 목소리까지 막아 주진 못했다.

"망할. 그래, 아직도 잔소리야."

그가 대뜸 되쏘았다.

"번개 드래곤을 상대로 위험한 짓을 한 것만도 나쁜데, 딸까지 끌어들이다니. 용납할 수 없지!"

탈라이스는 천을 얼굴에서 홱 치우고 너무 작은 욕조 너머를 째려보았다. 한때는 더 큰 욕조도 있었으나, 이런 종류의 일은 혼자 하고자 하는 욕망에 더 작은 걸로 바꾸었다. 그래도 어쨌든 브리크는 언제나 커다란 드래곤 엉덩이를 그 안으로 들이밀었다. 그가 발가락으로 그 신경 쓰이는 짓을 끈질기게 하는 것도 도움이 되지 않았다. 그처럼 부적절하지만 즐거운 방식으로 만져 대는데 어떻게 계속 화를 내거나 나가라고 할 수 있겠는가?

"선택의 여지가 없었어. 당신이 우리를 구하러 뛰어오는 모습도 볼 수 없었지, 오만한 드래곤님!"

"그래서 뭐? 이지가 알아서 앞가림을 하리라 생각했다고?"

"물론이지. 내 생각엔……."

탈라이스는 말을 끊었다. 그녀는 이 오만한 자식이 발을 살살 마사지하며 자기를 속여 넘기려 한다는 것을 알고 실눈을 떴다.

"나쁜 자식."

그가 발등의 특히 민감한 부분을 문질렀다.

"이젠 걔를 놓아주어야 해."

"난들 몰라서 이러는 것 같아?"

탈라이스는 정말로 알고 있었다. 잃어버린 십육 년을 단지 칠 개월로 보충할 수 없다는 것도 알았다. 아이가 자라는 과정을 놓쳐 버렸고 아무것도 그 사실을 바꿀 순 없었다. 이제 그 애를 붙잡는 건 오로지 그들 사이의 관계에 쐐기를 박는 일일 따름이었다. 그렇게 되도록 놔둘 수는 없었다.

"그럼 그 애가 웨스트랜드로 갈 수 있게 해 줘."

탈라이스는 본능적으로 항의하려고 입을 벌렸지만, 그가 말을 막고 계속했다.

"사십오 레기온이 십팔 레기온과 교대를 할 거야. 이지가 십팔 레기온과 가면 우리 일족이 그 애를 보호해 주겠지. 그리고 사십오 레기온과는 달리 십팔 레기온은 앤닐이 직접 훈련시켰어. 그들은 무척 훌륭한 투사들이고 서로에게 충실하지. 이지라면 거기서 잘 해낼 거야."

"이걸 미리 잘도 꾸며 났군."

"당신과 다퉈서 이기려면 당신이 끄집어낼 수 있는 주장을 다 미리 살펴 둬야 한다는 건 이미 오래전에 터득했지. 다만 가장 비합리적인 결정들은 빼고. 그러니까 뭐라고 하더라……."

브리크는 천장을 올려다보며 그 표현을 기억해 내려고 애쓰다가 말했다.

"아! 개들을 한 줄로 세워 놓는다고 했던가."

"개들이라고?"

교활한 노스랜드 계집 같으니! 이 탈라이스의 등 뒤에서 공작을 했단 말이지!

그녀는 브리크에게서 발을 빼고 일어섰다.

"어디 가는 거야?"

"노스랜드 계집애의 엉덩이를 차 주러!"

"오! 아니, 그건 안 되지."

브리크가 그녀의 팔을 잡고 쉽게 도로 앉혔다.

"내 동생이 지금 가장 특이한 여자에게 완전히 걸려들기 직전이거든. 그걸 당신 때문에 망치게 둘 순 없지."

"당신의 가족 사랑은 정말 끊임없이 나를 놀라게 하네."

탈라이스는 그의 손을 탁 쳤다.

"놔. 놓으란 말이야!"

브리크는 그렇게 하지 않았다. 대신에 그녀의 엉덩이를 관찰했다.

"그 멍은 어디서 생긴 거야? 올게어와 싸우다가?"

탈라이스는 젖은 머리카락을 치우며 자기의 알몸을 내려다보았다.

"아까 어떤 군인과 부딪쳤어. 별거 아니야. 그럼 미안하지만, 누군가의 입에서 이를 다 날려 버리기 전에 내 이를 먼저 좀 보여주고 와야겠어."

브리크가 손아귀의 힘을 풀기는커녕 더 세게 잡으며 그녀 앞에 무릎을 꿇었다.

"뭐하려는 거야?"

"더 자세히 보려고."

탈라이스는 생긋 웃었다.

"거긴 멍이 있는 자리가 아닌데, 브리크."

"이 정도면 가깝잖아."

베르세락은 장남의 동굴로 들어갔다. 아기들만 요람 안에 있을 뿐이었다. 남자 아기는 잠이 들었지만, 여자 아기는 말똥말똥하게 깨어 찡그렸다. 베르세락은 드래곤 형태 그대로 더 가까이 다가가 아기들을 내려다보았다. 자식들과 함께 방어 전략을 짜느라 너무 바빠서 아기들이 태어난 후에는 시간을 같이 보내지 못했다.

하지만 그게 진실의 전부는 아니었다. 솔직히 말하자면, 그는 아기들을 어떻게 대해야 할지 몰랐다. 어린애는 절대로 먹지 않아야 한다는 종족의 규칙을 따르는 것만 해도 벅차다고 여겼다. 무엇보다, 아기들이 무척 건강하다는 게 기쁘기는 해도 두 인간 아기를 어떻게 생각해야 할지, 어떻게 대해야 할지 확실히 알 수가 없었다.

베르세락은 얼굴을 찡그리며 아기들을 더 자세히 보기 위해 몸을 내밀었다. 아들들에게 듣기로, 이 아기들은 보통의 인간 신생아보다 훨씬 더 크고 훨씬 더 발육이 좋다고 했다. 하지만 리아논은 그렇다고 쌍둥이가 갑자기 마흔 번의 겨울을 지낸 양 확 큰 건 아니라고 재빨리 말해 주었다. 발육이 좋긴 하지만, 그 아이들은 여전히 대체로 인간에 가깝다는 것이었다.

대체로 인간에 가깝다. 이 '대체로 인간에 가까운' 자손들을 어떻게 대해야 한단 말인가?

다시 한 번 그는 몸을 요람 안으로 숙였다. 이번에는 그의 코가 요람 안의 쌍둥이에게 닿을 정도였다. 바로 그때, 여자 아기가 손을 위로 뻗었다. 아기는 아무런 두려움도 없이 작은 손바닥을 그의 코에 갖다 댔다.

베르세락은 즉시 느꼈다. 온몸을 훑고 가는 강한 떨림을. 인정의 강한 떨림이었다.

이 아기는 분명 그의 손녀였다. 그의 혈육. 그는 아주 기초적인 차원에서 이를 깨달았다. 무릎이 후들거려 주저앉을 정도의 느낌이었다. 아기도 이를 느꼈다. 찡그린 표정이 사라지고 아기가 그를 보고 방긋 웃었다.

"내 귀여운 손녀딸, 잘 있었나?"

그가 속삭이자 아기가 깔깔 웃으며 작은 손을 흔들었고, 다시금 전율이 일었다.

베르세락은 아기가 그의 털을 한 손으로 잡아당기고 다른 손으로는 그의 콧구멍을 쑤시도록 놔두었다. 그러다가 앞발을 아기 앞에 흔들면서 할아버지 이름을 말해 보라고 살살 꼬였다.

하지만 할아버지와 손녀는 거의 동시에 다른 사람의 존재를 감지하고 다시 찡그린 표정을 지었다. 고개를 들어 보니 '피투성이' 앤널이 거기 서 있었다. 실실 웃으면서.

그때, 남자 아기가 깨어나 베르세락을 힐끔 보더니 작은 인간의 머리를 흔들며 비명을 질러 댔다. 여자 아기는 마음에 들지 않는지 형제를 주먹으로 쳤고, 남자 아기도 지지 않고 주먹을 날렸다. 두 아이가 요람에서 건강하게 다툼을 벌이자 앤널이 다가와 고함을 질렀다.

"그만해!"

아기들이 떨어졌지만 둘 다 뾰로통했다.

"피어구스는 아기들을 따로 누일 요람을 찾으러 나갔어요. 어쩔 때는 같이 세계를 뒤집을 음모를 꾸미는 것 같다가도 다음 순간에는 서로 못 잡아먹어 안달이거든요."

"익숙해져라. 보통 쌍둥이 드래곤들은 서로 싸우면서 알에서 빠져나오니까."

베르세락은 불편한 기분이 들어 앤닐에게서 한 걸음 뒤로 물러섰다. 그는 항상 앤닐을 싫어했다. 한번은 그녀를 죽이려고 했고, 앤닐의 검 끝이 자기 아랫배를 눌렀던 그때의 기억은 다음 생까지 갖고 갈 만한 것이었다.

하지만 적어도 이것만은 인정하지 않을 수 없었다. 앤닐에 대한 감정이 조금 변했다는 사실을. 문제는 그걸 어떻게 해야 할지 모르겠다는 것이다.

"여긴 왜 오셨어요?"

앤닐이 물었다. 적어도 이번에는 따지는 게 아니라 그저 궁금하다는 말투였다.

"네가 산불에 타 죽지 않았는지 보러 왔다."

"뭔가 타는 냄새가 난 것 같긴 한데."

"그런데도 아무것도 안 하……."

베르세락은 화를 눌러 참으며 고개를 저었다.

"아니다."

"어떻게든 우리가 살길을 찾아서 빠져나갔을 거예요."

"그것참 다행이로구나. ……오늘 밤 가반아일에서 잔치가 있다더라."

"알겠어요."

"그럼…… 알려 줬으니, 난 간다."

베르세락이 작은 방 밖으로 뒷걸음하다 몸을 돌려 떠나려 할 때, 앤닐의 목소리가 그를 불러 세웠다.

"잠깐만요. 저……."

그는 억지로 멈추고 앤닐을 바라보았다.

"말씀드리고 싶은 게…… 그날 해 주신 일은……."

맙소사! 쟤가 지금 감정을 내비치려는 건가? 눈물이라도 흘리고 사랑하고 존경한다고 인정이라도 하려고? 그럼 가서 쟤를 달래 줘야 하나?

신들이여, 도와주소서! 대체 피어구스 이 자식은 어디에 있는 거야?

앤닐은 그를 한참 쳐다보더니 더는 아무 말도 하지 않았다. 그만큼이나 불편해 보였다. 그녀의 시선이 방들 사이를 이리저리 옮겨 다녔다. 그러다 갑자기 그녀가 몸을 홱 젖히며 ─베르세락이 놀랄 정도로─ 재빨리 말했다.

"드릴 게 있어요!"

앤닐이 골방 안으로 사라졌다가 잠시 후 미노타우루스의 칼 한 자루를 가지고 돌아왔다. 거기 묻어 있는 피의 양으로 볼 때, 앤닐이 미노타우루스 부대 하나를 통째로 쓸어 버릴 때 썼다는 칼 같았다.

"여기."

"이걸로 뭘 하라고?"

베르세락은 무기를 즉시 받아 들지 않았다. 앤닐이라면 마음을 바꾸어 그의 머리를 잘라 내고도 남을 거라고 생각했기 때문이다.

"음…… 그게, 여기 놔둘 수는 없으니까요. 그렇잖아요?"

"왜 안 되지?"

"왜 안 되냐고요?"

앤닐이 작은 방으로 다시 들어가 칼날을 아기들 요람 위로 들었다. 남자 아기는 몸을 뒤집고 코를 골기 시작했다. 하지만 그의 누이는…… 세상에, 아기가 칼을 향해 두 손을 뻗었다. 검은 눈은 신이 난 듯 활짝 커졌다.

사실, 아기는 그저 반짝거리는 게 요람 위에 있으니까 그런 반응을 보이는지도 몰랐다. 하지만 베르세락은 의심스러웠다.

"대답이 됐나요?"

인간 여왕이 칼을 거두어 다시 베르세락에게 내밀었다. 그는 칼을 받아 들었다.

그나 앤닐 같은 전사에게 이런 건 보관해야 할 물건, 탁월한 전투 기술의 증거로 보물처럼 여겨야 할 전리품이었다. 쉽게 처리하자면 앤닐은 그 칼을 이전에 썼던 다른 무기들과 함께 벽에 걸어 놓을 수도 있었다. 어차피 딸의 손은 닿지 않을 터였다.

그러는 대신, 앤닐은 칼을 그에게 주었다.

"내가 보관해 두지. 음…… 그 애 근처에 칼을 두어도 안전할 때까지 말이다."

"그거 좋네요. 고마워요, 아버님."

앤뉠은 재빨리 덧붙였다.

"칼을 받아 주셔서요."

"천만의 말을, 앤뉠."

베르세락은 짧은 고개인사를 하고 손주들에게 미소를 보낸 후 리아논에게로 향했다. 전리품으로 얻은 미노타우루스의 칼을 손에 꼭 쥐고.

그웬바엘은 방으로 향하는 문을 열었다가 재빨리 닫았다. 문 손잡이를 잡은 채로 그는 다그마를 내려다보았다.

"당신 방으로 가는 게 어때? 그쪽이 훨씬 더 좋은데."

그는 자신이 어째서 굳이 그녀에게 거짓말을 하려 하는지 알수가 없었다. 다그마가 그의 얼굴을 일 초간 쓱 훑더니 짧은 손톱을 그의 손에 박았다.

"아야!"

그웬바엘은 손잡이를 놓았고, 다그마는 문을 밀어 젖혔다.

근사한 금발 미인—이름이 있겠지만, 그웬바엘이 그런 걸 기억할 리가 없었다—이 벌거벗은 채로 침대에 꼿꼿이 앉아 있었다. 그녀가 그를 다시 봤을 때는 생기가 돌았지만 다그마의 모습을 보자 입을 삐쭉 내밀었다.

"오."

"꼴이 좋지 않은 건 아는데……."

그웬바엘이 말을 꺼내는 순간, 다그마가 방 안으로 들어가더니 금발 여인의 귀에 대고 뭐라고 속삭였다. 그웬바엘은 엿들으려고 해 봤지만, 망할 인간의 귀는 때론 소용이 없었다.

금발 미인은 이상한 여자가 다가오자 방해받아 귀찮다는 표정이었다가, 귀에 속삭이는 얘기를 듣자마자 겁을 먹었다. 문제는 그녀가 그웬바엘도 겁에 질린 눈으로 바라보았다는 것이다. 여자는 숨을 들이마시고 역겹다는 표정으로 침대에서 일어나더니 옷가지를 그러모으고 문으로 향했다. 그리고 그에게는 닿기도 두렵다는 듯 옆을 휙 지나쳤다.

그웬바엘은 여자가 복도로 줄행랑치는 것을 바라보다가 방 안으로 들어와서 문을 닫았다.

"저 여자에게 뭐라고 했는지 말해 줄 거야?"

다그마가 침대에 벌러덩 누우며 대꾸했다.

"아니, 안 해 줄 거야."

그러더니 웃음을 터뜨렸다. 약간 큭큭대는 소리 같아서 그웬바엘은 영 마음에 들지 않았다.

"알잖아. 굳이 당신이 내 평판을 해칠 필요까진 없다는 거."

"그러시겠지. '오염자' 그웬바엘로 사는 게 무척 자랑스러울 테니까."

"'훼손자'라니까! 그리고 오직 노스랜드에서만 그렇게 불린다고. 게다가 그 여자들은 내가 도착하기 오래전부터 평판이 안 좋았어. 하지만 여기 다크플레인선 난 '미남자' 그웬바엘, '사랑받는' 그웬바엘, '경애'의 그웬바엘이라고."

"'난봉꾼' 그웬바엘이겠지."

"뭐, 다크플레인의 어떤 지역에서는 그렇겠지. 그냥 다 기억해 두라고. 이제 당신이 내 대변인이니까."

그 말에 큭큭대는 웃음소리가 더 심해졌다.

"아, 내가?"

"그래, 그렇지."

그는 방 안으로 더 걸어 들어갔다.

"그래서 내가 당신을 여기 데려온 거잖아. 얘기 좀 하려고."

"난 얘기 필요 없는데."

다그마가 손을 아래로 내리더니 드레스를 위로 끌어 올리고 무릎을 세운 후 다리를 벌렸다.

"좋아, 당신 그 입을 놀릴 거면 말하는 데보다는 다른 데 쓰는 게 좋을걸."

"그 말에 이상하게 흥분되긴 하지만, 그래서 여기 온 건 아냐."

그녀가 드레스를 내리고 한숨을 지었다.

"알겠어. 뭐야?"

그웬바엘은 그녀를 내려다보면서 선언했다.

"난 당신에게 내 짝이라는 '권리 주장'을 함으로써 내 것이 된다는 선물을 주기로 했어. 멋지지 않아?"

다그마가 손바닥으로 침대를 짚고 몸을 일으켰다.

"고작 그런 식으로밖에 부탁 못 해?"

"이건 부탁이 아닌데."

"그래, 그게 바로 문제지."

"왜?"

"그런 종류의 일을 부탁하길 바라는 건 너무 큰 기대야?"

"난 드래곤이야. 우리는 부탁하지 않아. 취할 뿐이지."

"피어구스가 앤닐에게 부탁하지 않았다고 할 참이야?"

"소문에 따르면 형은 앤닐을 침대에 묶었다던데."

"탈라이스는?"

"잠에서 깨 보니 꽝, '권리 주장'이 되어 있었대. 게다가 그건 소문도 아니야. 탈라이스가 내게 해 준 이야기지."

다그마는 눈을 가늘게 뜨더니 손가락을 튀겼다.

"리아논 여왕님도 있잖아."

"사슬로 묶였으니까."

"설마…… 정말?"

"정말이야. 알겠어? 난 다정한 축에 속한다고. 정중하게 하려고 하잖아. 당신을 묶기 전에 미리 공표부터 하고."

다그마가 빤히 쳐다보기만 하자, 그는 퉁명스럽게 대꾸했다.

"당신은 왜 내 짝이 되지 않으려고 하는 거야? 우리는 함께 있으면 완벽한데."

"방금도 벌거벗은 여자가 당신 침대에서 기다리고 있는 모습을 보지 않았어?"

"그건 내 잘못이 아니야. 아마도 팰이 보낸 선물이겠지."

"어째서 나는 그렇게 생각되지가 않을까?"

그녀가 침대에서 내려오며 한 손으로 가슴을 긁었다.

"그 발진 점점 심해지네."

"점점 심해지는 거 나도 알아. 심해진다고 당신 입으로 굳이 얘기해 줄 필요는 없다고."

"왜 나한테 떽떽거리는 거야? 내가 당신에게 발진을 옮긴 것도 아닌데."

다그마는 여전히 긁으면서 왔다 갔다 했다.

"당신이 이해 못 할 줄은 알지만, 그래도 우리가 이걸 지금 여기서 끝내야 하는 몇 가지 이유가 있어."

그웬바엘은 그녀의 말투가 마음에 들지 않았다. 어째서 이 여자는 싸우려 하는 걸까? 눈 달린 자라면 누구나 뻔하다고 하는 그런 일에 왜 저항하려는 걸까? 이 여자에게 새 안경을 사 주어야 하나?

"어떤?"

그는 으르렁대지 않으려고 애썼다.

"첫째."

그녀가 집게손가락을 들었다.

"내 아버지가 내가 집에 돌아오길 기다리고 계시잖아."

"그 말은 맞아. 그리고 당신 역시 거기서 퍽이나 재미있게 살았지."

"뭐, 나름대로 좋은 순간도 있었다고. 둘째."

다그마는 귀찮은지 두 번째 손가락을 들지도 않았다.

"나는 이제부터 고작 육칠십 년쯤 살 거 아냐. 그나마 병에 걸리거나 계단에서 굴러떨어져서 일찍 죽지 않을 때 얘기지. 난 남편과 함께 나이 먹어 가는 편이 좋아."

"그 얘기는 어머니하고 해 볼게."

"어머니? 어머니가 뭘 하실 수 있는데?"

"그런 얘기를 지금 굳이 해야 해?"

"좋아. 셋째."

그녀는 여전히 손가락 하나만 든 채로 말을 이었다.

"난 내 걸 남하고 나누지 않아."

"그렇게 해 달라고 부탁한 적 없는데."

"그럴 필요도 없지."

다그마가 손을 흔들어 침대를 가리켜 보였다.

"여자들이 저기 누워서 기다려 주니까. 무슨 별미처럼."

"그게 내 탓이야?"

"그래, 당신 탓이야. 이백 년 동안이나 난봉꾼으로 살았는데 마법처럼 하루아침에 바뀔 리 없겠지. 내 삶은 너무 짧아서 당신 때문에 주저앉아서 실망만 하고 있을 수는 없어. 그 어떤 인간 때문에라도."

"드래곤이야."

"뭐?"

"난 드래곤이라고, 인간이 아니잖아."

"그런 건 상관없어. 일단 당신 다리 사이에 그 물건이 붙어 있는 한 당신이 누군지는 중요하지 않아. 모두 끝이지. 그리고 내가 남자 물건에 죽고 사는 내 한심한 올케들과 같으리라고 생각한다면, 슬프게도 오산이야!"

다그마는 자신이 언제부터 그렇게 화가 났는지 의식하지 못했지만, 지금 화가 난 상태였다. 사실 분노했다고 할 만했다. 그웬바엘의 침대 위에 그 여자가 기다리고 있을 때만 해도 그렇게까지 분노하진 않았었다. 뜬금없이 나타나서 자기를 씨받이로 이용해 줄 남자를 기다리고 있는 여자를 보았을 때만 해도.

그러나 지금 다그마는 눈이 멀 만큼 분노했고, 왜인지 이유도 알지 못했다.

하지만 어차피 분노했다면, 즐기기로 했다.

"그러니 용서하시죠, 그웬바엘 님. 행복한 삶에 대한 내 개념에 여기 가만히 앉아서 당신을 기다리는 게 포함되어 있지 않다고 해도. 난 당신이 자기 앞에 알아서 떨어지는 선물을 받지 않아 줬으면 하고 바라고 기도하면서 평생 살 수는 없어."

다그마는 그에게로 걸어가서 면전에 대고 삿대질을 했다.

"똑똑히 말하는데, 난 할 일이 있어. 가만히 앉아서 당신이든 누구든 기다리고 있진 않을 거야. 그렇다고 나 대신에 다른 사람이 당신을 기다리는 걸 내가 가만히 받아들일 줄 알아?"

그웬바엘이 한 손으로 그녀의 주먹을 감싸 쥐고 위로 끌어 올리자 다그마는 발꿈치를 들고 설 수밖에 없었다. 집게손가락은 여전히 뻗은 채였고, 그가 그 끝에 혀를 살짝 댔다. 부드러우면서도 거친 그의 태도는 그녀를 미치게 만들었다. 며칠 낮…… 그리고 매일 밤.

"내가 정말 원하는 게 그거라고 생각하는 거야? 당신이 누워서 날 기다리는 거? 어떻게 하면 나를 기쁘게 해 줄지 말고는 머릿속에 다른 생각은 없는 거라고?"

"남자라면 다 그런 걸 원하잖아."

"그럼 모든 남자가 그걸 찾을 수 있지. 난 그 이상 원해."

그가 집게손가락 전체를 입안에 넣고 빨았다. 혀로는 여전히 손가락 끝을 희롱하면서 눈으로는 그녀를 뚫어져라 관찰했다.

다그마는 그의 시선을 받으며 배가 뒤틀리고 무릎에서 힘이 빠지는 것 같았다.

"당신은 항상 더 원하지."

그녀는 약간 헐떡이며 말했다. 그가 고개를 끄덕이며 여유 있게 그녀의 손가락을 입에서 뺐다.

"당신 말이 맞아. 그리고 당신도 마찬가지잖아. 이전의 삶으로 돌아가서 만족할 거라고 진심으로 생각하는 거야? 이 모든 일을 겪은 후에도? 전쟁 군주의 진짜 업무를 남몰래 수행하면서 겉으로는 좋은 딸인 척하는 삶으로 돌아가겠다고?"

그의 목소리가 낮게 뚝 떨어졌다. 그 허스키한 목소리에 그녀의 젖꼭지가 그의 입을 갈망하며 욱신거렸다.

"남편을 찾고 좋은 아내인 척하고, 그러면서 밤에는 나를 꿈꾸겠지. 나 때문에 녹고, 나를 갈망하고. 당신 손은 내 입이 할 수 있는 만큼 할 수 없잖아."

"이게 당신이 내게 줄 수 있는 전부야, '오염자'? 침대에서의 기술이?"

"아니."

그는 다그마의 손을 뒤집더니 손가락으로 손바닥을 쓰다듬으며 팔뚝까지 올라갔다. 피부가 드레스로 덮여 있었지만, 다그마는 마치 완전한 알몸인 양 여전히 그를 느낄 수 있었다.

"동반자로서의 관계를 주려는 거야."

"동반자?"

그녀는 따분해 보이는 태도를 가장하며 되물었다.

"일을 같이하는 관계 말이야?"

그는 경멸하듯 코웃음 치면서도 손으로는 여전히 그녀의 팔뚝을 쓰다듬고 있었다. 이제 손은 그녀의 어깨 위, 목에 이르렀다.

"날 모욕하지 마. 일은 따분하고, 드래곤으로서 나는 내가 원하는 걸 그냥 가지면 돼. 황금, 재물, 보석들이 줄줄이 나를 기다리니까. 그런 것들은 아까 여기서 튀쳐나간 금발이랑 하등 다를 게 없지. 만족감도 비슷하고. 나는 그보다는 더 큰 보상에 눈을 두고 있는걸."

"그리고 그 보상을 위해선 내가 필요하단 거야?"

"좋은 경기를 위해선 딱 맞는 동반자가 제일 중요하지. 난 우리가 뭘 같이할 수 있는지 상상할 수 있어, '야수' 아가씨. 당신 가족도 내 가족도 우리 기술을 과소평가하고 있지. 세상은 우리의 경기장이 될 거야."

"내가 만약 이 경기에 지루해지면?"

이백 년이 지난 후에도 그는 그러지 않으리라고 다그마는 확신할 수 있었다.

"그럴 리가 없어. 당신도 나만큼 그런 경기에 중독되어 있으니까. 당신은 도전을 사랑하잖아. 당신의 뇌는 세상의 멍청이들이 우리에게 제시한 가능성들로 돌아가고 있지. 내가 당신을 기다려 온 만큼, 당신도 나를 기다려 왔어. 우리 둘 다 그걸 알아."

"참으로 자신만만하네."

"당신도 그렇잖아. 자신감이 있는 건 부끄러워할 일이 아니지. 우리를 죽이는 건 오만과 어리석음이야."

"하지만 내가 당신을 사랑하지 않는다면……."

"내게 거짓말하지 마, 다그마."

이제 그의 두 손이 어깨와 목을 쓰다듬고 있었다. 다그마는 목에 생긴 발진이 좀 더 심하게 간지러워지기 시작하자 얼굴을 찡그렸고 그에게 대신 긁어 달라고 하면 무례한 일일까 생각했다.

"원한다면 다른 누구에게든 거짓말을 해도 좋아. 거짓말을 하면서 가지고 놀아. 그들이 듣고 싶어 하는 말을 해 주라고. 하지만 나한텐 안 돼. 내게는 절대로 하지 마. 다시는."

다그마는 그의 손을 밀쳤다.

"왜?"

그녀는 그에게서 떨어져 나왔다.

"당신이 우라지게 특별하니까?"

그는 언제나 그렇듯이 그녀와 보조를 맞추면서 따라왔다.

"봤어? 당신도 완전히 이해하고 있잖아. 더 이상 나랑 싸우려 하지 마. 착한 '야수'가 되라고. 이리 와."

그녀는 치마를 들고 침대 위로 기어 올라갔다. 그리고 그가 침대를 두 손으로 짚자 그에게서 더 먼 자리로 움직였다.

"아, 그러지 마. 노스랜드 여자는 누구를 위해서도 눕지 않아."

"그럼 연습을 하는 편이 좋을 거야."

그가 침대에서 물러나자 다그마는 얼굴을 찡그렸다.

"또 뭘 하려는 거야?"

"그저 생각 좀……."

"신체적 고통이 심한 거야, 아니면 그게 생각하는 표정이야?"

맙소사, 이 여자는 참 심술궂기도 하지. 그웬바엘은 그 점이 무척 사랑스러웠다.

"약간 즉흥적으로 처리할 필요가 있겠어."

그는 계속했다.

"즉흥적? 뭘? 그리고 왜 문을 잠그는 거야?"

"사생활을 지키는 거지. 우리 일족은 단순히 개인의 영역이라는 개념을 이해하지 못하거든."

그웬바엘은 그녀에게서 눈을 떼지 않으면서도 방 한쪽으로 걸어갔다. 다그마도 그의 동작을 지켜보며 침대 위에서 물러났다. 그는 옷장에서 리넨 침대보를 찾아 재빨리 끈처럼 찢어 냈다.

"뭐하는 거야?"

"안경은 벗는 게 좋을 거야."

"왜?"

"간단한 제안이지."

그는 침대에 끈을 던져 놓고 재빨리 세었다. 그리고 뒤로 물러선 후 침대를 살폈다.

"침대 기둥도 없이 어떻게 하지?"

다그마가 그를 빤히 보았다.

"무슨 얘길 하고 있는 거야?"

그는 손가락을 튀겼다.

"알겠다."

그웬바엘은 재빨리 끈 끄트머리끼리 이어서 묶었다. 그러면서 설명했다.

"내 사랑을 당신에게 증명하려는 거야. 인간이라면 그건 보통 누군가나 뭔가를 죽이는 걸 의미하겠지만, 드래곤은 그런 건 항상 하니까 그렇게 특별하지 않지."

"무슨 뜻이야?"

"당신에게 적절한 '권리 주장'을 해 주겠다는 거야."

"적절한?"

그는 끝을 다 이어서 묶은 끈들을 바닥에 평평하게 편 다음, 한쪽 끝은 침대 위에 놓고 다른 끝을 건너편으로 던져 바닥으로 내려오게 했다. 그리고 침대를 돌아가서 끈을 잡아당겨 침구 위에 올려놓았다.

"자, 이제 당신이 선택하는 거야."

"내가 선택을?"

그웬바엘은 그녀의 목소리에 어린 혼란과 좌절의 느낌이 마음에 들었다. '야수'의 허를 찌르기란 쉬운 일이 아니니까.

"당신이 선택할 수 있는 건 이런 거야. 우선, 옷을 벗고 복종한다. 그건 우리 할머니나 한 일이겠지. 아니면, 우리가 마주 보고 맞설 수도 있어."

그는 권투 자세로 주먹을 들어 올렸다. 그녀가 웃음을 터뜨렸다가 그쳤다가 다시 오만하게 찡그리는 모습이 귀여웠다.

"그건 앤뉠의 선택이었지. 아니면 서둘러 도망갈 수도 있어."

여전히 영문을 모르겠는지 다그마가 더욱 심하게 찡그렸다. 그녀는 침대 위에 놓인 찢어진 시트를 보다가 다시 그를 보았다. 그웬바엘은 한쪽 눈썹을 치켰고, 그녀의 표정이 맑아졌다.

그리고 다음 순간, 그녀가 도망치기 시작했다.

어째서 이런 상황에 빠질 때까지 있었을까? 어째서 계속 즐기겠다고 했을까? 하지만 달리 뭘 할 수 있었을까? 다그마는 문으로 가서 빗장을 잡으려 했지만, 그웬바엘에게 허리를 붙잡히고 말았다. 그녀는 발로 그의 발등을 꾹 밟으며 그를 밀어냈다.

"아야, 독사 같은 여자!"

"그건 당신 어머니인 걸로 아는데!"

그녀는 다시 빗장을 잡았지만 그가 바로 뒤에 서 있었다. 그녀는 그의 겨드랑이 사이로 빠져나와 방 건너편으로 달렸다. 드래곤이 오직 몇 초 뒤져 있을 뿐이어서, 그녀는 침대를 넘어 반대 방향으로 달려갔다.

그리고 곧장 그의 팔 안으로 뛰어들고 말았다. 신체적으로 다그마는 아무리 상태가 좋은 날도 발이 느린 편이었지만, 드래곤처럼 빠르게 움직이는 자들은 만난 적이 없었다. 특히 그들이 인간 형태일 때는.

그웬바엘이 그녀를 벽으로 밀어붙였다. 참을성 없는 손이 그녀의 드레스를 찢고 그의 입이 그녀의 입을 탐했다. 그녀는 주먹으로 그의 어깨를 때리고 발로 무릎과 정강이를 찼다. 그가 신음하며 뒤로 몸을 떼자, 그녀는 자기가 뭔가 의미 있는 곳을 찼다는 것을 알았다. 하지만 어느 틈에 그가 그녀의 몸을 돌리고 벽에 밀어붙였다.

그는 몸으로 그녀를 눌러 꼼짝 못하게 한 채로 드레스와 속옷을 다 찢어 냈다. 그가 목 뒤를 핥자 그녀는 신음했고, 어깨선을 살짝 물었을 때는 비명을 질렀다.

그의 손이 다리 사이로 쓱 들어오더니 손가락 두 개가 안으로 미끄러져 들어왔다. 다그마의 몸은 전율했고 그는 자기 어깨를 누르는 다른 손을 잡았다. 그녀는 그 손을 자기 입으로 가져와 키스하고 그의 손에 힘이 풀릴 때까지 손가락을 핥았다. 그리고 그 순간, 엄지와 검지 사이의 살을 꽉 물었다.

그웬바엘이 소리를 지르며 그녀를 놔주고 떨어졌다. 그는 손을 빼려고 했지만, 그녀는 놔주지 않고 이를 그대로 박은 채 씩 웃었다.

"놔줘, 이 여자야!"

그녀가 더 활짝 웃자 그는 더욱 성이 났다.

그가 붙잡히지 않은 손을 뻗어 왔지만, 그녀는 뒤로 슬금슬금 물러나거나 옆으로 돌았다. 그의 손이 닿지 않는 곳으로.

그웬바엘이 자기 손을 쳐다보면서 찡그렸다.

"그거 피야?"

다그마는 행복하게 고개를 끄덕였다.

"미쳤어."

그는 웅얼거렸다.

"정말 '야수'로군!"

다그마는 지나치게 즐거워하면서 어깨를 으쓱했다. 이렇게 폭력적으로 어리석은 짓을 하면서 낭비할 시간이 어디 있단 말인가? 계획도 세워야 하고, 물자도 정비해야 하고, 전언도 보내야 했다. 항상 중요한 일을 해야 했고, 이건 그런 중요한 일이 아니었다. 그럼에도 다그마는 무척 즐거웠다. 잠깐만이라도 재미를 보면서 다른 사람들을 조작하거나 백성의 평화나 전쟁을 생각하지 않는다고 해도 괜찮지 않을까? 그녀 자신과 좋아하는 드래곤을 위해서 약간 시간을 낸다는 게 그렇게 나쁜 일일까?

사랑하는 드래곤과…….

다그마는 그를 정말로 사랑했다. 이를 그의 살에 박고 그의 피 맛이 입안에 넘쳐나는 순간에 그 사실을 알았다. 그녀는 딱딱하고 동정 없고 배려 없는 마음을 다해 '오염자' 그웬바엘을 사랑했다. 그를 엄청나게 괴롭히고 있는데도 그가 그녀의 얼굴에 주먹을 날리지 않는 걸 보면 그도 그녀를 사랑하는 게 분명했다.

그들의 관계는 절대로 정상적인 결합은 아닐 것이다. 그는 그녀에게 꽃을 가져다주거나 방 안에서 낭만적인 식사를 한다는 생각은 하지 못할 것이었다. 그는 언제나 다른 여자들을 미소 짓게 하고 그래서 원하는 걸 얻을 수만 있다면 항상 그렇게 시시덕대고 다닐 것이었다.

그래도 다그마는 그웬바엘이 언제나 그녀에게 충실하고 언제나 그녀를 보호하리라는 것을 알았다. 항상 그녀를 웃겨 주고 그녀가 중요한 사람인 양 대할 것이며, 다른 이들에게 거는 게임을 그녀에게는 하지 않을 것이다. 그녀는 이 모두를 확신했다. 그녀를 향한 그의 사랑에는 두려움이 섞여 있다는 것을 알았기 때문이다.

결국, 그들의 충실과 충성은 그들의 가족과 백성에게도 향한 것이었다. 하지만 그들의 헌신은 서로를 향했다.

물론…… 그녀의 개 문제가 있었다. 하지만 그 문제의 해결법은 나중에 가서 그웬바엘이 찾아내면 될 것이다.

핏방울이 바닥에 튀자 그가 외쳤다.

"피가 나잖아! 죽는다고!"

다그마는 손을 놓아주지 않은 채로 못마땅한 듯 눈만 치떴다. 그 정도 정신을 분산시킨 것만 해도 충분했다.

그가 다른 손을 뻗어 그녀의 가슴을 세게 움켜쥐었다. 그의 엄지와 검지가 젖꼭지를 잡아 누르면서 가볍게 비틀었다. 그가 입술을 핥았다. 그의 희롱하는 손가락에 다그마는 신음하고 몸을 뒤틀었다.

"그 아름다운 젖가슴 이리로 가져와, 레이디 다그마."

그녀는 그가 아무런 힘을 행사하지 않는데도 그 말에 따라 좀더 가까이 다가갔다.

"착한 아가씨지."

그가 한 팔로 그녀의 엉덩이 아래를 쓱 받치며 입으로 그녀의 가슴을 감쌀 수 있도록 몸을 들어 올렸다. 그리고 가슴을 세차게 빨면서 혀로 그 끝을 어루만졌다. 젖꼭지가 고통스러울 정도로 단단해졌다.

그녀는 두 팔을 그의 목에, 두 다리를 그의 허리에 감았다. 그가 계속 젖가슴을 빨자 몸이 흔들렸다. 자기 몸에 닿은 그 입의 놀라운 감촉에 다그마는 절정에 가까워졌다. 그녀의 몸이 흔들리더니 마침내 그녀는 그의 손을 놓아 버렸다. 머리가 어깨 너머로 젖혀지며 더 절실한 욕구 속에서 신음할 수 있도록.

"하, 하!"

그가 환호했다. 그녀의 가슴이 그의 입에서 떨어졌고, 그는 상처 입은 손을 허공에 높이 들었다.

"너무 쉬운데, 레이디 다그마."

그웬바엘이 그녀를 안아 침대 끝으로 데려갔다. 그녀는 저항했으나 그는 이번에는 그의 약한 부분을 그녀의 입이 닿지 않도록 멀리 들었다. 그리고 그녀가 침대를 향하도록 몸을 휙 뒤집어 그 위에 내려놓았다.

"이제 아프지 않을 거라고 약속할 수가 없어. 하지만 그럴 만한 가치가 있다고는 약속하지."

그녀가 미처 일어나기도 전에, 그는 찢어진 시트로 그녀의 손목을 묶었다. 한 팔을 잡아당기면, 다른 팔이 떨어져 나갈 것만 같았다.

"똑똑하네."

그녀는 코웃음 쳤다.

"그렇지?"

그가 잠시 주저앉았다.

"당신을 신뢰하지 않는다고는 하지 않겠지만, 당신 다리는 믿을 수가 없어서. 워낙 교활한 다리잖아."

"그게 무슨 뜻이야?"

그는 찢어 낸 시트 나머지를 그녀의 발목에 묶어 침대 다리에 연결했다.

"이제 아주 완벽해!"

"자화자찬이 지겹지도 않아?"

"아니!"

그웬바엘은 그녀가 반듯이 엎드리도록 침대에 밀어붙였다.

"움직이지 마. 몇 분 동안 내 캔버스를 감상하고 싶으니까."

그 말의 어감에 다그마는 걱정스러운 기분이 들었다.

"당신의 뭐?"

"움직이고 있잖아."

"그럴 만한 이유가 있으니까."

그가 몸을 앞으로 숙이고 물었다.

"내가 당신 안에 들어갔으면 좋겠어, 그러지 않으면 좋겠어?"

"당연히 아니지."

그녀는 단호하게 말했다.

"내가 누구를 상대하는지 잠깐 잊고 있었군."

그가 웅얼거렸다.

"확실히."

"어려운 질문은 먼저 하는 게 아닌데."

그웬바엘이 손가락 두 개를 그녀의 몸 안으로 쓱 넣었다. 그녀는 벌써 젖어 준비가 되어 있었다. 그의 손가락이 들어왔다 나가자 그녀는 오로지 더 욕구에 젖어 더 절실해졌다.

그는 아주 오랜 듯 느껴지는 시간 동안 그렇게 그녀를 어루만졌다. 다른 손으로는 이따금 클리토리스를 쓸며 그녀가 진정으로 원하는 게 무언지 일깨워 주었다.

그녀의 엉덩이가 그의 손가락의 움직임에 맞춰 움직이며 그녀가 침대보에 대고 신음을 하기 시작하자, 그는 멈췄다.

"자…… 나의 레이디 다그마. 내가 당신 안에 들어갔으면 좋겠어, 그러지 않으면 좋겠어?"

"들어와."

그녀는 이를 악물고 식식대는 소리로 말했다.

"좋아. 그럼 이제부터 움직이지 마. 이건 무척 정교한 작업이 될 테니까."

그녀는 다시 한 번 눈을 치뜨며 대체 그가 거기 뒤에서 무엇을 하려는지 궁금해했다.

처음에는 열기가 느껴졌고 그가 허락도 받지 않고 불에 그슬리려 하다니 무례하다는 생각을 했다. 그들 종족 사이에선 이런 유의 일에 규칙이 있지 않을까?

다음 순간 고통이 심해졌고, 다그마는 그 고통의 근원을 설명할 수 없었다. 온몸, 발꿈치부터 머리끝까지 고통이 느껴졌다. 대체 그가 뭘 하는지는 알 수 없었지만 평소처럼 그를 신뢰하며 이를 악물고 신음을 참았다.

그의 손가락이 그녀의 음부를 쓸었다. 그녀가 절정에 이르자 비명이 입술 사이로 새어 나왔다. 그녀는 손으로 침대보를 움켜쥐었고 온몸이 강렬한 느낌으로 바들바들 떨렸다.

그웬바엘은 단번에 세게 밀고 들어와 자기의 물건을 깊이 묻었다. 다그마는 자신의 엉덩이를 내리치는 그의 하체와 골반을 느낄 수가 있었다. 그의 피부가 닿으며 생긴 고통에 그녀가 다시 놀라며 비명을 내질렀지만 그는 가차 없이 그녀를 취했다. 그녀의 비명이 더욱 크고 강렬해졌다. 처음에는 고통뿐이었지만 다음 순간 쾌락이 돌아와 멋지고도 어지럽게 발산되는 정열과 결합했다. 그녀는 침대보에 대고 흐느꼈다. 이런 느낌은 처음이었다. 말로 표현할 수 없을 정도로 강렬했고 압도적이었다.

그는 그녀에게 쾌락뿐 아니라 고통도 함께 주었다는 것을 알았는지 모르지만 전혀 내색하지 않았고 한층 더 세차게 그녀를 취했다. 그의 커다란 두 손이 그녀의 머리카락을 잡아 머리를 뒤로 젖혔다. 그가 키스할 수 있도록.

그녀의 혀가 그의 혀를 대담하게 요구하며 어루만졌다. 둘이 이렇게 있을 때 그녀는 그에게 아무것도 숨길 게 없었다. 둘 다모든 걸 걷어 내고 가장 원초적인 부분까지 내려갔다.

이렇게 하는 것이 옳았다. 천연의 잔혹하고 강렬한 상태. 그는 그녀에게 자기 것이라는 표시를 새겼다. 그녀는 이제 그의 것이었다. 그가 그녀의 것인 것처럼. 이젠 그 무엇도 이 사실을 바꿀 수 없었다.

그웬바엘이 그녀에게 한 모든 말은 진심이었다. 그들은 이제 동반자였다. 짝이었다. 인생에 무슨 일이 닥치든지 그에 대항해 함께 서고, 둘이 사랑하는 것을 지키기 위해선 무엇이든 함께할 것이다.

다그마가 다시 절정을 느꼈다. 그녀의 비명이 그의 입안으로 쏟아졌다. 그웰바엘은 그녀가 자기를 조이는 것을 느꼈고, 더 이상은 지체할 수가 없었다. 그는 그녀 안에 사정했다. 그러는 중에도 그녀의 머리카락을 잡은 손에 더 힘을 주었고, 엉덩이는 그녀를 향해 거세게 밀어붙였다. 그의 행위를 그녀가 느끼고 있다는 것을 확인할 수 있도록.

그리고 그의 행위란 그녀를 그의 소유로 만드는 것이었다.

그웰바엘이 숨을 되찾고 자기 팔다리를 마음대로 움직일 수 있게 되기까지는 몇 분 걸렸다. 그렇게 되자, 그는 천천히 그녀에게서 빠져나왔다. 그의 물건은 부분적으로는 아직 단단했고 다시 시작할 준비가 되어 있었다. 하지만 그는 다시 시작하기 전에 다그마에게 짧은 낮잠이 필요하다는 것을 알았다.

코 고는 소리가 말하자면 결정적인 증거였다.

모르퓌드는 새로 산 빨강 드레스를 앞에 들고 너무 과하지 않나 갈등했다. 너무 대담한가? 어쨌든 어울리기는 하나? 그녀는 즉석 가족 연회가 점점 싫어지던 참이었다. 하지만 그런 자리에서 브라스티아스에 대한 감정을 그 누구에게도 숨기지 않아도 되는 건 이번이 처음이었다. 어머니나 아버지에게도.

그 생각에 겁이 났지만, 이젠 더 이상 물러서지 않겠다고 결심했다. 그는 모르퓌드를 사랑했고, 모르퓌드도 그를 사랑했다. 그 외에 다른 건 중요하지 않았다. 그녀는 이 모든 악몽이 끝날 때까지 그 말을 계속 되뇔 작정이었다.

"나 좀 도와주세요."

다그마가 문도 두드리지 않고 방으로 걸어 들어왔다.

"무슨 일이에요?"

"당신의 얼간이 남동생과 사랑에 빠진 거 말고요? 걔가 핥은 자리에 생긴 발진 때문이에요."

"걔가 핥았……?"

아니, 물어보지 않는 편이 좋겠어.

"어디 봐요."

다그마가 그녀 앞에 섰고, 모르퓌드는 이 노스랜더가 진실을 말하고 있다는 것을 알았다. 이 여자는 정말로 그웬바엘을 사랑했다. 그 냉정한 회색 눈에 훤히 보였다. 다그마가 그렇게 교활한 계획에 능한 여자가 아니었다면, 안쓰러울 정도였다. 둘은 완벽한 한 쌍이었다. 다그마와 그웬바엘. 더 좋은 점은, 다그마가 앤뷜에게도 완벽하다는 것이었다. 그 인간 여왕은 옆에 훌륭한 정치가를 둘 필요가 있었고, 그게 바로 다그마였다.

모르퓌드는 다그마의 발진을 진찰하기 위해 몸을 가까이 숙였다. 하지만 몇 분 동안이나 보기만 하다가 뒷걸음쳤다.

"어디서 이런 상처가 생겼어요?"

모르퓌드는 목소리에서 퉁명스러운 기색을 몰아낼 수 없었다.

"걔가……."

"나한텐 눈 가리고 아웅 하지 마요."

그녀는 딱 잘라 말했다.

"어머니가 그랬어요?"

아, 그런 게 아니었어야 할 텐데!

"당신 어머니가 이런 발진을 생기게 했냐고요?"

다그마가 건조하게 물었다.

"음…… 당신 어머니와 나는 그럴 정도로 가깝지는 않은데요."

"이건 발진이 아니고, 우리 둘 다 그 사실을 알잖아요."

다그마가 그녀를 찬찬히 뜯어보았다.

"그런가요?"

"이건 베아타그의 사슬이에요."

"그게…… 뭐죠? 정확히?"

모르퓌드는 한 걸음 물러섰다.

"정말 몰라요?"

다그마는 고개를 저었다.

"내 어머니가 그 상처를 입힌 게 아니에요?"

그녀가 다시 고개를 저었다.

"아…… 아, 맙소사."

"얼마나 심한데요?"

다그마는 침착하게 물었다.

"나 죽는 건가요?"

"뭐라고요?"

"당신 어머니가 관련된 거라면 죽는 건가 보네요."

"죽는 건 아니에요."

모르퓌드는 다그마의 팔을 잡고 거울 앞으로 당겼다.

"이건 발진이 아니거든요. 붉은 자국은 긁어서 생긴 거고, 갈색 자국은 베아타그의 사슬과 비슷하네요. 드래곤 신들이 준 위대한 힘의 선물. 이 표시가 있는 자의 자연 수명은 오백 년에서 육백 년까지 연장돼요."

"아."

다그마가 가슴을 내려다보았다.

"아주 친절하네요."

"누가요?"

"난눌프."

모르퓌드는 눈을 깜박였다.

"전쟁 신? 당신이 말한 개가 바로 그거였어요?"

다그마는 어깨를 으쓱하더니 고개를 끄덕였다.

"언제 만났어요?"

"오늘 아침에요. 그와 에이르가 만나러 왔었어요."

"에이르? 에이리안웰 말하는 거예요?"

이 야만인은 드래곤 여신을 에이르라고 부르나? 어떻게 그럴 수가 있지?

"당신은 심지어 신들을 경배하지도 않잖아요."

"알아요. 하지만 그는 개이고 나는 개와 사이가 좋으니까요."

다그마는 이 모든 이야기를 무척 사무적으로 했다.

신들과 이야기를 나누고, 수백 년 수명이 더해지고, 사랑에 빠지고……. 그 어떤 일에도 이 인간은 기가 죽지 않나? 전혀 ―그 무엇도!― 신경 쓰지 않아?

"얼굴이 붉어졌네요."

다그마가 꼬집어 말했다.

"그래요, 그런 것 같네요."

"뭐가 잘못됐어요?"

"잘못?"

모르퓌드는 두 손을 들었다.

"뭐…… 앞으로 십 분, 이십 분 후에 나는 아래층으로 내려가서 내 까다로운 어머니께 애걸복걸하며 브라스티아스에게도 베아타그의 사슬을 달라고 부탁해야 할지도 몰라요. 다음 몇백 년 동안 우리도 행복하게 함께 살 수 있도록. 그런데도 당신, 자기 말고는 아무도 경배하지 않는 당신은 개의 형상을 한 신이 당신을 좋아한다는 이유만으로 그걸 얻었네요."

"개보다는 늑대에 가깝던데."

"입 다물지 못해요!"

모르퓌드는 자기 말에 놀라 손으로 입을 막았다.

"아! 다그마, 미안해요. 맙소사, 그거 정말 무례했죠. 게다가 주제넘기도 했고. 대체 내가 왜 그랬는지 모르겠네요."

"난 알겠는데요. 보통 그런 이유를 부모님이라고 하죠."

다그마가 미소를 짓고 윙크하면서 스스럼없이 받아넘기자 모르퓌드는 오히려 더 미안해졌다.

"여왕님이 브라스티아스에게 이런 걸 줄 거라고는…… 생각하지 않나 봐요?"

"베아타그의 사슬. 어머니가 주긴 줄 거예요."

모르퓌드는 인정했다.

"그러시리라는 건 알아요. 하지만 그러자면 내가 바짝 엎드려 빌어야 할걸요."

"모르퓌드, 나도 당신 어머니를 만나고 잘 알게 되었으니 말인데요. 정말 백배 동감이네요."

모르퓌드는 마침내 웃음을 터뜨렸다.

"말이 나왔으니 얘긴데, 당신 자존심에 대해선 별로 걱정이 안 되네요. 우리 모두 사랑하는 이들에 대해선 여러 가지를 참을 수 있잖아요. 게다가 당신의 브라스티아스는 분명히 그럴 만한 가치가 있을 거예요."

"정말 그런 사람이에요."

"그러면 참아야죠. 사랑에 빠졌을 땐 모두가 참는 거잖아요."

다그마는 이제 자기 이야기를 하는 것 같았다. 얼마나 그웬바엘을 '참아야' 하는지. 하지만 모르퓌드는, 그녀라면 참아 낼 거라고 확신했다. 가여운 다그마.

"하지만……."

그녀가 말을 이었다.

"당신이 가서 그 어떤 짓을 벌이든 그 전에 이 고통을 어떻게든 해결할 약을 좀 주세요."

"고통? 발진 때문에?"

"아뇨. 거긴 그냥 간지러울 뿐이고. 약은 이쪽의 고통……."

모르퓌드는 다그마가 보여 주는 광경에 눈이 휘둥그레졌다. 노스랜드 여인은 뒤로 돌아 드레스를 허리 위까지 들어 올렸고, 모르퓌드는…… 모두 볼 수 있었다.

"아…… 아, 다그마."

그리고 웃지 않으려고 무던히 —정말로 온갖 힘을 다해!— 참아야만 했다.

"음, 축하……한다고 해야 하나요?"

"나한테 똥을 먹이고 빵이라고 우기지 말고, 내가 비명을 지르기 전에 연고라도 발라 주는 게 어때요?"

"그래요. 분명히 있을 텐데…… 뭔가 있을 거예요."

모르퓌드는 입을 막고 웃음을 삼켰다. 간신히.

그웬바엘은 사슬 갑옷 위에 입은 겉옷을 내려다보며 다시 한 번 이걸 대체 누구에게서 빼앗아 왔는지 기억해 내려 했다.

하지만 오늘 밤에는 가족만 있을 테니 그게 뭐 중요하겠는가? 그는 생각하지 않기로 하고 허리에 두른 띠를 채웠다.

그때, 문을 두드리는 짧은 노크 소리에 그는 고개를 들었다.

"들어와."

앤뉠과 모르퓌드가 안으로 들어섰다. 둘 다 드레스를 입은 모습이 아름다웠다. 앤뉠의 옷은 깊은 숲 같은 녹색이었고 모르퓌드는 환하고 대담한 붉은색이었다.

두 여자가 가만히 서서 그를 빤히 바라보았다. 어쩌면 노려보았다고 해도 될 듯했다. 뭔가 있었다.

"뭐예요?"

여자들이 너무 오래 아무 말도 하지 않자 그가 물었다.

앤뉠이 두 손을 허리에 얹었다.

"그 아가씨 엉덩이에다 표시를 새겼어?"

다그마는 팰의 바쁘게 움직이는 손을 다시 한 번 피해, 복잡한 대전을 가르고 지나갔다. 그 드래곤에게 아무리 화를 내도 가라 앉지 않을 것 같았다. 그런 남자들의 관심을 이전에는 받아 본 적이 없었다. 거의 취할 정도였다.

베르세락의 와인도 마찬가지였다.

다그마의 아버지가 진짜 와인이라고 생각할 만한 술이었다. 맹맹한 사우스랜드 와인이 아니라, 독하고 진하고 방패에 낀 녹까지 깔끔히 벗겨 낼 만한 와인이었다. 술기운과 모르퓌드가 발라 준 연고 덕에 그녀는 고통을 거의 느끼지 않았다.

다그마는 걸음을 멈추고 앤뉠 여왕을 빤히 보았다. 얼굴에 절박한 기운을 띠고, 여왕이 입 모양으로 말했다.

'나 좀 도와줘.'

다그마는 눈알을 굴리면서 걸어가 에이브히어의 어깨를 톡톡 쳤다.

"이제 여왕님을 내려놔야 할 것 같은데요."

에이브히어가 바라보자 다그마는 설명했다. 다시 한 번.

"그러고 싶지 않은데요."

그가 앤뉠을 꼭 껴안자 여왕이 헉 숨을 들이쉬었다.

"하마터면 앤뉠을 잃어버릴 뻔했잖아요. 그때 얼마나 슬펐다고요. 난 슬픈 게 싫어요!"

"알아요, 알아. 하지만 당신은 지금 여왕님을 거의 짓누르고 있잖아요."

다그마는 땅을 가리켰다.

"아래로. 아래로 내려놔요."

귀엽게 입을 삐죽이며 파랑 머리 드래곤이 고개를 저었다.

"싫어요."

"알겠어요. 그런데 내가 걱정이 있거든요. 이지에 대한 건데."

"이미 형들에게도 말했고, 이제 당신에게도 말하겠는데……
난 이지한테 관심 없어요. 조카로서 말고는. 그 애는 버릇도 없
고 아주 성가신 조카라고요."

"나도 그 사실을 절대적으로 이해하고 그웬바엘에게도 똑같이
말했어요. 하지만…… 당신도 알듯이, 나한텐 남자 형제가 열둘
이나 있거든요. 그중 한 명이 하녀 아이를 마구간 뒤로 질질 끌고
가는 걸 봤다면 걱정이 될 거예요. 그래서 켈뤤이 그런 짓을 하는
걸 보고는……."

"뭐요?"

그가 즉시 앤뉠을 떨어뜨렸다. 다행스럽게도 여왕은 균형을
잘 잡아 엉덩방아를 찧지 않을 수 있었다.

"어디로요?"

"저리로 나가는 걸 봤어요."

다그마는 대전의 반대편을 가리켰다.

"이지는 약간 망설이는 것 같던데."

"망할 자식."

에이브히어는 이지를 쫓아갔고, 다그마는 하인에게 손짓을 해
와인 한 잔을 더 갖다 달라고 했다.

"고마워."

앤뉠이 가슴을 잡아 움직이며 드레스를 고쳐 입고 하인이 내

민 잔을 받아 들었다.

"난 저 애를 무척 좋아하지만, 일단 잡으면 야생 원숭이처럼 군다니까."

"저도 알아챘어요."

여왕이 와인을 꿀꺽 들이마시더니 물었다.

"그런데 이지가 정말로 마구간 뒤로 갔다면……."

"이지는 저기 어디 있을 거예요."

다그마는 킥킥 웃으며 놀고 있는 어린 여자들 무리 쪽으로 손을 흔들었다.

"켈륀이 노력을 했다고 할 순 있겠지만, 이지가 완전히 쫓아 버렸죠."

두 여자는 깔깔 웃으면서 잔을 들어 건배하고 몇 모금을 더 마셨다.

잠시 후, 모르퓌드가 달려왔다.

"하여튼 문제라니까. 와인 좀 그만 마셔요."

그녀는 앤뉠에게서 잔을 낚아챘다.

"아직도 모유 수유 중이잖아요!"

"그래서 뭐? 치료사 말로는 마셔도 된다던데."

"치료사는 인간이고, 인간은 얼간이예요. 기분 나쁘게 생각하지 마요, 다그마."

다그마는 어깨를 으쓱하고 와인을 좀 더 마셨다.

"내 조카들이 젖을 뗄 때까지 위험을 무릅쓰게 할 수 없어요."

"다들 내 가슴을 그렇게 부르지 않았으면 좋겠는데!"

"자, 더욱 중요한 문제! 앤널이 언데드고 사악한 악마라는 소문이 돌고 있어요. 크래독 경이 다른 인간 남작들을 부추겨 물을 흐리고 있죠."

아무 말도 없이 앤널이 뚜벅뚜벅 걸어가 버리려 하자, 모르퓌드는 그녀의 드레스 자락을 잡고 자기 옆으로 끌어당겼다.

"저기 가서 그자에게 당신이 언데드라고 말할 생각은 하지도 마요!"

"가서 말 좀 하게 놔 봐, 이거!"

"안 돼요. 다그마, 앤널 좀 말려요. 그건 끔찍한 생각이라고."

"글쎄요……."

"글쎄요라니? 대체 그게 무슨 뜻이에요?"

"제 생각을 말씀드리죠."

다그마는 고개를 끄덕여 두 여자에게 좀 더 가까이 오라는 신호를 보냈다.

"저 사람에게 당신이 언데드란 말은 하지 마세요. 그건 너무 뻔하고 다른 군주들에게 트집거리를 줄 수 있으니까요. 하지만 저 사람이 당신을 언데드인 줄 알고 두려움을 느낀다면, 그건 확실히 유리하게 써먹을 수 있겠죠."

"그것참 절묘한 생각이네요."

"저도 알아요."

"그건 그렇군."

앤넠도 동의했다.

"하지만 어떻게 해야 할지는 전혀 모르겠는데."

"맡겨 두세요."

다그마는 남은 와인을 한 번에 마셔 버리고 어깨를 똑바로 편 후 머리카락을 뒤로 넘겼다.

"제가 일을 다 끝내면, 그자도 겁을 먹고 이제 누구를 부추겨 물을 흐릴 순 없을걸요."

그웬바엘이 입술을 꾹 다물고 힘을 좀 뺄까 생각하고 있는데, 피어구스가 와서 동생의 정신을 흩뜨렸다.

"어째서 다그마는 저 멍청한 크래독에게 앤뉠이 언데드일 수도 있고 아닐 수도 있다는 말을 흘린 거냐?"

그가 잔을 건네며 물었다.

잠시 곰곰이 생각해 보더니 그웬바엘은 대답했다.

"전혀 모르겠는데. 하지만 그럴 만한 이유가 있고도 남을 거라는 건 장담하지."

"그건 나도 알아. 그저 궁금해서 물어봤어."

피어구스가 한숨을 내쉬고 말을 이었다.

"아직 기회가 없었는데…… 앤뉠과 아기들이 그 모든 일들을 겪을 때, 너도 내 옆을 지켰지. 고맙다는 말을 하고 싶다."

"내가 형 옆을 지키지 않을 거라고 생각한 때가 있었어?"

"실은…… 없구나. 그게 더 놀랍다."

두 형제는 클클 웃었고, 피어구스가 한마디 덧붙였다.

"하지만 그래도 고맙다, 동생."

"고마워할 필요 없어."

발아래서 신음이 들리자, 그웬바엘은 더 세게 눌렀다.

"오늘 밤 팽을 놓아줄 계획은 있는 거냐?"

피어구스가 물었다.

그웬바엘은 사촌을 쏘아보며 그가 가장 좋아하는 장화에 피를 묻힌 것을 불쾌해했다.

"내 다그마에게 저 더러운 손을 대려고 했잖아."

그는 몸을 숙이며 발밑의 드래곤을 향해 으르렁거렸다.

"이 자식에게 그건 좋은 생각이 아니라고 몇 번이나 말했는데도 말이야."

"아마도 듣고 있지 않았나 보지."

"내가 목을 부러뜨리면 듣겠지."

"하지만 그랬다간 우리가 귀가 닳도록 어머니에게 잔소리를 듣게 될 거다."

브리크는 바깥으로 나가 가반아일 성문을 지난 곳에서 탈라이스를 찾아냈다. 그녀는 바위 위에 앉아 하늘을 올려다보고 있었다. 달이 아직 다 차지 않았는데도, 그녀는 여전히 부드러운 그 빛에 감싸여 있었다.

"여기 있었군. 당신을 찾아다녔어."

"다 괜찮아?"

탈라이스가 그대로 하늘을 올려다본 채로 물었다.

"어디 보자……. 내 영특하고 아름다운 여동생은 갑자기 미천한 인간과 사랑에 빠져 버렸지. 케이타는 아무하고도 말을 하지 않아. 앤널은 딸아이가 자기를 싫어한다고 확신하지만, 피어구스는 아들이 자기가 자는 동안 죽일 음모를 꾸미고 있다고 확신하지. 난 어머니와 아버지가 전략 회의실에서 동물처럼 행동하는 광경을 목격했고. 또다시 말이야. 하지만 그건 내 아버지, 우리 시대 최고의 위대한 전사로 알려진 드래곤이, 아무도 안 볼 때 자기 손주들에게 '우쭈쭈쭈' 하는 광경에 비하면 댈 것도 아니었지. 오늘 저녁의 마무리로 그웬바엘은 다그마의 엉덩이에 표시를 새겨서 영원토록 자기 소유임을 알리는 '권리 주장'을 했다고 공표했어. 게다가 밤새 그 엉덩이를 주기적으로 찰싹 치더군."

탈라이스가 고개를 앞으로 떨어뜨리며 발작적으로 큭큭거리는 걸 흡족하게 보면서, 브리크는 말을 이었다.

"그 여자는 너무 영특해서 섬뜩할 정도야. 그런 말을 내가 해도 될진 모르겠지만. 내가 그웬바엘이라면 오늘 밤 자러 가기가 무서울걸."

"당신 가족은 정말 대단하다니까."

"좋게 표현하자면 그렇지."

브리크는 탈라이스의 뒤에 앉아 다리 사이로 그녀를 끌어들여 머리를 자기 가슴에 기대게 했다. 그리고 두 팔로 감싸면서 둘이 함께 앉을 만한 공간이 있다는 데 감사했다.

"안으로 들어가서 나랑 춤추고 싶지 않아?"

"그럴게, 곧."

가까이 몸을 기대며, 브리크는 탈라이스의 목에 입술을 갖다 댔다. 종종 그러듯, 그녀는 머리를 옆으로 돌려 그가 좀 더 쉽게 접근할 수 있도록 해 주었다. 그는 부드럽게 그녀의 피부를 물며 어깨까지 내려갔고, 두 손으로 그녀의 팔을 미끄러지듯 스쳤다. 그녀에 대한 욕정이 언제나 이처럼 격하다는 것이 그에겐 언제나 놀라웠다. 시간이 지나면 좀 잦아들 거라 생각했지만 그녀가 시간이 지남에 따라 자라고 변해 가면서, 새로운 삶에 더욱 자신을 갖고 편안해지면서, 그의 열정도 날이 갈수록 커져만 갔다.

그는 손으로 그녀의 팔을 쓸어내리다 허벅지 위에 얹었다. 그녀의 허벅지는 유쾌할 정도로 단단해서 언제나 손으로 쓰다듬는 게 좋았다. 그는 손가락을 드레스 속으로 넣어 부드러운 피부를 만졌다. 단검 칼집을 묶은 가죽 끈을 쓸고 있노라니, 그의 물건이 더욱 단단해졌다. 단검이 거기 있다는 사실을 알고 있으니, 오늘 밤 그가 그녀를 취할 때도 ─오후 내내 그랬던 것처럼─ 손이 쉽게 닿을 수 있는 자리에 단검이 있다는 사실 덕분에 그녀가 한층 더 맛있고 위험하게 느껴지리라.

브리크는 손으로 계속 그녀의 허벅지를 쓰다듬으며 올라왔지만, 그녀의 손이 그를 붙들자 그녀에게 지배권을 넘겼다. 그녀가 무엇을 할지 보고 싶었다.

탈라이스가 그의 손을 더 위로 이끌어 그곳 가까이로 가져갔다. 하지만 거기서 멈추지 않고 계속 위로 끌어 배까지 올라갔다. 그녀는 그의 두 손을 자기 배에 대고 눌렀고, 그가 손가락을 펴서 부드럽게 문지르자 만족한 듯 한숨지었다.

그는 그녀의 부드러운 피부에 매혹되었다. 그의 손길이 닿기만 해도 그녀의 온몸이 반응하는 방식에. 그런…… 그런 모습에…… 맙소사!

브리크는 그녀의 목에서 입을 떼고 탈라이스를 내려다보았다. 그녀의 미소는 부드럽고 만족스러웠으며 눈은 꿈을 꾸는 듯했다.

브리크가 드래곤메이지들의 마법을 공부한 것은 오래전이었지만, 아직도 몇 가지 기술은 갖고 있었다. 그래서 탈라이스는 이런 식으로 그에게 소식을 전한 것이다. 한마디 말하지 않아도 그가 이해하리라는 것을 알기에.

이전에 느껴 본 적 없는 감정이 퍼져 나갔고 브리크는 어렴풋한 취기와 동시에 어마어마한 공포를 느꼈다. 이런 때 남자 드래곤이 여자 드래곤에게 할 수 있는 온갖 표현을 알고 있었지만, 탈라이스는 드래곤이 아니었다.

그 때문에 그에겐 걱정이 밀려왔다.

"난 당신을 잃을 수 없어."

그는 간결하게 말했다.

탈라이스의 회색 눈이 놀란 빛을 띠며 그를 향했다.

"무슨 말을 하는 거야?"

"앤닐이 겪은 일을 봐. 에이리안웬이 개입하지 않았더라면, 앤닐을 다시 돌려놓지 않았더라면, 피어구스는 그녀를 잃었을지도 몰라. 난 당신을 잃을 수 없어. 그럴 순 없어. 당신은 내 모든 것이야, 탈라이스."

"쉿."

그녀는 그의 팔 안에서 몸을 돌리며 무릎을 꿇고 몸을 일으켜 그의 얼굴을 두 손으로 감쌌다.

"다 괜찮을 거야."

"당신도 모르잖아."

"알아. 잘 알아. 뤼데르크 하일은 앤닐에게 그랬던 것처럼 자기 실험을 위해서 내 몸을 쓰는 게 아니야. 이건 달라. 난 다르다고. 내겐 앤닐에게 없는 힘이 있어. 나를 지켜 줄 힘. 벌써 그 힘은 내 아이를 지킬 자리로 이동하고 있어. 우리의 아이를."

"확실해? 난 비참해지고 싶진 않다고, 까다로운 마나님."

"이건 모두 당신 때문이야, 오만한 드래곤님."

그녀가 환하게 활짝 웃었다. 탈라이스는 이 아이를 원했다.

"날 믿어. 내가 아이를 가진 어떤 여자보다도 행복하다거나 비참하다고 말할 순 없겠지만, 앤닐에게 일어난 일은 내게 일어나지 않아. 힘든 부분은 이제 끝났어. 벽은 무너졌고, 어떤 신전의 신들도 세계를 자유롭게 쏘다니고 있어. 한때는 생각할 수도 없었던 일도…… 언젠가는 무척 흔해질 거야."

"언젠가는 관심 없어. 당신에게만 관심 있지."

"알아."

탈라이스가 부드럽게 그에게 키스했다.

"나를 향한 당신의 사랑과 신념이 있어서 난 괜찮을 수 있다고 확신하는 거야. 우리가 괜찮을 거라고."

"그럼 이지는 어떻게 하지?"

"그 애에겐 아무 말 하지 않을 거야."

브리크는 깜짝 놀라 물러섰다.

"탈라이스."

"우리가 말하면 어떻게 될지 알잖아."

그렇다. 브리크도 알았다. 딸은 엄마 곁을 떠나기 두려운 마음에 십팔 레기온과 함께 출정하려는 계획을 바꿀 것이다. 그 애는 탈라이스를 위해 여기 있으려 할 것이다. 그게 자기 소망을 포기한다는 의미라 해도.

"그런 죄책감을 가슴에 담은 채 살고 싶지도 않고, 그 애가 그 때문에 나를 원망하길 바라지도 않아, 브리크. 그 애도 때가 되면 사실을 알아야겠지만, 지금은 아니야."

"당신이 그렇게 확신한다면."

탈라이스가 좌절한 듯 한숨을 지으며 등을 뒤로 기댔다.

"내 말을 꼭 그렇게 짚고 넘어가야겠어?"

그녀는 그의 의견에 비합리적일 정도로 화를 내며 갑자기 소리 질렀다.

"내가 원하면 짚고 넘어갈 수도 있는 거지. 그리고 당신은 내 아이를 낳을 때까지 계속 이런 식일 거야? 기분이 널뛰듯 이랬다 저랬다 하면서?"

"오! 기대해도 좋아, 오만한 드래곤님. 내가 당신 삶을 살아 있는 지옥으로 만들어 버릴 계획을 꾸미고 있으니까."

"이제까지는 안 그랬고?"

"아직 시작도 안 했어!"

"무신경한 여자!"

"까다로운 자식!"

다음 순간 그들은 키스를 나누었다. 두 입이 한데 얽혔고, 서로의 옷을 벗기는 동안 혀가 서로를 애무하며 쓰다듬었다.

그때, 브리크는 탈라이스가 진실을 말하고 있다는 것을 깨달았다. 모든 게 다 괜찮을 것이다.

그녀는 작은 연고 단지를 책상 위에 쿵 내려놓으며, 그웬바엘이 엉덩이를 쉽게 잡을 수 있도록 몸을 숙였다.

"빨리 해."

다그마가 명령했다.

"세숫대야랑 천이 필요할 것 같은데. 내가 어떤 위생 관념을 가졌는지 잊지 마."

"그런 용도가 아니야, 역겨운 자식 같으니. 아직도 아프다고."

"그건 미안해."

"그런 마음 전혀 없으면서."

"전혀 없지. 특히 팰이 또다시 당신 주위를 쿵쿵대고 돌아다니는 걸 보고 난 마당에는."

"팰은 아이일 뿐이야. 걔한테는 관심 없어."

"그럼 나와 브리크, 피어구스가 그 자식을 건물 꼭대기에서 던져 버릴 필욘 없었던 건가?"

다그마가 몸을 쭉 폈다.

"뭘 어떻게 했다고?"

"그 자식이 주제를 모르잖아. 어이, 그런 눈으로 보지 말라고. 아직 살아 있긴 하니까."

그녀는 그 모든 헛소리를 손을 휘저어 날려 버리고, 침대로 가서 드레스와 속옷을 벗었다. 그리고 침대 위에 엎드려 그가 자기 명령을 이행하기를 기다렸다.

그웬바엘은 그녀의 발을 잡고 천천히 그녀의 몸을 뒤집었다. 그녀가 움찔하며 쏘아보았다.

"뭐하는 거야?"

그는 그녀의 두 다리가 가슴에 닿을 때까지 조심스럽게 구부렸다.

"움직이지 않으면 아프지 않을 거라고 장담하지."

"그러면?"

그웬바엘은 그녀의 구부린 다리를 벌리고 그 사이에, 그녀의 그곳 옆에 얼굴을 묻었다.

"움직이지 않는 게 더 좋다는 거지."

다그마가 숨을 헐떡이며 고개를 흔들었다.

"하지 마."

"너무 늦었어. 당신을 가져야겠어. 당신을 맛봐야겠다고. 하지만 얌전히 있는 게 좋을 거야. 꿈틀거리지도 말고 뒤틀지도 마."

그웬바엘은 자기 입술을 핥았다.

"내가 이 달콤하고 귀여운 것에다 무슨 짓을 하더라도 움직이지 마."

다그마가 두 손으로 침대보를 움켜쥐었다.

"나쁜 자식."

"그래서 나를 사랑하는 거 아냐?"

"이성이 나를 떠났는진 모르지만…… 정말 그래."

그웬바엘은 그 어느 때보다도 행복한 미소를 지었다.

"나도 당신을 사랑해, '야수' 아가씨. 그리고 기억하라고."

그는 살살 애를 태웠다. 그녀가 어쨌든 꿈틀거릴 수밖에 없는 상황을 즐기면서.

"움직이지 말라고 했잖아."

'독사' 케이타는 대련을 하거나 훈련 중인 드래곤들을 지나 아누바일 산의 심장, 전사들의 지하 요새 속으로 들어갔다. 그곳은 바로 사우스랜드에서 가장 위대한 드래곤워리어들이 태어난 장소였다. 왕족이든 평민이든, 일단 문지방을 넘어 안으로 들어가면 아무런 의미가 없었다.

케이타가 지나가자 모두 동작을 멈추고 그녀를 보았다. 그녀는 몇몇 남자들을 알아보았지만 그중 누구도 그녀의 생에 지울 수 없는 흔적을 남기지는 않았다. 잊을 수 없는 남자는 없었다.

케이타는 중앙 동굴로 들어갔다. 그녀가 만나러 온 드래곤은 정련된 철로 만들어지고 룬문자로 덮인 원 한가운데 서서 장대를 들고 열심히 훈련 중이었다. 자기를 쳐다보는 시선을 무시하고 케이타는 훈련 링 안으로 들어가 한 무릎을 꿇고 머리를 숙였다.

장대가 케이타의 머리 위를 아슬아슬하게 스쳐 지나갔다. 장대가 지나면서 일으킨 바람이 느껴질 정도였지만, 케이타는 피하지도 웅크리지도 않았다. 그저 기다리기만 할 뿐이었다.

장대가 땅을 쿵 치더니, 기다란 발톱이 인내심 있게 톡톡 두드리는 소리가 났다. 그래도 케이타는 움직이지 않았다.

"이런, 이런, 이런. 고귀하신 공주마마가 아니신가. 케이타 공주님이 어찌 몸소 이곳에. 여기서 뭐하는 거지, 꼬마 공주님?"

케이타는 앞발로 바닥을 단단히 딛고 일어나 앉았다.

"도움이 필요해, 엘레스트렌."

"내 도움이?"

천출 사촌 언니가 물었다.

"무엇 때문에?"

"내게 싸우는 법을 가르쳐 줘. 죽이는 법을."

"우리 모두 죽이는 법 정도는 알지 않나, 꼬마 공주. 핏속에 흐르는 본능이잖아."

"언니처럼 싸우는 법을 배우고 싶어. 내게 도전하는 어떤 드래곤이든 제압할 수 있도록. 내가 이런 형태든 인간 형태든 간에."

엘레스트렌이 웃음을 터뜨렸다.

"네가?"

그녀는 더욱 세차게 웃었다.

"예쁜이 꼬마 공주님이 나처럼 싸우는 법을 배우고 싶다고?"

그녀가 한 걸음 다가섰다.

"나처럼 흉터가 생기고 싶어? 이런 흉터는 없어지지도 않는다고, 알아? 일단 비늘 아래까지 베이면 상처가 영구히 남지. 인간 형태로 변신해도 말이야. 그런 상처를 정말 갖고 싶어? 남자들을 애완동물처럼 기르고 예쁜 드레스나 입고 다니는 네가? 정말 그게 네가 원하는 거야?"

케이타가 원하는 건 그 야만족 라그나와 함께 있을 때처럼 약하고 속수무책인 기분이 들지 않는 것이었다. 그자는 케이타를 자기 게임에 이용했고, 케이타는 그를 절대로 용서하지 않을 작정이었다. 아니, 그자가 아니라 그 누구라도 다시는 자기를 그렇게 이용하도록 놔두지 않을 것이다. 그녀는 따거나 놓치는 상품이 아니고, 사악한 어머니에 대항하기 위한 비장의 수단도 아니었다. 그녀는 '독사' 케이타였다. 그 이름에 진정 걸맞은 자가 되기 위해 필요하다면 뭐든 다 할 작정이었다.

케이타는 눈에 전사다운 빛을 띠며 말했다.

"그래, 그게 내가 원하는 거야."

엘레스트렌이 그녀를 빤히 쳐다보더니 고개를 끄덕였다.

"그 말을 믿지."

진녹색 드래곤은 건너편 벽에 세워 놓은 제단으로 걸어갔다.

"전장으로 날아갈 때면, 우린 전쟁의 여신 에이리안웬에게 호소해. 우리 군대와 함께 싸우든 그러지 않든, 여기 남아 나와 함께 훈련하면 네 목숨을 에이리안웬에게 맡기는 거야. 내가 이제껏 그래 왔던 것처럼."

케이타는 망설임 없이 제단으로 걸어가서 자기에게 건네진 단검을 받았다. 두꺼운 대리석 위에 앞발을 올려놓고, 칼날로 손바닥을 그었다. 그녀의 피가 앞서 여기 왔던 수천의 드래곤워리어들의 피와 섞였다. 그중에는 아버지의 피도 있으리라.

케이타는 엄숙하게 읊었다.

"내 목숨과 내가 죽이는 자들의 목숨을 위대하신 에이리안웬께 바칩니다."

엘레스트렌이 단검을 도로 받았다.

"잠자리로 안내해 주지. 네가 제정신이 박힌 애라면 혼자서 자야 할 거야. 내일이면 훈련을 시작하고."

케이타는 그녀를 향해 섰다.

"고마워, 언니."

"아직 감사하기엔 일러."

엘레스트렌이 냉정한 눈으로 쳐다보았다.

"네게서 피를 뽑아내는 건 즐거울 거야, 꼬마 공주."

사촌 언니가 걸어가는 모습을 보면서 케이타는 물었다.

"내가 뚱보 엉덩이라고 불러서 아직도 화나 있는 거야? 이젠 극복할 때도 되지 않았나?"

케이타는 머리를 향해 날아온 장대를 고개 숙여 피하면서, 적어도 이 정도면 반사 신경이 빠르다는 것 정도는 증명하지 않았을까 생각했다.

36

이지는 정문으로 향하다 뒤를 돌아본 순간 그들 모두가 거기
서서 자기를 배웅하는 모습을 보았다. 하나가 아니라 두 명의 여
왕이 전장에 떠나기 전 작별 인사를 하는 경험을 한 이는 별로 없
을 것이다. 이지의 아버지, 할아버지, 삼촌들까지, 그들이 가장
아끼는 무기의 철로 만들어 준 드래곤 목걸이가 이지의 누빔 셔
츠 아래 심장 위에서 덜렁거렸다.

하지만 이지의 목구멍에 울음이 차올랐던 건 결국 어머니 때
문이었다. 어머니를 위해서라면 뭐든 내놓을 수 있었지만, 이제
다시 만나기까지 몇 달은 흘러야 하리라.

이지는 마지막으로 손을 흔들고 재빨리 문을 빠져나왔다. 그
들이 더 이상 자기를 볼 수 없을 만큼 멀어졌을 때, 그녀는 달려
가며 눈물을 삼키려 했다. 부대원 누구에게도 우는 모습을 보이

고 싶지 않았기 때문이다.

부대는 서쪽 평원에 집합 중이었다. 이지는 가족들이 다른 이들 앞이 아니라 정문에서 작별 인사를 해 주어서 고마웠다. 사려 깊은 아버지의 생각임이 분명했다.

들판 가까이 이르러 말과 깃발, 집합 중인 군대가 나무 사이로 보일 때쯤 누군가 그녀의 이름을 부르는 소리가 들렸다.

이지가 발길을 멈추고 몸을 돌리자 에이브히어가 거기 서 있었다.

"모두와 작별 인사를 나누고 왔나 보네."

이지는 소맷자락으로 얼굴의 물기를 닦으며 큭큭 웃었다.

"엄마랑 내가 어떤지 알잖아요."

"잘 알지."

이지는 그를 보고 미소를 지었다.

"그럼 이리 와서 내게 작별의 키스를 해 줄래요?"

최근 들어 이지는 그 경련을 감지하기 시작했다. 에이브히어의 오른쪽 뺨이 미세하게 떨리는 것을 지난 연회 때 처음으로 보았다. 그가 갑자기 이지에게 다가와 말했을 때였다.

'네가 그 뒤에서 우라질…… 됐다, 그만두자!'

그러더니 역시 갑자기 걸어가 버렸다.

"아니."

에이브히어가 이를 득득 갈며 말했다. 경련은 더욱 심해졌다.

"나는 작별 인사를 하러 온 거야."

"그건 저기서도 할 수 있었잖아요."

그는 한숨을 내쉬었다.

"네 말이 맞아. 괜히 귀찮게 해서 미안해."

이지는 그가 몸을 돌려 도로 가반아일로 향하는 모습을 바라보았다. 평소처럼 괴팍하고 무례했다. 대체 그녀의 어떤 점 때문에 에이브히어는 저렇게 화를 내는 걸까? 그 외 다른 이들에게는 다정하면서.

이지는 잠깐 입술을 깨물다 내뱉었다.

"사람들 말로는 할머니의 부대와 함께 북쪽으로 간다면서요?"

그가 걸음을 멈췄지만 돌아보진 않았다.

"그래."

"내가 조금이라도 보고 싶을까요?"

그는 또 한 번 한숨을 내쉬었다. 조금 전보다도 더 깊은 한숨이었다.

"물론 보고 싶겠지."

에이브히어가 다시 이지를 마주했다.

"난 네 삼촌이잖아, 네가 보고 싶을 거야."

"그웬바엘도 삼촌인데. 피어구스도 그렇고. 하지만 에이브히어는 아니에요."

"이지……."

"에이브히어는 한 번도 삼촌으로 대한 적이 없잖아요."

"이런 얘기는 더 이상 하지 말자."

"켈뤤이 내 오촌이 아닌 것처럼."

이른 아침 햇빛에 그의 은색 눈이 번득였다. 그가 버럭 소리를 질렀다.

"이제 무슨 게임을 할 거야, 꼬마 공주?"

"그는 날 좋아해요."

"지금이야 그렇겠지. 자기가 원하는 걸 얻을 때까지는. 그런 후에는 싫증 낼걸."

"켈뢴은 착하고 브리크 아빠가 너무 무서워서 잔인하게 굴 수 없을걸요."

"하지만 네가 그 녀석과 사랑에 빠졌다면……."

"난 아니에요."

그는 숨기려 했지만, 무한히 아름다운 그 얼굴에 안도의 빛이 떠오르는 것을 이지는 똑똑히 보았다.

"적어도 그 정도 사리 분별은 하네."

그가 웅얼거렸다.

"켈뢴은 내 마음을 가진 적이 없어요, 에이브히어."

"잘됐……."

"당신이 그런 것처럼은 아니죠."

"이지……."

그가 물러서기 시작했다.

"그만해."

"북쪽으로 가요, 에이브히어. 원하는 곳 어디든 가 버려요. 그래 봤자 별 차이는 없을 테니까. 적절한 때가 오면…… 당신은 내 것이 될 테니까요."

"바로 그거야. 넌 버릇없는 응석꾸러기라 어쩔 도리가 없다고."

"하지만 어쨌든 나를 사랑하잖아요."

"아니, 이지. 난 아냐. 그건 네 돌머리 속에 똑똑히 넣어 둬라. 넌 내 형의 딸이고 그건 내 일족에겐 중요한 의미가 있어. 하지만 결국엔 내가 처리해야 할 문제가 아니지. 그래도 죽지 않도록 몸 조심해라, 그럴 거지?"

상처받았지만 내색하지 않기로 작정하고 이지는 말했다.

"그건 피해 보도록 할게요."

그가 이지를 향해 고개를 끄덕이고 돌아섰다.

"그리고 걱정 마요."

이지는 그의 등을 향해 외쳤다.

"에이브히어를 기다릴 계획은 없으니까요."

"잘됐네. 그러진 말아야지."

"난 언제나 내 순결은 그걸 힘들게 얻고자 한 자에게 주어야 한다고 생각하고 있으니까."

순간, 에이브히어는 자기 발에 걸려 넘어지면서 커다란 나무 둥치로 곤두박질쳤다.

"망할!"

그가 자기 머리를 잡으며 소리를 질렀다.

주위에서 어정거렸단 큰일 나겠다 싶어, 이지는 서둘러 몸을 돌려 벌써 이동하고 있는 부대원들에게 뛰어갔다.

다그마는 재빨리 암붕 가장자리로 기어갔다가 커다란 안경을 얼굴 위로 들어 올렸다.

"망할! 놓쳐 버렸네."

"으흠?"

그웬바엘이 한 팔을 그녀의 허리에 감고, 목 아래에 키스하기 시작했다.

"이건 다 당신 잘못이야."

다그마는 맨살에 닿는 그 입술의 감촉을 무시하려고 애쓰면서 투덜거렸다.

"어쩌면."

그가 더 아래로 내려갔다.

"하지만 정말로 신경 쓰는 거야?"

"그럼!"

다그마는 거짓말을 했다.

"거짓말쟁이."

그의 혀가 '권리 주장'의 표시선을 따라 핥기 시작했다. 다그마는 눈이 도는 기분에 안경을 다시 내렸다가 놓치고 말았다.

"당신은 정말 첩자로서는 젬병이야."

그녀가 비난했다.

그들은 크래독 남작의 아내가 앤널의 병사 중 하나와 놀아나는 광경을 보기 위해 거기까지 올라온 것이었다. 다그마는 남작 부인의 밀회 상대가 동네 돼지치기라는 것을 알자 주체하지 못할 정도로 기뻐하고 말았다. 모르퓌드에게 듣기로, 그 돼지치기는 자신의 상품에 기이한 애정을 품고 있으며 거의 목욕도 하지 않는다고 했다.

불운하게도 돼지치기와 귀족 부인 사이의 일이 재미있게 흘러가려고 할 때―둘 다 이상하게 쿵쿵거리는 소리를 내려고 할 때―마다 그웬바엘이 그녀의 집중력을 완전히 흩트리고 말았다. 몇 번씩이나.

그가 계속 그런 짓을 하는데, 대체 무엇을 제대로 할 수 있겠는가?

"당신이 조용히 있지 못하면서 나를 탓하면 안 되지."

그는 키스를 하고 다시 그녀의 등을 훑으며 올라왔다.

"아까 지른 비명 때문에 저들이 겁먹고 도망간 거잖아. 내가 말한 대로 재갈이라도 물려 주지 않아서 안타까운 건 아니겠지?"

"나한테 재갈을 물리면, 난 도와 달라는 비명도 지르지 못할 텐데."

그가 그녀의 어깨를 살짝 물면서 한 손을 머리카락 속에 묻었다. 그녀의 머리를 돌려 입에 쉽게 닿을 수 있게 하려는 것이었다. 그의 키스는 길고 여운이 남아, 다그마는 그 속에서 긴장이 풀어진 채로 그가 원하는 대로 맘껏 가질 수 있게 놔두었다.

쾌락과 행복. 한때는 바라지도 못했던 것이다. 이제는 흘러넘쳐 어떻게 해야 할지 모를 정도였다.

그가 그녀를 반듯이 누이고 두 손으로 옆구리를 따라 올라와 팔을 훑어 내렸다. 시간은 아무 의미가 없는 듯, 그의 키스는 계속되었고, 그동안 그의 손가락은 그녀의 피부를 부드럽게 쓸었다. 다그마의 두 팔을 머리 위로 올리고 꼼짝 못하게 고정한 후에야, 그는 키스를 멈추고 부드럽게 물었다.

"그래, 아까 피어구스 형과는 무슨 말을 한 거야?"

크래독 부부와 그들의 씁쓸하고 불행한 삶에 대한 건 깡그리 잊고, 다그마는 한숨을 지었다.

"별거 아니야."

그가 그녀 안으로 천천히 들어가자 다그마의 몸이 그에 맞춰 둥그렇게 휘었다. 그러는 동안에도 그는 가벼운 키스를 턱과 목에 퍼붓고 있었다.

"사랑스러운 다그마."

그가 웅얼거렸다.

"훌륭한 거짓말쟁이."

다그마는 항의의 뜻으로 비명을 내질렀다. 그리고 발을 허공에 차면서 두 팔을 빼내려 했지만 그웬바엘은 그녀를 놔주려 하지 않고 무자비하게 간질였다.

"그만! 그만!"

그가 일단 멈췄다.

"무슨 말을 했다고?"

"크래독 남작 얘기."

그녀는 다시 비명을 지르며 발을 더 세게 찼다.

"놔줘! 당신이 내게 이런 짓을 할 순 없어!"

"하지만 하고 있잖아."

그가 숨을 헉 내뱉었다.

"게다가 즐기고 있고 말이야. 내가 간질일 때마다, 바로…… 여기!"

"그만!"

"당신의 그곳이 어찌나 세게 조이는지."

그는 신음했다.

"얼마나 기분이 좋은지, 신들만이 알걸."

"그만! 그만!"

그는 뜸을 들였지만, 결국 멈췄다.

"말해."

"막돼먹은 자식! 거짓말이 아니라고. 우린 크래독 얘기를 했어. 소문에 따르면 사우스랜드 해안에 그가 군대를 키우고 있다는 거야."

"그래서?"

"그래서 뭐?"

그가 다시 간질이자 다그마는 다시 비명을 질렀고, 그가 동작을 멈추자 나머지 얘기를 털어놓았다.

"좋아, 알았어! 피어구스는 우리가 크래독의 영지에서 진짜 무슨 일이 일어나고 있는지 알아보길 바라. 할 수 있다면 휴전을 하고, 할 수 없으면 전쟁 계획을 세우고. 하지만 아내가 저렇게 부정을 저지르고 있으니 크래독과의 전쟁은 불필요할 것 같네."

그웬바엘이 얼굴을 찡그렸다.

"형이 나도 가래?"

"당신 형은 우리가 훌륭한 팀이 될 거라고 생각해. 나는 궁정을 처리하고, 당신은 상인들을 처리하거나 일하는 여자들에게서 정보를 빼낼 수 있지 않을까 싶나 봐. 여자들에게서는 정보만 빼내는 게 신상에 좋겠지만."

그가 자유로운 손을 자기 뺨에 댔다.

"내 생의 사랑을 거슬렸다간 이 예쁜 얼굴이 남아나겠어? 그런 짓은 못하지."

다그마가 그를 보고 어이없다는 듯 웃자, 그도 클클거리며 웃었다.

"그럼…… 당신들 둘이 이 선의의 여행에 대해 논의한 건 이번이 처음이야?"

"그래."

그의 손가락이 다시 움직이자, 다그마는 비명을 질렀다.

"아니! 아니, 아니야!"

"그럼?"

"이 주 전에 말은 했지."

"당신과 앤벌이 뭔가 꾸미고 있다고 내가 확신한 때로군. 대체 당신이 형을 어떻게 구슬렸기에 그 작은 선물을 당신 아버지에게 보내게 됐나 궁금했지."

"당신이 무슨 말을 하는지 모르겠는데."

이 순간 다그마는 자기가 그의 약을 올렸다는 사실을 똑똑히 깨닫고 있었지만, 그가 정신이 나갈 정도로 간질이며 몸 안으로 두 차례 세게 밀어붙이자 다시, 또다시 절정을 느꼈다. 이제는 어찌 되었든 아무 상관 없었다.

마지막으로 한 번 몸을 떨어 다 내보낸 후, 그웬바엘은 다그마의 몸에서 내려오며 미소를 지었다.

"음모의 귀재라니까."

다그마가 깔깔 웃었다.

"당신이 왜 아무 말도 하지 않나 궁금하던 참이었지."

"어째서 말하겠어? 난 당신이 일을 꾸미는 모습을 보는 게 즐거운데. 형들은 당신을 어떻게 이해해야 할지 모르는 것 같지만, 그것만으로도 내게는 고급 오락이라고."

그들은 거칠게 숨을 몰아쉬며 뼛속까지 기진맥진한 상태로 서로를 마주 보았다. 그웬바엘은 그녀를 찬찬히 관찰했다. 땀에 젖은 머리카락은 이마에 달라붙어 있었고, 눈은 안경 없이도 초점을 찾으려는 듯 세차게 깜박거렸다. 그는 이제 그녀가 쉴 새 없이 머리를 굴리는 사람, 항상 계획을 세우는 사람이라는 것을 이해했다. 그녀는 궁정의 소박한 삶에 만족하지 않을 사람이라는 것 또한.

"당신을 사랑해, 다그마. 그렇게 음모를 꾸미고 속속들이 교활하기 짝이 없어도."

다그마의 뺨에 사랑스러운 홍조가 올랐지만, 표정은 변하지 않았다. 그녀는 그의 단도직입적인 말에 당황하긴 했어도 표를 내지는 않았다. 그가 다른 여자에게는 한 번도 하지 않은 말이었건만.

"나도 당신을 사랑해."

그녀는 간단히 대꾸했을 뿐이지만 꾸밈없는 그 말은 그녀처럼 완벽했다.

그웬바엘은 두 팔을 벌렸고 다그마는 몸을 움직여 그 안으로 쓰러졌다. 그는 두 손으로 그녀의 땀에 젖은 등을 쓰다듬으며 손가락으로 낙인 자국을 훑었다. 그녀가 자신의 표지를 새기고 있다는 사실에 행복하고 감사해서 종종 그러곤 했다.

그는 만족한 한숨을 뱉으며 그녀에게 키스했다.

"전 세계가 우리 손아귀에 들어 있다는 사실을 알고 있나, '야수' 아가씨?"

"물론 알고 있지."

이보다 더 오만한 말투가 있을까?

하지만 다음 순간 그웬바엘은 그녀가 훨씬 더 오만한 투로 말할 수도 있다는 것을 깨달았다.

"하지만 그런 생각을 입 밖에 내서는 안 돼. 대신 조용히 그 사실을 인정하고 우리가 원하는 모든 것을 얻을 때까지 마음대로 이용해야지."

그웬바엘은 일어나 앉으며 그녀를 자기 무릎 위로 끌어다 앉혔다. 그리고 한 손으로 그녀의 뺨과 턱을 감싸며 그녀의 눈을 똑바로 들여다보았다. 그가 했던 모든 말이 절대적인 진실임을 다그마가 알 수 있도록.

"난 원하는 모든 것을 얻었어, 다그마. 원할 수 있는 모든 것까지 다."

다그마는 비록 뺨을 더 붉히긴 했어도 미소만은 순수한 즐거움으로 빛났다.

"우리가 원하는 모든 것을 다 얻었다면 이 게임의 목적은 대체 뭐야?"

그웬바엘은 크래독 부인이 덤불에서 비틀비틀 일어나 재빨리 머리를 빗어 넘기고 옷매무새를 가다듬는 모습을 보았다.

부인에게는 애석하게도, 그녀가 범한 가장 큰 실수는 드레스 엉덩이 부분에 묻은 남자 손바닥 크기만 한 진흙 자국을 떨어내지 않았다는 게 아니었다. 혹은 자기가 보호해야 할 사람들에게 전쟁을 일으키는 데 열을 올렸다는 사실도 아니었다. 크래독 부인의 가장 큰 실수는 잔인한 소문의 화살을 쌍둥이에게 돌렸다는 것이다. 쌍둥이가 부정한 존재이며 암흑의 신의 산물이라는 소문과 거짓말을 퍼뜨렸기에 그 무엇보다도 다그마의 분노가 확 타오른 것이었다.

이제 그 귀족 부부는 대가를 치르게 될 것이다. 그들이 치러야 할 대가는…… 두고 보면 알리라.

"목적?"

그는 여전히 한 팔을 다그마의 허리에 두른 채 다른 손을 패니가 싸 준 도시락 바구니에 넣었다.

"목적은 오락이지. 그 오락에서 최고의 부분이 뭔지 알아, 내 사랑?"

"아니. 하지만 당신이 곧 짜증 날 정도로 자세하게 설명을 해 줄…… 그게 뭐야?"

그웬바엘은 씩 웃으며 바구니에 몰래 숨겨 온 작은 수갑과 목걸이를 들어 보였다.

"어때?"

다그마는 화가 치밀면서도 웃음기를 지울 수 없는 얼굴로 그의 손아귀에서 빠져나가려고 필사적으로 몸을 뒤틀었다.

"최고의 부분은 말이지, 귀여운 다그마."

그는 그녀를 꼼짝 못하게 땅에 누르며 그녀의 미소 짓는 얼굴을 들여다보았다.

"저들은 우리가 다가가도 절대 보지 못하리라는 거야."

에필로그

시그마 라인홀트는 아들들을 옆에 나란히 두고, 모든 군사들 앞에 우뚝 서 있었다. 그로부터 몇백 걸음도 떨어지지 않은 곳에 바로 요쿨이 있었다. 그가 시그마의 일만 병사에 대적하기 위해 데려온 이만 병사들과 함께.

시그마는 오늘 패전할지도 모른다고 예감했다. 요쿨의 군대는 살인자와 협잡꾼 들로 이루어져 있었다. 돈을 퍼부어서 끌어모은 군대지만 돈이 있는 한은 유지될 수 있었다. 시그마는 충성심을 돈으로 살 만큼 타락할 수는 없었다. 그의 부대는 그에게 충성하기 때문에 그 옆에서 싸우리라.

이 순간 시그마의 가장 큰 걱정은 요쿨의 부하들이 그를 우회해서 요새를 함락하러 갈지도 모른다는 것이었다. 물론 그에 대한 대비책도 세워 두었다. 즐겁지 않은 계획이긴 해도 모두 명령이 내려지면 어떻게 해야 할지 알고 있었다. 그들은 요쿨의 노예가 되느니 자기 손으로 목숨을 끊으려 할 것이다.

"그 애가 우리를 도우러 올 거라고 굳게 믿고 있었는데요."

장남이 옆에서 중얼거렸다.

"그 애는 노력했다. 그 애가 그랬다는 걸 알아."

하지만 시그마는 딸이 이 자리에 없다는 사실에 감사했다. 그 애가 스스로 목숨을 끊는다는 생각만 해도 당장 앞에 놓인 중요한 문제에 집중할 수 없을 만큼 심란했다.

요쿨은 오만한 모습으로 공격 태세를 갖추고 말 위에 꼿꼿이 앉아 있었다. 그가 저 건너편에서 고함을 질렀다.

"항복할 텐가, 형님?"

'노스랜드 규약'의 일환으로, 요쿨은 어떤 학살이든 일어나기 전에 투항을 권유해야 했다.

"진정한 라인홀트 일족이라면 항복 따위는 하지 않는다."

시그마는 대답했다. 그 역시 '규약'의 일환이었다.

'그 《노스랜드 규약》이란 제가 이제까지 읽어 본 책 중에서 가장 모순적인 허섭스레기예요.'

다그마가 그렇게 불평할 때마다 그는 언제나 속으로 재미있어하곤 했다.

"진정한 라인홀트 일족이라면 우리가 항복하리라는 생각 따위는 하지 않겠지!"

시그마가 덧붙이자 부하들이 환호하며 동조의 뜻으로 칼과 방패를 쳐들었다.

"와라, 동생아. 태양들이 뜨고 있다. 더 이상 시간 낭비할 것 없다."

하지만 요쿨은 그의 말을 듣고 있지 않았다. 그와 부하 몇몇이 저 먼 곳으로 시선을 돌리고 두 군대 사이의 공간을 가르며 달려오는 말 한 마리와 그 위의 사람을 보고 있었다. 커다란 말은 지옥 불에서 방금 튀어나온 듯한 검은색이었다. 말을 탄 사람은?

여자였다.

양 진영의 남자들은 너무 놀라서 야유를 하거나 말을 꺼내지도 못했다. 그저 여자가 시그마와 요쿨에게 더 가까이 다가올 때까지 쳐다볼 뿐이었다.

그녀는 그들의 깃발을 보더니 몰고 온 말을 멈춰 세웠다.

"당신들이 라인홀트인가?"

여자가 물었다.

시그마는 이제껏 그런 여자를 한 번도 본 적이 없었다. 긴 머리는 뒤로 넘겨 가죽 끈으로 묶었고 민소매 사슬 셔츠와 사슬 바지를 입었으며 가죽 장화를 신었다. 여자의 등에는 칼이 매달려 있고, 말안장에는 방패가 대롱거렸다. 여자는 흉터투성이였고, 양쪽 팔뚝에 낙인이 찍혀 있었다. 팔은 부분적으로 장갑에 가려져 있었으나, 시그마는 여자의 살을 태운 드래곤 문양을 일부 볼 수 있었다. 여자는 완전무장을 하고 있었으나 갑옷을 갖추지도 않았고 군기도 달지 않았다.

"나는 시그마 라인홀트다."

여자가 안장 아래서 편지 한 통을 꺼냈다.

"당신 딸이 보낸 거야."

시그마는 편지를 받아 값비싼 두루마리를 펼쳤다. 짧지만 요점은 명확했다.

아버지.

노스랜더로서, 우리 모두 제가 어떻게 했을지 알고 있겠죠.

— 다그마

"요쿨이 누구지?"
여자가 물었다.
"내가 요쿨이다. 계집."
요쿨은 안장 머리 위로 몸을 숙이며 여자를 흘겨보았다.
"그러는 너는 누구냐?"
여자가 말을 돌리며 그를 향해 씩 웃었다.
"나 앤널."
다음 순간 시그마가 일찍이 보지 못한 속도로 그녀가 칼집에서 검을 하나 꺼내 던졌다. 무기는 빙글빙글 돌며 요쿨의 정수리에 전속력으로 내리꽂혔다. 요쿨은 말에서 굴러 뒤에 서 있던 부하들 속으로 떨어졌다.
여자가 어깨 너머로 시그마를 돌아보았다.
"난 오늘만 머무를 수 있어. 내 짝이 찾기 전에 쌍둥이와 그에게로 돌아가야 하니까. 그가 찾으러 나서게 되면 당신들에게도 좋을 게 없지. 아! 그리고 돌아갈 때 카누트인가 하는 자를 데려가야 하는데, 다그마 말로는 아버지도 왈가왈부하시지 않을 거라고 했어. 하지만 내 부대는 머무를 거야."

그녀가 자기가 온 방향으로 고개를 끄덕였다. 시그마는 산등성이 위로 행진하는 부대를 볼 수 있었다.

"당신 딸이 나랑 협상해서 얻어 낸 레기온 다섯이야. 딸이 아주 훌륭하더군. 일단 우리가 당신 문제를 말끔히 해치우면, 다그마가 아버지를 뵈러 올 거야."

그녀는 미소를 지었다.

"당신이 깜짝 놀랄 만한 선물을 가지고."

갑자기 그녀가 손가락을 튀겼다.

"참! 내가 꼭 인사를 전해야 할 사람이 있는데, 그게…… 음, 에이문드?"

시그마의 장남이 여자를 향해 고개를 끄덕였다.

"꼭 안부를 전해 달라고 했어, 그웬바엘이."

시그마의 장남은 어깨를 축 늘어뜨렸고, 형제들은 옆에서 키득거렸다.

그리고 '피투성이' 앤널, 다크플레인의 여왕은 당황해서 겁에 질린 요쿨의 부대를 마주 보았다.

"내 검을 도로 찾고 싶다."

그녀는 칼집에서 두 번째 검을 빼며 소리쳤다.

"자, 누가 막아 볼 테냐?"

시그마의 장남이 몸을 숙이며 아버지의 기억을 일깨웠다.

"우도 사촌이 오래전에 했던 말이 맞는 것 같아요, 아버지."

"뭐라고?"

"그 애를 '야수'라고 부른 거요."

아들은 싱긋 웃으며, 검을 머리 위로 쳐들고 요쿨의 군대를 향해 질주하는 '미친 암캐'를 몸짓으로 가리켰다. 시그마의 딸이 보내 준 '미친 암캐'였다.

"불쌍한 요쿨 삼촌에게는 불운하게도, 우도가 딱 들어맞는 말을 했어요."

순간, 시그마의 가슴 깊은 곳에서 느리게 시작된 것이 기어이 터져 나왔다. 호탕하고 힘찬 웃음이었다. 앤털의 레기온이 요쿨의 용병들 주위로 몰려들자 그의 부대도 합세했다.

"저기로 파고들어라, 병사들아!"

시그마가 마침내 어깨 위로 배틀액스를 휘두르며 명령했다.

"라인홀트의 깃발이나 앤털의 깃발을 달지 않은 자는 모두 죽여라!"

그는 배틀액스를 높이 쳐들었다. 이날 그와 그의 부대에 의미 있는 전쟁 구호는 오직 하나뿐이었다. 시그마는 고함을 질렀다.

"'야수'를 위하여!"

그녀의 일족 남자들 모두가 하나가 되어 따라 외쳤다.

"'야수'를 위하여!"

《드래곤 조련하기》 끝

역자 후기

사람이 아닌 이계의 존재와의 사랑, 말로는 기이하게 들리지만 어딘가 익숙하지 않은가? 뱀파이어, 좀비, 외계인, 이런 존재와의 사랑을 그리는 소설을 '패러노멀 로맨스paranormal romance'라고 한다. 패러노멀이란 '정상을 벗어난, 불가사의한, 초자연적인'이란 뜻을 가진 말로, 패러노멀 로맨스는 '로맨스와 초자연적이거나 '자연적 원인'으로는 설명되지 않는 여러 것들의 결합'을 뜻한다.[*]

즉, 흔하게는 뱀파이어와 같은 흡혈귀가 출현하고, 늑대 인간이나 인간 외 다른 형태로 변신할 수 있는 존재들이 책 속에서 인간과 함께 공존한다. 심지어 살아 있지 않은 유령이나 악마가 나타나기도 하고, 수호천사가 인간의 차에 치이는 사건이 일어

---

[*] Kristine Ramsdell, 《Romance Fiction: A Guide to the Genre》, Libraries Unlimited; 2nd edition (2012), p. 329

나기도 한다. 언뜻 보면 새롭게 보이지만, 애초에 여성이 인간이 아닌 존재와 사랑에 빠진다는 설정 자체는 신화시대부터 내려오는 것이었다. 그리스신화만 해도 제우스는 소나 백조 같은 모습으로 변하여 님프나 인간과 사랑을 나눈다. 더 가깝게 현대 패러노멀 로맨스의 원형은 브램 스토커의 《드라큘라》에서 찾아보기도 한다.

현대의 패러노멀 로맨스는 소위 도시형 판타지Urban Fantasy와 결합하는 경우가 많은데, 이 중에서 가장 대중적으로 인정받은 작품으로 스테프니 메이어의 《트와일라잇》 시리즈가 꼽힌다. 도시형 판타지란 서구의 도시를 배경으로 일어나는 일상적 사건과 초자연적인 존재, 이 경우에는 뱀파이어 일족과 늑대 인간을 결합하면서 청소년층에게까지 파고들었다. 좀 더 어른용 버전이라고 할 수 있는 패러노멀 로맨스로 대표적인 작품은 《트루 블러드》이다. 이 작품에서도 초자연적인 능력이 있는 여주인공은 뱀파이어와 사랑에 빠지며, 여기에도 역시 변신 능력이 있는 존재들이 등장하여 사건을 일으킨다. 하지만 또한 패러노멀 로맨스는 본질적으로 중세형 판타지나 호러, SF 등 다양한 장르와 결합할 가능성이 높은 장르이다.

요즈음 로맨스의 주류 형태로 자리 잡은 패러노멀 로맨스는 로맨스의 현대적 경향을 보여 준다는 면에서 흥미롭다. 패러노멀 로맨스들은 기존의 로맨스 소설이 받은 비판, 즉 남성과 여성의 수직적 관계가 고스란히 소설 속에 재현된다는 생각에 반대되는 측면이 있다. 이런 책들은 초자연적 존재들이 인간과 대립되는 양상을 띠고 그 갈등이 관계에 핵심에 있으므로 본질적으로 사회에 전복적 요소를 품고 있다. 애초에 모든 로맨스가 '차이'에 대한 타협을 내포하고 있지만, 패러노멀 로맨스는 주인공들이 뛰어넘어야 할 환경적 차이가 크고, 그는 그 자체로 세계의 구조에 균열을 일으킨다. 보통 사랑하는 연인들이 겪어야 할 고난이 존재의 차이로 인해 한층 더 가중된 셈이다. 많은 경우 패러노멀 로맨스에서 한쪽은 초자연적인 힘을 가졌고, 그 힘은 사회에 적대적으로 작용하거나 혹은 사회가 그에 대해 적대적으로 반응한다. 상대적으로 평범한 인간으로 그려지는 쪽, 주로 여주인공은 그를 포용해서 갈등을 해결해야 한다. 이 지점에서 가장 사회 순응적으로 보였던 로맨스는 가장 급진적인 이야기를 하기도 한다. 사회의 아웃사이더와 동화하거나 혹은 다른 종족의 존재를 있는 그대로 거부감 없이 받아들일 수 있게 하는 것이다 .

G. A. 에이켄의 '드래곤 킨Dragon Kin' 시리즈는 전형적인 중세형 판타지 요소와 패러노멀 로맨스를 결합한 작품이다. 가상의 왕국, 사우스랜드와 노스랜드 사이에 인간과 드래곤이 공존하며, 이 안에서 여러 인간 일족과 번개 드래곤과 화염 드래곤 일족, 그 외 초자연적 존재들이 적대 관계를 이룬다. 칼과 화염, 변신과 마법이 등장하는 판타지형 소설이지만 각 권의 중심이 되는 이야기는 사우스랜드의 드래곤 퀸 리아논과 그의 자식들, 그리고 그들의 연인들이 벌이는 사건이다. 드래곤 킨 시리즈는 여러 다른 종족의 공존이 비교적 자연스럽게 받아들여지는 가상 세계를 배경으로 하여, 드래곤과 인간이 자신들의 왕국을 지키고 평화를

이루려는 전투 속에서 서로의 사랑을 발견하는 과정을 그렸다.

지금 소개하는 《드래곤 조련하기》는 드래곤 킹 시리즈의 장편에서는 세 번째 작품에 해당한다. 셋째 아들인 그웬바엘과 노스랜드를 다스리는 군주의 딸 다그마의 사랑 이야기가 핵심이다.

이렇게 작품을 연대기 순으로 늘어놓고 보면, 드래곤 킹 시리즈가 지향하는 바가 명확해진다. 처음 소설은 앤널이라는 인간 여왕의 개인적인 역사와 피어구스라는 드래곤워리어의 사랑으로 시작했지만, 시리즈가 확장되어가면서 그 안의 세계도 점차 정교해지고 구조적으로 바뀌었다. 인물들은 이제 각자 목표가 아닌 전체 왕국의 공통 목표를 위해 함께 일하면서 사랑도 찾아나간다. 그리하여 이 시리즈는 하나의 견고한 세계관을 건설하는 흥미로운 판타지 소설과 긴장감이 넘치며 감각적인 로맨스 소설이라는 두 가지 목적을 동시에 완수해 나갈 수 있었다.

《드래곤 조련하기》는 등장인물들의 개성이 확연히 드러나며 드래곤과 인간의 세계가 한눈에 들어오는 작품이라는 면에서 국내에서 소개하는 첫 작품으로 선정되었다. 사우스랜드와 노스랜드 사이의 배치, 그들을 둘러싼 군소 세력들. 그리고 인간과 드래곤 여왕의 자리를 호시탐탐 노리는 초자연적인 존재들의 갈등이 점점 촉발되는 가운데, 사우스랜드 최고의 바람둥이 그웬바엘과 노스랜드 군주의 영리한 딸 다그마 사이의 로맨스가 펼쳐진다. 체구가 작고 수수한 다그마는 눈에 잘 띄지 않지만 얼음과도 같은 냉철한 판단력과 누구도 설득할 수 있는 웅변술을 지닌 지적인 여성이다. 어떤 여자도 어려움 없이 유혹할 수 있었던 그웬바엘에겐 이런 다그마가 쉬운 상대일 리 없고, 또한 다그마도 자신의 진정한 모습을 알아봐 주는 그웬바엘이 만만하지만은 않다. 두 사람의 밀고 당기는 연애를 통해 《드래곤 조련하기》는 한편으로는 재치가 넘치고, 다른 한편으로는 무척 관능적인 소설이 되었다.

이 소설 시리즈에 나오는 여성 주인공들은 판타지 소설답게 영웅적 면모를 보여주며 남자에 종속되지 않는 강한 모습으로 그려진다. 드래곤 일족의 여왕인 리아논, 사우스랜드의 여왕인 앤널은 물론, 마녀인 탈라이스, 드래곤 마녀인 모르퓌드, 자유분방한 공주 케이타, 용감한 전사인 이지도 각 분야에서 지도적인 역할을 하며 다른 남자들을 이끈다. 《드래곤 조련하기》의 주인공인 다그마는 막내딸이지만 그 어떤 오빠들보다도 지적이며 실질적으로 영토를 다스리는 일을 맡는다. 이 세계에서는 힘이 있는 여성이 매력적이며 남자의 사랑을 가만히 기다리는 수동적 여성은 존재하지 않는다.

드래곤 킹 시리즈의 가장 큰 장점은 무엇보다도 다양성에 있다. 각자 다른 개성의 드래곤 형제자매들, 그리고 그들이 만나는 짝도 각자 다른 방식으로 호쾌하고 용감하고 지적이며 다정한 이들이다. 너무나 다른 그웬바엘과 다그마가 서로의 진실한 면모를 발견하고 받아들이는 과정과 인간과 드래곤이 화합하는 관계는 평행선처럼 함께 달린다. 그 상대가 다른 인간이든, 드래곤이든 우리는 나와 다른 존재를 인정하지 않고서는 아무도 사랑할 수 없는 것이다. 드래곤 킹 시리즈를 읽으면 사랑에 대한 그 자명

한 진실을 하늘을 날듯이 바라볼 수 있게 된다. 패러노멀은 정상을 넘어섰다는 뜻이지만, 기실 어떤 로맨스도 정상적이지 않으며 그것으로 충분히 좋다는 것을.

박은서